www.bbulmedia.com

내 남편은
완벽하다

DAHYANG ROMANCE STORY

CUPCAKE

내 남편은 완벽하다

김소현 장편소설

Contents

그녀

내 남편은 완벽하다.

키 185에 군살 없고 탄탄한 몸. 이탈리아 조각상 뺨치는 완벽한 얼굴선. 그를 세련되고 지적으로 보이게 하는 금테 안경 밑에 빛나는 별빛 같은 눈동자. 그 어떤 미사여구를 동원해도 부족하게 느껴질 정도로 그는 아름다웠다.

지금 이 글을 읽는 당신이 세상에서 제일 잘생겼다고 생각하는 사람의 얼굴을 떠올려 보라. 그 얼굴보다 딱 2% 더 멋지다고 생각하면 된다.

이 정도로 외모가 잘났으면 성격이 까칠할 것이라 믿고 싶겠지만, 이 남자는 그마저 완벽하다. 그와 함께했던 지난 6개월간 나에겐 물론이고 다른 사람들에게도 짜증 내는 모습을 본 적이 없다. 얼굴엔 늘 온화한 미소가 떠나지 않고 목소리는 한결같이 부드러웠다.

게다가 오랜 외국 생활 덕인지 세련된 매너까지 몸에 배어 있다. 차에 타고 내릴 때 문을 열어 주는 것은 기본이요, 길을 걸을 땐 늘 내 어깨를 살포시 감싸고 길 안쪽으로 에스코트한다. 이런 그와 함께 거리에 나서면 뭇 여성들의 시선이 따갑다.

'뭐야 저 여자. 별로 예쁘지도 않은데 어떻게 저런 멋진 남자랑?'

'아마 여자 집이 부자겠지. 재벌 집 딸 아닐까?'

이런 수군거림은 이제 익숙해질 대로 익숙해졌다. 어쩌겠는가, 너무 잘난 남자와 사는 세금이라 생각해야지. 그와의 결혼 생활이 5개월에 접어든 지금은 그런 질시의 눈길쯤은 아랑곳하지 않는 경지에 이르렀다.

그래, 이 잘난 남자가 내 남편이다. 슬며시 어깨에 힘도 줘 본다.

'완벽한 외모에 자상한 성격, 세련된 매너. 그렇다면 머리가 비었겠지, 아니면 통장이 비었든가.'

'그 남자 백수 아냐?'

'혹시 바람둥이? 네 유산을 노리는 사기꾼?'

내가 이 남자와의 결혼을 공표하고 일주일 만에 후다닥 식을 올리기까지 내 친구들조차 가자미눈을 하고 그를 의심했고, 번갯불에 콩 볶아 먹듯 결혼을 서두르는 이유를 밝혀내려 애썼지만 결국 밝혀진 건 아무것도 없었다.

머리는 좋다 못해 천재였고 통장 잔액은 헤아릴 수 없음이요, 백수는커녕 국내 최고 대학의 최연소 교수님이었다. 다른 여자들에겐 눈길조차 주지 않는 순정남이었고 지금 거주하는 호화 빌라는 혼인 신고와 함께 내 명의로 해 주었다.

이쯤에서 내 눈에 흙이 들어가기 전엔 절대로 이 결혼 허락 못 한다는 시어머니나 뒷목 잡고 쓰러지는 시아버지가 등장해 줘야 말이 되는 거 아닐까?

"얘, 사람이 어떻게 그렇게 완벽할 수가 있니? 이건 뭐 하다못해 꼬장꼬장한 시어머니나 심술부리는 시누이라도 있어야지. 어떻게 네 남편은 골치 아프게 하는 시댁조차 없니? 이거야말로 사기다, 사기. 재민 씨는 존재 자체가 사기야."

자타공인 연애박사 지영이는 한마디로 이렇게 내 남편을 정의했다. 시쳇말로 '사기 캐릭터'. 이 세상에 존재 자체가 의심되는 완벽한 남자라고.

이런 완벽한 남자를 어디서 어떻게 만나 사랑에 빠지고 결혼에 이르렀는지 다들 궁금해한다.

사실 나도 잘 모르겠다. 평범한 스물다섯 살인 내가, 로맨스 소설 속에나 있을 법한 남자를 현실에서 만난 것도 기적인데 그 남자가 나에게 반하고 프러포즈를 하게 되다니⋯⋯. 언빌리버블! 아침에 눈을 뜨면 아직도 가끔은 이곳이 어딘가, 이 행복이 꿈인가, 생시인가 믿어지지 않아 볼을 꼬집어 보기도 한다.

어쩌면 우리의 만남은 운명인지도 모른다. 철없던 스무 살, 불의의 사고로 부모님을 영원히 떠나보내고 혼자서 외롭게 살아왔던 내게 하늘에 계신 부모님이 보내 주신 선물이 아닐까. 누구보다 열심히, 그리고 착하게 살았으니 이제 좋은 남자 만나 따뜻한 가정 꾸리고 행복하게 살라고.

그렇지 않다면 논리적으로 설명할 수 없는 일이다. 이런 완벽한 남자가 이 세상에 존재한다는 것도, 그날 그가 강남의 그 많고 많은 컵케이크 가게 중 하필 나의 작은 가게에 들어왔다는 것도, 그리고 그 후 하루도 빠지지 않고 들러서 컵케이크를 하나씩 사 갔다는 것도, 한 달 후 나에게 청혼을 했다는 것도, 모두 다.

"컵케이크 좋아하시나 봐요?"

"아, 그게 사실은……."

그가 가게에 들르기 시작한 지 일주일쯤 되었을 때였다. 수려한 외모에 첫눈에 반하긴 했지만 이렇게 매일 찾아오리라곤 꿈에도 생각 못 했었다. 어린 왕자의 여우처럼 나는 그가 오늘도 올까, 궁금해졌고 차츰 기다리게 되었다.

"남자분들은 단 거 별로 안 좋아하시던데……."

"사실 저도 안 좋아합니다."

"네? 그럼 왜 매일?"

내 질문에 얼굴을 붉히며 쑥스러운 듯 웃기만 하는 그 남자 때문에 내 뺨도 같은 색으로 물들어 갔다.

정다은, 정신 차려! 지금 너 착각하는 거니? 저런 완벽남이 설마 널 보러 매일 온다고 생각하는 건 아니겠지. 아닐 거야. 아니, 그랬으면 좋겠다. ……아니야, 아마도 여자 친구가 컵케이크를 좋아하나 보다. 그래, 그래서일 거야.

머릿속이 몽롱해지고 가슴이 울렁거리고 얼굴이 화끈거리는 증세가 그날부터 시작되었다. 그 남자가 오는 오후 5시가 가까워지면 그 증세는 더욱 심해졌다.

나 왜 이러지. 사춘기 소녀도 아니고. 정말 주책없게, 이 나이에. 후아!

달아오른 두 뺨에 차가운 손등을 대며 심호흡을 해 보지만, 두근대는 가슴은 진정되지 않았다. 이러다 정말 제 명에 못 살고 죽을지도 모르겠다 싶은 심정이었다.

사실 그 남자에 대해 제대로 아는 것은 별로 없었다. 비가 오나 바람이 부나 매일 오후 5시경에 와서 내가 추천하는 맛의 컵케이크를 딱 하나만 사 간다는 것밖에는. 그리고 아주 잘생겼다는 것 말고는.

그런 그 남자의 청혼을 만난 지(정확하게는 만난 게 아니라 얼굴을 본 지) 한 달째 되던 날 받아들인 건 나도 설명하기 힘든 일이니 그냥 운명의 장난이었다고 해 두자.

"오늘은 이거 한번 맛보세요. 제가 새롭게 개발한 컵케이크예요. 남자분들도 좋아하시게 단맛을 줄이고 위스키를 가미했는데……."

깔끔한 슈트 차림에 넥타이까지 단정히 맨 그는 숨이 막히게 멋있었다. 그를 보면 떨리는 마음을 숨기기 위해, 난 컵케이크만 내려다보며 속사포처럼 떠들어 댔다.

"이 반지를 받아 주시겠습니까?"

놀라서 고개를 들자 하늘빛 티파니 상자 안에서 빛나는 은반지가 보였다.

"네에?"

이 황당한 시추에이션은 뭐지? 지금 이 멋진 완벽남이, 나한테, 프러포즈 하는 거야?

"매일 아침, 다은 씨의 커피를 제가 책임지겠습니다."

모닝커피처럼 감미로운 그의 목소리가 내 귀를 간질이고 있는 이 상황이 그저 꿈만 같았다. 어떡하지? 나는 여전히 입을 벌린 채 그를 멍하니 바라보았다. 그의 아름다운 눈동자를 보고 있자니 머릿속에 엉켜 있던 생각들이 마법처럼 순식간에 사라져 버렸다.

"네!"

나는 그를 향해 왼손을 내밀었다.

나 자신이 무모하다고 여겨질 때가 간혹 있다. 바로 이 순간처럼. 그럼에도 불구하고 이 남자를 놓치기 싫다는 마음이 먼저였다. 내 약지에 반지를 끼워 주는 그의 손은 따스했고, 외롭던 마음에 행복이 잔물결처럼 번져 갔다.

이것이 내 완벽한 남편의 프러포즈였고, 지금부터 시작되는 우리 이야기의 시작점이다.

2 레드벨벳

♥♥♥♥♥♥♥♥♥♥♥♥♥♥♥♥♥♥♥♥♥♥♥♥♥♥

"그러니까, 너네…… 아직…… 한. 번. 도?"

연애박사 지영에게 내 고민을 털어놓자 그녀는 마시던 커피를 뿜어냈다.

"응, 한 번도."

"결혼 5개월, 만난 지 6개월 넘었는데, 아직 한 번도?"

"그 사람이 신혼여행 때 그랬거든. 좀 천천히, 시간을 두고 서로를 알아 가자고……."

그가 그렇게 말했을 때 왠지 모르게 서운한 마음도 들었지만, 나도 곧 수긍했었다. 워낙 급작스럽게 한 결혼이라 갑자기 다가가기엔 무리가 있었으니까.

하지만 요즘 들어 슬슬 무언가 잘못된 게 아닐까, 의문이 들기 시작했다. 내가 비정상이든 남편이 비정상이든, 아니면 둘 다든. 아무튼, 우리 부부에게 문제가 있다는 건 확실했다. 그래서 단짝 지영에게 슬쩍 고민을 상담한 건데, 그게 이렇게까지 펄쩍 뛸 문제일 줄은 몰랐다.

"하이고! 참 천천히도 알아 간다. 쯧쯧."

혀를 차던 지영이 다시 내 앞에 고개를 쑥 들이대고 물었다.

"키스는? 키스는 했겠지, 설마?"

"응, 그야 물론 했지. 종종 뽀뽀해, 우리."

"뽀뽀?"

"응. 볼에 쪽, 가끔은 이마에도 쪽!"

"품! 뭐냐, 너네. 소꿉장난하니?"

지영이가 기가 막힌지 고개를 설레설레 흔들었다.

그렇다. 우린 어쩜 소꿉장난하는 애들인지도 모르겠다. 워낙 매사에 완벽한 사람이니 연애 숙맥인 나를 알아서 잘 리드하리라 믿어 왔건만, 허우대만 번지르르했던 건지 그는 아직도 신부인 나를 고이 모셔만 두고 있다.

"그래, 그거야. 너의 그 완벽한 남편님 결점은 바로! ……그거라고."

"그게 뭔데?"

"네 남편, 고잔가 봐."

"고자?"

조금 전까지 온통 무지갯빛이던 내 세상이 지영의 그 말 한마디에 잿빛으로 물들었다. 고자! 고자라니……. 하늘도 무심하시지. 이제야 외로움 끝, 행복 시작이라 외쳤던 내게 고자 남편이라니!

"어쩐지, 너무 술술 풀리더라. 어떻게 그런 완벽남이 이 세상에 있을 수 있을까 했다."

"설마……."

"설마는 무슨! 남자 나이 서른이면 한창때인데 이상하잖아. 남녀가 한 지붕 밑에서 다섯 달을 같이 살았으면, 아무리 각방을 써도 지금쯤은 덮쳤어야 정상이지. 남도 아니고 신혼부부가 이게 뭐냐고. 어휴!"

지영은 세상이 무너진 듯 한숨을 폭폭 쉬었다. 그도 그럴 것이, 연애박사 지영이 남자를 볼 때 제일 중요시하는 게 속궁합이었다.

아무리 멋있어도 하루 이틀이지 얼굴 뜯어 먹고 살 거냐, 돈이면 다라지만 무덤까지 가지고 갈 거냐 하면서. 남녀 간의 사랑은 따지고 보면 다 그것, 음양의 조화라고 누누이 말해 온 그녀였으니까.

"다은아, 너 그 사람 진심으로 사랑해?"

"진심으로?"

"응. 그러니까 평생 수녀처럼 살아도 될 정도로 사랑하냐고."

그를 보면 늘 가슴이 설렌다. 어제보다 오늘, 오늘보다 내일이 더 설렐 것 같은 나의 이상형이자 내 꿈속의 왕자님이다. 하지만 평생을 수녀처럼 살라면…… 그건 솔직히 자신이 없다.

"수녀처럼은 글쎄……."

"야, 당장 이혼해. 아직 애 없을 때 갈라서. 요즘 섹스리스 부부가 왜 사회적 문제겠니. 그게 다 이유가 있는 거야. 지금은 신혼이니까 그 잘난 얼굴 뜯어 먹고 살 거 같지? 아니야. 너 나이 들면 들수록 허무해진다. 남편 사랑받는 여자는 얼굴에 윤기가 좔좔 흐르지만, 소박데기 여자는 기미가 한 바가지야."

내 친구 지영이는 남자를 쥐락펴락하는 연애 고수이자, 시집간 언니 둘에 네 명이나 되는 사촌 언니들 영향으로 결혼 생활에 대한 이론까지 빠삭했다. 그저 지영이 시키는 대로만 해도 연애는 성공이요, 결혼 생활도 순탄할 게 틀림없다.

"왜에?"

여전히 머뭇거리는 내가 답답한지 지영이가 말꼬리를 길게 빼며 물었다.

"그래도…… 어떻게 그 이유 하나로 이혼을 하니?"

"얘가 이렇게 뭘 몰라. 너, 그거 이혼사유야. 그것도 중대 결격 사유. 배우자의 성적 욕구를 무시하고 정서적 육체적으로 방임한 죄. 하긴 그게 얼마나 중요한 건지 순진한 정다은 씨가 알 리가 있나. 네가 그리 어수룩하니 그 남자의 덫에 걸린 거야. 봐라, 봐! 얼굴에 딱 쓰여 있네. 난 아무것도 몰라요, 라고."

"……."

"백마 탄 왕자님을 기다리는 잠자는 숲 속의 공주냐, 네가. 응? 어느 날 왕자가 짠 하고 나타나 키스 한 번 하면 깊은 잠에서 깨어나 결혼하고, 오래오래 행복하게 잘 사는 거냐고!"

이럴 때면 지영이는 잔소리꾼 엄마이자 오지랖 넓은 언니가 되어 버린다. 사실 지영이 말이 틀린 건 하나도 없다. 이제 겨우 스물다섯. 비록 법적으론 유부녀지만 생물학적 처녀인 지금, 더 늦기 전에 결단을 내려야 한다는 건 나도 안다.

하지만! 하지만 말이다. 다비드상보다 더 완벽한 내 남편의 얼굴을 보면 평생 이렇게 살다 처녀 귀신으로 죽더라도 여한이 없을 것 같다는 생각이 드니 아마도 난 아직 성숙한 여자가 아닌 소녀인가 보다.

"근데, 지영아. 우리 부부, 사실 만난 지 육 개월밖에 안 됐잖아. 그리고 결혼 후에도 계속 그 사람 해외 세미나다 학회다 바빴고, 생각해 보면 그동안 우리는 친밀해질 시간이 부족했어."

"얘가 지금 무슨 소리 하는 거야. 남녀가 필이 통하면 하룻밤에도 만리장성을 쌓는다는 거 몰라? 이건 시간 부족이 문제가 아닌 거지……."

그도 그렇긴 하다. 하지만 이대로 이 남자를 놓을 수는 없다는 애절함이 밀려왔다. 딱 하나, 그거만 빼고 완벽한 내 남편과의 결혼 생활을 위해서 마지막 지푸라기라도 잡고 싶었다.

"그래도, 그래도 말이야. 이혼보다는 어떻게…… 다른 방법이 없을까, 응?"

내 목소리가 절박하긴 했나 보다. 남녀 관계에 있어서만은 단호한 지영이가 어이없는 표정으로 날 잠시 바라보다가 입을 뗐다.

"그래, 하긴 재민 씨도 그 나이 되도록 공부만 했겠지. 연애할 시간이나 있었겠냐. 어쩌면 아직 숫총각? 그렇담 네가 먼저 이렇게 해 보는 건 어떨까?"

"내가 먼저? 어떻게?"

지영이는 잠시 주위를 살피더니 낮은 목소리로 속삭였다. 속닥속닥, 귀에 닿는 말에 내 얼굴은 차츰 붉게 달아올랐다.

"헉! 뭐야, 진짜. 나보고 지금 그걸 하라고?"

"왜? 못하겠어? 그럼 뭐, 할 수 없고."

"아니, 아니야. 할게. 해 볼게."

"쇠뿔도 단김에 빼라고, 재민 씨 내일 오지? 오면 당장 시도해라. 그래도 반응 없으면 고자 맞으니까 이혼해. 집도 네 명의겠다,

부모님이 남겨 주신 유산도 있겠다, 뭐가 아쉬워서 수녀 코스프레 하며 사냐? 아니다 싶으면 얼른 정리하고 조금이라도 젊을 때 진짜 남자 만나야지."

"응. 알았어. 노력해 볼게."

❈　❈　❈

띠리리릭.

왔다! 드디어 왔나 보다.

일주일간 학회 때문에 독일에 갔던 남편이 돌아와 현관 버튼을 누르는 소리였다. 저녁 준비를 하던 나는 현관으로 잽싸게 달려 나가며 옷매무새를 다듬었다. 지영이가 코치해 준 대로 새하얀 셔츠에 단순한 검정 타이트스커트, 그리고 단정하게 하나로 묶은 머리는 이제껏 보여 준 나의 이미지와는 상반되는 것이었다.

"나 왔어요. 그동안 잘 지냈어요?"

보기만 해도 기분 좋아지는 환한 웃음을 머금고 그가 현관 안으로 들어선다.

아! 이 멋진 남자가 내 남편이라니.

그와 눈이 마주치자 그대로 호흡이 멎고 동공이 풀리고 가슴은 미친 듯 뛰기 시작했다. 지영이가 가르쳐 준 작전이고 뭐고 다 잊고 이대로 이 남자의 얼굴만 바라봐도 좋을 것 같았다. 하지만 곧 정신을 가다듬고 그에게 한 발짝 다가갔다.

"보고 싶었어요."

들릴 듯 말 듯 낮게 속삭이며 붉은 립스틱을 바른 내 입술을 그의 입술에 포개기 위해 더 가까이 다가갔다. 그의 목을 감싸려고 팔을 한껏 들어 올리자 두 개의 단추를 푼 셔츠 앞섶이 벌어지며 뽀얀 가슴골이 노출되었다.

이대로 조금 더, 조금만 더…….

발꿈치를 치켜들고 그의 목에 팔을 둘렀다. 내심 떨렸지만, 영화 속 팜므파탈을 떠올리며 마치 내가 치명적 매력의 여주나 된 듯 눈을 내리깔고 입술을 종긋 오므리며 턱을 내밀었다.

'너, 그런다고 속이 훤히 비치는 옷이나 허벅지 다 드러내는 미니스커트는 안 된다. 특히 재민 씨 같은 남자를 혹하게 하는 건 그런 원초적인 야함이 아니야. 음, 뭐랄까……. 고급스러운 섹시함? 왜 그런 거 있잖아. 우리도 근육 울룩불룩한 남자의 벗은 몸보다는 걷어 올린 셔츠 소매 아래 드러난 팔뚝 같은 게 끌리잖아. 힘줄이 살짝 선. 흐흐. 안 그래? 그리고 넌 피부가 깨끗하고 하야니까 입술만 살짝 포인트를 줘. 그다음에 재민 씨 목을 껴안고 입술을 가져다 대기만 해. 그럼 목석이 아닌 이상 반응이 올 거야. 반응이 오면 그 뒤는 저절로 진행되는 거지. 으흠?'

지영이의 조언이 머릿속에 맴돌았다. 이제 내 입술이 그의 입술에 닿는 순간 우리 사이의 보이지 않는 벽은 눈 녹듯 사라질 것이다. 그럴 것이다. 아니, 그래야만 한다.

쪽!

내 입술이 채 닿기도 전에 그의 입술이 내 이마에 먼저 도장을 찍었다. 그러고는 나를 살짝 안아 주고, 자신의 목을 감싼 내 팔을 풀어내며 천연덕스럽게 말했다.

"나도 보고 싶었어요. 음, 맛있는 냄새. 오늘 저녁은 뭐예요?"

그의 행동이 워낙 물 흐르듯 자연스러워 나조차 내 원래 의도를 잊을 정도였다. 그냥 처음부터 그러려고 했던 것처럼 여겨졌다.

"재민 씨 좋아하는 두부 전골이랑 불고기예요. 얼른 씻고 식탁으로 오세요."

"안 그래도 다은 씨 두부 전골이 먹고 싶었어요. 아! 그리고 이거."

"뭐예요?"

"다은 씨가 하면 예쁠 거 같아서……. 귀걸이예요."

그의 손바닥엔 고급스러운 포장의 선물 상자가 놓여 있었다.

"고마워요. 조금 이따가 풀어 볼게요."

그동안 그가 선물을 사 오면 난 뛸 듯이 좋아하며 그 자리에서 포장을 뜯고 바로 착용해 보이곤 했었다. 그것이 값비싼 명품이어서가 아니라 내 생각을 하며 내게 어울릴 걸 골랐을 그의 마음이라 여겼기 때문에 진심으로 기뻤었다. 하지만 지금은 왠지 그럴 기분이 아니었다.

"……그래요, 그럼."

대답하는 음성이 미세하게 흔들리는 것 같아 고개를 들어 그를 봤지만, 안경 너머 눈동자는 호수처럼 맑고 고요했다. 바람 한 점 불지 않는 호수. 내가 던진 돌멩이 하나쯤은 그대로 꿀꺽 집어삼켜 잔잔한 파문조차 일지 않을 심연의 호수.

그 바닥을 알 수 없을 것 같은 아득함에 문득 절망감이 엄습해 왔지만, 한편으론 저 잔잔한 호수를 마구 헤집어 보고 싶다는 충동이 스멀스멀 솟아올랐다.

똑똑.

방문을 가볍게 노크하는 소리에 얼른 눈을 감았다.

똑! 똑!

이번엔 조금 더 큰 소리였다.

"으으, 음."

난 들어오란 말 대신 마치 지금 막 잠에서 깨어나려 한다는 듯 신음을 토해 냈다.

"다은 씨, 들어가도 돼요?"

"네. 아아, 흐음."

그가 방문을 열고 들어오자 커피 향이 코를 간질였지만, 여전히 잠에서 못 깬 척 눈을 비비며 옹알거리고 있었다.

"아직 안 일어났군요. 피곤하면 좀 더 자요. 커피는 여기 두고 갈게요."

어휴, 젠장. 이건 뭐 하나 제대로 아귀가 맞아떨어지는 게 없는지. 식기 전에 마시라며 흔들어 깨우면 잠결인 척 끌어당겨 어제 허무하게 불발로 끝난 작전을 재개하려 했건만……. 이래서야 어느 세월에 입을 맞추고, 진한 키스를 해 보며, 하늘은 또 언제 볼꼬!

"아, 아니에요. 저 원래 뜨거운 커피만 마셔요."

나는 냉큼 일어나 앉으며 다급히 머그를 받았다. 그런 내 모습을 그는 인자한 미소를 지으며 잠시 내려다보다가 곧 나가려 했다.

"뜨거우니 천천히 마셔요. 그럼 난 이만."

"저, 저기요!"

급하긴 되게 급했는가 보다. 남편보고 '저기요'라니. 아우, 진짜 못 살아 내가.

"저요?"

싱긋이 웃으며 그가 돌아본다. 얼핏 놀리는 듯 장난기가 비쳤던 것 같기도 한데 착각일까?

"네."

청승맞게 혼자 침대에 앉아 홀짝거리자고 이제부터 주말엔 침실로 모닝커피를 가져다 달라고 부탁했겠는가. 그래도 명색이 신혼 5개월의 파릇한 새신부인데 말이다.

이른 아침부터 샤워하고 양치하고 향 좋은 보디로션을 치덕치덕 발라 가며 도모했던 거사를 시동도 걸기 전에 접어야 한다니, 나도 모르게 볼멘소리가 나올 수밖에.

"저, 혼자 커피 마시기 싫거든요."

그런 날 지긋이 보던 그가 성큼 다가와 내 침대에 걸터앉으며 다정하지만, 예의 바른 목소리로 말한다.

"미안해요. 내가 너무 무심했나 봐요."

커튼 틈을 비집고 들어오는 아침 햇살이, 틀어 올린 머리 아래 하얗게 드러난 어깨와 하늘거리는 레이스 슬립 위에 내려앉았다. 일부러 골라 입은 얇은 슬립 밑으로 숨길 수 없이 드러나는 굴곡을 보니 민망함에 얼굴이 달아올랐다.

왈칵, 눈물이 쏟아질 것 같아 고개 숙이고 커피가 담긴 머그만 만지작거렸다. 바로 그때였다. 그의 곧고 긴 손가락이 내 어깨를 향해 다가온 것은.

흡!

나도 몰래 숨을 삼켰다.

"머리카락."

해사하게 웃으며 내 어깨 위에 떨어진 머리카락을 섬세한 손길로 집어 올린다. 이 남자는 어쩜 이렇게 해맑을까? 세상의 모진 풍파는 알아서 이 남자를 비켜 갔을 것이다.

부와 명예, 외모와 성격까지 너무나 완벽한 이 사람에겐 자신의 무심한 손길에도 파르르 떠는 내 비루한 육체는 아무 감흥 없는 뼈와 가죽일 뿐이겠지? 잠시나마 온몸의 세포가 곤두서 버린 내 몸이, 설레었던 내 마음이, 원망스럽다.

"우리 오늘, 영화 보러 갈래요?"

"영화요? 재민 씨 안 바빠요?"

"안 바빠요. 토요일이잖아요. 다은 씨 가게 오늘 바쁜 날인가?"

"그렇긴 한데, 요즘 가게 일은 혜수가 다 알아서 해요. 또 주말엔 아르바이트생도 더 쓰니까."

혜수는 가게에서 아르바이트하던 아이인데, 요즘은 휴학까지 하고 열성적으로 나에게 컵케이크를 배우고 있다. 워낙 감각 있고 성실한 아이라 가게 운영 전반에 대해 그녀에게 일임하고 매니저란 직책까지 주었다. 똑똑한 혜수 덕에 나는 여유로운 시간에 새로운 레시피를 개발하고 집안일도 살필 수 있어 좋았다.

"그럼 우리, 오늘 같이 나갈까요?"

"아뇨. 가게에 잠시 들러야 하니까, 음…… 오후에 가게로 오세요."

"그럼 3시쯤 갈게요. 보고 싶은 영화 있어요?"

"글쎄요. 요즘 볼만한 게 뭐 있을까, 잘 모르겠네."

아직도 내 마음은 뚱하니 풀리지 않았다. 그와 나는 시간이 맞을 때면 영화를 보거나 쇼핑을 하고 저녁을 먹으며 방금 본 영화 이야기, 세상 돌아가는 이야기, 각자의 일 이야기를 즐겁게 나누곤 했다.

그러나 딱 거기까지였다. 좀 더 깊은 대화로 진전이 된 적이 없다. 마치 소개팅에서 뜻하지 않게 마음에 드는 상대를 만났을 때처럼, 적당히 설레고 기분 좋고 예의 바른 관계를 유지해 왔다.

처음엔 그와의 그런 데이트가 마냥 좋기만 했다. 이렇게 조금씩 서로를 알아 가도록 시간을 주고, 내 몸과 마음이 완전히 그를 향해 열리길 기다려 주는 배려라 여겨져 그의 세심함에 감동했었다.

하지만 요즘 들어 늘 한결같은 온화한 표정과 부드러운 음성, 격식을 갖춘 매너, 이 모든 게 그가 나를 향해 쌓은 벽이라고 느껴지기 시작했다. 그를 향한 내 마음이 더욱 깊어지고, 그저 스치는 손길에도 내 몸의 반응이 달라지고 있었지만, 그는 아무런 변화가 없었다.

"내가 검색해 보고 평 좋은 걸로 예매할게요."

내 기분이 밝지 않다는 걸 모르지 않을 텐데 아무렇지 않게 그는 내 뺨에 살짝 입술을 댄 후, 빈 잔을 가지고 나갔다.

뜻하지 않은 청혼과 번갯불에 콩 볶아 먹듯 진행된 결혼까지야 어쩔 수 없었다 치더라도, 부부라는 이름으로 5개월 가까이 한집에 살며 고작 우리가 한 것은 서양 사람이면 이웃하고도 거리낌 없이 할 수 있는 의례적인 행위 정도였다.

아무런 의미 없는 인사임을 알지만, 아는데, 그런데도…… 난,

왜 바보처럼 가슴이 뛸까.

'골치 아프게 하는 시댁 없어서 그거마저 완벽하다 했더니, 이럴 때 후사를 이으라고 들들 볶아 줄 시부모님이 아쉽다. 드라마 같은 거 보면 계약결혼이다 정략결혼이다 해도 시집 식구들 성화에 합방 하네, 마네 깨를 볶던데. 넌 누구보다 드라마틱한 결혼을 해 놓고 막상 뚜껑 열고 보니 앙꼬 없는 찐빵 꼴이네. 그러게 내가 말했잖아. 남자는 자 보기 전엔 모른다고.'

그래, 지영아. 네 말은 항상 옳았어.

하루빨리 손주 보게 해 달라고 압력 넣는 시부모님? 어릴 때 미국에 이민 가 그곳에서 학업을 마친 그는 외아들이었다.

성공한 사업가였던 아버지는 5년 전 사고로 돌아가셨고 어머니마저 재작년 지병으로 돌아가신 후 국내 대학의 파격적인 스카우트 제의를 받고 얼마 전 귀국했다고 한다. 이게 내가 아는 그의 가족사 전부다.

그의 반듯한 성품을 보면 분명 화목한 가정에서 자랐을 것 같은데 그는 부모님에 대한 이야기를 전혀 하지 않는다. 어쩌다 내가 물어보기라도 할라치면 금세 화제를 돌려 버리곤 했다. 그래서 난 시부모님의 사진조차 본 적이 없다. 그에게는 가족과의 소중한 추억 같은 것이 아예 없는 걸까?

❀　✚　❀

가게 문이 열리고 깜찍한 아가씨 한 명이 들어선다. 매일 오후 이 무렵 들르는 단골손님이다. 근처 오피스텔에서 인터넷 쇼핑몰을 운영한다는데 본인이 모델도 겸한다고 혜수가 말해 줘서 익히 알고 있었다.

"어서 와요."

"안녕하세요."

그녀가 우리 가게에서 찾는 건 달콤한 컵케이크가 아니라 쌉쌀한 아메리카노다. 유명 바리스타가 있는 커피전문점도 아니고 특별히 좋은 원두를 공수해서 쓰는 것도 아니라 딱히 내세울 것도 없건만, 매일 이곳에서 아메리카노를 주문하고 그녀의 지정석과 다름없는 진열장 바로 앞자리에 앉아 오래오래 음미하며 마신다.

그러나 가만 보면 그녀가 음미하는 것은 혀로 느끼는 커피가 아니라 눈으로 감상하는 컵케이크였다. 그런 그녀에게 컵케이크를 서비스로 권한 적이 있지만, 그녀는 겸연쩍게 웃으며 거절했다.

'안 돼요, 저 살찌면. 1킬로만 붙어도 옷발이 안 살거든요.'

마르다 못해 앙상한 그녀지만, 늘 다이어트를 한다고 한다. 이렇게 인형 같은 겉모습만 보면 옷 가방을 짊어지고 동대문 새벽시장을 누비고 다니는 모습이 상상이 안 간다.

"아메리카노 드려요?"

"아뇨! 오늘은 컵케이크 먹을래요. 찐한 에스프레소랑 같이."

"오늘은 웬일로? 무슨 일 있어요?"

"그냥 달콤한 게 당기네요. 사실 그 날이기도 하지만, 요즘 일도 잘 안 풀리고 기분도 우울하고. 이래저래 슬럼프라서요."

어떤 이에겐 설탕과 버터와 색소 범벅의 정크 푸드에 지나지 않겠지만, 다른 누군가에겐 작은 위로가 될 수도 있다는 게 내가 컵케이크를 사랑하는 이유다.

"저, 이거 주세요."

진열장 안의 모든 케이크를 샅샅이 보고 또 보며 오랜 시간 고심하던 그녀가 고른 건 레드벨벳이었다.

레드벨벳. 컵케이크를 가르쳐 준 선생님이자 친언니처럼 따르는 현주 언니가 내게 붙여 준 별명이기도 하다.

'다른 사람들은 네 여리고 청순한 겉모습에 깜빡 속지만 난 알지. 넌 이 레드벨벳 같은 애야. 하얗고 부드러운 크림 속에 진하고 붉은 열정을 숨기고 있는.'

과연 그럴까? 현주 언니 말대로 난 레드벨벳 같은 여자일까? 아직은 나도 잘 모르겠다. 내 안 깊은 곳에 무엇이 숨겨져 있는지.

"음, 맛있겠다."

레드벨벳과 에스프레소 한 잔을 앞에 두고 그녀는 어린아이처럼 행복해했다. 잠시나마 고통을 잊게 해 주는 진통제처럼, 우리에겐 달콤함이 절실히 필요한 순간이 있다. 비록 짧은 찰나일지라도 그 다디단 기억에 의지해, 긴긴 인고의 시간을 견뎌 낼 수 있는 건 아닐까.

똑! 똑!

유리를 두드리는 소리가 들려 그쪽으로 고개를 돌렸다. 창문을 두드리는 한 남자가 눈에 들어왔다. 긴 다리가 더욱 돋보이는 청바지에 편안한 니트를 입고 있는 그는, 대학교 신입생처럼 신선해 보였다.

나. 와. 요.

붕어처럼 입만 벙긋대는 그를 보니 나도 몰래 웃음이 터졌다.

알. 았. 어. 요.

그를 향해 나도 같이 입을 벙긋거리자 이내 환한 미소를 돌려준다.

매일 이곳으로 찾아와 좋아하지도 않는 컵케이크 한 개씩을 사 갔던 남자. 반짝거리는 은반지를 내게 불쑥 내밀었던 그 남자.

그날, 그를 선택했던 건 따지고 보면 나였다. 지금 거절하면 영원히 못 볼지도 모른다는 생각에 망설임 없이 그의 청혼을 받아들였으니까.

거리를 향해 시선을 돌린 그를 향해 나도 몰래 손을 뻗었다. 햇살을 받아 반짝이는 머리카락을 지나 단정히 솟아오른 콧날을 스치던 손끝이 잠시 그의 입술에 머물렀다.

손끝에 전해지는 매끄러운 유리의 감촉이 서늘했다. 그가 처음 내 가게에 들어왔던 그날처럼, 햇살이 눈부신 오후였다.

3 태양의 동쪽 달의 서쪽

♥♥♥♥♥♥♥♥♥♥♥♥♥♥♥♥♥♥♥♥♥♥

영화관이 있는 쇼핑몰 안에는 대형 마트와 음식점, 다양한 상점들이 입점해 있다. 이곳에 오면 모든 것을 한 번에 해결할 수 있어 편하다. 뭘 먹을까 궁리하며 이곳저곳을 기웃대는 것도, 상점의 진열창 안을 구경하는 것도 그와 함께여서 즐거웠다.

그의 손을 잡고 걷는 것만으로도 내 마음은 몰랑몰랑해진다. 그의 손은 따뜻했고, 스무 살 이후 늘 시리던 내 가슴 한구석까지 녹여 줄 듯 포근했다.

영화는 그럭저럭 재미있었고, 아직은 배가 고프지 않은지라 마트에서 장을 먼저 보기로 했다.

카트를 끌어 주는 믿음직한 남편과 마트 안을 누비며 시식도 하고 제품 설명서도 꼼꼼히 읽어 보며 이거 살까, 저거 살까 상의하는 것도 소소한 신혼의 재미가 아닐까.

"이거 먹어 봐요. 맛있네."

두부를 고르고 있는 나의 입에 그가 넣어 준 건 시식 코너의 수제 햄이다. 처음엔 시식 코너 앞에서 쭈뼛대던 그였는데 이젠 나보다 더 적극적으로 시식 코너를 탐색한다.

"어때요, 다은 씨? 괜찮죠? 이거 살까요?"

입을 우물거리며 고개를 끄덕이는 날 보고 쿡 웃더니 입가에 묻은 머스터드를 손가락으로 닦아 줬다. 그의 손가락이 닿았던 곳이 감전된 듯 찌릿했다.

"아기 같아요, 다은 씨."

"뭘요? 자기가 묻혀 놓곤."

살짝 눈을 흘겼지만, 이런 순간마저 내겐 소중하다. 함께 장을 보고 뭘 해 먹을까 의논할 가족이 내게도 생겼으니까.

"달걀, 두부, 감자, 양파, 오이…… 과일도 샀고, 이제 세제만 사면 돼요."

"이럴 때 보면 다은 씨 진짜 주부 같아요."

쇼핑 목록을 들여다보며 꼼꼼히 체크하는 날 보고 그가 놀렸다.

"진짜 주부 맞는데요?"

"아! 맞다. 아줌마였지."

심통이 난 나는, 킥킥대며 카트를 밀고 가는 그의 등을 한 대 콩 때려 줬다.

"아야! 이 아줌마가 사람 잡네. 여자가 힘은 왜 이렇게 세요?"

엄살을 떠는 모습이 우습기도 하고 새롭기도 했다. 이 사람에게 이런 면이 있었나?

늘 흐트러짐 없는 반듯한 모습만을 보여 줬었는데. 이렇게 조금씩 허물을 벗으며 우리도 편안한 사이가 되어 가는 걸까? 서로의 입가에 묻은 음식을 서슴없이 닦아 주고, 유치한 농담을 주고받으며 티격태격하기도 하는, 여느 신혼부부들처럼.

내가 늘 쓰던 상표의 세제가 아닌 '1+1' 행사 상품을 집어 들자, 그는 고개를 절레절레 흔들며 웃었다.

"다은 씨 정말 알뜰하네요."

"피이!"

나는 아랫입술을 빼물며 그를 살짝 흘겨보았다.

"배고프죠?"

"네, 이거 계산 빨리하고 밥 먹으러 가요."

"뭐 먹고 싶어요?"

"글쎄요⋯⋯. 뭐 먹지? 먹고 싶은 게 너무 많아서."

외식 메뉴를 고르는 건 늘 즐거운 고민이다. 맛있는 걸 먹을 때가 가장 행복한 나는, 배가 고플수록 더 진지하게 고심한다. 배가 고플 때 맛없는 음식으로 배만 채우면 화가 난다. 이럴 때 진짜 맛있는 걸 먹어 줘야 인생이 즐거운 법이니까.

"다은 씨, 우리 초밥 먹으러 갈까요?"

윤기 자르르 흐르는 참치 뱃살 초밥과 혀에 착착 감기는 성게 알 초밥이 눈앞에 둥둥 떠다니는 것 같다.

"아니면 스테이크?"

핏물 살짝 밴 두툼한 등심 스테이크가 떠올라 입에 침이 고인다. 지금 이 순간 먹고 싶은 건 너무 많은데 내 위장은 한정되어 있으니 그걸 한 번에 다 못 먹는다는 게 안타까울 따름이다. 이럴 땐 차라리 뷔페를 갈까? 아니면⋯⋯.

"아! 우리 푸드 코트 가요."

"푸드 코트요?"

"재민 씨 한 번도 안 가 봤죠?"

나는 앞장서서 마트 내의 푸드 코트로 갔다. 그와는 늘 고급 식당을 갔기 때문에 마트에서 밥을 먹는 건 처음이다.

카트를 잠시 보관하고 메뉴를 골랐다. 떡볶이, 어묵, 돌솥 비빔밥, 김치찌개를 푸짐하게 앞에 놓으니 세상 부러울 게 없다.

"그렇게 좋아요?"

난 대답 대신 웃으며 떡볶이 하나를 냉큼 입에 넣었다. 고 매콤달콤 쫄깃한 놈을 씹다 보니 쌓였던 스트레스가 확 날아가는 거 같았다. 떡볶이를 삼키곤 이번엔 맵다고 호호거리며 어묵 국물을 마셨다. 그런 내 모습을 보며 그가 피식 웃는다.

"왜 자꾸 웃어요?"

"그냥 웃겨서요."

"오늘은 진짜 많이 웃었어요. 마트에서만도 몇 번이야, 벌써."

"그걸 세고 있었어요?"

"세진 않았지만, 재민 씨 만날 부처님 미소만 짓고 있지, 잘 안 웃는 거 알아요?"

"하하하."

'부처님 미소'란 말이 웃겼는지 갑자기 소리를 내며 유쾌하게 웃었다. 하얀 이를 드러내고 커다랗게 웃는 모습이 아이처럼 순수해 보였다.

이렇게 웃는 모습, 앞으로 더 자주 볼 수 있겠지?

"어! 이 책……."

저녁을 맛있게 다 먹고 계산대로 가다가 서적 코너에서 그림책 한 권을 발견하고 반가워서 나도 몰래 소리를 질렀다.

"애들 그림책이잖아요, 그거."

"어려서 엄마가 읽어 줬던 동환데, 이렇게 그림책으로도 나와 있네요."

"태양의 동쪽 달의 서쪽?"

"나 이거 사도 되죠?"

그는 고개를 끄덕이며 그림책을 카트에 담았다.

쇼핑 목록에 없는 걸 살 때, 우린 서로에게 꼭 허락을 구한다. 그가 시식 코너에서 나에게 소시지를 살까 물어본 것처럼 아주 사소한 것도 그냥 사는 법이 없었다.

주말이라 마트 안은 복잡했고 계산대의 줄도 길었다. 계산을 마치고 봉투에 물건을 담고 나니 진이 쫙 빠지는 것 같았다.

"아이스크림 먹고 가요."

"배 안 불러요? 그렇게 먹고?"

"배는 부르지만, 입가심은 해야죠."

내 말에 그가 또 웃었다. 별로 웃기지도 않은 말에 저렇게 웃다니. 내가 그렇게 유머감각이 뛰어난 사람이었던가? 세상 사람이 모두 저이 같다면 난 지금 컵케이크를 굽고 있지 않고 개그콘서트에서 이름을 날리고 있겠지.

마트 앞 아이스크림 가게에서 우리는 각각 콘 하나씩을 입에 물고 의자에 앉았다. 그는 초콜릿 아이스크림, 나는 바닐라 아이스크림을 골랐다.

"그거 한 입만 주면 안 돼요?"

요것조것 다양한 맛을 보는 걸 좋아하는 나는, 눈앞에 어른대는 유혹을 못 견디고 그에게 졸랐다.

"아, 해요."

그는 아직 입 대지 않은 부분을 내 앞으로 돌려서 내밀었다.

"헤헤. 잠깐만요. 숟가락 가져올게요."

"그냥 먹어도 돼요."

"그래도 어떻게 남의 걸 입 대고……."

그러나 말이 채 끝나기도 전에 아이스크림은 이미 입술에 닿아 있었다. 하는 수 없이 그의 아이스크림을 덥석 베어 물었다. 진하고 달콤한 초콜릿 맛이 입안에 시원하게 녹아들었다.

"맛있어요?"

웃으며 고개를 끄덕였다.

"더 줘요?"

"아뇨. 됐어요."

내가 민망해하는 것과 달리 그는 내가 입 댄 아이스크림을 아무렇지도 않게 먹었다. 그 모습을 보니 괜히 얼굴이 화끈거렸다. 마치 우리가 진짜 부부가 된 것 같아서.

"근데 다은 씨는 그렇게 먹은 게 다 어디로 가요?"

"어디로 가긴요. 다 뱃살로 착착 저장해 두고 있답니다."

"에이, 거짓말. 살도 없으면서."

"살이 있는지 없는지 재민 씨가 어떻게 알아요. 봤어요?"

순간, 내뱉은 말을 다시 삼키고 싶었다. 아무 생각 없이 그냥 한 소린데, 법적 부부인 우리가 한 번도 서로의 몸을 본 적이 없다는 걸 상기시키는 말로 들릴 것 같아서.

"아후, 덥다. 여기 왜 이렇게 덥지?"

난 빨개진 얼굴을 들킬까 봐 연신 손부채질 하며 아이스크림 먹는 데 열중하는 척했다. 다행히 그도 아이스크림에만 집중하고 있는 것 같았다.

"참! 아까 산 그 책, 내용이 뭐예요?"

돌아오는 차 안에서 그가 물었다.

"아주 어릴 때 엄마가 읽어 줬던 거라, 좀 가물가물해요."

나는 기억을 더듬어 그에게 이야기를 들려줬다.

"옛날에 가난한 농부가 살았는데 어느 날 커다란 곰이 나타나 당신 막내딸과 결혼시켜 주면 부자로 만들어 주겠다고 해요. 그래서 결혼을 했는데 곰이 낮에는 사라졌다가 깊은 밤, 불을 끄면 사람으로 변해서 침대 속으로 들어오더래요. 나중에 너무 궁금해진 여자가 얼굴을 봐선 안 된다는 약속을 어기고 몰래 촛불을 켜고 본 거죠."

"봤더니, 괴물?"

"아뇨. 정말 잘생긴 왕자님이었대요."

"잘생긴 왕자님이라……. 그럼 좋았겠네요."

그는 이 이야기가 꽤나 흥미로운지 적당히 추임새를 넣었다.

"처음엔 좋았겠죠. 하지만 왕자님의 아름다움에 넋을 잃은 여자가 몰래 키스를 하다가 그만! 촛농이 왕자의 이마에 떨어져요. 깨어난 왕자가, 1년만 참았으면 마법에서 풀려날 수 있었는데 당신이 약속을 어겨 우리 두 사람 모두를 불행하게 만들었다고 화를 내고 태양의 동쪽 달의 서쪽에 있는 마녀의 성으로 가 버려요. 거기 사는 마녀의 딸과 결혼해야 하는 마법이거든요."

"그럼 두 사람은 헤어지고…… 그걸로 끝인가요?"

"그럴 리가요. 여자가 천신만고 끝에 왕자를 찾아가요. 왕자의 더러워진 속옷을 깨끗이 빨아 줘야 마법에서 풀릴 수 있다는 말을 듣고 여자는 그 말대로 하죠. 덕분에 왕자는 마법이 풀리고 '두 사람은 오래오래 행복하게 잘 살았답니다'로 끝나죠."

"……."

"동화니까요."

그는 운전에 집중하느라 더는 말이 없었고, 조용한 차 안에는 잔잔한 음악만 흘렀다.

투둑, 투둑, 투두두둑.

느닷없이 굵은 빗방울이 차창을 두드렸다. 낮엔 그리도 화창했는데 아무런 예고 없이 이렇게 비가 오다니. 그러고 보면 인생이나 날씨나 100% 예측할 수 없다는 게 공통점 아닐까?

그다지 오래 살지 않은 25년 내 인생도 이렇게 롤러코스터를 타고 있으니, 앞으로 어떤 일이 일어나더라도 놀랍지 않을 거 같았다.

"다은 씨라면…… 어떻게 했을 거 같아요?"

차창 밖 비 내리는 거리를 멍하니 보고 있던 나는 그의 목소리를 듣고 고개를 돌렸다.

"네? 뭘요?"

"다은 씨가 그 여자라면, 촛불을 켜고 확인했을 거 같아요?"

"아, 난 또……."

나라면 어떻게 했을까?

"어릴 때는 그 여자가 참 바보 같다 생각했어요. 아무리 궁금해도 참지, 1년만 채웠으면 마법이 풀리는데 왜 그런 짓을 했을까, 어린 맘에 막 안타까워했던 기억이 나요."

"지금도 그래요?"

"글쎄요."

왕자가 절대로 자신의 얼굴을 봐선 안 된다고 했는데도 호기심을 못 참고 어리석은 짓을 하고야 만 그 여자의 마음이 이제는 조금 이해가 갔다.

"근데, 그건 왕자가 잘못한 거 아닌가요?"

"왕자 잘못이라고요?"

"그렇잖아요. 애초에 진실을 밝히지 않은 건 왕자였고, 여자는 진실을 알고 싶었을 뿐이죠. 어떻게 같이 사는 남편 얼굴이 안 궁금하겠어요?"

우리가 탄 차는 거센 빗속을 가르며 밤을 달리고 있었다. 문득, 이대로 어디론가 훌쩍 떠나고 싶다는 생각이 들었다. 나를 기다리는 현실이 아닌 완전히 다른 세상 어떤 곳으로.

"하지만 조금만 기다려 줬으면 마법이 풀리고, 행복하게 살 수 있었잖아요."

"왕자가 처음부터 진실을 말해 줬다면 기다릴 수 있었겠죠."

"진실을 숨길 수밖에 없었던 건 마법 때문 아닌가요?"

"그렇겠죠. 하지만 내가 그 여자라면, 그래도 볼 거예요. 진실을 숨긴 행복은 진짜 행복이 아니니까요."

아직 내 가게를 열기 전에는 인터넷으로 주문판매를 했었다. 그땐 고객이 원하는 걸 맞춰 줘야 해서 내 생각보다는 그들의 요구사항을 전적으로 따라야 했다.

간혹 먹기 위한 게 아닌, 기념으로 두고 볼 걸 원하는 사람들도 있다. 그럴 땐 케이크 모형 위에 슈거 장식을 하면 오래 보존할 수 있다. 그렇게 만든 슈거케이크는 정말 예쁘다. 오로지 두고 보기 위한 목적으로 만든 것이니 당연하겠지만.

진실을 숨긴 행복은 그런 모형 케이크와 다를 바 없지 않을까? 예쁜 겉모습에 속아 한 입 베어 물었다간 낭패일 것이다. 그 안엔 진짜가 아닌 가짜가 들어 있으니까.

"그럼 왕자는 마법에서 깨어나지 못하고 벌을 받으러 가겠군요."

"피할 순 없겠지요."

"……찾으러 올 건가요? 다은 씨라면."

"태양의 동쪽 달의 서쪽으로요?"

"네."

"거긴 가는 길도 없어요. 아무도 길을 아는 사람이 없는 곳인데요?"

그냥 그저 그런 잡담일 뿐인데 차 안의 공기가 묵직하게 느껴진다.

"그 여자는 왕자를 찾으러 오잖아요."

"동화니까요."

"……."

※　✖　※

가슴을 짓누르는 답답함에 몸부림치다 잠에서 깼다. 가위에 눌렸었나 보다. 스무 살의 그날 이후 가위에 눌리는 일이 종종 있었지만, 다시 안정을 찾으면서부터 괜찮아졌었는데……. 아마도 비바람 소리 때문에 악몽을 꾼 거 같다.

정확히 기억은 나지 않지만 짙은 어둠 속에서 무언갈 찾아 헤매며 울던 내 모습이 어렴풋이 떠오른다. 아주 작고 약한 아이였다, 꿈속의 나는. 굉장히 슬펐고, 마음이 텅 빈 듯 외로웠던 것 같다. 그 아이가 잃어버린 건 무엇이었을까?

이렇게 마음이 텅 비어 있을 땐, 엄마가 꼭 안아 주면 안심이 되곤 했었다.

'괜찮아. 다 괜찮아. 그만하면 됐어.'

따뜻하게 위로해 주던 엄마의 목소리가 듣고 싶다. 지금, 누군가가 나를 꼭 안아 준다면 좋겠다. 엄마처럼, 괜찮다고 말해 주면 좋겠다.

주방에서 물을 마시고 침실로 돌아가려는데 그의 방에서 불빛이 새어 나오는 걸 발견했다. 이 새벽까지 안 자고 뭘 하는 걸까? 혹시 불을 켜 둔 채 잠들었을까 봐, 잠시 망설이다 그의 방으로 향했다.

"뭐 해요, 안 자고?"

잠이 들었는지 아무런 대답이 없었다. 열린 문틈으로 슬쩍 보니 가슴께에 책 한 권을 올려두고 그가 반듯하게 누워 있었다. 침대에 누워 책을 읽다 잠든 듯했다.

불을 꺼 주려고 살며시 들어갔다. 그는 이불도 덮지 않고 입던 옷 그대로 잠들어 있었다. 가슴팍에 놓인 책을 치워 주려 집어 들었다.

내가 읽다가 거실 탁자 위에 두었던 '태양의 동쪽 달의 서쪽'이었다. 피식, 웃음이 나왔다. 애들 그림책이라더니, 내 이야기가 그렇게 재미있었나?

펼쳐진 책을 접어 테이블 위에 올려놓고 불을 끄려던 손을 잠시 멈췄다. 불빛을 받은 그의 얼굴은 이 세상 사람이 아닌 듯 아름다웠다.

빛이 닿은 곳은 태양 같고, 그림자 진 곳은 달빛 같다. 비현실적으로 아름다운 그의 얼굴을 내려다보고 있으려니, 마치 내가 남편의 얼굴을 훔쳐보다 촛농을 떨어뜨린 이야기 속 여자가 된 기분이 들었다.

잔잔하던 그의 얼굴이 갑자기 일그러졌다. 한 번도 본 적 없는 표정이다. 늘 고요한 호수 같던 사람인데…… 지금 그는, 무슨 꿈을 꾸는 걸까.

그의 얼굴을 향해 조심스레 손을 내밀었다. 괜찮다고, 그만하면 됐다고, 위로해 주고 싶었다. 누군가 나에게 그렇게 해 주길 바라듯 어쩌면 그도, 절실하게 위로가 필요할지 모르니까.

머뭇대던 손가락이 찌푸린 미간을 스치자, 스르르 주름이 펴졌다. 왕자의 얼룩진 속옷을 새하얗게 세탁할 수 있었던 그녀처럼, 나만이 그의 마법을 풀어 줄 수 있는 걸까?

마녀의 주술에 걸린 왕자를 일깨우듯 짙은 눈썹을 한 올 한 올 쓸어 보았다. 검고 긴 속눈썹이 파르르 떨리더니 그가 눈을 떴다. 시선이 마주쳤지만, 아직 꿈속에서 채 헤어나지 못한 눈빛으로 내 눈을 가만히 응시할 뿐이었다.

아름답지만, 낯선 눈빛이다. 안경 너머로만 보던 그 눈빛이 아니

었다. 일렁이고 있다. 내가 던진 돌멩이쯤은 꿀꺽 삼켜 버릴 거 같
던 무심한 눈동자가, 내 작은 손길에 출렁이고 있다.

난 그의 눈빛을 피하지 않고 마주 보며, 그의 머리카락을 쓰다듬
었다.

'괜찮아요.'

내 위로의 말을, 그는 알아들었을까?

4 위로

♥♥♥♥♥♥♥♥♥♥♥♥♥♥♥♥♥♥♥♥♥♥

"잠깐만요."

"네?"

"안경, 그 안경 한번 벗어 보면 안 돼요?"

"왜요?"

젓가락으로 반찬을 집으려던 그의 손이 순간 멈칫했다.

'재민 씨 눈 보고 싶어서요.'

정말 하고 싶은 말은 안으로 꾹 삼키고 호들갑스럽게 말했다.

"아! 안경 쓰는 사람들 안경 벗으라 하면 싫어하는 거 아는데요, 이상해 보인다고. 근데 재민 씨는 안 그래요. 안경 안 쓴 게 훨씬 멋있어요."

그 깊은 호수 같은 눈망울을 안경 뒤로 감추는 게 싫었다. 새벽에 본 그의 맑은 눈을 있는 그대로 보고 싶었다. 아주 가까이서, 늘.

그는 잠시 입을 앙다무는 것 같더니 말없이 계란말이를 집어 입으로 가져간다.

"……미안해요. 괜한 말 해서."

"괜찮습니다."

여느 때 같지 않게 그의 목소리가 서늘하게 느껴졌다.

새벽녘 그의 이마에 손을 대었던 순간엔 마치 그와 내가 이어져 있는 것 같았는데……. 지금 그는, 다시 저만치에 물러서 있다. 눈에서 멀어지지도 않지만, 손을 내밀어도 닿지 않을 거리에. 딱 그만큼의 안전한 거리에 그가 있다.

궁금해도 새벽의 이야기는 꺼내지 않는 게 좋겠다. 아마도 그는 그 일을 기억하지 못할 거다. 설사 기억이 난대도, 꿈이려니 하겠지. 나는 잠자코 수저질을 계속했다.

"다은 씨, 우리 정원에서 커피 마실래요?"

이어지는 침묵이 불편했는지 그가 말을 걸어온다.

"왜요?"

툭 내뱉은 대답이 내 귀에도 퉁하게만 들렸다.

"날씨도 좋고, 이제 가을이 느껴지네요."

그는 다시 환한 미소를 짓고 있다. 좀 전의 낯선 느낌은 어느새 사라지고 원래 내가 알던 얼굴로 돌아와 있었다. 친숙하지만 여전히 나와 적당한 거리를 두고 있는, 그 예의 바른 얼굴로.

아침이라기엔 늦고 점심이라기엔 조금 이른 상을 물리고 정원의 의자에 앉았다. 그가 만들어 온 카페라테는 진하고 고소했다.

"맛있어요."

"제가 이런 건 또 잘하죠?"

"네, 참 잘했어요. 도장 꽝!"

그와 함께 웃으며, 올려다본 하늘은 바다처럼 파랬고 하얀 뭉게구름이 동동 떠다니고 있었다.

"와! 저 구름 좀 봐요."

"한국의 가을 하늘은 정말 아름다워요."

"그죠? 근데 요즘은 이런 하늘 보기 힘들어요. 옛날에, 나 어릴 때나 봤던 거 같네."

"대기오염 때문에?"

"아무래도 그렇죠. 이런 날씨가 내내 계속되면 참 좋을 텐데. 내가 좋아하는 파란 하늘에 뭉게구름 좀 실컷 보게."

머리카락을 쓰다듬은 바람이 감나무 잎사귀를 흔들었다. 가을볕은 적당히 따스했다.

"나 어릴 적에 옥상에 돗자리 펴고 누워 보던 그 하늘 같아요. 그땐 엄마랑 아빠랑 같이 바라보던 하늘인데, 이젠 난 여기에 있고 엄마 아빠 저기 하늘에 있고……."

빨려들 것 같은 하늘을 한참 쳐다보다 고개를 돌리니 그의 눈이 나를 향해 있었다.

"원래 좋은 시간은 더 빨리 가 버리죠."

시선이 마주치자 황급히 고개를 돌리며 그가 말했다.

"그런가요? 붙잡아 두고 싶은데……."

나중에, 아주 나중에 이 순간이 기억날까? 내 마음속 앨범에 한 장의 사진으로 남겨 두고 싶었다. 언제든 저 파란 하늘이 그리울 때, 그리고 이 시간이 그리울 때. 그때 꺼내 볼 수 있게.

월요일 아침엔 여느 때보다 더 바쁘고 활기찬 느낌이 든다. 거의 매일 아침 들르는 손님이라도 월요일엔 조금 다른 분위기다. 주말 동안의 나른한 기운을 떨치고 약간의 긴장감과 함께 세상을 향해 조금은 날을 세운 듯한 인상을 풍긴다.

아침을 거르고 나왔을 그들을 위해 '오늘의 컵케이크'와 아메리카노를 아침 세트 메뉴로 준비해 두고 있다. 빈속에 먹는 것인 만큼 덜 달고 영양가 있는 걸로 구성하려고 고심한다.

오늘은 호두와 검은깨를 넣어 구운 케이크에 밤 크림을 바르고 시럽에 졸인 밤을 장식한 '깊은 밤 컵케이크'를 준비했다. 이렇게 내가 새롭게 만들어 낸 케이크엔 내 마음대로 이름을 붙인다.

"어서 오세요."

"오늘은 뭐예요?"

건성으로 묻는 낯익은 그녀는 머리끝이 아직 젖어 있고 비비크림만 바른 듯 창백한 얼굴이 지쳐 보였다. 언젠가 가게에 유치원생쯤 되어 보이는 아들과 들른 적이 있어 그녀의 아침이 얼마나 정신없을지 가히 짐작이 갔다.

"깊은 밤 컵케이크예요. 요기, 밤 올린 거요."

"이름 재밌네요."

케이크와 커피를 들고 가 구석 자리에 앉은 그녀는 가방에서 주섬주섬 작은 손가방을 꺼낸다. 손가방 안에서 분첩을 꺼내 얼굴을 토닥토닥 두드려 주고 눈썹연필로 눈썹을 그리더니 그제야 커피 한 모금을 마신다. 포크로 케이크를 크게 떠서 한입 넣고, 이번엔 눈화장에 열중하고 있다. 노란 밤 크림 밑으로 깊은 밤의 색을 띤 케이크가 속살을 드러낸다.

가게엔 연신 오늘의 컵케이크 세트를 찾는 손님들이 드나들고 있다. 또 이렇게 새로운 한 주를 시작하는 사람들에게 내가 구운 컵케이크가 작으나마 힘을 줄 것이다.

마지막 한 입의 케이크를 먹고 커피를 다 마신 그녀가 드디어 립스틱을 바른다.

"잘 먹었어요."

미소를 지으며 문밖을 나서는 그녀의 반짝이는 입술과 분홍빛 뺨에 생기가 돈다. 창밖으로 보이는 그녀의 발걸음이 가벼워 보였다.

"아직도 그대로야?"

"응."

"하여튼⋯⋯."

나는 주위를 둘러보며 지영에게 눈짓을 했다. 저녁 시간이라 가게 안에 손님은 없지만, 혜수가 계산대에 있으니 말조심하라고 신호를 보냈다. 지영은 그런 내가 못마땅한 듯 혀를 찼다.

"우린 아직, 시간이 더 필요한 거 같아."

"그러다 진짜 만리장성 쌓겠다."

"앤 툭하면 만리장성이래."

"아이고, 그저 순진해 빠져선."

중·고등학교를 함께 다닌 지영과는 자매와 다름없는 사이지만 이성 문제에서는 정반대의 성향을 지녔다.

지영은 깜찍한 얼굴과 살살 녹는 애교로 남자들에게 인기도 많지만 일 년 이상 가는 남자 친구가 없을 정도로 싫증도 잘 낸다. 어쨌든 중학교 이후 지금까지 사귄 그 많은 남자 친구 중 차인 적은 한 번도 없다는 게 그녀의 자랑거리기도 하다.

그때 문을 열고 한 남자가 들어왔다.

"승욱아."

큰 키에 세련된 옷차림이 눈길을 끄는 승욱 씨는, 지영이와 만난 지 한 달 된 사이라고 했다.

"인사해, 두 사람."

"안녕하세요. 한승욱입니다."

"네, 안녕하세요. 지영이에게 말씀 많이 들었어요."

"하하. 뭐라 욕하던가요?"

"아니, 좋은 분이라고……."

지영이 살짝 눈을 흘기자 승욱 씨는 그 모습이 귀여워 죽겠다는 듯 볼을 꼬집었다.

"재민 씨 오늘 언제 퇴근해?"

"월요일은 별일 없음 일찍 들어오는 편이야. 왜?"

"오늘 우리 같이 저녁 먹자. 나, 재민 씨 본 지 오래됐잖아."

"글쎄……."

내 말이 채 끝나기도 전에 지영은 휴대전화를 집어 들었다.

"어휴, 진짜 빠르다, 빨라."

"우리 지영이가 성격이 좀 급하죠. 하하."

승욱 씨는 지영이의 그런 성격조차도 좋은지 헤벌쭉 웃는 표정이었다.

"네, 안녕하셨어요? 근데 저 안 보고 싶으세요?"

신호가 떨어지자 꾀꼬리 같은 음성으로 돌변한 지영이를 나는 어이없다는 표정으로 살짝 흘겨보았다.

"흐흐. 그러니까 오늘 한번 뭉치자고요."

나에게 눈을 찡긋해 보이며 지영이는 휴대전화 너머 재민에게 삼겹살이 먹고 싶다고 졸랐다.

달아오른 돌판 위의 삼겹살이 노릇노릇 구워지고 있다. 승욱 씨는 잘 구워진 삼겹살을 상추에 올리고 새콤한 무생채와 마늘 편을 얹은 후 쌈장을 좁쌀만큼 얹어 지영에게 내민다.

"자, 아, 해."

"싫어. 나 마늘 매워서 못 먹어."

지영은 입을 꼭 다물고 눈을 새치름히 내리깔았다.

"한 번만 먹어 봐. 안 매워."

"매워. 싫어."

"이렇게 먹으면 맛있다니까. 딱 한 번만. 응?"

"매우면 어떡할래?"

"매우면? 내가 여기 이 마늘들 한입에 다 먹는다."

별것도 아닌 걸로 아웅다웅대는 철부지들을 보는 심정이랄까? 두 사람은 계속 마늘 편 넣은 쌈을 먹어 봐라, 못 먹는다, 승강이를 벌이고 있었다. 싫다는 걸 먹어 보게 하려는 승욱 씨나 고작 손톱만 한 마늘 조각이 맵다고 버티는 지영이나 유치하기 짝이 없었다.

"너 정말이지? 정말 안 맵다 그랬다. 네가 한 말 책임져."

"안 맵다니까. 이거 진짜 맛있어."

자기 입에 맛있는 걸 상대에게도 먹여 보고 싶고, 정말 맛있다는 걸 알려 주고 싶은 것도 사랑의 한 모습인지 모른다.

예전에 우리 아빠가 그랬다. 밖에서 맛있는 걸 드시면 꼭 사 들고 들어와 나와 엄마에게 맛을 보였었다.

우리가 맛있다고 그러면 좋아하시고 별로라고 하면 괜히 풀이 죽으시던 모습이 떠오른다. 이게 왜 맛이 없다고 그래, 맛만 좋은데, 하며 남은 음식을 꾸역꾸역 다 드셨다. 정말 맛있는 거라 증명해 보이고 싶으셨던 것처럼.

고깃집이라도 갈치면 아빠는 정성을 다해 구운 고기를 엄마와 내 접시에 올려놓으시곤 했다. 아빠가 구운 고기는 적당히 바삭한 겉과 촉촉한 속이 어우러져 언제나 환상의 맛이었다.

정신없이 먹다 보면 아빠는 집게와 가위를 든 채 그런 우리를 흐뭇하게 보고 계셨고 난 그런 아빠의 입에 고기 한 점을 넣어 드리곤 했다.

아빠의 미소를 떠올린 나는 앞에 놓인 소주 반 잔을 벌컥 들이켰다. 그런 나를 재민 씨가 바라본다. 난 재민 씨에게 빈 잔을 내밀었다.

"괜찮겠어요?"

"네. 저 술 잘 마셔요. 몰랐죠?"

그러고 보니 우리가 함께 술잔을 나눈 건 오늘이 처음이다.

우린 참 서로에 대해 모르는 게 많네.

서로가 잘 안다고 생각하고 결혼을 한 건데도 익숙해질 만하면 보여 주는 낯선 모습에 경악을 금치 못한다던 7년 차 주부 현주 언니의 말이 떠오른다. 옆에서 코 골고 자는 남편을 등지고 누워 인생은 결국 혼자구나, 눈물 흘린 적도 있다고 했다.

한 침대에서 살 맞대고 살며 함께 자식 낳고 기르는 부부도 그러한데, 당신과 나는 참 멀리도 있구나…….

"악! 매워!"

"매워? 진짜 매워?"

맵다고 호들갑 떠는 지영에게 승욱 씨는 사이다를 내밀고 어쩔 줄 몰라 하다 마늘 접시를 들어 입으로 가져갔다.

"어어. 너 진짜 그거 먹으려고?"

"그럼. 약속인데."

"야, 먹지 마."

마늘 접시를 뺏으려는 지영과 기어이 먹겠다는 승욱 씨의 새로운 실랑이에 재민 씨와 나는 웃음을 터뜨렸다.

"미쳤어! 미쳤어! 진짜 이걸 다 먹으면 어떡해?"

"하아. 하나도 안 맵다니까."

속상해하며 승욱 씨의 팔을 잡고 흔드는 지영과 귀밑까지 빨갛게 달아올랐음에도 끝까지 안 맵다고 하는 승욱 씨. 두 사람 주변만 불을 켠 듯 환하다. 스포트라이트를 받고 있는 무대 위 주연 배우들처럼.

너네…… 참 예쁘다.

이제 시작되는 사랑은 언제나 설레고 아름답다.

"속 괜찮아요?"

그가 내민 잔을 받아 들었다. 녹차 티백이 들어 있다.

"재민 씨는요? 재미있었어요?"

삼겹살집에서 저녁을 먹고 2차로 우리 집에 와서 와인을 마시며 놀았다. 떠들썩하고 유쾌한 시간이 지나고, 다시 우리 둘만 남았다.

"네. 모처럼 즐거웠어요."

"두 사람 잘 어울리죠?"

고개를 끄덕이며 웃는 그를 보며 녹차 한 모금을 마셨다.

아, 쓰다. 너무 우렸나 봐.

"써요?"

"흐흐. 조금."

그는 내 잔을 가져다 맛을 봤다.

"이 정도면 안 쓴데 그냥 마셔요. 녹차 성분이 숙취 해소에 좋대요."

"알았어요. 꼭 우리 아빠같이 말하네요."

후후 불며 뜨거운 녹차를 마셨다. 그런 나를 그가 보고 있다.

"우리 아빠는요, 내가 아플 때 약 안 먹고 버릴까 봐 꼭 지켜보셨어요. 쓴 거 엄청나게 싫어하거든요."

"부모님이 다은 씨를 참 사랑하셨나 봐요."

"당연하죠. 자기 자식인데. 재민 씨 부모님도 그러셨을 텐데요, 뭐."

"네…… 아마도."

술기운이 돌아서인지 밤이 깊어서인지 가슴 깊이 꾹꾹 눌러두었던 것들을 꺼내고 싶어졌다. 지금 마주한 이 사람도, 나와 같을까? 내가 아팠던 것만큼 그도…… 아팠을 거다. 모든 사람은 다 저만의 상처가 있는 거니까.

"그런데요, 재민 씨. 이거 비밀인데요. 나…… 우리 엄마 아빠, 가끔 미워요. 그렇게 사랑했으면서, 어떻게 나만 두고 훌쩍 가실 수 있었는지……."

날 홀로 남겨 두고 떠나신 부모님을 원망하는 마음이 아직도 드는 건 어쩔 수 없었다. 보고 싶은데 볼 수 없는 고통이 너무 커서, 닿을 수 없는 그곳이 너무 멀어서.

스무 살의 그날, 고요한 아침 공기를 찢고 비명처럼 울리던 전화벨 소리가 어제 일인 양 생생하다.

시골 본가의 기제사에 참석하기 위해 새벽에 나선 부모님이 고속도로에서 사고를 당하셨다는 비보를 전해 듣고, 난 그 자리에 주저앉고 말았다. 늘 함께 가던 길이었는데 그날따라 넌 기말고사 준비나 하라며 부득불 나를 떼 놓고 가신 건 엄마의 본능이었을까?

나도 데려가지 왜 나만 놔두고 가셨느냐고 울부짖으며 차가운 영안실 바닥을 구르던 내 모습이 떠오르면, 아직도 가슴 한구석이 쑤시듯 아프다.

이 아픔은 아마도 영원히 지워지지 않겠지. 조금씩 희미해지는 흉터처럼 시간이 지날수록 아픔도 옅어지겠지만 깨끗이 없어지지는 않을 거다.

"고속도로에서 고장 난 차를 발견하고 그 사람들을 도와주려고 갓길에 차를 세우고 내리셨대요. 2차 사고가 나지 않게 안전대를 세우고 손전등을 꺼내 수신호를 보내는 걸 도우시다가 그만……. 다행히 그 차 운전자는 부상은 당했지만, 목숨은 건졌고. 그 고장 난 차 안에는 세 살배기 아이와 임산부가 타고 있었대요."

"힘들었겠네요, 다은 씨."

"네……. 그래도 세월이 지나면 상처가 조금씩 아물고 새살이 나잖아요."

장례를 치르고 내 곁을 지켜 주던 친척들도 모두 각자의 집으로 돌아간 후, 텅 빈 집 안에 혼자 덩그러니 남겨졌다. 눈물은 다 말라 버려 울음도 나오지 않았다.

난 그냥 가만히 벽에 기대어 시간을 보냈다. 졸리면 쓰러져 자고 깨어나면 벽에 기대어 앉아 또 시간을 보내고. 이렇게 시간을 보내다 보면 부모님을 빨리 만날 수 있을 거 같았다.

"그렇게 며칠을 시체처럼 지냈는데, 부모님과 함께했던 시간이 하나둘 기억나기 시작했어요. 크리스마스면 엄마가 만들어 주던 케이크, 아빠가 산타할아버지인 양 머리맡에 놓아 주시던 선물. 케이크는, 아빠가 팔이 빠지게 거품기를 저어 달걀 거품을 내셨어요. 엄마는 잘 구워진 케이크에 생크림을 바르고 난 초콜릿이랑 과일로 예쁘게 장식했어요."

부모님과의 추억을 생각하면 난 항상 함께 굽던 크리스마스 케이크가 먼저 떠오른다.

아빠는 하루하루 치열하게 직장에 나가 돈을 벌어 우리 가족을 먹여 살리셨을 테고 엄마는 따뜻한 밥과 갓 끓인 찌개로 정성 들여 세 끼 상을 차려 내셨겠지만, 그런 반복되는 일상을 기억하는 건 그다음 일이었다.

"우리 가족이 함께 웃으며 케이크를 만들던 그 찬란했던 순간이, 그 행복했던 시간이 떠오르는 거예요. 난 그제야 일어나 샤워를 하고 옷을 차려입고 나갔어요. 케이크를 사려고요. 근데 다…… 너무 큰 거예요, 혼자서 먹기엔. 아무리 작은 것도 두 사람이 나눠 먹어야 할 거 같은데 난, 혼자니까……."

먹다 남긴 케이크를 냉장고에 넣어 뒀다가 나중에 보면 더 슬플 거 같았다.

"그때 발견한 게 컵케이크였어요. 봐도 늘 무심코 지나쳤었는데 그 작은 케이크는 혼자서 다 먹을 수 있을 거 같았어요. 그렇게 사 온 컵케이크를 커다란 식탁에서 혼자 꾸역꾸역 먹고…… 울었어요. 내 안의 모든 게 다 빠져나갈 것처럼, 엉엉 소리 내서."

그렇게 한참을 울고 나니 가슴 속의 억눌려 있던 슬픔도 빠져나 갔는지 이제 다시 살아야겠다는 생각이 들었다.

"정말 죽을 거 같았는데, 살 수 있겠더라고요. 그 후론 거의 울지 않았어요. 엄마 아빠가 날 사랑했다는 걸 잘 아니까, 함께했던 추억을 떠올리며 지금 이 순간 행복하게 살자, 결심했어요. 내가 지금 행복해야 나중에 정말 힘들 때, 오늘을 떠올리며 살아갈 힘이 생길 테니까요."

담담하게 말했지만, 눈물은 흘렀다. 난 잘 울지 않는데도.

그가 나를 물끄러미 바라보고 있다. 그의 눈이 왠지 촉촉해 보였다. 그가 손 내밀어 뺨을 타고 흐르는 내 눈물을 닦아 주었다. 그리고 천천히, 나를 끌어당겼다. 따뜻했다. 그의 품 안이 내 보금자리인 양 편안했다. 마치 원래부터 그랬던 것처럼.

쿵. 쿵. 쿵.

그의 심장 소리가 거세어질수록 마음이 놓이며 눈이 감겼다. 그의 입술이 내 눈꺼풀 위에 닿았던 것도 같다.

똑똑!

문을 두드리는 소리에 눈을 떴다.

아침이다!

"일어났어요, 다은 씨?"

재민 씨 목소리다. 아, 이게 어떻게 된 일일까?

난 벌떡 일어나 내 꼴을 살폈다. 다행인지 불행인지, 어제 입었던 실내복 차림 그대로다. 그렇담…… 별일은 없었다는 거겠지?

'둘 다 한잔했겠다, 취한 척 좀 안겨 봐라. 응?'

어제 지영이가 슬쩍 찔러주고 갔던 말이 생각났다. 취한 척 안기긴커녕 고릿적 이야기나 끄집어내서 눈물 콧물 질질 짜는 신파만 찍었으니 지영이가 이 사실을 알면 또 혀를 차겠군.

"네, 지금 막."

"들어가도 되죠?"

거울로 확인해 보지 않아도 뻔할, 이 추레한 몰골을 어떻게 완벽한 미모의 그에게 보이나. 안 돼, 절대!

"안, 돼요."

그러나 목이 잠겨선지 '안'은 가래 찬 소리와 함께 묻히고 '돼요'만 쩌렁쩌렁하게 울려 퍼졌다.

어떡해. 어떡해!

이미 문은 열리고 있고, 두더지처럼 땅굴을 파고 들어갈 수도 없는 노릇이라 냉큼 이불 속으로 숨어들었다.

"마셔요, 이거."

“거기 두고 나가세요. 조금 이따 마실게요.”

“안 돼요. 다은 씨 먹는 거 감시해야 해요.”

그답지 않은 고집이었다.

“진짜 마실게요. 얼른 나가요.”

“왜요? 왜 자꾸 내쫓으려고만 해요.”

“창피하잖아요.”

“풉! 뭐가요?”

그의 목소리에서 낯선 가벼움과 들뜸이 느껴졌다.

“세수도 안 하고, 머리도 엉망이고, 옷도 그렇고.”

“그런 거라면 괜찮아요. 내 눈엔 다 예쁘니까.”

헉!

“거짓말.”

“정말.”

어머, 어머, 어머! 이거 뭐니, 진짜.

어제 지영과 승욱 씨가 주고받던 유치한 말장난이 떠올랐다. 앞에 앉아 있는 사람들을 불시에 허수아비로 만들어 버리고, 자기들만 사는 세상인 양 티격태격하며 시시덕대던.

“자, 그러니까 일어나서 이거 마셔요.”

그가 머리끝까지 뒤집어쓴 이불을 천천히 걷어 내리자, 난 눈을 질끈 감았다. 눈밭에 머리를 처박은 꿩의 심정이 이럴까. 궁지로 내몰렸지만, 그저 이 현실을 회피하고 싶은 마음뿐이었다.

그에 의해 턱밑까지 내려온 이불을 그러잡고 있던 손가락의 힘은 이미 풀려 버렸다. 그런 내 모습을 내려다보고 있을 그의 표정이 궁금했지만, 눈을 떠 확인해 볼 용기는 차마 없었다.

"정말 어린애 같다니깐."

웃음기 띤 음성으로 혼잣말처럼 중얼거린다. 그 낮고 그윽한 목소리 때문인지 귀가 간지럽고 머릿속이 찌릿했다.

그때였다. 그의 손이 내 머리에 닿았다. 헝클어진 머리카락을 손가락을 세워 부드럽게 빗질해 주는 손길에 온몸이 녹아드는 것 같았다.

콩닥. 콩닥. 콩닥.

빨라지는 심장박동 소리를 그가 들었을까 두려웠다.

이제 그만 좀 해요…… 제발.

그의 손은 한 올 한 올 머리카락을 빗긴 후 이마를 지나 볼을 타고 내려왔다. 볼을 부드럽게 쓰다듬으며 턱을 훑더니 손바닥으로 얼굴을 감싸고 엄지를 세워 눈 밑을 세심하게 쓸어 준다.

그의 보드랍고 섬세한 손짓에 취한 듯 몽롱한 가운데…… 아뿔싸, 눈곱!

"이제 말끔해요, 다은 씨."

고양이 세수하듯 마른세수를 시켜 준 그는 가뿐하게 내 상체를 일으켜 세워 앉혔다. 정신이 혼미하고 볼이 상기된 와중에, 그가 기어코 내 입에 컵을 가져다 댄다.

"꿀꺽 마셔요. 단숨에."

"뭔데요?"

"숙취에 좋은 약."

"으, 나 쓴 거 진짜 못 먹는데."

"별로 안 써요. 자, 얼른."

하는 수 없이 눈을 질끈 감고 들이켰다.

읍! ……달다.

내 표정을 빤히 보는 그의 얼굴에 장난스러운 미소가 번졌다. 난 웃고 있는 그를 흘겨보곤 시원하고 달콤한 꿀물을 마저 마셨다. 달콤한 액체가 가슴속까지 스며들었다.

내가 어제 술을 좀 마셨다고는 하나 고주망태가 된 것도 아닌데, 이렇게 남편이 손수 끓인 국을 받고 보니 가끔은 술을 마셔 줘야겠단 생각마저 들었다.

"이거, 진짜 재민 씨 솜씨 맞아요?"

"그렇다니까요."

그는 의기양양해하며 내 앞에 북엇국을 내민다. 달걀을 곱게 풀고 파를 송송 썰어 넣은 그럴듯한 자태의 북엇국이다.

"얼른 먹어 봐요, 다은 씨."

그의 재촉에 수저를 들어 국을 떴다. 수저를 입으로 가져가는 그 짧은 동안에도 기대에 찬 그의 눈길에서 벗어날 수 없었다.

"어때요? 시원하죠?"

"네."

"속이 좀 풀려요?"

말없이 고개를 끄덕여 주고 연신 국을 떠먹었다. 그런 나를 그가 흐뭇해하며 본다.

"맛있어요?"

"네."

"진짜?"

"네."

사람들은 계속 확인하고 싶은가 보다. 내가 한 음식이 맛있는지 맛없는지, 나를 좋아하는지 싫어하는지, 날 사랑하는지 사랑하지 않는지, 묻고 또 묻는 심리는 매한가지겠지.

"저, 북엇국 잘 끓였죠?"

"네. 달걀이 아주 부드럽고 파가 들어가서 산뜻해요. 정말 잘 끓였어요."

비록 '3분' 만에 끓여 낸 국이지만 정말 맛있었다. 그가 나를 위해 특별히 끓여 준 국이니까. 맛있게 먹는 나를 보며 뿌듯해하는 그에게 국의 비밀을 알고 있다는 걸 말하지 않았다.

5 세상의 끝

창밖에 비가 오고 있다. 아침부터 부슬부슬 비가 내리긴 했지만, 오후가 되자 갑자기 빗발이 굵어지며 폭우가 쏟아졌다.

우산을 써도 쏟아지는 비를 다 막을 수 없어 옷자락이 젖은 사람들이 잰걸음으로 어딘가를 향해 바삐 가고 있는 모습들이 보인다.

바람이 거세게 불거나, 눈이 펑펑 내리거나, 이렇게 비가 세차게 올 때면 가게 밖과 가게 안이 완전 다른 차원의 세계처럼 느껴진다.

안에서 보는 밖의 세상은 너무 거칠고 험해, 도저히 그곳에 뛰어들 용기가 안 나지만 막상 발을 내디뎌 보면 그곳도 견딜 만한 곳임을 알고 곧 익숙해진다.

반대로 밖에서 보는 가게 안의 풍경은 안온함과 평화로움만으로 가득 찬, 현실과는 동떨어진 동화 속 세상으로 보일 것이다.

예쁜 컵케이크를 굽기 위해 밀가루 범벅의 작업복을 입고 더운 여름에도 뜨거운 오븐 앞에 서는 내 노고를 창밖의 사람들이 알 리가 없으니까.

커피 향과 갓 구운 케이크 냄새가 어우러져 가게 안의 공기는 달콤했다. 오후 늦게 출근한 혜수에게 업무 인수인계를 한 후, 커피 한 잔을 들고 창가에 앉았다.

가게에서 집까지는 걸어서 10분 남짓이지만 빗발이 너무 거세 조금 잦아들 때까지 기다려 보려고. 마침 가게에 손님이 아무도 없어 내가 좋아하는 노래를 무한 반복으로 틀었다.

why does the sun go on shining?
왜 태양은 계속 빛날까요?
why does the sea rush to shore?
왜 파도는 해변으로 계속 몰아칠까요?
don't they know it's the end of the world
모르나 봐요. 세상의 끝이라는 걸.
cause you don't love me anymore.
당신이 이제는 절 사랑하지 않으니까요.

아주 오래된 옛날 노래지만 엄마 아빠가 좋아하시던 팝송이라 나도 저절로 좋아하게 된 노래다. 부모님이 떠난 후 한동안은 눈물이 날까 봐 듣지 못했었지만.

음악은 참 이상하다. 지난 시절 즐겨 듣던 음악이 흘러나오면 그 시절 함께했던 사람이나 어떤 순간들이 떠올라 문득 추억에 젖게 된다.

이 노래를 들으면 부모님과의 행복했던 시간과 노래 가사처럼 나에겐 온 세상이 끝나 버렸는데 아무 일 없다는 듯 잘 살고 있는 사람들 모습이 생경했던, 아픈 시간이 겹쳐지며 떠오른다.

노래를 들으며 내리는 비를 바라보고 있는데, 가게 문이 열리고 손님이 한 명 들어선다. 키가 크고 고급스러운 양복을 입은 남자가 계산대 앞의 혜수에게 다가가 질문을 한다.

"아기 백일 상에 올릴 컵케이크 맞추려고 왔는데요."

"몇 개 필요하세요?"

"30개 정도 주문하려고요."

"백일이 언젠가요?"

"한 달 뒤, 11월 첫째 주 일요일인데요."

"어떤 걸로 하실지 이거 보면서 골라 보세요."

"아니, 오늘은 예약만 하고 세부적인 건 집사람이 와서 정할 겁니다."

사무실이 근방인 젊은 남편들이 부인 심부름으로 들르는 경우가 종종 있긴 하다. 남자는 혜수와 대략적인 구두계약을 마치고 몸을 돌려 문을 향했다.

"그럼 다음에 뵐게요."

"안녕히 가세요."

문을 열고 나가려던 남자와 나의 시선이 공중에서 잠시 얽혔다.

"어, 이게 누구야?"

"어머, 준우 오빠."

준우 오빠는 내 첫사랑이다. 대학 신입생 시절, 동아리 선배였던

64

그는 첫 엠티 때 나에게 좋아한다며 사귀자고 고백했었다. 그때만 해도 너무 어렸던 나는 그가 싫지 않았지만 거절했고, 얼마 후 그는 군대에 가 버렸다.

"야, 반갑다, 정다은. 여긴 웬일이냐?"

"오빠, 진짜 오랜만이다. 여기, 내 가게야."

"그래? 그럼…… 네가 사장님?"

"어. 근데 오빠 한국에 언제 왔어? 잠깐 차 한잔하고 가."

2년 후, 복학한 그가 나의 처지를 알고 친오빠처럼 챙겨 주며 자연스레 가까워졌다. 그렇게 서로의 마음이 깊어지고 많은 시간을 함께 나누면서, 영원히 함께하리라 믿었던 철없던 시절이었다.

"아기가 벌써 백일이야?"

"음. 넌 근데 그대로다."

"오빠도 그런걸."

"나야 이제 삭았지. 아기 아빤데."

찻잔을 사이에 두고 가벼운 대화가 끊이질 않는다. 아직은 침묵이 어색하니까.

"넌, 만나는 사람 있어?"

"나 결혼했어. 올 5월에."

"그래? 축하한다."

"고마워. 오빠도 축하해. 결혼도, 아기 백일도."

한때는 같은 미래를 꿈꾸었던 사이였는데, 이제 서로를 축복해 주는 사이가 되었다.

"여기 유명하다며? 집사람이 늦으면 예약 못 한다고 당장 가 보라고 얼마나 성환지……. 너 성공했네."

"성공은 무슨. 그냥 좋아서 하다 보니까 그렇게 됐어. 직장이 이 근방인가 봐."

"아니, 오늘은 거래처에 볼일이 좀 있어서……. 근처 온 김에 들른 거야. 이제 알았으니 자주 놀러 와야겠다."

"응, 오다가다 들러서 커피 한잔하고 가."

그러지 않을 것임을 둘 다 잘 알면서 의례적인 대화를 나눴다.

"조만간 집사람 들를 테니 잘해 줘라."

"당연하지. 누구 부인인데."

"그럼, 이만."

"응, 담에 또 봐."

유리문 손잡이를 잡아 주며 그를 배웅했다.

"이 노래, 아직도 좋아하는구나."

우산을 펴고 빗속으로 한 걸음 내딛던 그가 뒤를 돌아보며 말한다.

"가게 들어설 때 이 노래 듣고 가슴 철렁했다."

빗속으로 사라지는 그를 잠시 바라보다, 문을 닫고 자리에 돌아와 앉았다. 비구름처럼 무거워진 내 마음을 가만히 들여다보았다.

'세상이 끝인 걸 그들은 모르나 봐요. 당신이 안녕이라 말했을 때, 세상은 끝났어요.'

반복되는 후렴구가 거센 빗줄기가 되어 잠시 과거로 돌아간 내 가슴을 때렸다.

준우 오빠 집에선 내가 고아라는 이유로 헤어지라고 했을 거다. 마음 착한 준우 오빠는 차마 내게 그렇게 말하지 못했지만. 대학을 졸업하자마자 좋은 집안의 참한 아가씨와 선을 봐서 약혼하고 함께 유학을 갔다고, 친구들에게 나중에 전해 들었다.

그때도 아마, 난 많이 아팠을 텐데……. 또다시 무너지지 않으려고 아무렇지 않은 척 씩씩하게 하루하루 살아 냈던 거 같다.

이제 시간이 흐르고, 상처도 아물고, 내 맘도 제법 단단해졌으니 아프다고 말 한 마디 못 해 본 그때의 내 손을 꼭 잡아 주고 싶다. 다은아, 괜찮아. 다…… 지나간단다. 그렇게, 말해 주고 싶다.

기억이 음악과 함께 물처럼 흐르는 동안 과거의 시간에 파묻혀 있던 난, 숨을 크게 들이마시며 마음을 가다듬었다.

그래, 모두 다 지나간 일인걸. 옛 기억을 떨치듯 일어나 카운터로 갔다. 혜수가 좋아하는 흥겨운 음악으로 바꾸고, 카운터 밑에 넣어 둔 가방을 꺼내 어깨에 멨다.

"언니, 가려고요?"

케이크 위에 크림을 바르느라 여념 없던 혜수가 고개를 돌리며 물었다.

"응. 빗발이 잦아들 거 같지 않아서 그냥 들어가려고. 그럼 혜수야, 수고해."

"조심해서 들어가요, 언니."

문을 열고 나가 우산을 펴려는데 머리 위로 그늘이 드리워졌다. 고개 들어 보니 한 남자가 바로 옆에 서 있었다. 키가 크고, 눈이 부시게 잘생겼고, 자상하기까지 한 사람. 내 남편이었다.

"어! 언제 왔어요?"

"좀 전에."

서늘한 목소리가 여느 때의 그와는 조금 다르게 느껴졌지만, 아마 내 기분 탓이겠지.

"근데 왜 안 들어왔어요?"

"손님이 있는 거 같아서."

손님? 준우 오빠?

그는 말없이 내 어깨를 감싸 자신의 우산 안으로 끌어들였다. 어깨에 닿은 그의 손을 통해 따스한 온기가 온몸에 전해진다.

"왜 왔어요?"

"그냥. 오늘 일찍 온다더니 안 와서요."

누군가와 한 우산을 쓰고 함께 걸어 본 게 언제였나 싶다. 아마도 준우 오빠와 헤어지고 처음일 거다.

이렇게 비 오는 날 마중을 나와 주고, 우산을 함께 쓰고 같은 곳을 향해 걸어갈 사람이 있다는 게 참 든든하고 좋았다. 마음에 내리던 빗줄기를 그가 막아 주는 것처럼.

"고마워요. 마중 나와 줘서."

망설이다 작은 목소리로 내뱉었다. 목소리가 작아 안 들렸나? 그는 아무 말도 안 하고 묵묵히 걷기만 한다. 흘낏 올려다보니 입을 꾹 다물고 있는 웃음기 없는 얼굴이 흡사 화난 사람처럼 보인다.

"오늘 무슨 일 있었어요?"

"아뇨. 왜요?"

"기분이 안 좋아 보여서요."

"……."

만약 우리가 여느 부부와 같았다면 난 그가 질투하는 거로 생각했을 거다. 그런데 우린 아직 그런 사이가 아니니 그건 분명 아닐 거다.

"준우 오빠, 예전에 좋아했던 사람이에요."

"……."

"내가 힘들 때 곁에 있어 준 고마운 사람이라 많이 좋아했는데……
잘 되지 않았어요."

그는 여전히 묵묵히 앞만 보고 걸어갈 뿐이다. 어금니를 꽉 물고
있는 듯 턱 선이 경직되어 보였다. 뭔가 단단히 심통이 나 있긴 한
거 같은데 무엇 때문인지 모르겠다.

그러거나 말거나 하고 싶은 말은 그냥 다 해 버릴 거다. 말없이
어색한 거보다는 나으니까.

"아마 내가 고아여서 그랬을 거예요. 준우 오빠 집안은 아주 대
단했거든요."

순간 내 어깨를 감싼 그의 손에 힘이 꽉 들어간다.

왜 그럴까? 그의 표정을 살펴도 도통 알 수가 없다. 요즘 부쩍
나에게 잘해 주고 더 친절해졌다 생각했는데 지금 보니 그도 아닌
거 같고…….

그 후로 집에 도착할 때까지 둘 다 아무 말이 없었지만, 그가 좀
더 내 어깨를 가까이 끌어당기고 있다는 건 느낄 수 있었다.

커다란 우산을 썼음에도 거센 빗줄기에 겉옷은 다 젖어 버렸다.
난 집에 들어오자마자 젖은 재킷을 벗고 부엌으로 향했다.

"재민 씨, 배고프죠? 금방 저녁 차려 줄게요."

그런 나를 그가 잡아 세웠다.

"여기 앉아 봐요, 다은 씨."

그가 나를 거실 소파에 앉혔다. 그는 욕실로 가서 커다란 수건을

두 장 가져와 내 몸과 머리를 감쌌다. 나는 비 맞은 생쥐처럼 웅크리고 앉아 있었다. 비바람 속을 지나 따뜻한 실내에 들어오니 몸이 노곤한 게 만사 귀찮기도 했다.

"마셔요. 몸이 금세 따뜻해질 거예요."

그가 가져다준 따뜻한 차를 한 모금 마시니 온몸에 훈기가 돈다. 두 모금 마시니 마음이 따뜻해져 온다.

"잠깐 손 줘 봐요."

그가 내 앞으로 오더니 찻잔을 받아 탁자에 올려놓았다. 그리고 무릎을 꿇어 나와 눈높이를 맞추고 내 두 손을 잡았다. 커다란 그의 손 안에 내 작은 손이 쏙 들어간다. 차게 식었던 손도, 그리고 내 마음도 서서히 불이 들어왔다.

그는 고개를 숙여 자신의 손 안에 가둔 내 손이 추위에 떠는 어린 새인 양 호오, 입김을 불어넣었다. 그의 따스한 기운이 피부를 통해 전해지자 내 몸 어딘가의 센서가 고장 난 듯 온몸이 뜨거워지기 시작했다.

포도주를 한 잔 마신 것처럼 어질어질한 기분이라 잡힌 손을 빼고 싶었지만, 성스러운 의식을 거행하는 사제처럼 경건한 자세로 온 정성을 다하는 그를 보며 차마 그러진 못했다.

"따뜻해요?"

말없이 고개를 끄덕이는 날 보고 그제야 그가 옅은 미소를 지었다. 하얀 치아가 고르게 드러나 더없이 정결해 보였다.

"재민 씨는 우리 부모님이 보내 주신 천사일지도 몰라요."

사실 그런 어린애 같은 말을 하려고 했던 건 아니었다. 하지만 날 보는 그의 눈빛이 너무 깊고 짙어서, 심장이 멎기 전에 아무 말이라도 해야 할 거 같았다.

"천사요?"

밑도 끝도 없는 엉뚱한 내 말에 피식 웃어 버릴 거란 예상을 깨고, 그는 정색하며 되물었다. 그런 그의 눈빛에 어두운 그늘이 드리워진다. 아마도 저녁 어스름 때문이겠지만.

"네. 천사처럼 다정하고 자상하니까요. 나한텐, 늘……"

"내 속을 들여다보면 그딴 소리 못할걸요?"

잡고 있던 손을 놓고 일어나며 그가 말했다.

"이 안엔 속이 시커먼 악마가 가득 들었답니다."

그는 가볍게 웃으며 내 머리 위의 수건을 장난꾸러기처럼 마구 헝클어 놓곤 주방을 향해 성큼성큼 걸어갔다.

"우리 우동 먹어요, 다은 씨. 아주 맛있게 끓여 줄게요."

냄비를 꺼내고, 물을 받고, 가스레인지를 켜고, 냉장고를 열어 즉석 우동을 꺼내고, 우동 봉지를 찢는 일련의 소리를 어둑어둑한 거실 소파 위에 앉아 듣다 보니 어린 시절로 돌아간 기분이 들었다. 이제 곧 엄마가 다은아 밥 먹자, 부르실 것만 같았다.

"다은 씨, 다 됐어요."

깜빡 졸았던가 보다. 그가 어느새 곁에 와 있었다.

그의 뒤를 졸래졸래 따라갔더니, 식탁 위에 예쁜 매트를 깔고 김이 폴폴 나는 우동 그릇을 단정히 올려놓은 게 보였다.

커다란 식탁 위에 우동 두 그릇, 그 가운데 덩그러니 놓인 단무지를 담은 큰 접시 하나. 나는 그 기묘한 상차림을 보고 터져 나오는 웃음을 참을 수 없었다.

"왜요? 뭐 이상해요?"

그런 나를 그가 눈을 동그랗게 뜨고 바라보았다. 나는 대답을 하는 대신 자리에 앉아 국물부터 맛보기 위해 수저를 들었다.

"맛있어요?"

따뜻한 우동 국물을 후후 불며 마시는 나에게 그가 물었다. 대답할 새도 없이 젓가락으로 우동 가락을 집어 호로록 입안에 넣었다.

"카, 이 맛이야."

그런 날 바라보는 그의 눈빛엔 따스함이 흘러넘친다.

지금 밖은 어둠이 내리고 비바람이 몰아치지만, 노란 불빛 아래 마주 앉아 우동을 먹는 우리 두 사람에겐 먼 나라 이야기였다.

"우동 맛있게 먹었으니 설거지는 제가 할게요."

맛있게 한 그릇을 비우고, 선심 쓰듯 내가 말했다.

"그럼요. 밥값은 해야죠."

당연하다는 듯 그도 대답했다.

그가 말리는 척하면 못 이기는 척 물러나려고 했는데…… 망했다!

비 온다고 마중 나와 주고, 고이 앉혀 놓고 손 녹여 주고, 우동을 끓여 바치니 내가 마치 공주라도 된 듯 착각의 늪에 빠졌었나 보다.

괜히 심통이 나서 입을 쑥 내밀고, 꼼짝하기 싫은 몸을 일으켜 빈 그릇을 들고 개수대로 향했다.

냄비 하나, 면기 둘, 단무지를 담았던 접시 하나, 그리고 젓가락과 숟가락 두 벌. 몇 개 되지도 않는 걸 식기 세척기에 넣는 것도 뭐해서 그냥 수세미를 잡았다. 수세미에 세제를 대충 묻혀 그릇을 빡빡 문질러 댔다.

"이리 줘요."

식탁 정리를 마친 그가 어느새 옆으로 와서 거품 묻은 그릇을 받아 들고 수돗물에 헹군다. 세제의 거품과 더운 물방울 속에서 그의 손가락과 맞부딪치자 묘한 느낌이 들었다.

소매를 걷은 셔츠 밑으로 드러난 팔뚝이 내 팔을 스칠 때마다 소름이 오소소 돋아 올랐다. 큰 키에 넓은 어깨, 긴 다리와 단정한 옆 얼굴선을 흘낏 올려다보았다. 그를 보면 여전히 가슴이 설렌다.

같이 저녁을 먹고 사이좋게 설거지를 함께하는 이런 평범한 일상을 앞으로도 주욱, 이 남자와 함께할 거란 생각만으로도 마음이 벅차다.

지영이 말대로 내가 전생에 나라를 몇 번은 구했나 보다.

뜨거운 물에 샤워를 마친 후, 잠옷 위에 가운을 걸쳐 입고 거실로 나왔다. 보고 싶은 영화나 한 편 보고 자려고.

오늘은 뭘 볼까, 하며 DVD장을 훑다가 '카모메 식당'을 집었다. 이미 여러 번 본 거지만 잔잔한 감성이 좋아 자주 손이 간다. 내용은 사실 별것 없는데 주인공 사치에의 주방이 무척이나 마음에 들었다.

연한 하늘색 나무 패널을 하단에 두른 벽과 선반 위의 가지런한 은색 냄비들. 알록달록한 주전자와 하얀 그릇들, 색동저고리를 연상케 하는 줄무늬 그릇과 주먹밥을 담아내던 파란 접시, 쟁반 위에 엎어 놓은 투명한 유리컵들. 저런 주방에서라면 요리하는 게 정말 즐거울 거 같다.

다음에 내 맘대로 집을 개조하게 된다면 꼭 저런 부엌을 만들어야지. 지금 우리 집 주방은 고급스럽지만, 너무 현대적이고 차가운 느낌이다.

거실 불을 끄고 소파에 앉아 리모컨의 재생 버튼을 누르는데 재민 씨가 쟁반을 들고 주방에서 나왔다.

"자! 이거 마셔요."

탁자에 내려놓은 찻잔에서 은은한 향기가 피어올랐다.

"이게 뭐예요?"

"캐모마일. 이거 마시면 잠 잘 온대요."

"고마워요, 재민 씨."

조심스레 집어 든 찻잔을 두 손으로 감싸고 후우, 입김을 불었다.

"재밌는 거예요?"

차만 건네주고 자기 방으로 들어갈 줄 알았는데 슬그머니 내 옆에 앉으며 그가 물었다. 저녁 식사 후면 늘 자기 방에 틀어박혀 있던 사람인데 웬일일까?

"아뇨, 재미없는 거예요. 남자들은 더 그럴걸요?"

"재미없는데 왜 봐요?"

"이거 보면 졸리거든요."

내 말에 그가 웃었다. 재미가 없다고 말해 줬음에도 그는 자기 방으로 들어갈 생각을 안 하고 그대로 화면에 시선을 둔다.

"재미없다고 분명 말했어요. 나중에 딴말하기 없기."

"하하. 요즘…… 통 잠이 안 와서요."

물끄러미 화면을 응시하는 그의 옆모습이 왠지 쓸쓸해 보였다. 농담처럼 말하지만 정말 잠이 안 오는 걸까? 요즘 들어 부쩍 방에 새벽까지 불이 켜져 있거나 밤늦게 정원을 서성이는 모습을 자주 보았다. 무엇이 그를 잠 못 들게 하는 걸까.

"아무 걱정도 없어 보이고, 다들 참 평화롭게 사네요."

무심히 내뱉는 그의 말이 꼭 한숨처럼 들린다.

"근심 걱정 없어 보이지만, 저 안에도 각자의 아픔이 있답니다."

여유로운 삶을 동경한 사치에는 쫓기듯 바쁜 일상을 탈출하여 핀란드로 훌쩍 떠난다. 그러나 그곳에서 만나는 사람들도 나중에 알고 보니 나름의 사연이 있고 눈물도 있었다. 어디나 사람 사는 곳이 다 그렇듯이.

사치에가 만드는 음식들은 전부 맛있어 보인다. 조물조물 주먹밥을 빚고, 무쇠솥에 바삭하게 돈가스를 튀겨 내고, 석쇠에 노릇하게 연어를 굽는 사치에의 바지런한 손놀림을 좇아가다 보니 군침이 절로 돈다.

저 음식들을 먹으면 왠지 영혼까지 위로받을 거 같다. 갓 구워 낸 달콤한 시나몬 롤에 그 유명하다는 코피루왁까지 한 잔 마시면 굳었던 마음도 스르르 녹아 버릴 거다.

원하는 일을 한다는 게 부럽다는 마사코의 말에 사치에는 그저 싫어하는 일을 하지 않는 것뿐이라고 대답했다.

"싫어하는 걸 안 하고 살 수 있다면…… 행복하겠죠?"

혼잣말처럼 그가 중얼거린다.

……그렇겠죠.

그러나 그 대답은 말이 되어 나오지 못하고 무거운 눈꺼풀이 먼저 내려왔다. 캐모마일 차의 효능 때문인지, 잔잔한 영화 덕분인지 모르겠지만.

눈을 떴다 다시 감기를 몇 번은 한 거 같다. 그때마다 화면은 빨리 감기를 한 것처럼 건너뛰어 있었고 내 머리는 무게를 못 견디고 그의 어깨에 기대었던 것 같았는데, 살포시 눈을 떠 보니 어느새 그의 무릎을 베고 누워 있었다.

이런, 진짜 잠이 들어 버렸네.

벌떡 일어나려던 마음과는 달리 내 머리카락을 넘겨 주는 그의 손길에 취해 가만히 주위를 살폈다. 이미 영화는 끝이 나 종영 자막이 오르고 있는데 어둠 속에서 그는 멍하니 화면을 응시하고 있다.

"후우."

한숨을 내쉬는 그의 모습은 또 처음이다. 늘 자신만만한 표정에 밝은 미소를 머금고 있는 사람인데 한숨을 쉴 일이 그에게도 있을까. 실눈을 뜨고 그를 살폈다. 어두워도 안경을 벗고 있다는 건 알 수 있었다.

드르르륵. 드르르륵.

그의 휴대전화가 온몸을 떨며 진동을 하고 있다.

이 밤중에 무슨 급한 전화일까.

그가 손을 뻗어 휴대전화를 집더니 잠시 화면을 응시하다 마지 못한 듯 전화를 받는다.

— 여보세요.

전화기 너머 들리는 건 젊은 여자의 음성이었다.

"나중에 전화할게. 끊어."

입을 가리고 나지막하나 단호한 음성으로 그가 차갑게 말한다.

— 어, 오빠! 오…….

여자의 안타까운 음성이 끝을 맺기도 전에 그는 종료 버튼을 눌렀다. 그러고도 마음이 안 놓이는 듯 휴대전화를 완전히 꺼 버렸다.

뭐지? 지금 이게 다 뭐지? 난 다시 눈을 감았다. 어릴 적 운동장 한가운데서 모래바람을 만났을 때처럼 아득하다. 그에게 여동생이 있단 말은 들어 본 적이 없는데. 사촌 여동생? 그냥 알고 지내는 동생이라도 그리 급하게 끊을 일이 뭘까? 혹시…….

지금 나는 궤도를 따라 도는 롤러코스터의 미친 질주에 몸을 맡기고 있다. 처음엔 전기의 힘으로 끌어 올려지지만 정점에 다다른 순간부터는 자신의 의지와는 상관없이 내리막을 향해 달리고 회전하는 롤러코스터.

나를 둘러싼 세상이 돌고 돈다. 스스로 멈추기 전까지 누구도 멈출 수 없는 소용돌이 속에 있다. 조금만 참아, 이 정신 없는 소용돌이도 결국은 끝이 나니까.

"다은 씨, 다은 씨?"

그가 나를 부른다. 이제 그만 눈을 뜨고 싶었지만 지금 이 순간, 그와 얼굴을 마주할 자신이 없었다. 어떡하지? 그래도 마음을 가다듬고 용기를 내 눈을 뜨려는 순간, 몸이 공중으로 붕 뜬다. 그가 가뿐히 나를 안아 들고 내 방을 향해 걸어가고 있다.

머릿속이 터질 듯 복잡한데도 내 심장은 그의 품 안에서 빠르게 뛰기 시작한다. 어지러운 내 머릿속도, 미친 듯이 뛰어 대는 내 가슴도, 그에게 들키고 싶지 않아 여전히 자는 척 눈을 꼭 감고 있었다.

조심스레 나를 침대에 내려놓은 그가 이불을 끌어다 덮어 준다. 세심하게 이불을 여며 주던 그의 손길이 잠시 멈추었다.

무얼 생각하고 있는 걸까? 지금 날…… 보고 있는 걸까?

고요하고 짙은 어둠 속에 그의 숨소리와 내 심장 소리만이 크게 울리고 있다. 온 세상이 멈추어 버리고 마치 우리 두 사람만 살아 있는 거 같았다.

그의 숨소리가 차츰 가까워졌다. 눈을 감고 있어도 느낄 수 있었다. 닿을 듯 말듯 그의 뜨거운 숨결이 코끝에 스쳤다.

설마, 지금?

그러나 세상과 함께 그도 멈추어 버린 듯, 그 뜨거운 숨결은 더는 가까워지지도 멀어지지도 않고 있었다. 더는 그 숨결을 견딜 수 없어진 난, 그만 눈을 뜨고야 말았다.

깊이를 모를 검은 눈동자가 깊숙이 나를 바라보고 있다. 그대로 숨이 멎을 것만 같았다. 검은 물결처럼 일렁이는 그의 눈동자가 내게 무언갈 묻고 있는 것 같았다. 내 눈빛은 그에게 어떤 대답을 하고 있을까?

"누구……예요?"

내 눈이 어떤 대답을 하든, 내 이성은 먼저 그걸 묻지 않을 수 없었다.

"아까, 그 여자."

"그 여자?"

"좀 전에……."

차마 말을 잇지 못하고 입술을 깨물었다.

생각해 보면 우리의 결혼 생활은 모래 위에 쌓아 올린 성이었다. 좋아하니까, 좋은 사람이라 믿었으니까, 그가 내민 손을 망설임 없이 잡을 수 있었다.

그러나 부부란 이름으로 함께 산 지 반년이 지난 지금, 조금씩 의문이 들기 시작했다. 나는 이 사람에 대해 제대로 아는 게 한 가지라도 있는 걸까? 이 사람의 이름은 본명일까? 이 사람은 대체…… 누구일까? 왜 나랑 결혼했을까?

"무슨…… 말인지?"

낮게 잠긴 음성으로 그가 물었다.

"……아니에요. 아마, 꿈이었나 봐요."

비겁하게도 나는, 거짓말을 해 버렸다.

문득 겁이 났다. 또 혼자가 될까 봐. 왕자의 비밀을 알게 된 그 밤이 지나고 나면…… 성은 사라지고, 소녀는 풀밭 위에 홀로 남겨져 외로움에 떨며 울었을 것이다. 나도 그렇게 될까 두려웠다.

"……"

"늦었어요. 그만 가서 자요."

"……혹시, 전화 소리 들었어요?"

돌아서던 그가 물었다.

"아뇨."

창문으로 새어 들어오는 희미한 빛이 그의 등을 외롭게 비췄다.

"피곤해요. 그만 잘래요."

눈을 감고 돌아누웠다.

긴 하루였다. 빗속에 마중 나와 준 그. 마치 질투하는 것처럼 굳어지던 그의 옆얼굴과 나를 더 세게 감싸 안던 손길. 빗물을 닦아 주고 차가운 손을 감싸 주던 따스한 손, 그리고 뜨겁던 입김. 그가 끓여 준 우동을 먹으며 나누던 이야기. 나란히 서서 사이좋게 하던 설거지와 차를 마시며 함께 보던 영화.

⋯⋯아침에 눈을 뜨면 다 사라지고 없겠지. 기나긴 꿈을 꾸었던 걸까. 너무나도 행복해서 신기루처럼 사라질까 두렵기조차 했던 꿈.

조용히 문을 닫고 나가는 그의 발걸음 소리에 얕은 한숨도 섞인 듯했지만, 어쩌면 그것도 내 꿈이었을지 모른다.

6 늪

♥♥♥♥♥♥♥♥♥♥♥♥♥♥♥♥♥♥♥♥♥♥♥♥♥

내 작은 가게 '행복한 컵케이크' 위에는 소아과가 있다. 그래서 아이를 동반한 엄마들이 자주 이곳을 찾는다. 내가 만든 컵케이크가 집에서 엄마가 만드는 케이크처럼 좋은 재료로 정성을 다해 만든다는 게 알음알음 입소문 난 탓인지, 아이들 먹일 것에 까다로운 젊은 엄마들 사이에서도 인기가 있는 편이었다.

귀여운 꼬마를 동반한 아가씨 같은 외모의 엄마들을 보면 그 모습이 예쁘고 부러워서 자꾸 쳐다보게 된다.

어렸을 적에 우리 엄마도 나를 데리고 외출하면 빵집이나 햄버거 가게, 가끔은 레스토랑에서 둘만의 오붓한 시간을 갖곤 했었다. 아빠와 셋이 나가면 뭔가 꽉 찬 가족 외식 분위기지만 엄마와 단둘이면 여자들만의 아기자기한 티타임 같은 느낌이라 외동딸인 나도, 자매가 없는 엄마도 굉장히 즐거워했었다.

대학에 들어간 이후론 엄마 따라다니던 어린 시절과 달리, 내가 주도해서 인터넷으로 검색한 맛집도 가고 예쁜 카페도 찾아다녔다.

그때는 앞으로도 계속 이렇게 엄마와 즐겁게 살 줄 알았다. 천년만년 이 행복이 계속되리라 믿었다. 너무 짧았던 시간이 아쉽지만, 그래도 그 행복했던 추억이 지금의 나를 버티게 해 주는 힘이다.

"지환아, 뭐 먹을래. 먹고 싶은 거 골라 봐."

아이는 먹고 싶은 게 많아 정신을 못 차리겠는지 어리둥절한 표정으로 진열대 안을 탐색한다. 다섯 살가량 되어 보이는 남자아이는 기대에 가득 찬 눈빛으로 컵케이크 하나하나와 눈 맞춤을 하고 있다.

그런 아이를 내려다보는 긴 생머리의 늘씬한 몸매를 가진, 아무리 봐도 이모처럼 보이는 아이 엄마 눈에 하트가 한 가득이었다.

"자동차 주세요."

아이가 가리킨 건 하늘색 민트 크림 위에 자동차 모양 쿠키를 올린 '하늘을 나는 자동차'다. 어릴 적 읽었던 동화책 '치티치티뱅뱅'에서 이름을 따왔다.

비록 평범한 자동차 모양의 쿠키지만 '하늘을 나는 자동차'란 이름을 붙임으로써 아이들은 이 자동차가 하늘을 날고 바다를 가르는 모습을 상상해 보지 않을까? 하늘색 크림 위에 하얀 아이싱을 입힌 앙증맞은 구름 모양 과자도 장식했다.

"이거 이름이 '하늘을 나는 자동차'란다. 어때? 진짜로 하늘을 날 거 같지?"

아이에게 컵케이크를 보여 주며 한마디 건넸다. 아이는 날 보며 고개를 갸우뚱하더니 곧 눈을 반짝반짝 빛낸다.

"진짜요? 이게 하늘을 막 날아다녀요?"

"음, 지환이라 그랬지?"

"네."

"지환이가 머릿속으로 이 자동차가 하늘을 나는 그림을 그려 봐. 어때, 그려지니?"

한동안 자동차 쿠키를 응시하던 아이가 갑자기 활짝 미소를 지으며 고개를 크게 끄덕인다.

"어, 진짜네."

아이 엄마와 난 큰 소리로 웃었다.

엄마와 도란도란 이야기를 나누며 컵케이크를 먹는 지환이 손에 자동차 쿠키가 쥐어져 있다. 아이의 머릿속에선 날개를 편 자동차가 하늘을 붕붕 날고, 바다 위에선 둥둥 떠다니고 있겠지.

지환이를 위해 작은 비닐 봉투에 쿠키를 넣어 예쁘게 포장해 주었다. 장식을 안 먹고 간직하는 아이들을 위해 준비해 둔 포장지다.

"고맙습니다, 안녕히 계세요."

지환이가 공손히 배꼽 인사를 한다.

"지환아 잘 가. 용감하게 주사 잘 맞고. 아자!"

"네, 아자!"

지환이는 주먹을 불끈 쥐어 보이고, 씩씩하게 가게를 나섰다. 한 손엔 쿠키 봉지를 꼭 쥔 채로.

위층 소아과 손님 중 우리 가게에 들르는 아이들은 예방 접종 때문에 오는 경우가 대부분이다.

꼬마 손님들은 대략 두 부류로 나뉜다. 예방 접종 전에 오는 경우와 예방 접종 후에 오는 경우. 아이의 표정과 엄마의 분위기로 이제는 주사를 맞기 전인지 후인지도 대충 알아본다.

예방 접종 전에 오는 아이들은 밝고 들뜬 얼굴로 들어와 컵케이크를 먹지만 차츰 비장한 각오를 다지는 표정으로 변해 간다. 엄마들도 조곤조곤 아이에게 무언가를 설명하고 설득하는 경우가 대부분이다.

반대로 예방 접종 후에 오는 아이들은 방금까지도 울었던 기색이 역력하지만 뭔가 홀가분한 기운을 풍긴다. 컵케이크를 먹는 동안 굳었던 표정이 조금씩 풀리고 빨갛던 눈도 다시 원래의 맑은 눈으로 돌아온다. 힘든 일을 이겨 낸 자신이 대견하고 자랑스러운 듯, 상으로 주어진 달콤함을 느긋하게 즐긴다.

좋은 소식과 나쁜 소식이 있어. 뭐 먼저 들을래? 살면서 누구나 이런 질문 한두 번쯤은 받아 봤을 것이다. 나에겐 언제나 어려운 질문이다. 주사와 컵케이크처럼 뭐가 되었든 별 상관없는 결론으로 끝나는 거라면 모를까.

좋은 소식을 먼저 듣겠다고 했지만, 뒤따라올 나쁜 소식이 두려워 좋은 소식을 듣고도 기쁨을 누리지 못하거나, 반대로 나쁜 소식을 먼저 듣고 너무 실망한 나머지 그 어떤 좋은 소식도 기쁘지 않을지도 모른다. 그래서 그 질문에 대한 답은 늘 선택이 힘들다.

그와의 결혼 생활에선 난 이미 좋은 소식을 들은 셈이니, 이제 나쁜 소식을 들을 차례가 왔다. 선택의 여지도 없이 순서가 그렇게 되어 버렸으니 고맙다고 해야 할까? 내가 항상 어려워하는 문제를 해결해 줘서, ……고맙다고.

오늘 아침, 눈을 뜨면 모든 게 사라졌을지도 모른다는 두려움에 한동안 눈을 뜨지 못했다. 그러나 거짓말처럼 모든 건 그대로였다. 어제와 같은 아침 햇살, 어제와 같은 내 집의 주방, 어제와 같은 그 사람의 커피 향.

'커피 마셔요.'

그가 내민 머그를 앞에 두고 그 안의 검고 뜨거운 액체만을 바라보았다. 눈을 들어 그와 마주 볼 자신이 없었다. 맑고 깊은 그 눈동자가 나에게 거짓을 말할까 두려웠다.

그가 만들어 온 토스트를 한 쪽 집어서 입에 넣었다. 모래알을 씹는 듯했지만 꾸역꾸역 그냥 삼켰다. 고개를 들지 않아도 알 수 있었다. 그가 나를 보고 있다는 걸.

'나 좀 봐요, 다은 씨.'

힘없는 그의 목소리에 고개를 들었다.

'어! 안경!'

안경을 쓰지 않은 그의 눈동자는 숨이 막히게 깊고 아름다웠다. 한번 빠지면 다시는 헤어나지 못할 깊은 늪을 보는 것 같았다.

'안경은 어쩌고……'

'이제 다은 씨 앞에서 안경 안 쓰려고요.'

'눈, 나쁜 거 아니에요?'

'아주 좋은 건 아니지만, 안경 안 써도 불편할 정도는 아니에요.'

'그럼 왜 그동안은……?'

날이 선 목소리가 나의 것이 아닌 듯 귀에 설었다.

'미안해요. 조금만 기다려 주면, 모두…… 말해 줄게요.'

왜요? 뭐가 미안해요? 그리고 또 뭘 기다려요? 따져 물으려던 말을 안으로 눌러 삼켰다. 알고 싶은 마음만큼 알고 싶지 않은 두려움도 컸다. 무언가 말을 하려는 듯 머뭇거리던 그가 나지막이 한숨을 쉬었다.

어제와 같은 아침이었지만 우리를 둘러싼 공기는 사뭇 달랐다. 너무…… 무거웠다.

아마도 난, 그 무게를 오래 견디지 못할 거다.

✣　✖　✣

가을은 소리도 없이 깊어졌다. 늦가을 햇살을 받은 가게 앞의 벚나무는 잎을 빨갛게 물들이며 계절을 알려 주고 있었다.

"아, 가을인가!"

턱을 괴고 창밖을 바라보던 혜수가 탄식처럼 내뱉었다.

"그러게, 벚꽃 날리던 때가 엊그제 같은데 벌써 단풍이 들었네."

"세월 참 빠르다. 그죠? 언니 결혼한 지도 벌써 반년이 지났어요."

"그런가?"

"네, 저 벚꽃이 피기 시작할 때 형부가 우리 가게 처음 오셨잖아요. 지금 저렇게 단풍이 한창인데……. 아 참! 언니 아기 소식 없어요?"

"얘는 무슨, 벌써부터."

"왜요? 허니문 베이비라도 생겼음 지금쯤 언니 배가 이만큼 나왔을 텐데."

혜수가 양손을 쑥 내밀어 커다란 원을 만들어 보여 준다.

"아이고, 진짜 주책없이."

"으응, 어서어서 조카 만들어 주세요. 언니랑 형부 닮은 아기는 얼마나 예쁠까?"

"하늘을 봐야 별을 따지. 요즘 얼굴 볼 새도 없다."

"그렇게 바빠요? 그래도 곧 방학하면 언니랑 만날 붙어 있겠네."

"교수는 방학이 더 바빠. 논문 발표에 학회다 세미나다, 일이 얼마나 많은데."

그날 이후 보름이 지났지만, 표면적으로 우리 사이에 달라진 건 없다. 하지만 그와 마주칠 틈이 없도록 최대한 피해 다녔다. 그에게 시간이 필요하듯, 나에게도 마음을 정리할 시간이 필요하니까.

"그렇게 바쁘면 더 애틋하겠다. 형부가 언니 보고 싶어서 어떻게 참지?"

"우린 그런 거 없다."

"거짓말. 결혼식 때도 형부가 정신을 못 차리던데."

"원래 결혼식 땐 다 그래. 어떤 신랑이든."

"어휴, 그 정도가 아니었다니까요. 막 그 큰 눈에서 레이저가 뿅뿅, 하트가 팡팡 쏟아지는데, 진짜 거기 있던 여자들, 식장 직원들까지 언니 부럽다고 난리였잖아. 게다가 형부가 오죽 멋있어요?"

"부럽기는. 자기들이 한번 살아 보라 그래. 결혼하면 별 남자 없어. 잘생기나 못생기나, 다 똑같아."

"에이, 저 가진 자의 여유라니. 언니 너무 시크하다. 그런 완벽한 남자랑 살면 다 그렇게 되는 건가?"

가벼운 농담처럼 툭툭 던졌지만 얼굴은 점점 굳어 가고 있었다. 혜수야, 네가 부러워하는 내 결혼 생활은 모형 케이크처럼 먹을 수는 없고 예쁘기만 한 가짜란다.

모든 여자가 꿈꿀 법한 오월의 야외 결혼식은 나의 친구들과 몇몇 친지들, 그리고 그의 동료 교수들과 제자 등 많지 않은 하객만 초청하여 오붓하고 아름답게 치러졌다. 저녁 어스름이 깔릴 무렵 시작된 야외 결혼식의 찬란한 촛불 아래서 나는 유리 구두를 신은 신데렐라였고 그는 나만의 왕자님이었다.

아니라고 부정하고 싶지만, 그래, 넌 신데렐라였어. 열두 시 종이 치기 전에 제자리로 돌아와야 했는데, 어리석게도 행복에 도취해 그러지 못했지. 유리 구두가 벗겨지고 마법은 사라져 다시 재투성이가 된 네 모습을 보렴. 바보 같은 정다은. 아직도 그가 벗겨진 유리 구두 한 짝을 품에 안고 돌아오리라 기대하는 거니?

"어! 언니, 밖에 형부 왔어요."

어느새 어둠이 짙어진 거리에 가로등 불빛이 환하다. 여전히 거리를 가득 메운 차들은 반딧불이처럼 스스로 빛을 내며 도시의 어둠을 날아다니고 있었다.

"근데 왜 안 들어오시고 저기 계시지?"

가게 앞 벚나무에 기대선 그는 고개를 숙이고 있었다. 기분 탓일까? 어깨도 처져 보였다.

"혜수야, 나 먼저 들어갈게. 뒷정리하고 얼른 들어가."

"네, 두 분 오랜만에 심야의 데이트 좀 하세요."

혜수의 인사를 뒤로하고 서둘러 가게를 나와 그에게 다가갔다.

"왜 왔어요?"

고개를 천천히 들어 그가 나를 보았다.

"보고 싶어서."

알코올 기운이 알싸하게 풍겨 왔다.

보고 싶었다고? 하긴…… 그와 가능한 한 부딪치지 않도록 조심했고, 어쩌다 집 안에서 마주쳐도 절대로 눈을 마주치지 않았다. 그렇지만 이건, 아니잖아. 이렇게 술에 취해 찾아오기 전에 모든 걸 솔직히 말해야 하는 거잖아.

"집으로 가요."

가게에서 내다보고 있을 혜수를 의식해서 난 그의 팔짱을 끼고 걸었다. 그가 비틀거리지 않고 걸어서 그나마 다행이었다.

"왜 이렇게 많이 마셨어요?"

"음…… 미안."

처음 보는 그의 취한 모습이다. 늘 반듯하고 온화한 표정만 보여 줬으니 당연한 거지만, 난 그의 다른 얼굴을 본 적이 없다. 화내는 모습도 짜증 내는 모습도 사랑에 빠진 모습도.

술에 취한 남자는 싫지만, 술에 취한 그의 표정은 뜻밖에 싫지 않았다. 적어도 지금은 가면을 벗어 던진 진짜 얼굴일 테니까.

"다은아, 정말 미안한데……."

이 사람, 정말 술을 많이 마시긴 했나 보다. 그렇게 깍듯이 존댓 말을 쓰던 사람이 내 이름을 부르고 말을 놓는다.

"또 뭐가요?"

"나, 네 어깨에 팔 올려도 되니?"

"힘들어요?"

"아니, 네가 힘들까 봐."

팔짱을 풀자 그가 내 어깨를 감싸 안았다. 지그시 힘을 주는 그의 손길이 느껴진다.

"……미안."

그가 최대한 나에게 많이 기댈 수 있도록 그의 허리를 감싸 안았다. 우리 둘은 그렇게 밤길을 걸어 집으로 돌아왔다.

어두운 실내의 불을 켰다. 갑자기 주위가 환해지자 그가 눈살을 찌푸렸다. 그런 그를 일단 소파에 앉혔다. 무엇부터 해야 할까? 일단 그의 재킷을 벗기고 주방에 가서 꿀물을 타 왔다.

"이거 마셔요."

갈증이 심했던지 그는 단숨에 꿀물을 들이켰다. 그다음은 또 어떻게 하지? 난 그를 부축해서 방으로 데려다 주려고 했다.

"잠깐만."

부축하려는 나를 끌어당겨 그의 옆에 앉혔다. 뿌리치려 했지만 그의 힘이 더 셌다.

"일어나요. 방에 가서 그만 자요."

"잠깐만. 잠깐만 이렇게, 있어 줘. ……조금만 더."

어쩌면 술에 취했는데도 눈이 이렇게 맑을 수 있을까. 그 맑디맑은 시선으로 내 이마와 내 눈썹과 내 눈과 내 코와 내 입술과 내 턱을 찬찬히 들여다보고 있다. 아주 소중한 보물을 들여다보는 소년의 눈빛처럼 그렇게 그의 눈동자는 반짝이고 있었다.

더는 그 눈빛을 감당할 자신이 없다. 눈을 감아 버리고 싶다. 그렇게 쳐다보고 있으면 난 어쩌라는 건지. 이건 너무…… 잔인하다.

"나, 그만 잘래요."

벌떡 일어나는 내 손목을 그가 잡았다. 손목을 통해 전해지는 그의 체온이 너무 뜨거워 델 것 같았다.

"놔요."

그러나 내 말이 끝나기도 전에 난 그의 무릎 위에 앉혀져 있었다.

"너무…… 보고 싶었어, 정. 다. 은."

한 음절 한 음절 또박또박 내 이름을 말하는 그의 입술이 점점 가까이 다가오자, 어지러워 그만 눈을 감아 버렸다.

닿을 듯 말 듯 하던 그의 입술이 멈추었다. 내 이마에 자신의 이마를 맞대고 그는 가만히 숨을 고르고 있었다.

"싫으면 지금 말해."

싫다고 말하고 싶었다. 그러나 난 말하지 않았다. 그건 거짓말이니까.

그의 한 손이 내 머리카락을 부드럽게 쓸어내렸다. 가슴이 쿵쿵 울리기 시작했다. 내 가슴에서 나는 소리인지, 그의 가슴에서 나는 소리인지 분간이 안 되었다.

두 손으로 내 얼굴을 감싼 그가 천천히, 아주 천천히 다가오고 있었다. 그의 뜨거운 입술이 닿자, 더는 아무 생각도 나지 않았다. 깊디깊은 늪으로 영혼이 송두리째 빨려 들고 있었다. 이대로 모든 게 끝나 버려도…… 나는, 후회하지 않을 거다. 지금 이 순간, 나 역시 그를…… 원하고 있으니까.

1 닫힌 문을 열고

♥♥♥♥♥♥♥♥♥♥♥♥♥♥♥♥♥♥♥♥♥♥♥♥

이름 : 정다은

나이 : 25세

직업 : '행복한 컵케이크' 운영

가족관계 : 교통사고로 부모를 잃고 현재 혼자 사는 고아

이성관계 : 현재 남자 친구 없음

지금 저 가게 안에 있는 여자에 대한 두툼한 신상 보고서 서두에 나오는 사항이다. 이제 나는 계획대로 저 여자에게 접근할 것이다. 이미 나는 저 여자에 대한 모든 정보를 입수하고 제반 준비를 철저히 했다. 이제 문을 열고 들어가 완벽한 미소를 지으며 조금은 수줍은 듯 그녀에게 말을 걸 것이다.

억울해하지 말라. 왜 하필 나였냐고. 이 세상엔 말도 안 되는 일이 얼마나 많이 벌어지고 있는가. 길을 걷다가 우연히 내 머리 위

로 떨어진 게 마침 삶을 마감하려던 사람의 몸뚱이였다면?

그래서 살고 싶었던 나는 죽고, 죽고자 하던 그는 고작 다리 하나 부러져 살겠다고 응급실에 실려 가 있다면? 그런 거짓말 같은 일이 오늘도 신문 기사 귀퉁이를 장식하는 게 우리 사는 세상의 일면이다.

곧 나의 희생양이 될 너에겐 물론 미안하다. 화창한 날 기분 좋게 길을 걷다 물벼락을 맞은 것과 다를 바 없겠지만 조금 재수가 없었을 뿐이라고 생각해 주길 바란다.

너에게 쏟아진 물벼락에 화가 나겠지만, 그 물이 구정물이 아니라 그래도 맑은 물이었다면 기분은 덜 상하지 않을까. 그리고 난 너에게 세탁비, 그 이상의 대가를 지급할 테니까.

평생 돈 걱정 없이 누리고 살 수 있는 재산을 줄 것이고 네 몸에 손끝 하나 대지 않을 일말의 양심은 가지고 있으니 나와 헤어지고 새 출발을 할 때 하등 문제 될 건 없을 거다.

미안하지만, 너무 미안하지는 않도록 너와 나 사이에 선을 그을 최소한의 분별력은 있으니까.

'세상은 살아 볼 만한 곳이다? 맞는 말이다. 돈이 있고 권력이 있다면, 그래서 세상을 내 맘대로 주무를 수 있다면, 살 만한 곳이지. 암, 그것도 아주 재밌게 살아 볼 만하지.'

내 아버지, 아니 정확히 말하면 계부이신 강태식 회장께선 이렇게 말씀하셨다. 강 회장에게 세상은 그런 곳이었다. 자신의 손아귀에 쥐고 흔들며 가지고 노는 장난감과 같은 것. 마음만 먹으면 뭐든 제 뜻대로 할 수 있는 것.

'한국 쪽은 김 실장이 알아서 해 뒀으니 넌 그냥 잠시 숨어 있

으면 된다. 이쪽이 조용해지면 다시 부를 테니 그동안만 죽은 듯 지내도록 해라.'

강 회장의 지시로 낙점된 여자. 필요하면 취하고 이용가치가 떨어지면 언제든 버려도 되는 여자. 적당히 착하고 적당히 만만하고 적당히 현실적일 여자를 고르고 골랐을 테니, 헤어짐도 만남처럼 쉬울 것이다.

'너도 생각이 있으니 알아서 잘하겠지만 말이다. 이 일, 네 엄마에겐 말하지 말거라. 알면 골치만 아플 테니까. 그냥 한국에 좋은 자리가 있어서 잠시 경험도 쌓을 겸 세상 공부도 할 겸 간 거로 해두자.'

이로써 강 회장, 즉 나의 계부와 나 사이의 밀약이 체결되었다. 그는 자신의 왕국을 지키기 위해 공들여 키운(정확히 말하면 투자겠지만) 의붓아들인 나를 이용할 것이고, 나는 내 어머니와 여동생을 지키기 위해 그의 제안을 받아들였고 거든히 이 임무를 수행할 것이다.

'남자 대 남자로 너에게 알려 주마. 세상의 여자는 말이다, 두 종류가 있단다. 그 하나는 내 모든 것을 걸고 쟁취하고 싶은 공주, 즉 네 엄마와 같은 여자를 말하는 거지. 그리고 나머지 하나는 언제든 필요하면 취하고 필요 없을 땐 가차 없이 버려도 되는 보통의 여자다. 네가 내 아들로서, 이 강태식의 뒤를 이으려면 그런 것쯤은 능히 분간하고 알아서 처신하리라 믿는다만.'

강 회장의 표현대로라면 저 여자는 후자에 속한다. 평범하기 짝이 없는, 아니 강 회장의 잣대로 재자면 그 '평범'의 기준에서도 조금은 부족한 조건의 여자.

그 부족함이 만만해서 이용하기 쉬울 것이고, 너무 미련스럽지 않아 자신의 처지를 잘 알고 있을 테고, 타고난 성정이 억세지 않아 들러붙지 않을 것이니 이용가치가 떨어졌을 때 떼어 내기 쉬울 여자. 강 회장이 김 실장을 통해 용의주도하게 물색해 놓은 여자니 뒤탈은 없을 것이라 했다.

가게의 유리문 너머로 보이는 여자는 작고 마르고 창백하다. 딱히 어떤 특징을 보이지 않는 지극히 평범한 외모다.

가게를 드나드는 손님을 향해 인사하고, 계산대에서 주문을 받고, 컵케이크를 포장하고, 커피를 따르고, 틈틈이 테이블을 정리하는 손길이 바쁘다.

그런 그녀가…… 웃는다. 순간 어린 시절 봤던 채송화가 떠올랐다. 작고 가녀리고 미미한 꽃이지만 햇살 아래 활짝 피어나면 투명한 그 꽃잎이 예뻐서 쭈그리고 앉아 들여다보던 꽃. 아마도 어디서나 쉽게 보던 흔하고 평범한 꽃이라서 떠올랐을 것이다.

잠시 숨을 크게 들이켰다. 이제 나는 닫힌 문을 열고 들어갈 것이다.

"어서 오세요."

그녀의 낭랑한 음성과 환한 미소가 낯설지 않았다.

실내는 작고 아늑했다. 연한 하늘색과 크림색이 조화를 이뤄 밝고 따스한 기운이 감돌았다. 원목으로 만든 탁자가 몇 개 놓여 있고, 유리로 만든 진열장 안에는 알록달록 예쁜 컵케이크가 가득했다.

"주문 도와드릴까요?"

평범한 얼굴이지만 웃으면 채송화 같은 그녀가 내게 물었다. 방금 세수하고 나온 아이마냥 하얗고 말간 얼굴이다. 미소를 짓자 검고 맑은 눈이 초승달처럼 가느스름해진다. 그런 그녀의 모습에 난 잠시 말을 잊고 그녀를 바라보았다.

갸우뚱, 나를 올려다보며 다시 묻는다.

"찾으시는 거 있으세요?"

"아, 아뇨."

잠시 침묵이 흘렀다.

"이거, 주세요."

"포장해 드릴까요?"

"네."

그녀가 계산하고 영수증을 건넨 후, 진열장 안에서 내가 고른 컵 케이크를 꺼내 상자에 담았다. 그 모든 동작이 공기처럼 가볍고 물결처럼 자연스럽게 느껴졌다. 손잡이에 깜찍한 리본을 묶으며 그녀가 방그레 웃는다.

"홍차 왕자예요. 홍차를 진하게 우려서 반죽에 섞어 만든 거예요."

"홍차……왕자요?"

생뚱맞은 이름의 케이크를 받아 들고 내가 되물었다. 의도적인 질문이긴 하지만 조금은 궁금하기도 했으니까.

"흐, 제가 좋아하는 만화책 제목이거든요."

아무런 거리낌 없는 그녀의 천진한 대답에 나도 같이 웃고 말았다. 좋아하는 만화책의 제목을 자신이 만든 컵케이크에 붙여 주는 여자, 정다은. 조금은 그녀에 대해 흥미가 생긴 것도 사실이다.

"안녕히 가세요."

인사를 하는 그녀를 돌아보며 활짝 웃어 보였다.

D—30!

"컵케이크 좋아하시나 봐요?"

그녀의 가게에 매일 들른 지 1주일이 되었을 때 그녀가 물었다.

"아, 그게 사실은……."

딱히 뭐라 대답할 수 없어서 말꼬리를 흐렸다. 내가 매일 이곳을 찾는 건 컵케이크를 좋아해서는 아니니까.

"남자분들은 단 거 별로 안 좋아하시던데……."

그녀의 커다란 눈망울에 호기심이 가득 묻어난다.

"사실 저도 안 좋아합니다."

솔직하게 대답했다.

"네? 그럼 왜 매일?"

난 말없이 미소만 지었다. 당신 때문이라고, 당신의 마음을 사로잡아 결혼하기 위해서라고 말할 순 없으니까.

웃고 있는 나를 멍하니 바라보던 그녀가 당황한 듯 곧 눈을 내리깔았다.

속눈썹이 참 길다…….

그녀의 두 뺨이 서서히 복숭앗빛으로 물들고 있었다.

D—23.

— 그래, 그쪽 일은 잘 되고 있겠지?

수화기 너머 들리는 강태식 회장의 음성은 언제나 탁했다. 가래가 낀 듯 걸걸한 음성으로 이쪽 진행 상황을 묻는다.

"네."

아버지와 아들 사이란, 어쩌면 생판 모르는 타인보다 더 멀지도 모르겠다. 매사 남들보다 앞서길 기대하고, 그 기대에 어긋나지 않게 이를 악물고 해내도 아직 갈 길이 멀다며 채찍질하는 아버지라면 말이다.

내가 무슨 생각을 하는지, 뭘 좋아하는지, 어떤 꿈을 갖고 사는지는 그에겐 전혀 관심 밖이었다. 무조건 최고! 남자라면 최고가 되어야 한다는 게 내 아버지, 강 회장의 지론이니까.

— 괜히 시간 끌지 말고, 속전속결로 밀어붙여.

"알겠습니다."

뚜······.

그답다. 목표를 정하면 불도저처럼 밀고 들어가는 아버지다운 전화다. 구구절절한 안부 따윈 생략하고 본론만 몇 마디 툭 던지고 인사도 없이 끊어 버리는.

유리컵에 얼음을 넣고 독한 양주를 따랐다. 한 잔 마시고 취한 듯 잠들어 버리고 싶다. 창가의 의자에 앉아 한 모금 마시는데 아까 사 온 컵케이크 상자가 눈에 띄었다. 원래 케이크를 좋아하지 않아서 매일 하나씩 사 오는 컵케이크는 집안일 봐 주시는 아주머니나 경비 아저씨께 드리곤 했었다.

호기심에 상자를 열었다. 노란 크림 위에 붉은 체리를 얹은 케이크다.

'망고가 체리를 만났을 때' 라는 긴 이름을 소개하던 정다은의 목소리가 들리는 듯하다.

참 이상한 여자야. 무슨 케이크 이름을 이따위로 짓는지.

한 입 베어 무니, 망고 무스가 달지 않고 상큼한 게 그럭저럭 먹을 만했다.

D—19.

'행복한 컵케이크'

그녀의 가게 앞에 오면 일단 발걸음을 멈추고 안을 살피는 게 일종의 습관이 된 듯하다. 유리창 너머로 손님에게 컵케이크에 관해 설명하는 그녀의 모습이 보였다.

대학생 정도로 보이는 젊은 남자가 그녀 앞에 서 있었다. 가게에 다른 손님도 직원도 없이 마침 단둘뿐이라 그런지 남자는 계속 그녀에게 말을 걸고 있었다.

소리를 내어 웃는다, 그녀가.

손님을 대할 땐 늘 미소 짓는 그녀지만, 저렇게 크게 웃는 모습을 본 건 처음이었다. 아마도 그 남자가 재미있는 농담이라도 건넨 모양이었다.

"어서 오세요."

내가 가게 문을 열고 들어서자 그녀는 반갑게 인사를 했고 남자는 아쉬운 표정을 감추지 못하며 어서 주문하라는 듯 옆으로 비켜선다.

"손님, 계시네요."

그냥 주문해도 되겠지만, 계산대에서 몸만 살짝 비낀 채 나갈 생각을 안 하는 남자를 의식하며 말했다.

"아닙니다. 주문하세요."

"먼저 오셨는데, 제가 기다리죠."

주문을 먼저 하라고 서로 양보하는 두 남자를, 그녀가 번갈아 보며 어색한 미소를 지었다.

"아직 못 골라서요."

어린 녀석이 참 질기네.

하는 수 없이 그런 그에게 고개를 까딱해 보이고 주문을 했다.

"아메리카노 한 잔 주세요."

커피를 주문하자 의외라는 듯 그녀가 눈을 동그랗게 뜬다.

"포장해……."

"마시고 갈 겁니다."

그녀의 질문이 끝나기도 전에 잘라 말했다.

"잠시만, 앉아서 기다리세요."

그러나 그녀가 커피를 만드는 동안 그대로 서서 그녀를 지켜보았다. 그런 나를 스캔하듯 훑어보는 남자의 시선을 느끼면서.

커피가 나오자 자리를 잡고 앉아 천천히 마셨다. 가게 안도 둘러보고 창밖 풍경도 내다보며, 계산대 앞에서 그녀에게 시시한 농담을 던지는 녀석은 무시한 채로.

"그럼 또 올게요, 누나."

누나? 웃기고 있네.

그 어린놈은 흘깃 나를 쳐다보고 나갔다.

가게에 단둘이 남게 된 상황이 어색한지 그녀는 이쪽은 쳐다보지도 않고 부지런히 움직인다. 계산대 뒤에 있는 오픈 형식의 주방에서 다 구워진 케이크에 크림을 바르고 이런저런 장식을 하고 있었다.

커피를 다 마신 후, 그녀가 있는 쪽으로 다가갔다.

"그거 맛있어 보이네요. 이름이 뭐예요?"

"벚꽃 질 때."

"시적이네. 그런 이름은 대체 어떻게 짓는 거예요?"

"그냥, 그때그때 생각나는 대로 지어요. 보통은 재료나 색깔에서 영감을 받아 이름을 짓지만, 이건 벚꽃 지는 걸 보고 생각해 냈거든요. 이맘때 주로 만들어요."

하얀 크림 위의 연분홍 꽃잎 장식이 흡사 벚꽃이 흩어져 내린 것처럼 보였다.

"이름 듣고 보니 그러네요. 신기하다. 진짜 벚꽃이 떨어진 거 같아요."

자신의 작품을 보고 감탄하자 그녀는 어깨를 으쓱하며 미소를 지었다. 컵케이크 이야기를 할 때가 가장 자신만만하고 행복해 보이는 그녀였다.

"오늘은 '벚꽃 질 때' 요걸로 하겠습니다."

"네, 포장해 드릴게요."

"근데 아까 그 남자, 아는 동생이에요?"

내내 거슬리던 남자에 대해 넌지시 물어보았다.

"하하, 아뇨. 요즘 자주 오는 단골손님이세요."

"앞으로 귀찮게 하는 놈들 있음, 저한테 말씀하세요."

"네?"

"제가 쫓아드리겠습니다."

"안 돼요. 손님 다 떨어져요."

케이크를 포장하던 그녀가 웃음을 터뜨리며 고개를 저었다.

"저, 이름 물어봐도 돼요?"

"네?"

눈을 동그랗게 뜨는 그녀에게 미소를 지으며 먼저 명함을 건넸다.

"강재민이라고 합니다."

"아, 네."

얼떨결에 명함을 받은 그녀가 잠시 머뭇거리다 대답했다.

"정다은입니다."

이미 알고 있어요, 정다은 씨. 속마음을 감춘 채 그녀를 향해 웃어 보였다.

"이름이 정말 잘 어울려요, 다은 씨."

"아……."

그녀는 얼굴을 붉히며 어색하게 웃었다.

작은 상자를 들고 밖으로 나오자 4월의 거리에 벚꽃이 눈처럼 날리고 있었다.

D—15.

오늘따라 그녀의 얼굴이 창백해 보였다. 내가 고른 컵케이크를 포장하면서도 큼큼, 받은기침을 삭였다.

"어디 불편하신가 봐요."

"아니요. 그냥…… 가벼운 감기예요."

"감기가 만병의 근원이란 거 몰라요? 병원은 다녀오셨어요?"

"내일 가려고요."

대수롭지 않다는 듯 그녀는 미소를 지어 보였지만, 왠지 신경이 쓰였다.

"잠깐만요."

일요일이라 몇 군데를 돈 후에야 겨우 문을 연 약국을 발견할 수 있었다. 종합감기약과 따끈한 드링크를 사서 그녀의 가게로 급히 달려갔다.

"다은 씨!"

내가 다시 문을 열고 가게로 들어오자 그녀가 놀란 눈으로 쳐다봤다.

"어, 어떻게?"

가쁜 숨을 몰아쉬며 그녀의 손에 약봉지를 꼭 쥐여 줬다.

"지금…… 먹어요."

약봉지를 쥔 채로 그녀가 한동안 고개를 들지 않았다.

"어서 먹어요."

겨우 고개를 들어 웃어 보이는 그녀의 눈자위가 발갛다.

"고맙……."

바보처럼 그녀는 말을 잇지 못했다.

D—9.

어제 그녀의 붉어진 눈에 어렸던 물기를 본 이후 내내 마음이 편치 않았다. 가족이 없는 그녀는 내가 건넨 약봉지처럼 사소한 것에도 마음이 약해지는 거 같다. 철두철미한 김 실장이지만, 이번엔 상대를 잘못 고른 게 아닌가 싶다.

이 여자는 너무 여리다. 지나치게 순수하다. 아무리 어마어마한 금전적인 보상이 뒤따른다지만, 그녀는 물질적인 걸 그리 중요시하는 여자가 아닌 것 같다.

아니, 바로 그런 여자여서 그들의 목표물이 되었겠지. 상대가 입을 상처를 먼저 생각할 사람들이 아니니까. 그저 자기들의 이용목적에 맞는다면 누구든 옭아맬 사람들이니까. 뒤탈이 없을 것을 염

두에 두고 그 여자를 찍었을 것이다. 가족이 없고 착하고 순수한 여자여서.

지금이라도 계획을 수정해야 하지 않을까. 그러나 이제 와서 그러기엔 시간이 너무 빠듯하다. 이래저래 마음이 복잡하다. 약해 빠진 감상 따윈 털어 내야 한다. 처음 계획대로 내 선에서 지킬 수 있는 것만 지킨다면, 상처는 덜 받을 것이다. 내가 할 수 있는 건 딱 거기까지.

"병원 갔다 왔어요?"

"네."

"뭐래요?"

"그냥, 감기 몸살이래요."

"그럼 푹 쉬어야죠."

그녀는 파리한 얼굴에 살짝 웃음을 머금는다. 부서질 듯 가냘픈 몸이 오늘따라 더욱 애처로워 보인다.

"언제 퇴근해요?"

"좀 이따 매니저 오면요."

"아, 그 아가씨?"

그녀의 가게에서 가끔 마주치던 성격 좋아 보이는 직원이 떠올랐다. 어서 그 직원이 와서 교대했으면 좋겠다. 저렇게 무리하다가 쓰러지면 어쩌려고…….

"근데 밥은 제때 먹었어요? 안색이 너무 안 좋은데."

나도 모르게 자꾸 말이 많아진다. 그런 나를 그녀가 빤히 쳐다본다. 수줍음 많은 그녀치곤 대담한 시선이다.

"왜요?"

"아, 아니에요."

급히 시선을 거두고 고개를 푹 숙이는 그녀의 눈에 빛나던 건, 눈물이었을까?

"다은 씨?"

"……."

"정말 많이 아픈가 봐요."

나는 그녀가 너무 아파서 우는 줄 알았다. 그러나 잠시 고개를 숙였던 그녀가 곧 멀쩡한 얼굴로 웃으며 말했다.

"밥 제때 먹었느냐는 말에, 잠깐 부모님 생각했어요."

너무나 환하고 씩씩해 보였다. 비록 혈색 없이 창백한 얼굴이지만. 웃음 속에 눈물을 감추는 건지, 금방 툭 털고 일어나는 성격인지, 도무지 종잡을 수가 없었다. 그런 그녀에게서 눈을 뗄 수가 없었다.

그녀에게 별다른 위로의 말은 해 주지 못했다. 밥 챙겨 먹으라는 말로 인사를 대신하고 컵케이크 가게를 나와서 잠시 주변을 서성였다.

저녁은 뭘 먹지? 요즘 통 입맛도 없는데, 뭘 먹으면 좋을까?

강남의 대로에서 조금 안으로 들어간 길거리라 주변에는 음식점이 많았다. 포장해 가서 먹을 만한 게 뭐가 있을까. 깔끔한 일본식 도시락. 김밥과 유부초밥, 수제 햄버거, 샌드위치, 불고기 덮밥, 죽…….

오랜만에 죽이나 먹어야겠군. 안 그래도 입안이 깔깔한데 너무 퍽퍽하거나 기름진 건 별로고. 그나마 담백한 죽이 낫겠지.

"어서 오세요."

깔끔한 인상의 아주머니가 반갑게 맞아 주었다. 정결한 실내 분위기와 고소한 참기름 냄새가 식욕을 자극한다. 벽에 붙은 메뉴판을 보니 제일 비싼 게 특 전복죽이었다.

"전복죽하고 특 전복죽은 다른가요?"

"전복죽도 맛있지만 특 전복죽엔 전복 한 마리가 다 들어가요."

"그럼 더 맛있겠네요."

"훨씬 맛있죠. 환자 회복식이나 영양 보충용으로 많이들 사 가세요."

"아, 그렇군요. 그걸로 포장 부탁합니다."

"네. 조금만 기다리세요."

잠시 망설이던 나는 기어코 한마디를 덧붙였다.

"두 개 포장해 주세요. 각각 따로."

아주머니가 건넨 전복죽을 받고 왔던 길을 되돌아 주차장을 향해 갔다.

'행복한 컵케이크' 안에는 아직 그녀가 있었다. 교대할 직원과 이야기 중인 거 보니 곧 나올 모양이다. 차를 세워 둔 주차장으로 가려면 가게 앞을 지나갈 수밖에 없다.

"어머! 아직 안 가셨네요?"

가게 문을 열고 나온 그녀가 나를 발견하고 반가워한다.

"네, 입맛 없어서 저녁에 먹을 거 좀 샀어요. 어차피 혼자 때워야 해서."

"혼자 사세요?"

올려다보는 그녀의 눈이 동그랗다. 놀랄 때마다 토끼처럼 눈을 똥그랗게 뜨는 그녀의 버릇이 귀엽다고 생각하며 고개를 끄덕였다.

"집이 어느 방향이세요? 가는 김에 모셔다 드릴게요. 퇴근하던 길에 들른 거라서 요 앞 주차장에 차 세워 뒀습니다."

"가까워요. 걸어서 10분 거리라서 걸어 다녀요. 운동도 할 겸."

"평소엔 운동이 되겠지만, 지금 몸으로는 무리 같은데요. 저도 가까우니 부담 갖지 마시고 타세요."

"아, 진짜 괜찮은데……."

"저 이상한 사람 아닌 거 아시죠?"

내 말에 그녀가 웃었다.

"그럼 꼼짝 말고 여기 계세요. 차 금방 가져올게요."

그녀가 살며시 고개를 끄덕였다.

차를 가져와 조수석 문을 열어 주고 다은을 태웠다. 그녀의 집까지 거리는 가깝지만, 이 시각 강남의 도로 사정은 늘 그렇듯 혼잡했다.

"다은 씨는 누구랑 살아요?"

잠시 머뭇대던 그녀가 담담하게 말했다.

"저도 혼자 살아요."

"부모님은?"

"몇 년 전에 돌아가셨어요. 사고로……."

"괜한 질문 드린 거 같네요. 근데 저도 부모님 안 계십니다."

운전 중이라 앞만 응시하고 있지만, 그녀가 놀란 토끼 눈을 하고 날 쳐다보고 있다는 것을 알 수 있었다.

"오늘처럼 혼자 밥 먹기 싫은 날은 외로워서 얼른 장가가고 싶어요."

"강재민 씨라면 당장에라도 결혼하고 싶어 하는 여자들이 줄 섰을 거 같은데요?"

갸우뚱 고개를 기울이며 그녀가 말했다.

"제가요? 하하. 그런 말씀 마세요. 저 여자한테 인기 없어요."

"에이, 설마요."

"진짜예요. 다은 씨도 저한테 관심 없잖아요?"

"아니, 저……."

잠시 우물쭈물하던 그녀가 황급히 소리쳤다.

"여기 세워 주세요."

그녀가 가리키는 아파트 단지 앞에서 멈추지 않고 정문을 통과하며 물었다.

"몇 동이세요?"

"저기 보이는 101동이요."

물론 그녀가 몇 동 몇 호에 사는지 이미 다 알고 있었지만.

"저 때문에 괜히 번거롭게, 그냥 입구에 세워 주셔도 되는데."

"하나도 번거롭지 않습니다."

101동 앞에 차를 세우고 그녀가 안전띠를 풀고 가방을 챙기는 사이 잽싸게 내려 차 문을 열어 줬다.

"감사합니다."

수줍게 고개를 숙여 인사하는 그녀에게 죽이 든 종이봉투를 내밀었다.

"뭐예요, 이거?"

"전복죽이에요. 사는 김에 다은 씨 드리려고 하나 더 샀어요."

"왜 이런 걸……."

"특별히 맛있는 걸로 샀어요. 꼭 드세요."

머뭇대는 그녀의 손에 봉투를 쥐여 줬다. 작은 손이 차가웠다.

"그럼 이만."

"……고맙습니다."

발갛게 상기된 볼을 한 그녀를 돌아보며 말했다.

"아 참! 저희 집도 이 근처예요. 길 건너 태웅 빌라. 이웃이니 자주 마주치겠네요. 그럼 이만."

D—8.

"죽, 감사했어요. 덕분에 많이 좋아졌어요."

빈말이 아닌 듯 그녀의 두 뺨에 화색이 돈다.

"맛있었죠? 저도 어제 다은 씨와 같은 거 먹었어요. 무려 '특' 전복죽!"

"흐, 진짜 맛있었어요. 감사의 뜻으로 오늘은 제가 컵케이크 선물로 드릴게요."

"에게? 겨우 컵케이크 하나? 이거 실망입니다."

"그럼, 두 개 드릴게요. 단 거 별로 안 좋아하신다 해서……."

그녀는 당황한 듯 말끝을 흐렸다.

"혼자 밥 먹기 싫은데, 저녁이나 같이 먹어요. 어제처럼 같은 메뉴 각자 집에서 먹지 말고 마주 앉아서요."

"아, 저……."

"그럼 퇴근할 때까지 기다리겠습니다. 커피 한 잔 주세요."

조용한 별실에서 깔끔하게 차려진 밥상을 앞에 두고 그녀와 마주 앉았다. 이곳은 강남의 한식집치고 그다지 고급은 아니었다. 그러나 화려하지 않은 단아한 가정식 상차림이 집밥을 먹는 듯 정겨웠다.

"식구라는 말뜻 알죠?"

"네, 한집에 살면서 밥을 함께 먹는 사람이란 뜻이죠."

"이렇게 다은 씨 얼굴 보며 밥 먹으니까, 문득 식구란 단어가 떠올랐어요."

"……."

나를 쳐다보는 그녀의 시선이 바람에 몸을 맡긴 나뭇잎처럼 너울대고 있었다. 그런 그녀의 눈빛을 내 안에 가둘 것처럼 피하지 않고 묵묵히 받아들였다.

"무슨…… 뜻이죠?"

그녀의 목소리가 미세하게 떨렸다.

"많이 먹어요, 다은 씨. 아프고 나서 더 말랐어요."

대답 대신 꼼꼼하게 발라낸 굴비 살을 밥 수저 위에 올려 줬다.

"앞으로도…… 함께 밥 먹을 수 있으면 좋겠어요."

얼굴을 붉히며 쳐다보는 그녀에게 눈을 찡긋하며 천연덕스럽게 말했다.

누군가와 함께 먹는 밥이 이렇게 따뜻하고 맛있는 것이었나, 목으로 넘어가는 평범한 된장국이 그 어떤 값비싸고 귀한 음식보다 달게 느껴졌다.

D—7.

2 썰물

유난히 달빛이 밝은 봄밤, 정원의 공기엔 온갖 냄새들이 섞여 있다. 이름 모를 꽃향기가 공기 입자를 타고 날아다니고, 낮에 내린 비로 축축해진 흙냄새와 훈훈한 바람 냄새가 뒤엉겨 콧속을 간질였다.

흐읍, 숨을 크게 들이켰다. 꽃향기와 흙냄새, 바람 냄새가 공기와 함께 폐 속으로 빨려 들어온다.

"하아."

오래오래 숨을 뱉어 냈다. 몸 안에 들어왔던 냄새와 내 머릿속에 쌓여 있던 잡념들을 공기의 찌꺼기와 함께 분출했다. 막힌 듯 답답하던 속이 조금 시원해진 듯하더니, 날숨이 빠져나간 빈 가슴을 곧 공허감이 채워 버렸다.

복잡하게 얽힌 마음을 비우고자 잠시 밤거리를 걷기로 했다.

— 재민아, 집엔 언제쯤 오니? 보고 싶다, 사랑하는 아들.

조금 전에 통화했던 어머니의 음성이 귓가에 맴돈다. 늘 그렇듯 차분하고 상냥한 목소리였다. 저 달빛처럼 우아하고 아름다운 어머니의 얼굴이 떠올랐다.

새아버지의 말처럼 내 어머니 채은옥은 공주 같은 분이시다. 한때는 채은희란 예명으로 연예계에서 활동하며 '은막의 요정'이라 칭송받던 시절도 있었다.

당시 배우 채은희의 인기는 미인의 대명사이자, 모든 남자들의 이상형으로 꼽힐 정도로 뜨거웠다고 한다.

길지 않은 배우 생활이었지만 아직도 전설적인 여배우로 대중의 입에 오르내리는 걸 보니 과장은 아닌 듯하다. 고작 두 편의 영화에 출연한 게 전부지만, 그래서 더 신비로운 이미지로 각인되었을지 모른다.

— 수지는 요즘 데이트하느라 얼굴 볼 새 없이 바쁘단다. 조만간 약혼식을 하게 될 거야. 재민아, 아무리 바빠도 동생 약혼식엔 꼭 참석해야 한다.

수지. 내 사랑스러운 꼬맹이 여동생. 그 아이가 태어났을 때 주름진 빨간 얼굴을 찡그리며 꼬물대던 모습을 잊지 못한다.

고작 여덟 살이었던 나는, 내가 지켜 줘야 할 사람이 한 명 더 늘었구나, 가슴 벅차하며 생각했었다. 내 목숨을 걸고라도 이 작은 아이는 지켜 줄 거야, 내 동생이니까.

그 아기가 자라서 사랑을 하고, 곧 약혼도 한다니. 세월 참 빠르다. 수지의 연인은 상원 의원인 에드워드 그린의 차남이다. 명문 사립고에서 만나 좋은 친구로 지내던 두 사람은 대학 진학 후 연인으로 발전하였다.

제이슨은 동생의 짝으로 나도 흡족하게 생각하고 있다. 오래 지켜본 바로 착한 심성과 성실한 자세, 무엇보다 수지를 진심으로 아끼고 사랑하는 게 마음에 들었다.

아무리 좋은 사람이어도 아버지의 마음에 차지 않는 상대였다면 이루어지지 못했을 텐데, 정략결혼으로도 만나기 힘든 가문의 아들과 수지가 사귀고 있다니 그보다 더 좋을 수는 없었다. 행여 두 사람이 헤어질까 봐 노심초사하는 아버지의 모습이 우습기도 했다.

— 한국은 어떠니? 요즘 한국 아가씨들 참 예쁘던데, 혹시 여자 친구 생긴 거 아니니?

가볍게 묻는 어머니의 질문에 웃음으로 얼버무려 넘겼지만, 순간 그 여자 얼굴이 떠올랐었다. 작고 여린 채송화가 생각나는 정다은.

일은 일일 뿐인데……. 헷갈리지 말자.

복잡한 생각을 털어 내듯 머리를 좌우로 흔들었다. 무언가에 몰두하면 그것만 보이는 나의 지독한 집중력이 이럴 땐 거추장스럽기만 했다.

'약해 빠진 놈. 제 아비를 닮아 저 모양이지. 쯧.'

열 살 무렵이었던가, 학교 대표로 참가한 수영 대회에서 다리에 쥐가 나는 바람에 우승 후보였던 난 어이없게 예선 탈락을 하고 말았다. 분하고 억울해서 울고 있는 날 보고 아버지는 뒤돌아서며 혼잣말로 낮게 중얼거렸다.

제 아비를 닮아서…….

절대로 닮고 싶지 않은 친아버지의 피를 나는 늘 부정했었다. 그래서 강태식 회장에게 그의 아들로 인정받기 위해 이를 악물고 노력했다.

그러나 진정한 아버지라 믿었던 사람의 입에서 나온 그 한마디는 어린 나에게 지워지지 않을 상처가 되었다.

그러나 나는 마음을 다잡고 그 한마디를 약으로 삼았다. 그 이후로 나는 정말 독해졌다. 공부도 운동도 최고가 되기 위해 앞만 보고 달렸다.

실수도 실력이라는 강 회장의 말처럼 실수 따윈 절대로 용납하지 않겠다는 집념으로 똘똘 뭉쳐 있었다. 나에게 강태식 회장은 아버지이기 전에 신과 같은 존재였으니까.

"어머! 강재민 씨?"

맑고 낭랑한 여자의 음성이 들렸다. 돌아보지 않아도 알 수 있을, 그녀의 목소리였다.

천천히 뒤돌아 그녀를 보았다. 어둠 속이지만 달빛만으로도 충분히 빛나는 까만 눈동자에 설렘과 들뜸이 읽혔다. 그녀의 그런 해맑은 표정은 나를 더욱 초라하게 만들었다. 천하에 둘도 없는 악당이 된 것만 같았다.

"이 밤중에 여긴 웬일이세요?"

"……."

마치 모르는 사람을 보듯 무감한 얼굴로 그녀를 보았다.

"아, 어디 가시던 중인가 봐요."

평소와 다른 차가운 내 태도에 적지 않게 당황한 거 같았다.

"산책하는 중이었습니다."

"아 참! 집이 이 근처라 하셨죠? 전 지금 퇴근하는 길이에요."

"네. 그럼 들어가 보세요."

갑작스러운 나의 냉랭한 태도에 멈칫하던 그녀는 가볍게 고개를 숙여 인사하고 아파트 정문으로 들어섰다.

후후, 이런 걸 '다 된 밥에 코 빠뜨리기'라 하나? 그녀가 나에게 진저리 치며 정나미가 뚝 떨어졌으면 좋겠다. 재수 없는 놈이라고 욕해 줬으면 좋겠다. 그게 그녀를 위해서도 결국 더 좋은 일이니.

그러나 내 발걸음은 어느덧 그녀 뒤를 쫓고 있었다.

그녀가 아파트 현관으로 들어서는 걸 멀리서 지켜보다 놀이터로 발길을 돌렸다. 잠시 후, 그녀의 집 창문에 불이 켜졌다.

아파트 놀이터 벤치에 앉아 올려다보는 불빛은 아스라이 멀지만, 따스한 느낌이었다. 마치 그녀의 숨결과 체온이 스며든 것처럼. 저 불빛 아래서 그녀는 휴식을 취하고 책을 읽고 생각을 하고 음악을 듣겠지.

시간이 얼마나 흘렀을까, 그녀 방의 불이 꺼졌다. 한동안 불 꺼진 그녀의 집 창문을 바라보다 일어나 집으로 향했다. 거리엔 휘황하던 상점의 불빛마저 다 사라지고 달빛과 나만이 남아 있었다.

내가 살고 싶은 삶과 내가 지켜야 할 사람들이 사는 세상은 영원히 만나지 못할 평행선일까?

이런 자문은 사실 무의미했다. 그 두 세계가 얼마나 멀리 있는지 누구보다 나 자신이 가장 잘 알고 있으니까.

참으로 이상하지. 내가 아는 나, 강재민은 절대로 약한 놈이 아닌데, 목표를 정하면 끝까지 물고 늘어지는 독한 놈인데……. 왜 자꾸 흔들리는 걸까.

달빛이 꿰뚫어보듯 나를 비췄다.

D—5.

상쾌한 바람이 머리카락을 쓸어 넘기며 간지럼을 태웠다. 하늘은 청명하고 거리를 걷는 사람들의 표정은 유쾌하기 그지없다.

화려했던 꽃잎을 떨구고, 가지마다 잎사귀를 촘촘히 틔워 낸 벚나무도 연둣빛 물을 뚝뚝 흘리며 봄의 절정을 달리고 있었다. 모든 것이 완벽한 오월의 오후였다.

그러나 내 마음은 맑지 않았다. 아마 내 얼굴도 그럴 것이다.

"어서 오세요."

가게 문을 열고 들어서니 바쁘게 움직이던 그녀가 미소 띤 얼굴로 낭랑하게 인사를 했다. 그러나 내 얼굴을 확인하자 바로 표정이 굳어졌다.

"뭘 드릴까요?"

예의 바른 표정으로 주문을 받았다. 아무런 감정도 느껴지지 않는 사무적인 목소리였다.

"어제, 제가 좀 까칠했죠?"

아랫입술을 지그시 깨물며 그녀가 나를 올려다보았다. 티 없이 맑은 그녀의 눈은 우리 사이에 무슨 일이 있었냐고 묻고 있었다.

그저 손님과 가게 주인, 그 이상도 이하도 아닌데 왜 그러느냐는 듯 말간 시선으로 쳐다보는 그녀 때문에 괜스레 조바심이 났다.

"골치 아픈 일이 좀 있었어요. 그래서……."

"괜찮습니다."

그게 나와 무슨 상관이냐는 말 대신 내 대답을 잘랐다. 괜찮다는데 굳이 무슨 변명을 더 하겠는가. 대충 아무거나 골라 주문을 마치고 서둘러 가게를 나왔다.

그녀가 나를 재수 없는 놈이라고 욕해 주길 바랐으면서, 정나미 뚝 떨어지길 원했으면서 왜 이렇게 기분이 엉망인지 모르겠다. 삶은 달걀을 급히 먹다 걸린 것처럼 가슴이 답답했다. 어디 가서 소리라도 고래고래 지르면 이 갑갑한 마음이 뻥 뚫릴까?

아 진짜, 이거 뭐지? 뭐냐, 이런 기분. 너무…… 싫다.

찜찜한 기분을 떨쳐 내려고 하늘을 쳐다보는데 정다은의 웃는 얼굴이 구름처럼 떠다닌다. 깜짝 놀라서 머리를 흔들었다. 어젯밤 잠을 설쳐서 정신이 오락가락하는가 보다.

참나, 이 나이에 내가. 이 강재민이.

고등학교 시절 뜻하지 않게 연극 무대에 서게 된 적이 있다. 매년 개교기념일에 셰익스피어의 작품을 공연하는 학교 전통에 따라 그해엔 '로미오와 줄리엣'을 무대에 올리기로 하였다.

연극부장이었던 나는 원래 무대 총감독을 맡았었다. 그런데 공연 일주일을 앞두고 로미오 역의 마크 맥거번이 급성맹장염으로 수술을 받는 바람에 이미 대사를 다 외운 내가 대신 무대에 오르게 된 것이다.

개교기념일 연극제에 동양인이 주연을 맡은 일은 처음이라며 학교 선생님들도 관심과 우려를 표명했지만 달리 방도가 없었다.

그러나 나는 이런 모두의 걱정을 일순간에 잠재웠다. 영화배우로 명성을 떨쳤던 어머니의 유전자 덕인지 연습 무대에서 보여 준 내 연기는 극히 자연스럽고 매력적이라는 평을 들었다.

아울러 동양인 로미오에 대한 기우도 싹 날려 버렸다. 검은 머리와 비교적 뚜렷한 이목구비를 두고 이탈리아 몬터규 가문인 로미오의 환생이 아니겠느냐고 모두 격찬했다.

그러나 마지막 리허설을 일부러 보러 오신 어머니는 달랐다.

"그건 그냥 연기일 뿐이야. 너를 버리고 진짜 로미오가 되어야 해. 지금 연기도 물론 매우 훌륭하지만, 관중은 속여도 너 자신은 알 거다. 네가 강재민인지, 로미오인지."

늘 칭찬과 격려만 해 주시던 어머니가 가한 일침은 충격이었다. 나를 버리고 로미오가 된다는 것. 그게 무얼까. 내내 진지하게 고민했지만 답을 찾을 수 없었다.

무대의 막이 오르기 직전까지 그 문제를 잡고 고심했다. 그러나 도무지 알 수 없었다.

공연 날, 홀을 가득 메운 관객의 면면은 대단했다. 전통 있는 사립명문인 모교의 셰익스피어 공연엔 정재계를 주름잡는 쟁쟁한 선배들과 학부모는 물론이고 아이비리그 대학 관계자와 지역 매스컴까지 참석한다.

관객 중엔 나에게 기대가 큰 아버지와 어머니 그리고 오빠를 최고로 아는 꼬맹이 여동생 수지도 있었다. 나는 그들을 실망시키고 싶지 않았다.

드디어 막이 오르고 눈부신 조명이 켜졌다. 순간 나를 괴롭히던 문제는 저절로 풀렸다. 마치 마법에 걸린 것처럼 스포트라이트를 받자 나는 로미오가 되었다. 강재민이 연기하는 로미오가 아닌, 베로나의 로미오 몬터규, 그 자체가 되어 있었다.

"로미오. 오, 로미오. 그대는 왜 하필 로미오인가요?"

줄리엣 역의 크리스틴 브란델은 금발과 푸른 눈을 가진 전형적인 미녀였다. '아메리칸 뷰티' 라는 별명이 붙을 정도로 아름다웠고

교내 최고의 인기를 누리는 퀸카였다. 하지만 내 눈앞의 그녀는 크리스틴이 아닌 줄리엣 캐풀렛이었다.

"그대의 맘대로 하리다. 나를 사랑해 준다면 새롭게 세례를 받을 것입니다. 그리하면 내 이름은 더 이상 로미오가 아닐 것이오."

로미오인 나는 줄리엣을 진심으로 사랑했고, 이룰 수 없는 사랑에 아파했으며, 그녀를 영원히 잃었을 땐 고통으로 절규했다.

"눈이여! 보아라, 마지막이다. 팔이여! 마지막 포옹을……. 생명의 창인 입술이여! 고결한 입맞춤으로 닫히고 죽음의 신과 영원한 계약을 맺으리! 내 사랑을 위해서! 마지막 입맞춤을 하고 나는 죽으리!"

로미오가 독약을 마시고 쓰러질 때 관중들은 가슴 저려 했고, 죽음으로 끝난 우리의 애절한 사랑에 함께 눈물 흘렸다.

박수갈채 속에 불이 꺼지고 막이 내렸지만, 나는 아직 로미오였고 크리스틴은 줄리엣인 채로 수줍은 입맞춤을 하였다. 그렇게 내 첫사랑은 시작되었다.

그 후 나에게도 몇 가지 변화가 생겼다. 신들린 연기는 이미 연기가 아니라 로미오 그 자체였다는 호평이 지역 신문에 실렸고, 학교에서의 내 인기는 더 높아져 차기 학생회장으로 당선되었다. 그 영향인지 아이비리그의 여러 대학이 좋은 조건을 내걸며 입학을 권유했다.

그러나 이런 좋은 변화만 있었던 건 아니다. 무대에서 싹튼 내 첫사랑은 '한여름 밤의 꿈'처럼 허무하게 끝이 나고 말았으니까.

더는 내가 로미오가 아니듯 크리스틴 역시 줄리엣이 아니란 걸 깨닫는 데 그리 긴 시간이 필요치는 않았다. 그러나 크리스틴은 나와 달랐다. 자신이 사랑한 건 로미오가 아닌 강재민이었다며 한동안 나에게 매달렸다. 그런 그녀에게 상처를 주지 않고 이별하기란 쉽지 않았다.

나를 온전히 비우고 다른 사람으로 살아간다는 건, 서로의 감정까지 혼동하게 하는 위험한 일이라는 걸 그제야 알았다. 그 일 이후로 나는 다시는 무대에 서지 않으리라 결심했다. 무대 밖의 나와 무대 위의 배역을 분리하지 못한 잘못을 반복하고 싶지는 않았으니까.

그랬는데, 또다시 사랑에 빠진 남자 역을 하게 되다니……. 하지만 이번엔 절대로 착각하지 말자. 막이 내리면 즉시 나 자신으로 돌아올 것이다. 기필코!

D—4.

사랑에 빠진 남자라면 자신의 연인이 토라졌을 때 어떻게 할까?

눈을 맞추고 미안하다 사과하기, 받을 때까지 계속 전화하기, 사과 문자 보내기, 집 앞에서 무작정 기다리기, 화가 풀릴 때까지 귀여운 척 애교 부리며 떼쓰기, 직장으로 꽃다발과 카드 보내기, 맛있는 음식이나 좋아하는 선물 공세 펼치기, 아무 말 없이 폭 안아 주기. 또 뭐가 있을까?

사랑에 빠진 남자에 빙의해 어떻게든 그녀의 마음을 풀어 주고 싶었다.

"어서 오세요."

그녀는 미소를 지으며 맞이했지만, 나는 안다. 그건 눈은 웃지 않는 가짜 미소란 걸. 진짜로 활짝 웃을 때 그녀 모습이 얼마나 예쁜지도 이제 너무 잘 안다.

"무얼 드릴까요?"

그녀가 나를 본다. 예의 바르고 상냥한 가게 주인의 눈으로 손님인 나를 본다.

"혹시⋯⋯."

"⋯⋯?"

갸우뚱 고개를 기울이며 올려다보는 그녀의 표정이 어린아이처럼 귀엽다는 생각이 들었다.

"'미안해 내 사과를 받아 줘'란 컵케이크는 없습니까?"

"네?"

예상치 못한 엉뚱한 주문에 그녀가 눈을 동그랗게 떴다. 놀랄 때면 늘 저런 표정을 짓는다는 것도 나는 익히 알고 있다. 같은 시간 같은 장소에서 한 사람을 매일 만난다는 건 이렇게 서로에게 익숙해지고 길들여지는 건가 보다. 비록 다른 한 사람은 어떤 목적을 가지고 있었다고 해도.

"만들어 드릴까요?"

"만들 수 있나요?"

"원하신다면 내일까지 만들어 놓겠습니다."

"급한데, 오늘은 안 됩니까?"

"그건 어렵습니다, 손님."

손님이란 말에 강세를 둔 그녀의 대답에 피식 웃음이 새어 나올 뻔했다.

"그럼 할 수 없죠. 내일까지 부탁합니다, 주인님."

순간 누가 먼저랄 것도 없이 참았던 웃음보가 터져 나왔다. 우리는 그렇게 한참을 마주 보고 웃었다. 며칠 동안 가슴을 짓누르던 돌덩이가 순식간에 사라진 듯 속이 시원했다.

"특별히 잘 만들어 주셔야 합니다."

"알겠습니다."

"좋아하는 사람에게 줄 거니까요."

"네. ……네에?"

무심코 대답하던 그녀가 놀란 얼굴로 반문했다.

"물론 그분이 받아 주실지 걱정입니다만."

장난스럽게 눈을 찡긋하며 말하자 그녀의 두 뺨이 발그레하게 물들어 갔다.

D—3.

오늘따라 시간이 무척 더디게 가는 것 같다. 모처럼 느지막이 일어나 아침 겸 점심을 먹고 운동을 다녀와 이런저런 일들을 처리하고 났는데도 시곗바늘은 고작 세 시를 가리키고 있었다. 잠시 누워서 책을 뒤적이다 더는 못 참고 벌떡 일어나 밖으로 나왔다.

일요일 오후의 거리는 쌍쌍의 연인들로 가득 찬 듯했다. 늘 사람들로 북적거리는 번화한 곳이지만 오늘따라 유독 데이트하는 커플들만 눈에 들어온다.

손을 잡고 걷든 팔짱을 끼고 걷든 서로에게 눈을 떼지 못하는 연인들이 사방을 에워싼 거 같았다. 그런 족속들을 피해 근처 백화점으로 발길을 옮겼다. 이런저런 구경이나 하며 시간을 때울 요량으로.

백화점 최상층부터 한 층씩 아래로 내려오며 윈도쇼핑을 하던 차에 내 발걸음이 멈춘 곳은 1층의 한 보석 매장이었다.

어머니가 좋아하는 배우 오드리 헵번의 영화에서 보아 눈에 익은 그 매장 안으로 나도 모르게 홀린 듯 들어가고 말았다.

상냥하게 맞이하는 직원이 권하는 대로 살펴보다가 마음에 드는 반지를 발견했다. 그녀의 작고 가느다란 손가락에 어울릴 법한 단순한 디자인의 반지였다. 내가 그 반지에 관심을 보이자 직원은 커플링으로 많이들 한다며 판매실적 올리기에 살짝 힘을 싣는 눈치였다.

못 이기는 척 상술에 넘어가 내 것까지 두 개를 샀다. 사실 김 실장이 준비해 둔 반지가 있었지만, 커다란 다이아몬드가 박힌 그 반지는 그녀에게 주고 싶지 않았다. 어울리지 않을 테니까……

하늘색 상자에 넣어 하얀 리본으로 포장해 준 반지를 가방 안에 넣고 나는 '미안해 내 사과를 받아 줘'를 사러 갔다.

"여기 있습니다."

그녀는 눈처럼 새하얀 크림 위에 빨간 미니사과를 장식한 컵케이크를 내밀었다.

"우와! 이거, 진짜 사과예요?"

"그럼 가짜겠어요?"

"와. 다은 씨 진짜 대단해요. 이 사과 정말 귀엽다."

그녀가 만든 컵케이크를 보며 연신 감탄을 내뱉는 날 보니 기분이 좋은지 그녀는 배시시 웃었다. 보고 싶던 그 미소였다.

"예쁘게 포장해 주세요. 선물할 거니까."

컵케이크를 투명한 상자에 넣고 리본으로 묶는 그녀의 섬세한 손길을 지켜보며 한 소리 거들었다. 저 작은 손으로 어찌 저리 이 것저것 잘 만들어 내는지 내 눈으로 보면서도 신기할 뿐이다.

"퇴근 언제 해요?"

"오늘은 늦어요."

"어쩌나, 저녁 같이 먹고 싶었는데."

빈말이 아니었다. 며칠 전 그녀와 먹었던 밥이 또 먹고 싶다. 함께 먹던 밥과 국과 나물과 찌개와 굴비가 벌써 그립다.

그 집 음식이 특별히 맛있었던 건지, 단지 누군가와 함께 먹는 밥이어선지, 그날따라 유독 배가 고프고 입맛이 당겼던 건지, 아니면 밥상을 두고 마주 앉았던 그녀 때문인지 알 수는 없지만 정말 맛있었다.

매일매일 그런 밥을 먹고 싶다. 서운한 마음을 들킬까 아무렇지 않은 척 케이크가 든 상자를 들고 뒤돌아 나왔지만.

오월 초순의 날씨는 변덕스럽다. 낮에는 쨍쨍한 볕에 반소매 입어야 할 거 같았는데 밤이 되니 바람이 찼다.

누군가의 집 앞에서 그 사람이 올 때까지 기다린다는 건 이런 기분이구나. 일부러 가게가 아닌 집 앞에서 그녀를 기다렸다. 겨울이었다면, 함박눈이 내렸다면, 이곳에서 서성인 내 시간이 발자국으로 남았겠지.

저기, 그녀가 온다.

"어머! 여긴 어떻게⋯⋯?"

"줄 게 있어서요."

"⋯⋯."

"이거."

"⋯⋯."

"받아 주실 거죠?"

작은 상자를 건네며 맞닿은 손이 매우 찼다.

그 차가운 작은 손을 따뜻하게 감싸 녹여 주고 싶다는 생각을 그 순간, 문득 했다.

D—2.

내가 그녀의 가게에 가는 시각은 비교적 일정하다. 오후 5시 즈음. 언제부턴가 5시가 가까워지면 조금씩 마음이 흔들리기 시작했다. '파블로프의 개'처럼.

그녀의 가게를 향해 한 걸음씩 내디딜 때면 조금씩 흔들리던 마음에 알 수 없는 설렘이 밀물처럼 서서히 밀려왔고, 그녀의 미소 짓는 얼굴을 마주 보며 이야기를 나눌 때면 이미 가득 찬 그것들은 출렁이며 물결을 일으켰다.

오늘따라 가게엔 손님이 많았다. 그들이 모두 나갈 때까지 의자에 앉아 창밖을 보는 척하며 곁눈질로 그녀의 움직임을 관찰하고 귀를 세워 그녀의 목소리를 들었다. 마음속에선 여전히 물결이 소용돌이를 일으키며 감정을 들쑤시고 있었고.

"오래 기다리셨죠? 드세요."

마지막 손님을 보낸 후, 그녀가 커피 두 잔을 가지고 와서 맞은편에 앉았다.

"고마워요."

"단골손님이신데 이 정도야 뭐."

그녀도 그럴까? 5시가 다가오면 나처럼 이렇게 마음이 흔들릴까?

"커피, 좋아해요?"

창문을 뚫고 들어온 햇살이 그녀의 검은 머리와 하얀 얼굴과 분홍빛 입술에 뽀얗게 내려앉은 모습을 보자 소용돌이가 더욱 거세어지며 걷잡을 수 없이 솟구칠 것 같아 얼른 별 의미 없는 말을 건넸다.

"네. 근데 하루에 딱 두 잔만 마셔요. 아침에 눈 뜨고 바로 한 잔, 오후에 피곤할 때 한 잔. 오늘은 오후에 좀 바빴어요. 그래서 이제 겨우 한 잔 마시는 거예요."

"피곤해 보여요. 아르바이트 좀 더 써요."

"일이 재밌어서 몰랐는데 좀 힘에 부치긴 하네요. 혜수가 잘해서 둘이 번갈아 하면 그럭저럭 괜찮았는데, 시간제 직원 더 구해야겠어요."

자기의 일에 대해 눈을 반짝이며 이야기하는 그녀와 마시는 커피가 맛있었다.

"빈속에 커피 마시면 부대끼지 않아요?"

"그래도 일어나서 바로 마셔야 정신이 들어요. 대신 아침엔 아주 연한 아메리카노나 우유 듬뿍 넣은 카페라테만 마셔요."

그녀의 커피 습관이나 취향이 머릿속에 저절로 입력되었다. 매일 아침 그녀를 위해 커피를 만들고 도란도란 이야기하며 함께 마시는 생활은 어떤 걸까 잠시 상상해 봤다.

그녀와의 커피 타임은 손님이 들어와서 아쉽게도 금방 끝이 났다. 새로 만들었다는 컵케이크를 사서 집을 향해 가는 동안 마음속을 꽉 채웠던 것이 썰물처럼 조금씩 빠져나가는 게 느껴졌다.

집에 돌아가면 혼자 시간을 보내다, 또 텅 빈 마음으로 잠이 들겠지…….

D—1.

3 슬픈 청혼

♥♥♥♥♥♥♥♥♥♥♥♥♥♥♥♥♥♥♥♥♥♥

새벽엔 비가 내렸다.

투둑 투두둑.

빗소리에 잠이 깼나 보다. 창밖은 아직 어둑했다. 눈을 감아 봐도 한번 달아난 잠은 쉬이 돌아오지 않았다. 다시 멀뚱히 눈을 뜬 채 천장을 올려다보며 정원에 떨어지는 빗소리를 듣고 있자니, 먼 기억 속의 한 남자가 떠올랐다.

후두둑 투둑 후두두둑.

"아빠! 어디 가?"

빗소리에 잠을 깬 건지, 화장실이 급해서 깬 건지, 아이는 어둑한 새벽녘 거실에 잠옷 차림으로 서 있었다.

현관 앞의 남자는 아이를 손짓으로 불렀다. 뭔가 낯설고 싸한 기분에 선뜻 다가가지 못하던 아이는 남자의 손짓에 기다렸다는 듯 달려가 안겼다.

"아빠는…… 멀리 가야 해."

"왜?"

"음, 회사 일 땜에."

"그럼 늦게 와?"

남자는 아이의 눈을 한동안 가만히 들여다보더니 다시 껴안으며 조용히 속삭였다.

"아니, 많이 늦지는 않아. 열 밤 자면 올 거야."

"열 밤?"

"응. 그동안 엄마 말씀 잘 듣고. 재연이랑 잘 놀고."

"네. 근데 약속하는 거지? 진짜 열 밤만 자고 올 거지?"

"그래. ……약속해."

남자의 눈에는 눈물이 고여 있었다.

"아빠, 울어?"

"아니."

"눈물 있는데?"

"으응, 졸려서 하품했어."

남자는 한 번 더 아이를 꽉 껴안더니 벌떡 일어나 나가려다 현관 문 손잡이를 잡은 채 잠시 멈춰 서 있었다.

"안녕히 다녀오세요, 아빠."

아이는 돌아선 남자에게 고개를 숙여 인사했다. 손잡이를 잡고 서 있는 남자의 등은 몹시 추운 사람처럼 바르르 떨리고 있었다.

"재민아, 엄마랑 재연이…… 잘 부탁한다."

젖은 목소리로 어렵게 말을 마친 남자는 그대로 문을 열고 나갔다. 아이는 거실 유리창에 이마를 대고, 마당을 가로질러 대문 밖으로 나가는 남자의 뒷모습을 지켜봤다.

어두운 마당엔 비가 내리고 있었다. 후두둑 투두둑. 빗방울이 떨어지는 소리를 들으며 아이는 한참을 그렇게 서 있었다.

비 오는 새벽, 어쩌다 잠이 깨면 이 장면이 눈앞을 스쳐 간다. 부러 기억을 떠올리지 않아도 천장이 스크린이 된 듯 저절로 필름이 돌아가며 영상을 재생한다. 오래된 흑백 영화를 보는 것처럼, 눈앞에 펼쳐지는 장면 장면을 그저 멍하니 응시하고 있다.

비 오는 새벽의 어둠 속으로 떠났던 그 남자는, 내 친아버지는, 그날 이후 돌아오지 않았다.

"거짓말쟁이. 아빠는 거짓말쟁이야."

약속했던 열 밤이 지나도, 그리고 또 열 밤이 더 지나도 돌아오지 않는 아버지를 기다리다 지친 일곱 살의 나는 잠자리에 들면 조용히 혼잣말을 했다.

너무너무 보고 싶어서 화가 났지만, 큰 소리로 말하면 아버지가 진짜로 거짓말쟁이가 될까 봐, 그래서 영원히 돌아오지 않을까 봐 아주 작은 소리로 중얼거렸다.

다섯 살 재연이는 툭하면 울었다. 아빠가 보고 싶다고 울고, 울어서 머리가 아프다고 또 울었다. 어머니는 넋이 나간 사람처럼 멍하니 허공만 바라보고 있었다.

"쫄딱 망했다는데, 우린 어쩌지, 지금이라도 나가야 하는 거 아니야?"

"그만두더라도 월급은 받을 수 있을까?"

"벌써 팔 건 다 팔았고 지금 이 집도 곧 넘어갈 텐데, 그럼 거리에 나앉을 판이라네?"

"부자는 망해도 3년은 간다더니, 그도 옛말인가 봐. 어째 이리 폭삭 망했을까."

"그래도 뒤로 빼돌린 게 있지 왜 없겠어? 그 많던 돈이 영화 몇 개 망했다고 없어질까?"

"그게 다 남의 돈 끌어다 벌인 거라잖아. 망하면 그냥 망하나, 빚이 상상도 못 한다는데."

집안일을 도와주던 아주머니와 누나들이 수군대는 소리를 들었다. 이모라고 불렀던, 누나라고 불렀던 그 사람들은 이제 대놓고 우리를 구박하고 힐난하며 떠날 궁리를 했다.

떠나겠다는 사람들에게 어머니는 월급 대신 패물을 내주며 미안하다고 사과했고, 사모님이라 부르며 굽실거렸던 그들은 그런 어머니를 딱하다는 듯 내려다보며 그걸 받아 떠났다.

집안일을 도와주던 사람들마저 다 떠나 버린 삼층집은 텅 빈 것 같았다. 영화사를 했던 아버지는 주말이면 손님들을 초대해 집에서 크고 작은 파티를 열었었다. 텔레비전에서 보던 잘생기고 예쁜 형과 누나들도 많이 볼 수 있어서 주말이 기다려지곤 했다.

커다란 집은 늘 사람들로 북적였다. 평소에도 드나드는 손님들 발길이 끊이지 않았고 며칠씩 묵다 가는 객식구도 꽤 있어서 일하는 사람들도 자연 많았다.

그러나 아버지가 집을 나가기 얼마 전부터 손님의 발길이 끊기고 가끔 이상한 아저씨들이 왔다 가곤 했다.

낮에는 아무도 없는 텅 빈 집에서 재연이와 계단을 오르내리며 놀았다. 어머니는 우리의 밥을 차려 주고 매일 어디론가 나가셨다. 밤늦게 집에 돌아오면 피로에 찌들어서 우리가 먹다 남긴 밥을 한 술 뜨시고 쓰러지다시피 주무셨다.

"아빠는 언제 와?"

"아빠는 안 와."

"거짓말. 아빠가 장난감 많이 사서 온댔어."

외국 출장을 다녀오실 때면 아버지는 늘 우리 남매의 장난감과 옷과 엄마의 선물을 잔뜩 사 오시곤 했다. 재연이는 이번에도 아버지가 출장을 갔다고 믿고 있었다. 하지만 나는 이제 더는 숨길 수 없다고, 재연이도 아빠가 안 온다는 걸 알아야 한다고 생각했다.

"거짓말쟁이는 아빠야. 나한테 열 밤 자고 온다고 했는데 안 오니까."

"아냐. 오빠가 거짓말쟁이야. 아빠가 나한테 그랬어. 눈 깜빡거리는 인형 사 온다고."

재연이는 고집이 세다. 우리 집에서 재연이를 이길 수 있는 사람은 아무도 없다. 나는 항상 동생의 말이라면 다 들어주고 늘 져 주었다. 그러나 이번만큼은 아니라고 생각했다. 너도 이제 떼나 쓰고 울기만 할 나이는 아니잖아. 네가 아빠 보고 싶다고 울 때마다 엄마가 더 슬퍼하시잖아.

"재연아. 오빠 말 잘 들어. 우리 망했대. 그래서 아빠는…… 안 올 거야."

어렸던 재연이는 내 말을 다 이해하진 못했겠지만 내 표정이 다른 때와 다르다는 건 알았던 거 같다.

눈을 크게 뜨고 날 쳐다보던 그 아이의 눈망울을 잊지 못한다. 어머니를 그대로 닮은 그 맑은 눈망울을. 그 후로 재연이는 아버지를 찾지 않았다.

그리고 내 말은 맞았다. 아버지는 영원히 돌아오지 못할 곳으로 스스로 가셨다. 아버지가 집을 떠나고 한 달쯤 지나서였다.

나는 가끔 그런 생각을 했다. 내가 아버지를 끝까지 믿지 못해서 그래서 그렇게 된 건 아닐까. 말도 안 되는 줄 알면서도 그 생각을 완전히 떨쳐 내진 못했다.

재로 변한 아버지를 강에 뿌리던 날은 꽃샘추위가 매서웠다. 4월 초순이었는데도 눈이 내리고 바람이 찼다. 한 달여를 이곳저곳 아버지의 행방을 찾아다니고, 어떻게든 상황을 수습해 보려고 백방으로 알아보던 어머니는 장례가 끝난 후 몸져누우셨다.

집은 이미 경매에 부쳐져 조만간 비워 줘야 했고 가재도구엔 모두 빨간 딱지가 붙었다. 그리고 다시 사람들의 발길이 잦아지기 시작했다. 막판에 아버지는 사채까지 썼던 모양이다.

"내 돈 내놔. 어디다 꿍쳐 두고 이러는 거야? 그 돈이 어떤 돈인데."

"얼굴 좀 잘났다고 공주처럼 세상 편하게 살더니 피 같은 내 돈을 떼먹으려고?"

"돈이 없다는 게 말이 돼? 없으면 술이라도 따라서 벌어 갚아! 아직도 낯짝 반반한데."

그 사람들이 왔다 간 날은 정말이지 끔찍했다. 말로만 듣던 지옥을 이곳에서 보았다. 어머니는 빚쟁이들이 오면 우리를 구석방에 숨겨 놓고 못 나오게 하셨지만 찢어질 듯 악을 쓰는 소리는 아무리 귀를 틀어막아도 들렸다.

바들바들 떠는 재연이를 감싸 안고 쿵쾅대는 가슴을 진정시키려고 노래를 불렀다. 내가 아는 동요와 만화 주제가를 다 부를 때쯤이 되면 재연이는 내 품 안에서 잠이 들었고, 다시 고요해진 밖에선 숨죽이듯 흐느끼는 소리가 간간이 들려왔다.

잠이 든 재연이를 살며시 바닥에 누이고 조용히 문을 열고 나가 보면, 어머니는 헝클어진 머리와 뜯긴 옷을 입은 채 쑥대밭이 된 집 안을 치우고 계셨다.

세상에서 가장 아름다운 나의 어머니를 이렇게 만든 아버지란 사람을 절대로, 절대로 용서하지 않겠다고 그때 나는 결심했다. 나와 동생과 어머니를 이 시궁창에 버리고 혼자 도망간 비겁자니까. 이다음에 하늘나라에서 만나더라도 절대로 아버지라 부르지 않을 거라 마음먹었다.

재연이는 어려서부터 몸이 약했던 아이다. 그러나 아버지가 집을 나가고 우리 집이 풍비박산 나는 동안 제대로 보살핌을 받지 못해 더욱 허약해졌는지 늘 골골대며 아팠다.

어느 날 동생을 데리고 동네 의원을 다녀온 어머니의 안색이 어두웠다. 재연이가 매우 아파 큰 병원에 가 보라고 했다며 땅이 꺼질 듯 한숨을 쉬셨다. 이제는 안다. 어머니는 동생의 병만 걱정인 게 아니었음을. 돈이 없는 사람에겐 아픈 것도 사치임을.

어렵게 변통한 돈으로 동생을 데리고 대학병원을 다녀온 어머니는, 얼마 후 검사 결과가 나오자 방으로 들어가 문을 걸어 잠그고 한동안 나오지 않으셨다.

며칠 후, 좋은 곳에 놀러 가자며 어머니는 우리 남매에게 제일 예쁜 옷을 입히셨다. 기대와는 달리 우리가 간 곳은 공원이 아닌 한강 둔치였다.

다리 밑에 돗자리를 펴고 집에서 싸 온 도시락을 먹으며 우리는 모처럼 재미난 시간을 보냈다. 동생도 아프다는 소리를 덜 했고 울 지도 않았다.

해가 뉘엿뉘엿 지는데도 어머니는 집에 가자는 말씀을 안 했고, 난 오랜만의 나들이가 신 나서 날마다 오늘 같기를 바랐다.

사방이 어두워지자 드디어 어머니는 큰 결심을 한 듯 인제 그만 가자고 하셨다. 즐거운 하루가 끝난다는 게 못내 아쉬웠지만, 다음 에 또 놀러 올 수 있을 거라 기대하며 동생을 업은 어머니 뒤를 따 라갔다.

그러나 아직 나들이는 끝이 난 게 아니었는지, 어머니는 집을 향 해 가지 않고 한강을 가로지르는 다리 위로 올라갔다. 난생처음 다 리 위를 걸어 보는 나는 신이 나서 다리가 아픈 줄도 몰랐다.

다리 중간쯤에 멈춰 선 어머니는 화려한 불빛이 춤을 추는 검은 강물을 내려다보며 한참을 서 계셨다. 어머니 등에 업힌 재연이는 고단했는지 잠이 들어 있었다.

어머니는 드디어 무겁게 입을 떼셨다.

"재민아, 미안해."

"뭐가?"

뭐가 미안한지 나는 정말 몰랐다. 나와 재연이를 즐겁게 해 주려 고 온종일 애쓴 어머니가, 이렇게 좋은 구경까지 시켜 주는 어머니가 대체 왜 미안하다고 하는지 알 수 없었다.

그런 나를 어머니가 내려다보셨다. 검고 큰 눈이 아름다워서 슬퍼 보였다. 이렇게 예쁜 어머니를 두고 혼자 도망간 아버지를 절대 이해할 수 없었다. 내가 힘이 세다면, 내가 아주 부자였다면, 어머니는 저토록 슬픈 눈을 하지 않았을 거다. 힘도 약하고 가진 게 아무것도 없는 나는, 대신에 고맙다는 말을 했다.

"오늘 진짜 재밌었어. 내일도 또 오고 싶어. 고맙습니다, 엄마!"

어머니의 슬픈 눈에서 눈물이 흘렀다. 재연이를 등에 업은 채 눈물도 닦지 못하는 어머니를 나는 꼭 끌어안았다. 나도 눈물이 날 것 같았지만 참았다. 어머니와 재연이를 지킬 사람은 이제 나밖에 없으니까, 울면 안 되는 거였다.

한강에 다녀온 다음 날부터 어머니는 재연이의 뇌종양 수술비를 구하러 집을 계속 비우셨다. 아직도 밤이면 빚쟁이들이 찾아왔지만, 어머니는 이제 같이 소리를 지르셨다.

'갚는다고! 다 갚아 준다고! 내 새끼부터 살려 놓고 무슨 짓을 해서라도 그 돈 다 갚는다고!'

어머니의 악에 받친 고함이 내 가슴을 갈가리 찢어 놓는 듯 아팠다.

살기까지 띤 눈으로 악다구니하는 그 모습이 너무 슬펐다. 세상에서 가장 아름답고 천사 같았던 어머니를 저렇게 만든 아버지란 사람을 증오했다. 지금 어머니를 지켜 주지 못하는 어린 나도 미웠다.

"엄마가 혹시…… 채은옥 씨, 맞지?"

어머니가 수술비를 구해 보려고 나간 어느 오후, 한눈에 척 봐도 부자처럼 보이는 남자가 집으로 찾아왔다. 낯선 사람을 경계하며 대문 밖으로 고개만 내민 날 보고 남자는 껄껄거리며 웃었다.

"아저씨 나쁜 사람 아니야. 엄마 친구야."

아주 크고 비싸 보이는 차와 깍듯하게 그 남자를 대하는 운전기사를 보니 왠지 나쁜 사람은 아닌 듯했다. 예전에 아버지가 살아 있을 때 우리 집을 드나들던, 그러나 지금은 코빼기도 보이지 않는 그 부자 친구 중 한 명일 거 같았다. 잠시 망설이다 안으로 그 남자를 안내했다.

온통 빨간 딱지로 뒤덮인 집 안을 둘러보며 혀를 차던 남자가 나에게 물었다.

"이름이 뭐니?"

"서재민입니다."

"나이는?"

"일곱 살이요."

유치원에서 배운 대로 나는 씩씩하게 대답했다.

"녀석, 제 엄마를 많이 닮았군."

어머니를 닮았다는 말은 늘 듣던 말이었지만, 그 남자의 말엔 뭔가 다른 느낌이 있었다. 그 말에 스민 묘한 기운은 지금도 생생히 기억난다. 이제 와 그 느낌에 이름을 붙이자면, 말 못 할 회한과 애증과 연민이 어우러져 오랜 시간 발효된 감정이라고나 할까.

그렇다. 그 남자가 그리 오래도록 가슴에 품고 살았던 여자는 바로 내 어머니, 채은옥이었다.

남자는 내 머리를 한번 쓰다듬고, 방에 누워 있는 재연이를 살펴보았다. 나보다 어머니를 더 빼닮은 재연이를 남자는 안쓰럽게 내려다보며 이불 위에 손을 올려 다독여 주었다.

"태식 오빠! 오빠가 어떻게 여길⋯⋯."

노을빛이 짙어질 무렵 돌아온 어머니는 그 남자를 보고 놀라움을 금치 못하며 눈물 흘렸다.

"고생했다, 은옥아. 그 곱던 얼굴이 많이 상했구나."

어머니는 고향 오빠라는 그 남자와 거실에서 이야기를 나누었다. 나는 안방 재연이 옆에 누워 두 사람의 이야기에 귀를 기울였다. 남자는 아픈 애를 생각하라며 당장 미국에 가자 했고, 어머니는 나지막이 흐느끼고 있었다.

다른 어려운 말들은 모르겠지만, 저 아저씨라면 재연이를 살려 줄 수 있을 거란 생각이 들었다. 왠지 어머니를 예전처럼 아름답게 살게 해 줄 거란 믿음도 생겼다. 절대로 우리를 버리지 않고 끝까지 지켜 줄 것 같았다. 저 사람이 우리 아빠였으면 좋겠다는 생각을 하며, 어린 나는 스르르 잠이 들었다.

미국에서 성공한 사업가라는 그 아저씨, 강태식 회장은 이 바닥 없는 늪에서 우리를 건져 주었다.

하루가 멀다고 찾아와 괴롭히던 빚쟁이들의 사채를 다 갚아 준 아저씨는, 재연이를 미국에 데려가 수술받게 하자며 어머니를 설득했다. 아저씨는 재연이의 병을 치료하기 위해 그가 할 수 있는 한 최선을 다하였다. 다행히 미국으로 건너가 받은 재연이의 수술은 성공적이었다.

그리고 석 달 후, 아저씨와 어머니는 결혼식을 올렸고, 나는 서재민이 아닌 강재민이 되었다. 어머니가 다시 예전처럼 예쁜 옷을 입고 웃을 수 있고, 아픈 동생이 병원비 걱정 없이 치료받을 수 있게 해 준 것만으로도 이미 그는 나의 영웅이었는데, 이제 진짜 내 아버지가 된 것이다.

그러나 재연이가 우리와 함께한 행복한 시간은 그리 길지 않았다. 어머니의 불러오는 배를 보며 동생이 생긴다는 기쁨에 들떠 있던 재연이는 급작스럽게 병이 악화되어 동생이 태어나는 걸 보지 못한 채 우리 곁을 떠났다.

재연이가 이 세상을 떠나고 얼마 지나지 않아 그 애를 똑 닮은 여동생 수지가 태어났다. 나는 이 꼬맹이 여동생만은 무슨 일이 있어도 행복하게 해 주겠다고, 내 목숨을 걸고라도 지켜 주겠다고, 하늘나라에 있는 재연이한테 맹세했다.

이십 년이 더 지났지만, 아직도 내 꿈속엔 가끔 그 아이가 온다. 늘 미안하고 안쓰러운 내 어린 동생. 영원히 여섯 살인 그 아이가 이 새벽 꿈길로 나를 찾아왔었다.

'오빠, 지금 행복해?'

나는 그 아이의 질문에 대답하지 못하였다. 동생은 그런 나를 슬픈 눈빛으로 바라보았다.

그리고…… 빗소리에 잠이 깼었다.

✠　✠　✠

다른 날보다 서둘러 퇴근한 나는, 집에 와서 다시 샤워하고 면도를 했다. 빳빳하게 다린 하얀 셔츠와 가장 격식을 갖춘 정장을 차려입고, 어울리는 넥타이를 골라서 맸다.

거울을 보며 매무새를 다듬다 보니 괜스레 가슴이 설레었다. 마치 진짜로 사랑하는 여자에게 프러포즈 하려는 사람처럼. 마지막으로 불가리 향수를 살짝 뿌리고, 반지가 든 하늘색 상자를 바지 주머니에 넣고 집을 나섰다.

그녀에게 가는 길은 가까운 듯 멀었다.

'제 청혼을 받아 주세요.'

'우리 결혼할래요?'

'당신과 평생 함께하고 싶습니다.'

무어라 말을 꺼내야 할까. 길을 걸으면서도 그녀에게 할 말을 고심했다. 결혼해 달라고 하면 그녀는 과연 어떤 표정을 지을까? 어이없다는 듯 비웃지는 않을까, 별 이상한 사람 다 보겠다며 화를 내는 건 아닐지…….

어쩌면 보기 좋게 거절당할지도 모른다. 거절당한다는 건, 곧 이 계획의 실패를 뜻한다. 그래도 나는, 명품과 보석으로 공략하라던 그들의 지침 대신 내 방식대로 그녀에게 다가가고 싶었다.

처음 만난 날, 가게 밖에서 엿본 그녀의 미소가 작고 여린 채송화를 떠올리게 해서였을까? 순수하고 착한 그녀가 나에게 조금씩 익숙해질 수 있도록 매일 그녀를 찾아갔다.

값비싼 보석이나 명품 따윈 선물하지 않았지만, 나는 그녀가 정성 들여 만든 컵케이크를 매일 하나씩 샀고, 그 컵케이크에 관심을 보였다. 단것을 싫어했지만, 그녀가 만들었다는 이유만으로, 언제부턴가 남에게 주지 않고 그것을 먹게 되었다.

그녀와 대화하는 것이 즐거웠고, 그녀와 매일 밥을 먹고 커피를 마시고 싶어졌다. 그녀에게 어울릴 것 같은 반지를 직접 고르며 마음 설레었고, 집 앞에서 그녀를 기다리는 동안 내내 가슴이 뛰었다.

나는 그녀의 차가운 손을 따스하게 잡아 주고 싶었다. 그리고 그녀의 환한 미소를 보는 게 무엇보다 기뻤다.

아마도 나는, 그녀를…… 좋아하는 것 같다. 그래, 그녀는 좋은 사람이니까. 누구라도 그녀를 알게 되면 좋아할 수밖에 없을 것이다. 나처럼.

'행복한 컵케이크'엔 하필 손님이 있었다. 나는 밖에서 그 손님이 나올 때까지 기다렸다. 행여 기다리더라도, 조금 불편하더라도 여기여야만 했다. 내가 그녀에게 프러포즈 할 곳은. 매일 그녀에게 한 발짝씩 천천히 다가갔던, 바로 그곳이니까.

"어서 오세요."

그녀는 여느 때처럼 미소를 지으며 나를 반겼다. 그러나 나는 조금 긴장이 되었다. 양복에 넥타이까지 매고, 딱딱하게 굳어 있는 내 모습이 낯설었는지, 오늘따라 평소보다 말을 많이 했다.

"오늘은 이거 한번 맛보세요. 제가 새롭게 개발한 컵케이크예요. 남자분들도 좋아하시게 단맛을 줄이고 위스키를 가미했는데……."

나는 그런 그녀에게 불쑥 반지가 든 상자를 내밀었다.

"이 반지를 받아 주시겠습니까?"

"네에?"

놀라서 눈을 동그랗게 뜨고 있는 그녀를 보니 식은땀이 흘렀다. 그녀가 놀라는 것도 무리는 아니다.

"매일 아침, 다은 씨의 커피를 제가 책임지겠습니다."

그런데 조바심 때문인지, 나도 모르게 불쑥 이 말이 튀어나와 버렸다. 어제 그녀와 커피를 마실 때 잠시 했던 생각일 뿐인데.

시간이 멈춘 듯 그녀는 얼어 있었다.

아무래도 이런 식의 프러포즈는 너무 경솔했던 것 같다. 이제 영원히 그녀를 잃을지도 모른다는 생각이 들자, 날카로운 송곳에 찔린 듯 마음 깊은 곳이 욱신거렸다.

그때였다.

"네!"

내 눈을 똑바로 올려다보는 그녀의 눈동자는 흔들림이 없었다.

그렇게 그녀는 이 어이없는 청혼을 받아들였고, 나는 아마……벌을 받겠지…….

"우와! 여기 진짜 좋다!"

빌라에 들어서자 그녀가 환호성을 질렀다.

저녁 어스름 속 촛불을 조명 삼아 진행된 야외 결혼식을 마치고 우리는 바로 제주도에 왔다. 그녀의 가게 일도 있고 내 학교 일정도 있어서 멀리 갈 수 있는 형편은 아니었다. 대신 제주에서 가장 좋다는 리조트에서 이 박 삼 일 머물며 쉴 예정이다.

세계 유명 건축가들이 설계한 이 리조트는 단독 빌라마다 개별 정원과 자쿠지, 미니 풀장까지 갖추어져 있어 프라이버시를 지키며 마음껏 휴식을 취하기엔 최적의 조건이었다.

"이곳, 마음에 들어요?"

"네, 정말 근사해요. 근데 너무 넓어서 왔다 갔다 하려면 다리 아플 거 같아요."

"덕분에 운동도 하는 거죠, 뭐."

우리가 머물 빌라는 일 층엔 넓은 거실과 주방, 호화로운 욕실과 파우더 룸이 딸린 침실이 두 개 있고 이 층에도 침실과 한실이 있어 두 사람이 묵기엔 지나치게 넓은 건 사실이다.

"다은 씨가 이 방 써요."

가장 넓은 마스터 룸에 그녀의 가방을 가져다 놓으며 말하자 그녀는 어색한 미소를 지었다. 신혼여행 온 부부가 각방을 쓰다니, 누가 봐도 이상한 상황이긴 했다.

사실 호텔이 아닌 이곳으로 숙소를 잡은 건, 방이 여러 개라는 것과 누구의 눈치도 볼 필요 없이 쉴 수 있다는 게 가장 큰 이유다.

"옷 갈아입고 테라스로 나와요."

챙—

금빛 샴페인이 담긴 잔을 들어 그녀의 잔에 부딪혔다. 불과 몇 시간 전, 사람들 앞에서 내 아내가 되겠다고 맹세한 여자, 미소가 예쁜 그녀가 지금 내 앞에 앉아 있다.

바다에서 불어오는 소금기 어린 바람에 그녀의 머리카락이 날리고 있다. 부드럽게 날리는 머리카락을 쓰다듬어 주고 싶단 생각을 잠시 했지만, 대신 카디건을 그녀의 어깨 위에 살짝 얹어 주었다. 서울에 비하면 따뜻한 제주도지만 밤바람에 행여 그녀가 추울까 봐.

"피곤하죠? 오늘 완전 강행군이네."

"아뇨, 이 정도야 뭐. 가게 일로 워낙 단련되어 있어서 끄떡없어요."

다행히 그녀의 목소리는 맑고 씩씩했다.

제주도의 밤은 유난히 검푸른 하늘과 총총 뜬 밝은 별이 인상적이었다. 테라스에 앉아 마시는 샴페인, 오월의 달콤한 밤공기와 부서지는 파도 소리, 보고 있으면 기분이 좋아지는 사람.

　　이 모든 게 뭉쳤던 마음을 느슨하게 풀어 준다. 평화롭고 안온한 천국에 와 있는 기분이었다. 늘 이렇게 산다면…… 참 좋을 것이다.

　　"제주도, 참 좋네요. 어릴 때 부모님과 와 보곤 처음인데. 파도 소리 들으며 이렇게 앉아 있으니 지금 이 순간이 현실이 아닌 거 같아요."

　　바람에 날리는 머리카락을 쓸어 넘기며 그녀가 말했다.

　　"저도 오랜만에 왔는데, 역시 좋군요. 내일 우리 뭐 할까요?"

　　"음, 바닷가를 따라 드라이브하고 회 먹어요."

　　"회 좋아해요, 다은 씨?"

　　"그럼요. 없어서 못 먹죠."

　　"알았습니다. 앞으로 회는 싫증 날 정도로 먹을 수 있게 해 드리죠."

　　"와! 정말이죠? 신 난다."

　　신 나서 손뼉을 치는 그녀를 보니 내 마음도 살짝 들뜬다. 대수롭지 않은 것에도 감동하고 기뻐하는 그녀였다. 아플 때 사다 준 약 한 봉지, 죽 한 그릇에도 그녀는 눈가를 붉혔었다.

　　그런 여린 마음을 이용하는 내가 새삼 나쁜 놈이란 생각이 들었지만 오늘은, 오늘 하루는 잊고 싶었다. 비록 거짓으로 시작된 연극일지라도, 오늘은…… 내게도 그녀와의 첫날이다. 보고 있으면 같이 즐거워지고 마음이 편안해지는 내 아내와의 첫 시작.

'그리고 늘 웃게 해 드릴게요.'

하마터면 그 말을 내뱉을 뻔했다. 어린아이처럼 스스럼없이 활짝 웃는 그녀의 모습이 좋아서 순간적으로 그런 생각을 했다.

"먹고 싶은 건 다 사 드릴게요."

대신 나는 이렇게 말했다. 명색이 허니문인데, 새신랑이란 자가 첫날밤 신부에게 하는 약속치곤 유치하고 영양가 없기 짝이 없다.

"오, 돈 많으신가 봐요. 저 보기보다 많이 먹는데."

"네. 가진 건 돈뿐입니다."

다행히 그녀가 가볍게 농담으로 받아 줘서 함께 웃고 말았지만 그녀에게 미안했다. 두 사람이 함께할 미래에 대한 약속을 할 수 없어서……. 어쩌면 나로 인해 그녀가 슬퍼질지도 몰라서.

그녀의 빈 잔에 샴페인을 다시 따랐다. 취기가 살짝 오른 듯한 그녀가 잔을 들며 물었다.

"근데, 왜 저한테 프러포즈 하셨어요?"

기습 같은 그녀의 질문에 말문이 막혔다. 사실은 이 모든 게, 계부의 치밀한 계획과 그 계획을 실행한 나의 합동작품이라고, 정다은 당신은 그 희생양일 뿐이라고 잔인한 진실을 말할 순 없으니까. 그리고 오늘은, 어쨌든 그녀에겐 신혼 첫날밤이었다.

나는 잠시 생각하다 알맹이를 뺀 나머지, 내가 그녀를 보고 느꼈던 마음만 말하기로 했다.

"……다은 씨 가게에 제가 처음 간 날, 기억해요?"

"그럼요. 재민 씨 같은 사람은 누구나 한 번만 봐도 기억하죠."

"저 같은 사람이요?"

"네."

"저 같은 사람은 대체 어떤 사람이죠?"

문득 궁금해졌다. 그녀에게 나는 어떤 사람으로 비추어졌을까.

"몰라서 물어요? 키 크지, 잘생겼지, 가만있어도 눈에 띄잖아요."

"그래요?"

"어머, 정말 몰랐어요? 본인이 잘난 거."

"하하. 잘나긴요. 사람 다 거기서 거기죠."

사실 외모에 대한 칭찬은 어릴 때부터 늘 들어 왔던 터라, 나에겐 별 의미 없는 공치사일 뿐이다. 얼굴이 조금 잘생겼다고, 키가 남보다 크다고 그게 그 사람의 가치를 높여 준다고는 한 번도 생각해 본 적이 없었다. 그건 단지 포장지에 불과할 뿐이니까.

"그날, 다은 씨를 처음 본 날…… 웃는 모습이 참 예쁘구나, 생각했어요. 어릴 때 우리 집 마당에 꽃이 참 많았거든요. 어머니가 꽃을 유난히 좋아하셨어요. 그래서 마당엔 장미, 백합, 국화, 수국, 수선화, 붓꽃…… 꽃이란 꽃은 철 따라 다 피었던 것 같아요. 근데, 그 화려한 꽃 중에서도 유독 제가 좋아하던 꽃이 있었어요."

입안이 바짝 말라 와, 잔을 들어 남은 금빛 액체를 단숨에 꿀꺽 마셨다. 그리고 말했다.

"아주 작아서, 쪼그리고 앉아서 봐야 눈에 들어오는 꽃. 작고 얇은 그 꽃잎이 햇볕을 받으면 셀로판지처럼 투명하게 비쳐 보일 것 같은……."

그녀는 내 말에 귀를 기울인 채, 달빛이 일렁이는 샴페인 잔을 바라보다 천천히 한 모금 마셨다.

"채송화. 그 작은 꽃이 떠올랐어요. 첫눈에 시선을 잡아끄는 화려함은 없지만, 보면 볼수록 질리지 않는 매력이 있는 꽃이거든요."

그녀가 눈을 들어 나를 쳐다보았다. 아이처럼 새까만 눈망울이 불빛을 받아 반짝반짝 빛나고 있었다. 그녀의 맑은 눈동자에 비친 내 모습이 초라하다고 생각했다. 거짓은 진실 앞에서 늘 그 힘을 잃기 마련이니까.

"한동안 잊고 살았는데, 다은 씨 미소를 보니 그 꽃이 떠올랐어요. 아마 그래서……."

잠시 말을 끊고 생각했다. 내가 지금 무슨 말을 하고 있는지.

"……좋아하게 된 거 같아요."

충분한 답이 된 거 같진 않지만, 그녀는 더 묻지 않고 고개를 천천히 끄덕였다.

"가족이 있었으면 했어요. 부모님 돌아가시고 5년…… 열심히 살았지만, 문득 외로웠어요. 낮엔 바빠서 잊고 살지만, 밤이 되면…… 아무도 없는 텅 빈 집에 혼자 들어가서 밥을 먹고, 씻고, 잔다는 게…… 끔찍하게 싫었어요. 그런 하루하루가 내일도, 또 그다음 날도, 영원히 반복될 거 같아 무서웠어요. 너무 아플 땐 이 세상에 나 혼자라는 게 공포였어요."

울컥 치솟는 뜨거움을 꿀꺽 삼키는 듯, 숨을 고르던 그녀가 말을 이었다.

"누군가와 함께 밥을 먹고, 이야기를 나누고, 텔레비전을 보는, 그런 평범한 일상이 그리웠어요. 열렬히 사랑하는 사람이면 더 좋겠지만, 그렇지 않더라도…… 좋은 사람이면, 착한 사람이면……

함께하고 싶다는 생각을 했어요."

내 눈을 들여다보던 그녀가 잠시 말을 멈추고, 손에 든 잔으로 시선을 옮겼다. 잔을 빙빙 돌리던 그녀는 다시 한 모금 그 안의 액체를 마셨다.

"재민 씨가 사다 준 약과 죽을 먹으며, 아! 이 사람은 참 좋은 사람이구나, 느껴졌어요. 외롭던 마음이 그 약을 먹고, 그 죽을 먹고…… 따뜻해졌거든요."

이미 자정을 넘긴 시각. 우리를 내려다보고 있는 달의 말간 시선과 쉼 없이 철썩이는 파도 소리가 아니었다면, 이 세상이 아닌 다른 어떤 곳에 우리 두 사람만 섬처럼 떠 있다고 믿었을 거다.

조용한 밤의 공기를 뚫고 그녀의 가녀린 음성이 들렸다.

"함께해 줘서 고마워요. 나와 밥을 같이 먹을, 식구가 되어 줘서."

그녀의 말들이 하나둘 뇌리에 스며들며 서서히 뒤엉켜 갔다. 뭐라 한 마디로 표현할 수 없는 묘한 감정들이 파도처럼 밀려왔다 밀려가며 내 안에서 소용돌이를 일으켰다.

그녀가 생각하듯 착한 사람이 아니라는 미안함과 죄책감. 그 사이에 잡초처럼 몰래 돋아난, 이 싸한 감정은 무얼까.

사랑하는 사람이 아니더라도, 그저 좋은 사람이라 함께한다는 그녀의 말이 아팠다. 이런 말도 안 되는 감정에 어이가 없었지만, 가슴이 아린 건 숨겨지지 않았다.

"너무 늦었네요. 이제 그만 들어가죠."

그녀의 어깨를 부드럽게 감싸고 안으로 들어와 그녀의 방으로 안내했다. 방문을 열고 그대로 침실 안의 파우더 룸을 지나 욕실

문을 활짝 열었다.

"어머나!"

욕실 안에 펼쳐진 풍경에 그녀가 탄성을 내뱉었다.

"이게 다 뭐예요? 어머 세상에……."

샴페인과 과일을 가지고 왔던 직원이 미리 부탁한 대로 욕조 가득 더운물을 채우고 향기로운 꽃잎을 띄워 놨다. 욕조 주변엔 수십 개의 향초가 빛을 내고 있었다.

"정말 예뻐요. 고마워요, 재민 씨."

울먹이는 목소리에 그녀의 얼굴을 보니, 눈물이 가득 고여 있었다. 이런 사소한 것에도 감동하여 눈물까지 글썽이는 그녀 모습에 내 마음도 울컥했다.

애써 눈꺼풀을 빠르게 깜빡여 보지만 눈 안 가득 차오른 눈물은 어느새 넘쳐 그녀의 볼을 타고 흐르고 있었다. 나도 몰래 그녀의 뺨에 손을 뻗었다. 장미 꽃잎처럼 연하고 촉촉한 피부가 손가락 끝에 느껴졌다.

따뜻하고 보드랍다. 뜨거운 그녀의 눈물이 손끝에 스며들자 감전이라도 된 듯 찌르르한 기운이 손을 타고 가슴으로 흘렀다.

"뭐 이런 걸 가지고 울어요? 애처럼."

그런 그녀가 내 동생같이 느껴져 살포시 안아 등을 토닥이며 달랬다. 꼬맹이 동생 수지처럼 내 가슴에 얼굴을 묻고 흐느끼던 그녀가 잠시 후 고개를 들고 겸연쩍게 웃으며 말했다.

"그러게요. 아, 나 진짜 바보 같다. 그죠?"

"아뇨."

"가족이 생겼다는 게, 그냥 좋아서요. 이 세상에 나 혼자가 아니라는 게 믿어지지 않게 좋아서요."

"다은 씨에게…… 좋은 가족이 될게요. 아빠처럼, 오빠처럼, 때로는 엄마처럼."

품 안에 쏙 안겨 있는 그녀를 내려다보며 약속했다.

"다은 씨 외롭지 않게 같이 밥 먹고, 장 보고, 차 마시고, 이야기하고. 아침이면 약속한 대로 커피는 꼭 책임질게요."

말을 마치고 나는 그녀의 흐트러진 앞머리를 귀 뒤로 쓸어 넘겨 주다, 뺨에 가볍게 입술을 대고 말았다.

이건…… 가족이니까, 남편이기 전에 함께 사는 식구니까, 그래서 하는 입맞춤일 뿐이야.

내 입술이 그녀의 보드라운 뺨에서 다른 곳으로 옮겨 가기 전에 얼른 그녀를 떼어 냈다.

"그럼 따뜻한 물에 목욕하고 푹 자요, 피곤할 텐데. 내일 아침은 룸서비스 시킬 거니까 늦잠 자도 돼요."

"네. 재민 씨도 주무세요."

그녀는 다시 환한 표정으로 돌아와 있었다.

"잘 자요."

잠자리 인사를 마치고 나오다 욕실 문 앞에서 문득 걸음을 멈췄다. 그리고 나는, 돌아보지 않고 말했다.

"음…… 우리가 부부가 되긴 했지만, 아직은 서로 모르는 게 많으니까, 당분간 서로 알아 가도록 해요. 조금씩, 천천히……."

"……."

대답이 없었다. 나는 그녀의 표정이 궁금하여 몸을 돌렸다. 그녀는 고개를 숙이고 발밑을 응시하고 있었다.

"그래도, 괜찮죠?"

생각에 잠겼던 그녀가 서서히 고개를 들어 내 눈을 쳐다보았다. 너무도 투명하고 해맑은 그녀의 시선이 엑스레이처럼 내 몸을 투과하여 숨겨진 속내를 읽고 있는 것 같았다.

"……네."

그녀의 대답을 듣고 나는 싱긋 웃으며 한 손을 들어 보이고 그 방을 나왔다.

신혼 첫날밤, 낯선 방의 커다란 침대에 혼자 누워 양을 세었다.

한 마리, 두 마리, 세 마리, 네 마리, 다섯 마리, 여섯 마리, 일곱 마리…….

잠을 이루기 위해서 시작한 양 세기가 제대로 되질 않았다. 무념무상으로 세어야 잠이 올 텐데, 자꾸 다른 생각이 끼어들어 더는 셀 수가 없었다.

'근데, 왜 저한테 프러포즈 하셨어요?'

테라스에서 그녀가 했던 질문이 떠올랐다.

그녀의 질문에 대한 답으로, 적어도 나는 거짓말을 하지는 않았다. 그렇다고 진실을 얘기한 것도 아니었다.

거짓은 아니지만, 진실도 아닌 나의 어설프고 모호한 감정. 처음엔 거짓으로 다가갔지만, 이제 그녀를 좋아하는 마음은 거짓이 아니게 되었다.

그녀는 가족이 있었으면 해서, 그래서 나와 결혼했다고 한다. 사랑하지는 않더라도, 좋은 사람이라서 나의 청혼을 받아들였다고 했다. 나는 좋은 사람이 아닌데, 그녀에게는 좋은 사람이 되고 싶다는 마음이 생겨 버렸다.

모순이다.

내가 그녀에게 다가간 자체가 나쁜 짓이면서, 그녀에게 좋은 사람이 되고 싶어졌으니. 그녀를 사랑하지 않을 거면서, 그녀가 사랑이 아니라 하니 마음이 아린 것도 모두…… 모순이다.

아버지가 김 실장에게 일을 지시할 땐 이런 나의 감정은 계산에 넣지 않았을 것이다. 한 수 앞이 아니라 열 수 앞은 능히 내다보는 주도면밀한 아버지도, 작고 여린 여자에게 흔들리는 이런 내 마음은 예상치 못했을 것이다.

아버지가 알고 공감하는 사랑은, 어머니처럼 화려하고 아름다운 장미꽃 같은 것일 테니까.

한때는 '은막의 요정'이라 불리던 어머니를 아버지는 오랜 세월 마음에 품고 살았다. 그리고 수단과 방법을 가리지 않고 부를 쌓아 올린 후, 처참할 정도로 불행해진 어머니 앞에 나타나 자신의 사랑을 이뤘다.

그에게 내 어머니란 존재는 사랑이기 전에 집착이고, 쟁취해야 할 목표이며, 그를 살게 하는 이유였을지도 모른다.

모든 사람이 칭송하고 우러러봐 주는 아름다움을 소유하고 자랑하며 뿌듯해하는 게 아버지 식의 사랑이니까.

만약 그때 어머니를 얻지 못했다면, 그는 아직도 이루지 못한 사랑에 괴로워하며 스스로 패배자라 여겼을 것이다. 아무리 많은 부와 아름다운 여자를 얻었다 해도.

내가 그의 아들로 이십 년이 넘게 살며 본 바로는 그렇다.

그런 아버지라서, 사랑은 아니어도 이 평범한 여자에게 마음이 흔들릴 수도 있다는 걸, 절대로 이해하지도 용납하지도 못할 것이다. 모든 걸 자기 식대로만 이해하고 판단하고 고집하며 주변 사람들을 손아귀에 넣고 흔들어야 직성이 풀리는 성격이니까.

가까운 일가친척 없는 고아여서 이용하기 쉽고, 든든한 재산 한 몫 던져 주고 버리기 쉬울, 그런 여자를 물색했을 것이다. 그녀의 이름 따위는, 그녀의 마음 따위는 전혀 중요치 않았을 것이다.

단지 자신의 왕국을 더 단단하게 쌓아 올리고 지키기 위한 이용 대상 중 하나일 뿐이니까. 이미 많은 걸 가지고 있음에도 못 가진 하나를 갖고자 어떤 일도 할 사람이니까. 나의 새아버지 강 회장은 그런 사람이었다.

그리고 나는, 그런 아버지의 공범이 되었다.

"그렇지만 아버지, 장미꽃만 아름다운 건 아니랍니다. 화려하지 않아도, 눈에 잘 띄지 않아도 꽃은 다 아름답더군요."

오래 보아도 질리지 않고 예쁜 꽃, 그 작고 여린 꽃잎을 떠올리며, 나는 잠이 들었던 것 같다.

"벌써 일어나셨네요?"

편안한 실내복 차림의 그녀가 화장기 없는 뽀얀 얼굴로 방문을 열고 나왔다.

"잘 잤어요?"

"네. 덕분에. 재민 씨는요?"

"저도 잘 잤습니다."

허니문의 첫 아침, 새신랑과 신부가 나누는 대화라니. 내가 생각해도 이건 희극이다. 아니, 비극인가?

"조금만 기다려요. 커피 준비할게요."

주방엔 최고급 집기가 모두 갖추어져 있었다. 나는 머신에 캡슐을 넣어 에스프레소를 뽑고, 뜨거운 물을 적당히 첨가해 부드러운 아메리카노를 만들었다. 특별한 기술이 필요한 건 아니지만, 그래도 정성을 다해 그녀에게 줄 첫 커피를 만들었다.

"맛있겠다, 전부. 음…… 뭐 먹지?"

그녀는 거실 소파에 앉아 룸서비스 메뉴판을 뒤적이며 고민을 했다.

"전부 시켜요. 맛있는 건 다 먹게 해 준다고 약속했잖아요."

"안 돼요. 그렇게 펑펑 쓰면 살림 거덜 나요."

"벌써 알뜰주부 행세하는 거예요?"

"네. 헤헤. 저 이거 먹을래요."

그녀가 고른 오믈렛과 몇 가지를 더 주문하고, 우리는 테라스로 나왔다. 하늘이 쨍하니 맑았다. 넓게 펼쳐진 정원 너머 보이는 바다는 파란 물감이라도 잔뜩 풀어 놓은 것 같았다. 맑은 날의 제주는 모든 색이 다 진하다. 흙도 바다도 하늘도.

"날씨 좋다, 그죠?"

햇살이 그녀의 뺨에 내려앉아 뽀송뽀송한 솜털을 비쳤다.

"왜요? 제 얼굴에 뭐 묻었어요?"

"아, 아뇨."

내가 너무 넋을 잃고 그녀의 얼굴을 보고 있었던 걸까? 하지만 내 양손에 커피가 들리지 않았다면, 손을 뻗어 그녀의 뺨을 만졌을

지도 모른다.

"여기, 약속대로 모닝커피 대령이오."

그녀에게 머그를 건넸다.

"고맙습니다."

그녀는 양손으로 머그를 감싸고 오래오래 향을 맡더니, 입안 가득 커피를 머금었다. 그런 그녀에게서 나는 눈을 떼지 못했다.

"하아, 이 맛이야."

"괜찮아요?"

"네. 아주 행복해지는 맛이에요. 흐흐."

초조하게 심사 결과를 기다리던 오디션 참가자처럼, 나는 그녀의 평에 안도했다. 행복해지는 맛이란 어떤 맛일까? 나도 커피를 한 모금 마셨다.

"저어기 바다, 저 색 좀 봐요. 거짓말처럼 파래요."

그녀의 밝고 활기찬 목소리를 들으며 마시는 커피 맛은, 나쁘지 않았다.

새파란 거짓말로 시작된 결혼이지만, 그녀와 커피를 마시는 이 순간…… 나는 행복했다.

"이제 어디로 갈까요?"

"해안도로 드라이브도 했고, 바다 보며 회도 먹었으니까…… 곶 자왈 한번 가 볼래요?"

"곶자왈이요?"

"네. 광고에서 봤는데, 원시의 숲처럼 신비하게 보여서 제주도에 가면 꼭 가 봐야지 했던 곳이에요."

그녀가 스마트폰으로 검색해 불러 주는 주소를 내비게이션에 입력했다.

"이곳으로 가면 숲 해설가의 설명도 들을 수 있대요."

"그럼 곶자왈 갔다가, 저녁 먹고 들어가죠."

함께 식사 메뉴를 고르고, 행선지를 의논하고, 일정을 조정하는 일들이 마냥 즐겁기만 했다. 그녀도 나와 같은지 내내 들뜬 표정이었다.

누가 이런 우리를 보았다면 닭살 돋는다고 놀렸을 것이다. 얼굴만 마주 봐도 웃음이 나왔고, 별다른 이야기를 하지 않아도 흥겨웠다. 좁은 차 안에 이렇게 함께 있는 것만으로도 충분히 행복했다.

우리가 간 곳은 '환상숲'이란 개인이 운영하는 곶자왈 산책로였다. 550m가량의 산책로를 해설자의 설명을 들으며 걷는다고 했다. 흙 하나 없이 돌뿐인 지형에 이렇게 빽빽하게 숲이 우거지다니, 보면서도 믿을 수 없는 놀라운 풍경이었다.

높이 치솟은 나무들이 지붕처럼 하늘을 가려 숲 안은 어둑하지만 아늑했다. 나무마다 온갖 덩굴식물이 타고 올라가 한 몸을 이루고, 밑동엔 버섯과 고사리들이 자라고 있었다.

해설자는 곶자왈이란 세계에서 유일하게 열대 북방한계 식물과 한대 남방한계 식물이 공존하는 제주도의 독특한 숲, 또는 지형을 말한다고 했다.

곶은 숲을 자왈은 자갈과 돌을 의미하는 제주 방언이라고 했다. 한마디로 '돌밭 위에 뿌리내린 숲'이란 뜻이란다.

'제주의 허파'라는 별칭에 걸맞게, 거대 공룡처럼 이산화탄소를 빨아들이고 있는 숲이 경이롭기까지 했다.

"하아. 이곳, 공기가 정말 달라요."

그녀는 한껏 숨을 들이쉬었다 내쉬며 공기를 탐했다. 순수하고 맑은 산소 입자들이 몸 안으로 속속 스며들 것 같았다.

산책로 여기저기에는 좋은 글귀를 적은 팻말들이 눈에 띄었다.

"자세히 보아야 예쁘다. 오래 보아야 사랑스럽다. 너도 그렇다."

산책로 귀퉁이의 나무 그루터기에 예쁘게 쓰인 짧은 글을 소리 내 읽어 보았다.

"어? 내가 좋아하는 '풀꽃'이네."

"이 글, 알아요?"

"유명한 시예요. 나태주 시인의 '풀꽃'."

"아하. 그렇구나. 난 또……."

"네?"

눈을 동그랗게 뜨고 쳐다보는 그녀에게 그 말을 하진 못했다. 누군가 그녀를 아는 사람이 써 놓은 글이 아닐까, 생각했다고.

자세히 보면, 오래 보면, 그녀가 얼마나 예쁘고 사랑스러운지, 이제 나는 안다고.

"자, 두 분 신혼부부시니 여기서 사진 한 장 찍어 드릴게요."

해설자 아가씨가 교묘하게 뒤엉킨 나무 앞에서 말했다.

"이게 일명 사랑 나무라 불리는 연리목입니다. 뿌리가 서로 다른 나무의 줄기가 이어져 한 나무로 자라는 현상을 말하죠. 그래서 남녀 간의 지극한 사랑에 비유하기도 해요. 이 나무는 종가시나무와 팽나무로 종이 완전 다른데도 이렇게 두 번이나 만나서 쌍연리목이라 불려요. 각각 다른 나무가 일생에 한 번 만나기도 힘든데 두 번이나 만나다니, 대단한 인연이죠?"

해설자의 말을 듣고 보니 그냥 뒤엉긴 게 아니라 두 나무의 접점이 한 몸처럼 붙어 있었다. 밑동에서 한 번 만나고 가지 쪽에서 다시 만난 두 나무는 서로 안고 입맞춤을 하는 연인처럼 보였다.

어떤 인연이기에, 저들은 저리 서로를 잊지 못해 만남을 거듭하고 있는 걸까. 그걸 운명이라고 부르는 걸까.

"연리목은 말만 들었지 처음 봐요. 더군다나 쌍연리목이라니, 신기하다, 정말."

"두 분도 이 연리목처럼 다시없는 인연으로 만나신 거니, 평생 사랑하고 의지하며 행복하게 사세요."

"네, 감사합니다."

"그럼, 찍어요. 하나, 둘, 셋!"

오랜 세월이 흘러 만났을 두 나무가 또 한참을 지나 다시 만난 쌍연리목 아래서 그녀와 나는 다정하게 사진을 찍었다. 세상에 다시없을 인연인 것처럼, 그렇게……

쌍연리목 옆 팻말에는 돈키호테에 나오는 글귀가 새겨져 있었다. 그것을 나는 오래 눈여겨보았다. 맺을 수 없는 사랑, 견딜 수 없는 아픔, 이길 수 없는 싸움, 이룰 수 없는 꿈. 이 모든 걸 이루고자 발버둥 친 돈키호테는 정말 피곤한 삶을 살았을 것이다.

하나만으로도 버거울 것들을 잔뜩 짊어지고 가는, 갑옷 입은 남자가 떠올랐다. 어쩌면 그게 나일지도 모른다는 생각이 문득 들었다.

"여기서부터는 '갈등의 길'이에요."

갈등의 길? 이곳에선 갈등이 풀린다는 걸까, 갈등이 생긴다는 걸까. 길 이름에 대한 궁금증은 해설자의 설명을 듣고 금세 풀렸다.

"갈(葛)은 칡이고, 등(藤)은 등나무인데, 서로 감아 올라가는 방향이 반대지요. 자, 이거 보세요. 칡은 오른쪽으로, 등은 왼쪽으로 감아 올라가고 있죠? 흔히 서로 화합하지 못하고 충돌하는 걸 갈등이라고 하는데, 나중에 감아 올라간 넝쿨이 먼저 올라간 넝쿨을 결국엔 죽이게 됩니다. 갈등이란 말의 어원을 이곳에서 눈으로 확인할 수 있지요?"

하나의 나무를 서로 다른 넝쿨이 반대 방향으로 감아 올라간 걸 눈으로 보니 갈등이란 말이 왜 생겼는지 알 것 같았다.

순리로는 풀 수 없을 것 같은 얽힘. 결국은 하나가 죽어야만 이 얽히고설킨 갈등이 풀린다는 걸까?

대립하듯 반대 방향으로 서로를 칭칭 얽어매고 있는 칡과 등나무를 보니 마치 내 마음 상태를 보는 듯했다.

그녀를 이용하라는 아버지의 뜻을 따른 나, 그녀에게 좋은 사람이 되고 싶은 또 다른 나. 두 개의 자아가 얽히고설켜 엉망으로 흐트러진 내 마음.

두 세계를 사이좋게 양립한다는 건, 저 칡과 등나무의 대립 관계를 풀려는 것만큼 어렵다는 걸 안다. 그렇다면 나는 이제 무엇을 잘라 내야 할까.

고개를 돌려 보니, 그녀는 해설자의 설명에 귀 기울이며 해맑은 미소를 짓고 있었다.

단체 방문객을 맞으러 해설자는 떠나고, 호젓한 숲길에 둘만 남았다. 묵직해 보이는 구름이 해를 가리고 바람이 크게 불자 나무들은 온몸을 흔들며 수다를 떨었다.

　이름 모를 새들은 분주히 오가며 서로를 부르기 바빴다. 그녀는 숲 속의 토끼처럼 신이 나서 강중강중 스텝을 밟았다.

　"뭐가 그리 신 나요?"

　"여기 오니까 어릴 때 부모님이랑 뒷산 산책하던 생각도 나고, 소풍 온 것도 같고……."

　"앗! 조심해요."

　튀어나온 나무뿌리에 걸려 넘어질 뻔한 그녀의 어깨를 두 손으로 재빨리 잡았다. 그녀의 몸이 그대로 중심을 잃고 내 품에 안겼다.

　"엄마야!"

　그녀가 두 눈을 깜빡이며 품에 안긴 채 나를 올려다봤다. 생각지 않은 접촉에 더 놀란 눈치였다. 그런 그녀를 잠시 내려다보다, 곧 일으켜 주었다.

　"괜찮아요?"

　"후, 놀래라."

　"길 험한데 조심해야죠."

　"고마워요. 안 넘어지게 잡아 줘서."

　그때, 당장에라도 풀릴 듯 허술하게 묶인 그녀의 운동화 끈이 눈에 띄었다.

　"잠깐만요. 여기, 앉아 봐요."

　"……?"

그녀를 가까운 의자에 앉히고 그 앞에 무릎을 꿇었다.

"뭐, 뭐 하시려고요?"

당황한 듯 떨리는 목소리로 그녀가 물었다. 나는 말없이 그녀의 엉성한 운동화 끈 매듭을 풀고, 다시 꼼꼼히 매어 주었다.

우리의 잘못된 시작도 이 운동화 끈처럼 거침없이 풀어내고, 이렇게 다시 묶을 수 있다면 얼마나 좋을까……

"자, 이제 날아다녀도 끄떡없겠어요."

정성 들여 묶은 매듭이 내 맘에도 흡족하여 그녀를 올려다보며 씩 웃었다.

"괜찮은데……. 고마워요."

그녀는 얼굴을 붉히며 어색해했다.

"이거, 꼭 한번 해 보고 싶었어요."

"영화에서처럼?"

"네. 주인공들처럼."

그녀와 나는 마주 보며 깔깔 웃었다. 고요했던 숲이 새소리와 바람 소리, 나무들의 속삭임 소리에 우리의 웃음소리까지 섞여 한동안 소란스러웠다.

소란이 잦아들 무렵 무심코 하늘을 올려다보았다. 구름이 한층 더 무거워 보였다. 큰 바람이 몰고 온 비구름 같았다.

"비 올 거 같죠?"

"그러게요. 갑자기 하늘이 컴컴해진 거 보니 아무래도 소나기 올 거 같아요."

"뛸까요?"

투둑.

때맞춰 빗방울 하나가 그녀의 이마에 떨어졌다. 우리는 얼굴을 마주 봤다.

어쩌지?

그러나 둘 중 누구도 발걸음을 재촉하진 않았다. 뛴다고 이 비를 덜 맞지는 않을 테니까. 대신 난 입고 있던 점퍼를 벗어 그녀에게 덧입혀 줬다.

"재민 씨는요?"

"전 보다시피 튼튼하니까 비 좀 맞아도 돼요."

점퍼 뒤에 달린 후드를 그녀에게 씌우자 아빠 옷을 입은 아이처럼 우스꽝스럽고 귀여웠다. 저절로 입가가 올라가는 날 보며 그녀는 눈을 살짝 흘겼다.

"그렇게 웃겨요?"

"아뇨, 아주 조금. 흐흐."

빗방울이 차츰 굵어지며 거세게 쏟아지기 시작했다. 젖은 숲길은 미끄러워졌다.

"손, 이리 줘요."

"……"

"넘어져서 다치면 내가 다은 씨 업고 가야 하잖아요."

손을 뻗어 그녀의 손을 잡았다. 내 손안에 갇힌 그녀의 작은 손이 비에 젖은 새처럼 떨렸다.

우리는 손을 잡고 거센 빗속을 걸었다. 숲의 모든 생명이 한껏 비를 즐기고 있었다. 우리도 그들처럼 기쁘게 이 비를 맞았다. 마음도 몸도 깨끗하게 씻어 줄 것 같은 시원한 비였다.

"내려갈 때 보았네 올라갈 때 못 본 그 꽃."

나무 그루터기에 쓰인 시를 읽는 그녀의 음성이 빗방울 반주에 맞춘 노래처럼 들렸다.

"올라갈 땐 왜 못 봤을까요? 거기 그대로 있었을 텐데."

"내려올 때라도 봤으니 다행 아닌가요? 영원히 못 보는 사람들도 많은데."

뜬금없는 내 질문에 그녀는 진지하게 대답했다.

그렇다. 내려올 때라도 본 게 얼마나 다행인가. 분명 그 자리에 있었음에도 누군가에겐 보이고 누군가에겐 보이지 않았을 그 꽃. 나는 그 꽃을 볼 줄 아는 사람이었으면 좋겠다.

"그러고 보면 우린, 빤히 눈을 뜨고도 못 보는 게 참 많은 거 같아요."

"보고도 모르는 게 더 많고?"

"같은 걸 보고도 다르게 느끼고."

"자기 보고 싶은 대로만 보니까요."

"언제나 거기 있었는데, 그 모습 그대로."

"나중에 발견하고 새삼 놀라죠."

"소중한 게 무언지 알지 못하고."

"후회하죠, 늘. 뒤늦게."

"방학숙제처럼?"

"맞다! 방학숙제. 개학 전날 항상 후회했어요. 하하."

그녀와 나는 두서없는 단상들을 주고받으며 걸었다. 한 발자국, 한 발자국…… 내딛는 게 아까웠다. 그렇게 아쉬운 걸음걸음이 줄어들어 드디어 주차장까지 왔다.

그새 비가 그쳤다. 신기해서 하늘을 보니 환상숲 위에 동그랗게 떠 있던 검은 구름이 거센 바람에 밀려 저만치 멀어지고 있었다. 우리가 손잡고 걸었던 비 오는 숲길의 기억도 저 구름과 함께 사라지는 것 같았다.

아쉽지만 나는 그녀의 손을 놓았다. 그녀의 체온으로 훈훈했던 마음에 다시 서늘한 바람이 분다.

젖은 몸을 대충 털고 차에 탔다. 그녀가 추울까 봐 히터를 세게 틀고, 라디오를 켰다.

"일단 숙소로 가서 옷 갈아입고 저녁 먹죠?"

"근데 재민 씨, 정말 흠뻑 젖었어요. 어떡해요?"

"시원하고 좋은데요, 뭐. 빗물로 샤워한 기분이랄까."

"감기 걸리면 큰일인데."

"뭐가 큰일이에요? 아프면 다은 씨가 간호해 줄 텐데. 하하."

막 차에 시동을 거는 순간 라디오에서 처음 듣는 노래가 흘러나왔다. 그녀는 창밖을 보며 나지막이 노래를 따라 불렀다.

"……우린 젊고 서로 사랑을 했구나. 눈물 같은 시간의 강 위에 떠내려가는 건 한 다발의 추억……."

귀 기울여 들어 보니 지나간 시절 놓쳐 버린 사랑, 그 아쉬움에 대한 노래였다. 그 안에 있을 땐 모르다가 시간이 흘러 돌아보니, 뒤늦게 사랑인 걸 알게 된다는…… 뭐 그런 지극히 통속적인 가사였다.

소중한 건 왜 뒤늦게 알게 되는 걸까. 함께 있을 때는 모르다가 헤어진 후 알게 된다는 건 더 비극이다.

차라리 계속 모르는 게 낫지 않을까. 후회해도 소용없을 텐데. 언젠가는 헤어진 모습 그대로 만날 수 있을 거란 부질없는 희망은,

미련이 아닐까?

다시 만난다 해도 이미 예전 모습 그대로일 순 없는데. 시간이 흘렀으니까…… 모든 건 변해 버렸을 거다. 사람도…… 사랑도.

그런데 나는 왜, 노래 가사 따위에 신경 쓰고 있는 걸까? 나와는 아무 상관도 없는데.

액셀을 꾹 밟으며 쭉 뻗은 도로를 질주했다. 후회 따위는, 미련 따위는, 나에겐 영원히 없을 것처럼.

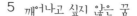

서울로 돌아온 후, 나는 학교 일로 계속 바빴다. 그녀 역시 잠시 비웠던 가게 일로 눈코 뜰 새 없어 보였다.

겉보기엔, 우리는 누가 봐도 평범한 신혼의 부부였다. 단지 천천히 알아 가자는 명목으로 각방을 쓰고 있고, 각자 일이 바빠서 함께할 수 있는 시간이 그리 많지 않다는 것 말고는. 그래도 남들처럼 시간이 맞는 주말에는 데이트도 했고 마트에 들러 장도 함께 봤다.

그녀는 쇼핑할 목록을 꼼꼼히 적어 와 꼭 필요한 것만 샀고, 나는 카트를 끌며 그녀 뒤를 쫓아다니는 충실한 남편 역할을 해냈다. 내가 집에 있을 때는 아침마다 그녀를 위한 커피를 준비했고, 저녁엔 함께 요리를 하거나 설거지를 했다.

그녀에게 좋은 가족이 되어 주겠다던 약속은 그렇게라도 지키고 싶었다. 비록 일반적인 남편은 아니지만, 적어도 다정한 가족은 되려고 노력했다. 아빠처럼, 오빠처럼, 때로는 엄마처럼.

그녀와 결혼식을 올린 지 얼추 다섯 달이 되어 갈 무렵이었다.

"저기, 재민 씨."

카레에 넣을 감자를 예쁘게 깍둑썰기 하던 그녀가, 조심스레 나를 불렀다.

"네?"

나는 당근 껍질을 벗기는 데 열중하던 중이라 건성으로 대답했다.

"생각해 보니까요. 재민 씨가 저보다 나이가 많잖아요. 그것도 다섯 살이나."

"……그런데요?"

"저한테 말 놓으셔도 돼요. 동생처럼 편하게."

나는 손에 쥐고 있던 당근과 필러를 잠시 내려놓고 그녀를 보았다.

"갑자기 왜요?"

"음…… 서로 예의를 갖추는 것도 좋지만, 우린 너무…… 지나친 게 아닌가 싶어서요."

"지나치다……."

"너무 깍듯해서…… 우린 부부가 아니라, 그냥 잘 아는 사람들 같아요."

나는 그녀가 갑작스레 말을 놓으라고 하는 이유가 심리적 거리 때문인지, 물리적 거리 때문인지, 아니면 둘 다인지 궁금해졌다.

그녀의 불만이 단지 존댓말 때문은 아닐 것이다. 존댓말을 쓰면서도 누구보다 끈끈하고 깊은 애정을 공유하는 부부들도 많을 테니까. 아마 그녀는…….

"전 한국말은 존댓말이 편해요. 미국에 있을 때 부모님께 존댓말을 써 버릇해서. 그리고 반말을 하면 다은 씨에게 함부로 하게 될까 봐 조심스러워요."

그녀는 입술을 오므리고 나를 잠시 쳐다보더니 새침하게 중얼거렸다.

"조심 안 해도 되는데……."

예상외의 반응에 내가 피식 웃자, 그녀는 아랫입술을 비죽 내밀며 농담처럼 말했다.

"이젠 막 대해 주세요. 쫌!"

그녀의 말에 나는 큰 소리로 웃었다. 조용하고 차분한 성격인 줄로만 알았던 그녀는, 같이 생활해 보니 뜻밖에 재미있고 엉뚱한 구석이 있었다.

가끔 그런 그녀 때문에 무장해제 된 듯 웃음보가 터지기도 한다. 한 사람을 알아 간다는 건, 이렇듯 새로운 면들을 하나씩 발견하고 익숙해지는 것이겠지.

그러나 나는, 그녀에게 더 가까이 가지 않으려고 늘 조심하고 있다. 존댓말을 쓰는 것도 그녀와 나의 적절한 거리 확보를 위한 안전장치 중 하나이다. 불편함을 무릅쓰고 일부러 쓰는 안경처럼.

사실 나는 그다지 눈이 나쁜 편은 아니다. 좌 0.8, 우 0.7. 일상생활에서 안경 없이 지내는 데 전혀 불편함이 없는 시력이다. 간혹 필요해서 안경을 쓸 때도 있지만, 안경을 써서 좀 더 잘 보이는 것보다는 쓰지 않아 간편한 쪽을 선호한다.

운동할 때나 비 오는 날은 특히 불편해서 질색하는 안경을 그녀

앞에선 늘 쓰고 있다. 마치 안경 뒤에 나를 숨기듯.

"어떻게 막 대해요? 다은 씨한테 그럴 순 없죠."

나는 그녀의 의중을 전혀 모르는 척 딴청을 피웠다.

"어휴! 됐어요, 됐어."

그녀는 말귀를 못 알아듣는 내가 답답한지 허탈한 표정으로 웃었다. 이럴 땐 교포라는 게 편하다. 말의 속내를 전혀 눈치채지 못하는 척해도 대충 넘어가 주니까.

"그냥 좀 더 친하게 지내자, 그런 말이었어요."

"알겠어요. 좀 더 친해지도록 노력할게요."

나는 사람 좋은 웃음을 지어 보였고, 그녀는 고개를 절레절레 흔들며 다시 감자를 썰었다. 당근을 예쁘게 다듬어 건네자, 그녀가 싱긋 웃어 주었다. 그녀의 미소를 보는 것만으로도 난, 충분하다.

함께 만든 카레를 그릇에 담아 식탁에 올리고, 수저를 놓았다. 밥을 먹으며 그녀는 오늘 있었던 일들을 이야기했고 나는 그녀의 말에 귀 기울였다.

가게에 있었던 일들, 다녀간 손님들, 새로 만든 컵케이크에 대한 이야기. 그녀의 이야기를 재밌게 듣다가 다음 주로 잡힌 학회 일정에 대해 간단히 말해 주었다.

"또요?"

그녀가 살짝 한숨을 쉬었다. 유난히 학회며 세미나 일정이 많았던 건 사실이다. 여름 방학에는 굳이 내가 가지 않아도 될 것들까지 자청해서 갔으니까.

"왜요? 혼자 있기 심심해요?"

"심심할 틈이 있겠어요? 그냥 좀……."

"좀?"

내가 반문하자 그녀는 정말 몰라서 저러는 건가, 일부러 저러는 건가 의심스러운 눈초리로 나를 빤히 쳐다보다 샐쭉하니 눈을 내리깔고 말했다.

"그냥…… 밤에 이 넓은 집에 혼자 있는 게 싫어요."

"……미안해요."

달리 할 말이 없다. 일부러 그녀를 피해 출장을 많이 잡았던 것도 미안하고, 이 큰 집에 그녀만 남겨 둔 것도 미안했지만, 함께 있을 때도 진정 함께하지 못하는 게 더 미안했다. 그러고 보면 내가 그녀를 만난 게 그녀에게 가장 미안한 일일 것이다.

"이번에 다녀오면, 당분간은 나갈 일 없을 거예요."

내 약속에 그녀가 다시 환하게 웃는다. 그녀의 그런 웃음은 위험하다. 요즘 들어서 그녀의 해맑은 미소를 보면 뜬금없이 가슴이 콱 막혀 오며 심장이 두근거릴 때가 종종 있다.

그녀는 모른다. 내가 얼마나 그녀와 거리를 두기 위해 노력하는지. 그녀를 보면 자꾸 약해지는 마음을 다잡기 위해 애쓰는지. 한 걸음 더 다가가려는 발걸음을 멈추는 게 얼마나 힘든지, 그녀는 모를 것이다.

조금만 손을 뻗으면 닿을 곳에 있는 그녀의 손을 잡지 않으려고 주먹을 움켜쥐는 걸, 그녀가 알지 못해 다행이다.

하지만 언제까지 이 평온한 가면 뒤에 숨을 수 있을지 점점 자신이 없어진다.

귀국길, 면세점에 들러 그녀에게 줄 선물을 골랐다. 그녀에게 어울릴 것 같은 장신구나 소품을 발견하면 기뻐할 그녀 모습이 떠올라 자꾸 마음이 바빠진다.

아무리 사소한 것이라도 그녀는 나의 선물에 진심으로 감동하고 좋아했다. 그 모습이 그려지면 어서 집으로 가 그녀에게 불쑥 선물 꾸러미를 내밀고 싶어진다.

화려한 보석들 사이에서 진주 귀걸이를 발견했다. 아무런 장식 없는 눈물방울 같은 진주 한 알. 군더더기 없는 단순함이 그녀를 닮았다.

그녀의 도톰한 귓불에 이 귀걸이를 한다면 정말 예쁠 거다. 탐스러운 검은 머리와 하얀 목덜미 사이에서 은은하게 빛날 진주. 한시라도 빨리 그 모습이 보고 싶었다.

현관 앞에서 버튼을 누르기 전 잠시 심호흡을 했다. 그녀를 어서 보고 싶다는 마음과 그런 마음을 감추고 싶은 또 다른 마음을 내쉬는 숨과 함께 차분히 정리하고 문을 열었다.

"나 왔어요. 그동안 잘 지냈어요?"

쪼르르 달려 나온 그녀가 내 앞에 섰다. 집에서는 늘 편안한 차림인 그녀가, 웬일인지 블라우스와 스커트를 갖춰 입고 빨간 립스틱까지 바른 모습으로 한 걸음씩 다가왔다. 그러더니 발꿈치를 한껏 치켜들고 내 목에 팔을 두르며 입술을 주욱 내밀었다.

"보고 싶었어요."

그녀의 어설픈 도발에 순간 터져 나오려는 웃음을 꾹 참고 하얀 이마에 가볍게 입술을 대었다. 그런 그녀가 안쓰럽기도 하고 귀엽기도 해서 살짝 안아 준 후, 목에 두른 팔을 풀어내며 태연한 척 말했다.

"나도 보고 싶었어요. 음, 맛있는 냄새. 오늘 저녁은 뭐예요?"

그녀는 덤덤한 반응에 실망한 기색이었지만, 곧 평상시처럼 아무렇지 않게 대답했다.

"재민 씨 좋아하는 두부 전골이랑 불고기예요. 얼른 씻고 식탁으로 오세요."

"안 그래도 다은 씨 두부 전골이 먹고 싶었어요. 아! 그리고 이거."

"뭐예요?"

"다은 씨가 하면 예쁠 거 같아서……. 귀걸이예요."

내가 내민 선물을 물끄러미 내려다보던 그녀는 억지 미소를 지으며 말했다.

"고마워요. 조금 이따가 풀어 볼게요."

이런 일은 처음이었다. 내 선물을 받으면 어린아이처럼 기뻐하며 그 자리에서 풀어 보곤 했으니까.

"……그래요, 그럼."

진주 귀걸이를 한 그녀 모습을 상상하며 달려왔던 내 마음을 들킬까 봐 최대한 담담하게 말하려 했다. 하지만 뭔가 이상했는지, 그녀가 고개를 들어 내 표정을 살폈다. 이럴 땐 안경을 쓰고 있어서 정말 다행이다. 렌즈 뒤로 눈빛을 감출 수 있으니.

※　�֍　※

그녀와의 데이트는 즐거웠다. 어제부터 내내 기분이 좋지 않던 그녀도 오후에 내가 가게로 찾아갔을 때부터 다시 이전의 밝은 그녀로 돌아와 있었다.

그녀와 장을 보고 밥을 먹으며 나도 모르게 많이 웃었던가 보다. 그녀가 오늘따라 많이 웃었다고 말해 줘서 알았지만, 내가 생각해도 요즘 나는 너무 많이 웃는 것 같다. 그녀와 함께 있을 땐 난 자꾸 다른 사람이 되어 버린다.

돌아오는 차 안에서도 여전히 우린 즐거운 수다를 떨었다. 그녀도 나와 있을 땐 다른 사람이 되는지, 작은 새처럼 조잘조잘 재미난 이야기를 쏟아 놓는다. 그녀와 함께라면 평생 지루하지 않을 것 같다.

"참! 아까 산 그 책, 내용이 뭐예요?"

갑자기 '태양의 동쪽 달의 서쪽'이란 그림책 내용이 궁금해졌다. 얼마나 재밌기에 어린 시절 봤던 책을 다시 살까?

기억이 잘 안 난다면서도 그녀는 책 이야기를 해 주었다. 마법에 걸린 왕자를 찾아 태양의 동쪽 달의 서쪽으로 떠난 여자가 고생 끝에 마법을 풀고, 두 사람은 영원히 행복하게 잘 살았다는 이야기.

듣고 보니 그리스신화 '에로스와 프시케'가 떠올랐다. 하긴. 세상의 모든 신화와 전설, 민담의 원형은 일맥상통하니까.

밖이 어두워서 몰랐는데 날이 흐려졌던가 보다. 갑자기 빗방울이 앞유리에 툭 떨어졌다. 와이퍼를 켜며 문득 그녀에게 물었다.

"다은 씨라면…… 어떻게 했을 거 같아요?"

창밖을 내다보던 그녀가 고개를 돌렸다.

"네? 뭘요?"

"다은 씨가 그 여자라면, 촛불을 켜고 확인했을 거 같아요?"

"아, 난 또……."

그녀는 잠시 생각을 하더니 이렇게 말했다.

"어릴 때는 그 여자가 참 바보 같다 생각했어요. 아무리 궁금해도 참지, 1년만 채웠으면 마법이 풀리는데 왜 그런 짓을 했을까, 어린 맘에 막 안타까워했던 기억이 나요."

"지금도 그래요?"

"글쎄요."

제법 굵어진 빗방울을 와이퍼는 부지런히 닦아 내고 있다. 그러나 쉴 새 없이 움직이는 와이퍼를 비웃는 듯 빗줄기는 끊임없이 앞 유리에 자국을 남기며 떨어졌다.

무심히 앞을 보고 있지만, 내 모든 신경은 온통 그녀에게 집중되어 있었다. 지금은 어떨까……? 그녀의 마음이 궁금했다.

"근데 그건, 왕자가 잘못한 거 아닌가요?"

"왕자 잘못이라고요?"

"그렇잖아요. 애초에 진실을 밝히지 않은 건 왕자였고, 여자는 진실을 알고 싶었을 뿐이죠. 어떻게 같이 사는 남편 얼굴이 안 궁금하겠어요?"

의외의 대답에 괜히 내가 서운해졌다. 진실도 중요하지만 내가 그 왕자였다면 기다려 주지 않은 아내가 원망스러웠을 거다.

"하지만 조금만 기다려 줬으면 마법이 풀리고, 행복하게 살 수 있었잖아요."

"왕자가 처음부터 진실을 말해 줬다면 기다릴 수 있었겠죠."

"진실을 숨길 수밖에 없는 건 마법 때문 아닌가요?"

거짓은 어떻게 포장해도 거짓이다. 그걸 잘 아는 내가, 왜 자꾸 마법의 탓으로 돌리려고 하는 걸까. 나도 이런 내가 마음에 들지 않았다.

"그렇겠죠. 하지만 내가 그 여자라면, 그래도 볼 거예요. 진실을 숨긴 행복은 진짜 행복이 아니니까요."

그녀는 담담하게 말했다.

그래, 그녀라면 그렇겠지. 거짓된 행복보다는 불행한 진실을 피하지 않고 받아들일 것이다.

유리처럼 약해 보이는 겉모습과 달리 내면은 깨지지 않는 다이아몬드 같은 여자. 그동안 내가 알게 된 그녀는 그랬다.

"그럼 왕자는 마법에서 깨어나지 못하고 벌을 받으러 가겠군요."

"피할 수 없겠지요."

피할 수 없는 벌. 마음이 점점 무거워진다.

"찾으러 올 건가요? 다은 씨라면."

느닷없이 나는 왜 이런 질문을 한 걸까?

"태양의 동쪽 달의 서쪽으로요?"

"네."

그녀의 대답을 기다리는 동안이 너무도 길게만 느껴졌다.

"거긴 가는 길도 없어요. 아무도 길을 아는 사람이 없는 곳인데요?"

"그 여자는…… 왕자를 찾으러 오잖아요."

한 번 더 그녀의 말꼬리를 잡았다. 마치 떼쓰는 아이처럼.

“동화니까요.”

“…….”

그렇다. 이건 동화가 아니고, 우린 동화 속 주인공이 아니다. 냉혹한 현실을 나는 잠시 잊었었나 보다. 아니, 잊고 싶었겠지. 지금 나는 이렇게, 어두운 밤 빗길을 달리고 있는데…….

※　✠　※

친아버지의 죽음 후, 나는 새아버지를 유일한 아버지로 여기며 자랐다. 아픈 동생을 업고 다리 위에 서 있던 젊은 어머니가 떠오르면 지금도 가슴이 먹먹해진다.

고작 지금의 내 나이 정도였을 어머니가, 검은 강물 위에 찬란하게 빛나던 불빛을 내려다보며 무슨 생각을 하였을까? 철없는 어린 두 남매를 데리고 한강 다리 위에 서서.

‘재민아, 미안해.’

어머니는 왜 나에게 미안하다고 하셨을까. 그때 나는 몰랐다. 온종일 우리 남매를 즐겁게 해 주려고 노력한 어머니가 고마워서 그저 고맙다는 인사를 했을 뿐인데, 어머니는 하염없이 눈물을 흘리셨다.

그런 어머니를 지켜 주지 못한 아버지가, 그리고 힘없는 어린 내가 미웠다. 동생을 업고 있는 어머니의 눈물을 닦아 드리고 싶었지만 어렸던 난 손이 닿지 않았다.

어서 빨리 자라서 어머니의 눈물을 닦아 주고 동생의 병을 고쳐 주고 싶었다. 어머니와 동생을 예전처럼 다시 행복하게만 해 준다면, 악마에게 영혼을 팔아 버릴 수도 있다고 생각했다. 언젠가 동화책에서 본 한 사나이처럼.

어느 날 갑자기 우리 앞에 나타난 새아버지는 어머니를 다시 웃게 해 줬고, 아픈 재연이가 수술받을 수 있게 해 줬다. 그러므로 내게 진정한 아버지는 오로지 강태식 회장 한 사람뿐이었다.

스스로는 빠져나올 수 없는 진창에서 우리를 구원해 준 능력 있는 새아버지를 진심으로 존경했고, 그의 관심과 칭찬을 받기 위해 노력했다. 일곱 살의 나는, 나중에 훌륭한 사람이 되어 그가 우리에게 베푼 은혜에 보답하겠다고 결심했었다.

불행인지 다행인지 친아버지의 명석한 두뇌를 닮은 나는 천재 소리를 들을 정도로 학업 성적이 뛰어났다.

어머니를 닮은 용모와 새아버지의 든든한 재력, 그리고 부단한 집념과 노력으로 나는 그의 자랑스러운 아들로 인정받게 되었다. 가끔은 내 타고난 성정이 독하지 못하다고 혀를 끌끌 차시긴 했지만.

나는 독하지 못하다는 아버지의 말이 가장 듣기 싫었다.

'독하지 못한 놈. 약해 빠진 놈.'

그 말은 기억하기 싫은 친아버지를 떠올리게 하는 말이었다. 내가 그의 피를 이어받았다는 게 진저리 나게 싫었으니까. 가족을 버린 남자를 아버지라고 인정해 줄 수는 없다. 아무리, 아무리 힘들었다 해도, 그래선 안 되는 거였다.

나는 독해지기 위해, 친아버지를 닮지 않기 위해 이를 악물었다. 어머니를, 그리고 내 동생 수지를 지킬 수 있는 사람이 되고 싶었으니까.

존경의 대상이자 남자로서 닮고 싶은 롤모델이었던 새아버지의 일에 대해 좀 더 깊이 알게 된 건 대학 졸업반 때다. 그전까지는 성공한 교포 사업가로만 막연하게 알고 있었다.

20대 중반 미국으로 건너와 시작한 작은 무역회사를 십 년 만에 다양한 제조업과 서비스업을 아우르는 중견기업으로 성장시킨 아버지는, 교포사회에선 아메리칸 드림의 상징으로 일컬어지는 입지전적 인물이었다.

어머니와 재혼 후에도 그의 사업은 나날이 커져만 가서 십여 개 계열사를 거느리는 제법 큰 그룹의 총수가 되었다.

"재민아. 잠깐 나 좀 보자. 서재로 오렴."

아버지가 나를 서재로 부르는 건 지극히 이례적인 일이었다. 보통의 가정처럼 우리는 주로 식탁에서 가족들과 함께 대화를 나누었으니까.

서재의 소파에 아버지와 마주 앉자 이제 아버지가 나를 남자 대 남자로 인정해 주시는 것 같아 조금 으쓱한 기분도 들었다.

"내가 보자고 한 이유는 말이지, 네 동창 앤드루 브라운 말이다."

앤드루 브라운은 고등학교 동창으로, 같은 대학으로 진학했지만 그다지 친하지 않은 아이였다. 솔직히 말하면 앤드루는 전혀 친구로 지내고 싶지 않은 타입이었다. 본인의 실력보다는 든든한 배경만 믿고 안하무인으로 설치는 그런 부류의 아이들을 나는 가장 경멸했다.

명문 사립고라 그런지 뼛속 깊이 선민의식에 사로잡힌 그런 아이들이 꽤 있었다. 물론 그도 나를 그다지 좋아하지는 않았다.

동양인인 내가 셰익스피어 연극제에서 주연을 맡고, 학생회장까지 하게 된 걸 매우 못마땅해했다. 더군다나 그가 짝사랑했던 크리스틴이 나와 사귀었던 걸 시기해서 못되게 굴기도 했다.

그러나 운동과 학업도 월등히 그를 앞섰고, 학생들에게 인기도 훨씬 많았던 나를 그는 함부로 대하지는 못했다. 오히려 점점 나와 친해지고 싶다는 제스처를 보였다.

그가 나보다 내세울 게 있다면 오직 하나, 가문일 것이다. 그가 나와 같은 대학에 진학할 수 있었던 것도 그 잘난 조상님들 덕이었으니까.

앤드루의 아버지는 미국에서 열 손가락 안에 꼽히는 회사의 CEO고, 삼촌들은 부통령을 지낸 할아버지의 뒤를 이어 상원 의원과 주지사로 정계에 몸담고 있었다.

"그 아이와 별로 친하지 않은 것 같던데?"

"네. 저와는 성격이나 가치관이 맞지 않아서요."

"그렇구나. 그래…… 모름지기 친구란 서로 잘 맞아야지."

매사 직선적인 아버지가 왜 이렇게 말을 돌리실까 차츰 의아해졌다.

"그런데 왜 앤드루 이야기를 하신 거죠?"

"아, 아니다. 그냥 너와 고교 시절부터 동창이니, 혹시나 해서 말이다. 친하게 지내면 너에게도 좋을 텐데. 아쉽구나."

아버지는 긴 한숨을 쉬시더니 어렵게 말을 이으셨다.

"사실, 요즘 회사 사정이 그다지 좋지 않단다."

늘 자신만만하던 아버지의 약한 모습에 내 마음이 흔들렸다. 아버지는 내가 그와 친해지길 바라시는 모양이다. 나를 통해 앤드루네 집안과 사적으로 교류하고 싶으신 것 같았다.

미국이란 사회는 겉으로 보기엔 평등해 보이지만 상류층으로 갈수록 그들만의 리그가 확실한 곳이다. 유색인종이 그 보이지 않는 벽을 넘기란 거의 불가능에 가깝다.

겉으로는 구색을 갖추기 위해 끼워 주지만, 그 안에서는 여전히 이방인이다. 이런 곳에서 성공하기 위해 홀로 고군분투했을 아버지가 갑자기 안쓰럽게 느껴졌다.

"이달 말에 고교동문 파티가 있어요. 앤드루와 한번 친해져 보도록 노력할게요. 그 녀석도 이제 철이 좀 들었을 테죠. 또 알고 보면 저랑 맞는 구석도 있을지 모르고요."

"오! 그래, 그래. 서로 친하게 지내면 얼마나 좋으냐. 집안끼리 왕래도 하고. 내가 앤드루 아버지와 연극제 때 인사는 나눴지만 말이다. 너에 대해 아주 칭찬을 많이 하시더구나."

모처럼 좋아하는 아버지의 모습을 보니 마음이 짠했다. 아버지도 늙으신 모양이다. 내게는 커다란 산과 같았던 분인데, 이런 일로 나에게 도움을 청하시다니.

같은 대학에 다니지만, 일부러 앤드루를 찾아가진 않았다. 하지만 동문 파티에서 내가 그에게 친근하게 인사를 건네자 그는 반색하며 좋아했다.

자존심 때문에 먼저 굽히고 들어오지 못했을 뿐, 그들 기준으로 잘나가는 나와 친해지고 싶어 했으니까.

그 후 앤드루는 적극적으로 내게 다가왔다. 여름휴가 때 가족 별장으로 초대를 받아 간 적도 있고, 자신의 사촌 여동생을 소개해 주려고 한 적도 있다. 물론 아버지가 이 사실을 알았다면 소개를 거절한 나를 그냥 두지 않았을 거다.

아무튼, 내가 별다른 노력을 기울이지 않았건만 아버지는 앤드루의 아버지와 제법 돈독하게 지내며 사업에 도움을 많이 받으신 듯했다.

그때만 해도 나의 친구 관계가 아버지의 사업에 도움을 줄 수도 있다는 게 그저 신기하게만 느껴졌다. 그리고 그 일로 아버지와 나의 관계에 약간의 변화도 생겼다.

내 진로 결정에 늘 일방적이었던 아버지가 경영대학원 진학에 대한 고집을 꺾으셨다. 나는 경영이나 정치보다는 순수 학문이 좋았다.

대학원에서 로봇공학을 전공하고 박사 학위까지 받는 동안 눈코 뜰 새 없이 바빴지만, 아버지의 사업을 위한 일이라면 최대한 도움을 드리려고 노력했다. 짬을 내어 상류층 파티에 참석하고 친구의 부모님을 아버지께 소개해 드렸다.

이런 사교 활동이 내가 그분께 받은 은혜를 조금이라도 갚는 길이라 생각했다. 따지고 보면 나의 학연과 지연도 아버지의 재력을 바탕으로 만들어 온 것이 아닌가.

고교 시절부터 다져 온 나의 인맥은 아시아는 물론이고 아프리카에서 남미에 이르기까지 사회 지도층 자녀들과 거미줄처럼 엮여 있었다. 연구와 공부만 하기에도 시간이 빠듯했지만, 나는 그들과의 끈을 놓지 않았다.

무릇 인간관계란 사적인 욕심이 끼면 그때부터 순수함은 사라지고 이해타산을 따지게 된다. 그들 역시 그러했을 거다.

손꼽히는 대학과 대학원을 거쳐 모교에서 강의하고 있는 나란 존재가 알고 지내면 적어도 손해는 보지 않을, 아니 이득이 되고도 남을 거란 계산을 했기에 그들도 나와의 교류에 적극적이었다.

성격상 의례적인 행위들이 귀찮기는 했지만 이러한 내 노력을, 내 작은 보답을, 아버지가 악용하리라곤 한 번도 의심해 보지 않았다. 그는 이 세상 단 한 분, 나의 아버지였으니까.

"재민아, 이번에 문제가 좀 생겼구나."

설날 본가에 갔을 때 아버지는 나를 은밀히 서재로 불렀다.

"문제라뇨?"

아버지는 오래 뜸을 들이다 입을 떼셨다.

"카를로스의 아버지, 후안 말이다."

내 대학 동문 카를로스는 볼리비아 국방장관 후안 카스티요의 아들이었다. 남미 사람 특유의 친화력으로 아버지와 막역한 사이가 된 후안은 날아다니는 새도 떨어뜨린다는 볼리비아의 실세였다.

"정치 불법 자금 문제가 불거지면 조만간 후안이 사퇴를 할 수밖에 없다고 하더구나."

나는 볼리비아 정치에 전혀 관심이 없지만, 어쨌든 친구의 아버지가 위기에 처하게 된다니 인간적으로 마음이 쓰였다.

"그거 큰일이군요. 힘드시겠지만 이겨 내시겠죠."

"그런데 말이다. 그 불똥이 자칫하면 우리에게도 튈지 모르겠구나."

"아니, 그 일과 우리가 무슨 상관이 있다는 겁니까?"

그동안 후안 카스티요에게 거액의 뇌물을 주고 불법 로비를 하여 볼리비아 군대에 군수품을 납품해 왔다는 아버지의 말을 듣자 나는 분노가 일었다.

"대체 뭐하시는 겁니까, 아버지. 그동안 겨우 이런 식으로 사업 하셨어요?"

나를 통한 인맥을 이렇게 치사한 방법으로 사업에 악용하고 있 었다니, 배신감에 치가 떨려 처음으로 아버지에게 버럭 소리를 질 렀다.

"겨우 이런 식? 네가 말하는 이런 식이란 어떤 식을 말하는 게 냐?"

"불법으로 로비하셨잖아요. 그것도 제 인맥을 이용해서."

"불법이라? 그럼 오늘날 이 자리에 서기까지 내가 양지만 밟고 다녔다고 생각하는 건 아니겠지?"

사업이란 게, 내가 하는 연구처럼 단순명료하게 답이 떨어지는 게 아니란 걸 나도 알고 있다. 하지만 그 세계 나름의 룰과 상도의 란 건 있을 텐데, 내 아버지가 그걸 지키지 않는 파렴치한일 줄은 꿈에도 생각 못 했었다.

"아버지. 아무리 그래도 최소한의 양심은 지키셔야죠. 부끄럽지 도 않으세요?"

"부끄럽지 않으냐고? 허허. 이놈 보게. 이놈이 이제 아비 알기를 우습게 아는구먼. 야, 이놈아! 네가 그동안 입고 먹고 공부한 게 바 로 그 부끄러운 짓으로 번 돈이다."

눈을 허옇게 뒤집으며 악을 쓰는 아버지를 보며 나는 이제 분노 보다는 슬픔이 앞섰다.

아버지, 한때는 진심으로 존경했던 아버지. 이건 아니잖아요. 이렇게까지 바닥을 보여 주시는 건 정말 아니잖아요.

"그래서요? 죄가 있다면 벌을 받으면 되잖아요."

흥분해서 날뛰는 아버지를 묵묵히 지켜보다, 그가 제풀에 지쳐 입을 다물자 차갑게 말했다. 잠시 이성을 잃었던 아버지가 정신을 차린 듯, 물 한 컵을 단숨에 벌컥벌컥 마시더니 입을 열었다.

"문제는 내가 아니라 너다."

내 아버지 강태식은 사업에서만큼은 누구보다 뛰어난 두뇌를 자랑하는 사람이었다. 산전수전 다 겪어 본 백전노장답게 열 수 앞을 내다보고 일을 도모하는 그가, 빠져나갈 구멍도 없이 무모한 짓을 저지르진 않았을 터. 명장은 대열의 앞에 절대로 서지 않는 법이라 내게 가르쳤던 사람이다.

뒤에서 지시하고 일이 생기면 가장 먼저 빠져나와 목숨을 부지 해야 패배하지 않는 거라고 했다. 군사는 언제든 다시 모을 수 있 지만 지휘하는 장군이 죽으면 그 전투는 패배인 거라고. 살아남아 야 이기는 거라고.

이번 일도 책임 소재는 분명 따로 만들어 뒀을 것이다. 그의 말 이라면 목숨도 내어놓을 충복들을 비롯하여 모든 책임을 지고 사퇴 하거나 감옥에 갈 각오가 되어 있는 임원진들도 많았다.

아버지는 자신에게 충성을 다하는 사람에게는 차고 넘치는 금전 적인 보상과 인간적인 의리로 다독이는 용인술이 뛰어났다.

그동안 대외적인 잡음이 있어도 늘 책임을 지고 물러나거나 조 사를 받은 임원들이 있었고 그들은 추후 전보다 더 승승장구했다. 그러니 강태식 회장에게 '내 사람'으로 인정받기 위해 무슨 짓이든 할 인간들이 그의 주변엔 늘 득실거렸다.

"제가 왜 문제가 되죠?"

"이미 물밑 수사는 진행되고 있다. 문제는 언론이야. 언제 냄새를 맡고 터뜨릴지……. 볼리비아 건이 터지면 그동안 그들이 의혹의 눈길을 보내던 다른 일들도 다시 주목을 받겠지. 모든 행적에 너와 네 동창들이 있다면, 이게 과연 우연이라고만 할 수 있을까? 아무 잘못이 없다 하더라도 이 좋은 먹잇감을 그들이 그냥 둘까? 최고 명문가 자제들의 비밀 사교 클럽. 그 뒤의 추악한 진실. 제목도 그럴싸하겠구나."

"아버지!"

"소리 지르지 마!"

"문제가 있다면 조사받겠습니다. 제 결백 충분히 밝힐 수 있어요. 혹시 그 와중에 의도치 않은 불법이 있었다면 처벌도 달게 받겠습니다. 더는 이런 일로 저 끌어들이지 마세요."

"그래. 조사받으면 되겠지. 너는 죄가 없으니까. 하지만 그런 일로 언론에 이름이 오르내리고 지난 일까지 낱낱이 파헤쳐지면 네가 얻는 건 뭘까? 더럽혀질 대로 더럽혀진 명예와 죽을 때까지 네 뒤를 따라다닐 스캔들. 그것밖에 없다."

나를 건너다보는 아버지의 눈빛은 어둡고 탁했다.

"의혹은 전면 헤드라인을 차지할 재미있는 안줏거리지만 네 결백 따위는 어디에 실렸는지 관심도 없이 묻히고, 넌 그냥 추악한 스캔들의 주인공으로 대중에게 각인되어 버리는 거지. 원래 남의 이야기는 가십이 더 흥미 있는 거니까. 그게 인간의 속성이야."

기가 찼지만, 아버지 말씀에 틀린 건 없었다. 하이에나처럼 먹잇감에 달려들어 만신창이가 될 때까지 물고 뜯다 단물이 빠지면 팽개쳐 버릴 언론의 속성을 모르는 바 아니니까.

"그럼 저더러 어쩌라는 겁니까?"

"잠시만 이곳을 떠나 한국에 가 있어라. 마침 그쪽 대학에서 너한테 스카우트 제의가 있었다며? 조건도 좋고 네 경력에도 도움이 될 테니 당분간 거기 가 있도록 해라."

"그거면 됩니까? 알겠습니다."

"아니, 중요한 게 더 있다. 그곳에서 위장 결혼을 하도록 해라."

"아버지! 지금 미치신 거죠?"

"아니. 너란 녀석이 사업에 관심도 없고 가업승계의 야심이라곤 털끝만큼도 없다는 걸 증명할 방법은 이거밖에 없다. 사랑에 눈이 멀어 나와 인연을 끊을 만큼 순진한 놈인 걸 보여 줘야지. 그런 놈이 불법 로비에 관련했다고는 생각하지 않을 것 아니냐?"

"뭘 보여 줘요? 누구한테 증명해요?"

아버지의 계략은 이러했다. 한국에 간 내가 조건이 좋지 않은 여자와 사랑에 빠진다. 그러나 아버지가 반대할 게 빤하니 비밀 결혼을 하고, 그 사실을 뒤늦게 알게 된 아버지의 분노로 의절하게 된다는 시나리오였다.

물밑 수사가 더 진행되면 CIA가 한국 정부에 수사 지원을 요청하고 국정원이 내 한국 행적을 파악할 것이라고 했다. 사랑에 눈이 멀어 재벌인 아버지와 의절할 정도면 누가 봐도 경영에는 관심도 없는 인간임이 분명하니 나에 대한 수사는 종결될 것이라는 거다.

일 년 정도 그렇게 잠잠히 지내다 이쪽 일이 해결되면 이혼하고 미국으로 다시 건너오면 된다는 게 아버지의 결론이었다. 그 여자에겐 강남의 수십억 대 집 한 채 위자료로 주고 오면 충분하다고.

"기가 막혀서 말이 안 나오는군요. 아버지 머리에서 나온 대책이 고작 이겁니까?"

"때론 가장 무식해 보이는 게 가장 확실한 비책이 될 수 있는 법이다. 부모와 자식 간에 단칼에 연을 끊을 방법이 이거 말고 뭐가 또 있겠냐?"

"아버지 정말 무서운 분이시군요. 어떻게 이런 식으로 한 여자의 인생을 짓밟으려 하십니까?"

"누가 누구 인생을 짓밟아? 너같이 잘난 놈이랑 살다가 평생 가도 못 만져 볼 재산까지 받고 이혼하는데, 그런 자리라면 여자들이 줄을 설 거다. 누가 되었든 복받은 거지. 호박이 넝쿨째 굴러 들어온 건데."

"아……."

아버지라 믿고 따랐던 한 남자가 지금 내 가슴 안에서 죽어 가고 있다. 이제 내게…… 아버지란 없다. 일곱 살 그 새벽, 먼 길을 떠났던 남자가 떠오른다. 그 남자처럼, 아버지라 불렀던 이 남자도 내게 등을 돌리고 떠나고 있다. 돌아오지 못할 곳으로, 영원히.

"지난 23년, 키워 주신 은혜 감사합니다. 이번 일로 어느 정도는 갚았다고 생각합니다. 전 이곳을 떠나겠습니다. 위장 결혼은 못 들은 걸로 하겠습니다."

꾸벅 인사를 하고 서재를 나오는데 그의 한 마디가 내 발목을 잡았다.

"수지는?"

수지. 내 꼬맹이 여동생 수지. 그 아이가 태어났을 때 하늘에 있는 동생 재연이에게 약속하지 않았던가. 이 아이만큼은 오빠가 꼭 지켜 줄 거라고. 내 목숨을 걸더라도.

수지 생각에 잠시 주춤했지만, 굳게 마음을 먹고 입을 뗐다.

"수지는, 아버지가 있잖아요. 그 아이, 제 동생이기 전에 아버지 딸입니다."

의외였는지 그는 잠시 침묵하다 부드러운 목소리로 나를 달랬다. 수지라면 언제나 벌벌 떨던 내가 이렇게 나올 줄은 몰랐던가 보다.

"그래. 내 귀한 막내딸이지. 그 아이가 이번 일로 상처를 받을까 겁나는구나."

하! 끝까지 나를 옭아매려는 건가. 제가 걱정되는 건, 수지가 아버지의 추악한 본성을 알고 실망할까 두려운 거라고요.

"수지도 이제 어린애가 아닙니다. 알 건 알고, 받아들일 건 받아들여야죠."

"그게 말이다. 제이슨이 조만간 수지에게 프러포즈를 정식으로 할 거 같구나. 그러면 몇 달 후 약혼식을 하고, 결혼은 아마 내년쯤이 되겠지? 너도 알다시피 곧 대선을 앞두고 있는데 이런 스캔들이 터진다면 그 아이들 관계도 끝을 낼 수밖에 없다. 그 보수적인 집안에서 수지를 며느릿감으로 받아 주는 것만도 큰 결심을 한 건데, 더 이상은 무리야. 제이슨의 아버지가 이번 선거에 삼선을 노리고 있는 마당에."

아들과 오래 친구로 지낸 수지를 그의 부모님도 알고 있었고 예뻐하기도 했다. 그러나 제이슨의 부모님이 수지를 예뻐하는 것과 결혼 승낙을 받는 것은 별개의 문제였다.

동양인인 수지가 미국 정계에서도 가장 보수적이라고 꼽히는 그런 가문의 며느리가 된다는 것은 해가 서쪽에서 뜨는 것과 다름없는 일이다.

제이슨의 형만 해도 오래 사귀었던 유명 모델과 헤어지고 케네디가의 딸과 결혼하였다. 그들에게 결혼이란 비즈니스지 결코 로맨스가 아니다.

내 동생 수지가 제이슨을 조금만 덜 사랑했어도 나는 이 약혼을 말렸을 것이다. 제이슨의 인간성이 조금만 덜 좋았어도 나는 헤어지라고 했을 것이다.

안타깝게도 이들은 서로를 너무 사랑했고 제이슨은 내가 보기에도 정말 좋은 남자였다. 그런 그들의 사랑에 도움은 못될망정 걸림돌이 된다면……

내가 수지의 사랑을 지켜 주고 싶은 것과 달리 아버지는 수지의 사랑을 통해 진정한 상류사회에 한 발을 걸칠 수 있다는 야심에 눈이 멀어 있었다.

아무리 돈이 많아도 진입할 수 없었던 그들만의 리그 입성을 목전에 두고 있으니 걸림돌이 있다면 불도저로 밀어 버릴 태세였다.

"일단 한국에 가서 지내도록 해. 김 실장을 통해 만반의 준비를 해 둘 테니, 넌 그냥 한 일 년 눈 딱 감고 버티면 된다. 단, 너에게 달라붙어 떨어지지 않을 지독한 여자는 피해야 하니까 아무 여자나 사귀면 안 된다. 김 실장이 결혼 상대도 물색해 둘 것이야. 네 잘난 얼굴과 조건이면 들이대는 여자들이 많을 테니 거기서 지내는 동안 특히 그 점 조심하고, 김 실장의 지시에 따르도록 해라. 모든 일이 정리되면 너도 이곳에서 괜찮은 집안의 딸과 정식으로 결혼해야 하지 않겠니?"

"……."

내가 아무런 대답을 하지 않자 그는 소름 끼치게 다정한 목소리로 나를 회유하려 했다.

"그래, 알아. 네 마음이 어떤지. 하지만 요즘 한국도 많이 바뀌었다. 이혼이 흠이 아니야. 외려 돈 많은 이혼녀는 잘난 총각들이 줄줄 따르지. 죄책감 따위 가질 필요 없다. 이 약혼이 성사될 동안 조금만 몸을 사리면 언론의 관심도 피할 수 있고 물밑 수사도 종결될 거야. 네 잘못은 없으니까. 그저 아랫것들이 제대로 일 처리를 못한 죄만 밝혀지겠지."

그가 과연 내 마음을 알까? 아마 죽었다 깨어나도 내 마음 따위는 모를 것이다. 우리는 애초에 종이 다른 생명체였으니까.

다시는 상종하고 싶지 않지만, 그는…… 어머니의 남편이고 내 동생 수지의 친아버지다. 피할 수 없이 짊어지고 가야 할 나의 굴레이다. 피한다면 나 역시 그 새벽, 어둠 속으로 떠난 남자와 똑같은 인간이 되는 거다.

"……알겠습니다."

돌아보지 않고 그 말만 남긴 채 서재를 나왔다. 뱀처럼 교활한 승리의 웃음을 띤 그 남자의 얼굴을 보고 싶지 않았다. 문이 닫히는 순간 그의 음성이 들렸다.

"사랑보다 무서운 게 정일 수도 있지만, 네가 그리 어리석은 놈은 아닐 거라 믿는다."

그녀가 산 그림책을 보다가 잠이 들었던가 보다. 얕은 잠이지만 꿈을 꾸었다.

꿈속에서 나는, 그 다리 위에 서 있었다. 검은 강물은 어머니와 우리 남매를 삼키려고 입을 벌렸고 재연이를 업고 있던 어머니는 미안하다며 울고 계셨다.

악마에게 영혼을 팔아서라도 어머니와 동생을 지키고 싶었던 나는 간절히 기도했다. 악마라도 좋다고, 우리를 도와 달라고. 내 기도를 들었을까. 캄캄한 어둠을 뚫고 저기 한 사람이 오고 있다.

덩치가 크고 힘이 센 그가 우리를 삼키려는 강물을 무찔렀다. 그리고 돌아보는 그의 얼굴은 왕자에게 마법을 건 그림책 속 마녀의 얼굴이었다. 내가 소스라치게 놀라자 그 마녀는 강태식 회장의 얼굴로 천천히 변했다.

그는 밧줄로 내 몸을 칭칭 감았다. 이건 꿈일 거야. 손가락 하나 까딱할 수 없었지만 지금 내가 꿈속에 있다는 건 알 수 있었다. 깨어나야 해.

그때 누군가의 손이 내 얼굴에 닿는 게 느껴졌다. 따스한 그 손은 내 미간에 머물렀다.

부드러운 손길에 마음이 놓였다. 눈썹을 한 올 한 올 쓰다듬는 섬세한 손의 촉감에 눈이 떠졌다.

……그녀였다.

스탠드의 노란 불빛이 그녀의 옆얼굴을 비추고 있었다.

이것도 어쩌면 꿈일지 모른다. 나는 꿈속에서, 또 다른 꿈을 꾸고 있는 걸까?

그녀의 눈빛은 언제나처럼 따뜻했다. 마음이 놓인 나는 다시 눈을 감았다.

창밖엔 비바람이 몰아치고 있지만 내 꿈속 그녀의 손길은 포근하고 따뜻했다. 꿈이라면 영원히 깨고 싶지 않다. 그녀와 함께 있는, 지금 이 순간이 끝나지 않길…….

그러나 그녀는 불을 끄고 조용히 방을 나갔다. 깨어나고 싶지 않은 꿈에서 깨어나 텅 빈 방 안의 어둠을 둘러보았다. 그녀는 어디에도 없었다.

그녀가 떠난 자리에 짙은 어둠만이 가득 차 있었다.

6 새어 나오는 빛

♥♥♥♥♥♥♥♥♥♥♥♥♥♥♥♥♥♥♥♥♥♥♥

그녀의 친구, 지영의 전화를 받은 건 거의 집에 다 와 갈 무렵이었다. '오늘 한번 뭉치자고요.' 발랄한 지영은 오랜만에 밥이나 같이 먹자며 콜을 외쳤다. 아마도 또 새로운 남자 친구가 생겼나 보다.

다은의 단짝이지만 성격은 정반대여서 처음 봤을 땐 의아했는데, 정도 많고 알고 보면 진국인 성격이라 두 사람의 진한 우정이 이해가 되었다. 난 차를 집에 두고 약속 장소로 가겠다며 통화를 마쳤다.

"여기요!"

고기 굽는 냄새가 가득한 식당 안은 젊은이들로 꽉 차 있었다. 반갑게 손을 흔드는 지영 옆에는 역시나 처음 보는 남자가 앉아 있었다. 키가 크고 듬직해 보이는 인상의 청년은 자리에서 일어나 나에게 인사를 하였다.

"처음 뵙겠습니다. 한승욱입니다."

"반갑습니다. 강재민이라고 합니다."

간단히 인사를 나누고 다은의 옆에 앉았다. 검은 돌판 위에는 두툼한 삼겹살이 지글지글 구워지고 각자의 앞에는 소주잔이 놓여 있었다. 내 앞에도 잔이 놓이고 본격적인 술자리가 벌어졌다.

승욱과 지영은 만난 지 얼마 안 되었다면서, 쌈을 싸서 먹여 주고 허물없는 장난도 하는 품이 몇 년은 사귄 사이처럼 친밀해 보였다. 다은은 그런 그들이 내심 부러운지 곁눈질을 하며 소주를 홀짝이더니 남은 소주를 입에 털어 넣고 빈 잔을 내게 내밀었다.

"괜찮겠어요?"

"네. 저 술 잘 마셔요. 몰랐죠?"

술기운에 양 볼이 발그레해진 그녀가 귀엽기도 하고 걱정스럽기도 했다.

"근데 두 분은 어떻게 만나서 결혼하셨어요? 정말 잘 어울리십니다."

술이 좀 돌고 분위기가 무르익자 승욱이 내게 물었다.

"뭘 그런 걸 묻니? 촌스럽게."

"그런 거 물어보면 촌스러운 거야? 난 그냥 부러워서."

지영이 톡 쏘자 승욱은 금세 꼬리를 내렸다. 그런 승욱이 무안할까 봐 염려되는지 다은이 얼른 대답했다.

"제 가게 단골손님이셨어요."

"아, 그랬구나. 우연히 들렀다가 다은 씨한테 첫눈에 반하셨구나."

"아니요. 그런 거 같진 않았어요."

그녀가 나를 살짝 흘겨보며 말했다.

"어…… 그, 그게."

뭐라고 대답해야 하나. 나는 난감했다. 그렇다고도 아니라고도 할 수 없어서.

"재미없는 얘긴 이제 그만하고, 우리 2차 가요!"

눈치 빠른 지영이 상황을 정리하며 제안했다.

"그럼 우리 집으로 가실래요? 마침 선물 받은 와인 있는데."

"어머, 진짜요? 저야 좋지요."

내 제안에 지영은 반색을 하며 좋아했고 다은은 의외라는 듯 반쯤 입을 벌리고 나를 보았다. 결혼 이후 처음으로 그녀의 친구를 집으로 초대한 거니 그럴 법도 했다. 나는 그런 그녀에게 눈을 찡긋해 보였다.

허름한 식당 안에서 큰 소리로 왁자지껄 떠들며 소주잔을 부딪치는 사람들. 넥타이 풀고 마음 맞는 사람들끼리 부담 없이 어울리는 자리.

이곳에선 격식을 갖추지 않아도 된다. 내가 살았던 세계와는 전혀 다른 이곳이 차츰 정겹게 느껴졌다. 적어도 여기선 상대의 이용 가치를 따지며 가식적으로 행동하지 않아도 되니까.

이런 술자리도 생각보다 나쁘진 않군.

그들과 와인을 마시는 자리는 꽤 재미있었다. 지영과 승욱이 간혹 애정행각을 하는 바람에 다은이 넋을 잃고 쳐다보는 모습을 봐야 하는 건 좀 괴로웠지만.

숨기려야 숨겨지지 않는 게 사랑인지, 서로를 향하는 시선부터 말투까지 그들만의 세상에 있는 것처럼 보였다. 나 역시 눈꼴시다는 표현이 이런 거구나, 어려운 한국말의 미묘한 뜻을 체득할 수 있어 좋았다고 해야 할까?

지영과 승욱이 떠난 후, 먹다 남긴 안주와 빈 잔으로 어질러진 거실 테이블 위를 치우고 녹차를 진하게 우려 그녀의 방으로 향했다.

'우리 다은이, 불쌍한 애예요. 정말 잘해 주셔야 해요. 안 그럼 내가…….'

집을 나서기 전, 지영이 내게만 들리게 했던 말이 떠올랐다.

잘해 주다……. 남자가 여자에게, 남편이 아내에게 잘해 준다는 건 구체적으로 어떤 걸까? 사전을 찾아보면 정확히 알 수 있을까? 결국은 떠나야 할 내가, 내 마음 가는 대로 잘해 줘도 되는 걸까? 지금도 이렇게, 위태롭게 외줄을 타고 있으면서…….

가까이 가고 싶은 마음과 거리를 지켜야 한다는 마음. 두 마음 사이를 아슬아슬하게 넘나들고 있는 곡예사가 된 것 같다.

그녀에게 녹차만 건네주고 나오면 돼. 끝까지 책임지지 못할 거라면 더 이상은 안 돼. 그녀의 마음 깊이 들어가는 건 절대 안 돼.

잠시 망설이던 난 문을 열고 안으로 들어갔다. 방 안은 스탠드만 켜져 있어 어둑했다. 그녀는 침대에 등을 기대고 바닥에 주저앉아 있었다. 무릎을 감싸 안고 웅크린 몸집이 더 작아 보였다. 조용히 그녀의 옆에 앉았다.

"속 괜찮아요?"

녹차 잔을 내밀며 묻자 그녀가 고개를 돌려 나를 봤다. 잔을 받아 든 그녀는 천천히 고개를 끄덕였다.

"재민 씨는요? 재미있었어요?"

"네. 모처럼 즐거웠어요."

"두 사람 잘 어울리죠?"

묻는 그녀의 음성에 부러움이 실려 있었다. 서로에게 향하는 마음을 숨기지 못하던 그들을 떠올리며 나는 씁쓸한 기분으로 고개를 끄덕였다. 저녁 내내 그녀가 부러워하던 그것. 순수한 열망으로 서로 사랑하는 것. 나는 그녀에게 해 주지 못하는 것.

녹차를 한 모금 마신 그녀가 미간을 살짝 찌푸렸다.

"써요?"

"흐흐. 조금."

그녀의 잔을 가져다 맛을 봤다. 쌉싸래한 맛이 혀를 휘감았다.

"이 정도면 안 쓴데 그냥 마셔요. 녹차 성분이 숙취 해소에 좋대요."

"알았어요. 꼭 우리 아빠같이 말하네요."

뜨거운 녹차를 후후 불며 마시는 그녀를 가만히 지켜보자니, 안 그래도 내가 그녀의 아빠가 된 것 같다 생각하던 참이었는데.

"우리 아빠는요. 내가 아플 때 약 안 먹고 버릴까 봐 꼭 지켜보셨어요. 쓴 거 엄청나게 싫어하거든요."

하늘에서 그녀의 아버지가 내려다보고 계신다면 내 목을 비틀어 버리고 싶으실 거다. 나라도 그랬을 테니까. 너 같은 놈이 감히 귀한 내 딸에게!

아마도 나는 머지않아 천벌을 받을 것이다.

"부모님이 다은 씨를 참 사랑하셨나 봐요."

"당연하죠. 자기 자식인데. 재민 씨 부모님도 그러셨을 텐데요, 뭐."

"네…… 아마도."

나는 지금, 그녀가 부럽다. 그녀의 아버지는 하늘에 계시지만, 내 아버지는, 이제 어디에도 없으니까.

"아! 울 엄마 아빠 보고 싶다. 재민 씨도 그렇죠?"

나를 물끄러미 쳐다보는 그녀의 눈빛은 말하지 않아도 안다는 듯 다정했다.

"전요, 전화벨 소리가 싫어요. 그래서 예전엔 무음으로 해 놨다가 종종 중요한 전화를 못 받기도 했어요. 이젠 많이 나아져서 그냥 두지만……. 하, 그러고 보면 나 많이 컸네. 나이를 먹는 건 그런 건가 봐요. 무서운 것도, 싫은 것도 이겨 내는 거. 더 단단해지는 거."

차분하지만 슬픔이 깃든 그녀의 음성이 어두운 방 안에 빛처럼 퍼져 나갔다.

"스무 살 겨울, 부모님이 시골 기제사에 내려가셨어요. 저도 늘 따라다녔는데 엄마가 기말고사 공부나 하라며 억지로 떼 놓고 두 분만 그렇게……. 지금도 가끔 꿈속에 전화벨이 울려요. 그날 아침처럼, 선명하게."

할 수만 있다면, 그녀의 꿈속에 들어가 그 전화를 대신 받아 주고 싶다. 차가운 영안실 바닥을 구르며 우는 그녀를 품에 안고 달래 주고 싶다. 장례식 내내 그녀의 곁을 지켜 주고 싶다. 빈방에 우두커니 앉아 있는 그녀에게 따뜻한 밥을 지어 먹이고 싶다. 지금보다 더 여리고 아팠을 스무 살 다은이의 손을 꼭 잡아 주고 싶다.

"정말 죽을 거 같았는데, 살 수 있겠더라고요. 그 후론 거의 울지 않았어요. 엄마 아빠가 날 사랑했다는 걸 잘 아니까, 함께했던 추억들을 떠올리며 지금 이 순간 행복하게 살자, 결심했어요. 내가 지금 행복해야 나중에 힘들 때, 오늘을 떠올리며 살아갈 힘이 생길 테니까요."

조심스레 손을 뻗어 그녀의 볼을 타고 흐르는 눈물을 닦아 주었다. 늘 밝고 씩씩한 척하는 그녀가, 내 앞에선 편하게 울었으면 좋겠다. 혼자 다 짊어지지 않아도 된다고, 나에게 그 짐을 나눠 달라고 말하고 싶지만, 그럴 자격이 내게 있을까? 떠올리기조차 싫을 아픔으로 그녀에게 기억될 나일 텐데…….

나도 모르게 그녀를 끌어당겨 가슴에 안았다. 내게 몸을 기대 오는 것을 느끼며 그녀의 몸을 살짝 떨어뜨려 얼굴을 내려다보았다. 그녀는 눈을 감고 있었다. 떨리는 그녀의 눈꺼풀에 살며시 입술을 대었다.

그녀가 내 꿈속에 찾아와 위로해 주었던 그 밤처럼, 나도 그녀에게 따뜻한 사람이었으면 좋겠다. 그녀가 떠올리고 힘을 낼 수 있는 행복의 한 조각이 되었으면 좋겠다. 그렇게…… 될 수 있을까?

❂ ✱ ❂

아침부터 내리던 비가 오후가 되니 더욱 거세어졌다.

비가 오니 문득 그녀가 보고 싶다. 아니, 그 말은 틀렸다. 비가 오니 그녀가 '더' 보고 싶다는 게 옳은 표현일 것이다. 요즘은 아무 때나 그녀가 생각나고, 늘 보고 싶으니까. 맑은 날도, 흐린 날도, 바람 부는 날도, 가슴속이 찡하게 아려 오며 그녀가 보고 싶다.

항상 곁에 두고 볼 수 있다면…….

이런 마음은, 뭐라고 이름 붙여야 하는 걸까?

서둘러 집에 갔으나 그녀는 없었다. 분명 오늘은 일찍 온다고 한 날인데……. 지금 이 순간, 그녀가 미치게 보고 싶은 나는 그녀의 가게로 발걸음을 향했다. 우리 집에서 가장 큰 우산을 쓰고. 이 정도 크기면 함께 쓰자고 해도 싫어하지 않겠지?

떨어지는 빗방울을 보니 제주도 환상숲이 떠올랐다. 소나기를 맞으며 둘이 손을 꼭 잡고 걸었던 그 시간이. 그때와 달라진 게 있다면, 내 마음속 그녀가 더 자랐다는 거. 비를 맞은 새싹처럼 그녀는 내 마음속에서 나날이 자라고 있었다.

언젠가 우리가 헤어질 그 날이 오면…… 이미 무성하게 자라 버린 내 안의 그녀를 싹둑 베어 버릴 수 있을까? 나는, 그럴 수 있을까?

'행복한 컵케이크'에는 그녀의 손님이 있었다. 손님과 차를 마시는 그녀를 방해하지 않으려고 밖에서 기다리기로 했다. 일부러 가게 안을 들여다보지 않고 멀찍이 떨어져서 비 오는 거리를 보며 서 있었다. 그녀가 무척 보고 싶었지만, 유리창 너머 그녀가 있다는 사실만으로도 견딜 수 있었다.

잠시 후, 문이 열리고 그녀가 손님을 배웅했다.

"그럼, 이만."

"응, 담에 또 봐."

그녀와 마주 앉아 한참 이야기를 나눈 그 남자는 우산을 쓰고 한 걸음 내딛다 뒤를 돌아보았다.

"이 노래, 아직도 좋아하는구나."

열린 문틈을 통해 들리는 노래는 'The end of the world' 였다.

그녀가 이 노래를 좋아했던가? 큰 키에 세련된 슈트 차림. 낮고 부드러운 음성. 제법 잘생긴 얼굴. 나도 모르는 걸 알고 있는 그는, 누굴까?

"가게 들어설 때 이 노래 듣고 가슴 철렁했다."

그 말을 던지고 그는 비 내리는 거리의 인파 속으로 사라졌다. 그녀는 그 남자의 뒷모습을 잠시 바라보다 문을 닫고 가게 안으로 들어갔다.

그의 마지막 말에 순간 멍해지던 그녀의 표정을 나는 보았다. 창 너머 그녀는 그림처럼 가만히 앉아만 있었다. 지금 가게 안에 흘러 나오고 있을 그 노래를 들으며 그녀는 무슨 생각을 하는 걸까?

우산 위로 후두둑 떨어지는 빗소리를 들으며 내 마음은 차갑게 식어 갔다.

"어! 언제 왔어요?"

가게 문을 열고 나온 그녀는 내가 다가가 우산을 씌워 주자 반가워했다.

"좀 전에."

"근데 왜 안 들어왔어요?"

"손님이 있는 거 같아서."

나도 몰래 볼멘소리를 하면서도 그녀의 어깨를 감싸 우산 속으로 끌어당겼다.

"왜 왔어요?"

"그냥. 오늘 일찍 온다더니 안 와서요."

우산을 함께 쓰는 게 불편하진 않은지, 그다지 싫은 눈치는 아니었다.

"고마워요. 마중 나와 줘서."

그녀가 나를 쳐다봤지만, 종일 보고 싶었던 그 얼굴을 마주 볼 자신이 없었다. 지금 내 마음처럼 내 표정도 딱딱하게 굳어 있을 테니까.

"오늘 무슨 일 있었어요?"

"아뇨. 왜요?"

"기분이 안 좋아 보여서요."

기분이 안 좋은 건 사실이다. 그러나 왜 안 좋은지는 나도 모르겠다. 내가 모르는 그녀에 관한 걸 알고 있는 그 남자 때문인지, 가슴이 철렁했다는 말에 순간 멍해지던 그녀 때문인지. 아니면 우두커니 자리에 앉아만 있던 그녀를 몰래 지켜보던 바보 같은 나 때문인지.

뒤죽박죽 엉망인 마음에 그녀의 한마디가 비수가 되어 꽂혔다.

"준우 오빠, 예전에 좋아했던 사람이에요."

나는 모르는 그녀의 시간을 함께했을 그 남자. 얼음처럼 식었던 마음속 숨어 있던 불씨가 화악 치솟았다.

"내가 힘들 때 곁에 있어 준 고마운 사람이라 많이 좋아했는데…… 잘 되지 않았어요."

불씨는 걷잡을 수 없는 불길로 번져 마음 전체를 삼켜 버렸다. 그러나 그녀는 여전히 담담한 목소리로 자신의 이야기를 계속했다.

"아마 내가 고아여서 그랬을 거예요. 준우 오빠 집안은 아주 대단했거든요."

그녀의 어깨를 감싼 손에 나도 몰래 힘이 들어갔다.

대단한 집안? 얼마나 대단한 집안의 대단한 인간인지 몰라도 그 준우라는 녀석을 흠씬 패 주고 싶단 유치한 생각을 했다. 나 역시 그와 별반 다를 바 없는 놈이면서.

내 품으로 그녀를 더욱 바짝 끌어당겼다. 세상의 그 어떤 비바람도 그녀를 적시지 못하게 막아 주고 싶었다. 멍하니 앉아만 있던 그녀의 모습이 떠올라 마음이 시렸다.

집에 돌아오자마자 서둘러 주방으로 들어가려 하는 다은을 붙잡아 소파에 앉히고, 그녀가 감기에라도 걸릴까 걱정이 되어 차를 준비해 왔다.

"마셔요. 몸이 금세 따뜻해질 거예요."

따뜻한 찻잔을 쥐여 주다 살짝 스친 그녀의 손은 매우 찼다.

차를 마시는 그녀를 지켜보며 내내 그 생각을 했다. 저 손을 녹여 주고 싶다고.

"잠깐 손 줘 봐요."

그녀 앞에 무릎을 꿇고서, 작은 두 손을 내 손으로 감쌌다. 호오, 그녀의 찬 손에 입김을 불어 넣으며 문득 생각했다.

빛처럼, 아주 작은 틈새로도 새어 나올 것 같은 이 마음은…… 사랑.

그들

1 | 입맞춤

♥♥♥♥♥♥♥♥♥♥♥♥♥♥♥♥♥♥♥♥♥♥

나조차 알아채지 못했던 이 마음에 굳이 이름을 붙이자면 사랑, 그것 말고 다른 단어는 떠오르지 않았다.

처음 보았을 때부터 낯설지 않았던 그 느낌. 마치 오래전부터 알고 있던 사람처럼 친숙하게 느껴지던 그녀가, 어느새 내 마음 깊은 곳에 뿌리를 내리고 있었다는 걸 이제야 깨달았다.

그녀의 마음에 들어가선 안 된다고 늘 경계했으면서 내 마음에 그녀가 들어오는 건 알아채지 못했나 보다. 물처럼, 공기처럼, 너무도 자연스럽게 내 안에 스며든 그녀여서.

사랑은 감기다. 사랑은 교통사고다. 흔히들 그렇게 사랑을 정의하던데 뜻하지 않게 교통사고를 당해 버린 나는, 어떻게 사고 처리를 해야 하는지 알 수가 없다.

감기엔 약이 없다는데 그저 시간이 지나 저절로 낫길 기다리면 되는 걸까? 아무런 흉터도 후유증도 남기지 않고 내 마음은 깨끗이 아물 수 있을까? 수학이나 과학처럼 답이 딱 떨어지는 걸 좋아하는 내게 이런 감정은 도무지 어렵기만 하다.

이제 얼마 남지 않은 이곳에서의 시간을 생각하면 이런 부질없는 마음은 서로에게 짐만 될 뿐이다.

티 나지 않게, 들키지 않게 내 마음을 정리해야 한다는 걸 누구보다 가장 잘 알고 있지만……. 지금 이 순간, 그녀와 좀 더 가까이 있고 싶다는 내 이기심을 누르기는 힘들었다.

그녀에게 내 감정을 들키지만 않는다면 이 정도 사치는 자신에게 허락해 줘도 되지 않을까? 그녀 없이 혼자 견뎌야 할, 내 남은 생에 대한 작은 보상으로.

"재밌는 거예요?"

캐모마일 차를 두 잔 만들어 거실로 나가 영화를 보려는 그녀에게 찻잔을 건네고 방으로 들어갈까 하다 슬그머니 그녀의 옆에 자리를 잡으며 물었다.

"아뇨, 재미없는 거예요. 남자들은 더 그럴걸요?"

방금 샤워했는지 도톰한 가운을 입은 그녀의 머리끝은 촉촉이 젖어 있었다. 손을 뻗어 그 머리카락을 만져 보고 싶었다.

"재미없는데 왜 봐요?"

"이거 보면 졸리거든요."

장난스럽게 혀를 날름 내미는 표정조차 사랑스러웠다. 그녀의 하얀 볼을 만져 보고 싶다. 그녀의 검은 머리카락에 얼굴을 묻고 싶다. 그녀의 작은 손을 내 손안에 가두고 싶다.

감춰지지 않지만 감춰야 하는 마음. 이런 감정들을 억누르고 자제하는 게 점점 더 힘들어진다. 꾹꾹 억눌러 왔던 마음이 언제 터져 버릴지, 이젠 나도 모르겠다.

요즘 통 잠이 오지 않는다는 핑계를 대며 슬그머니 그녀 옆에 앉았다. 당장 보고 싶은 마음에 빗길을 달려가 우산을 함께 쓰고 돌아왔고, 마주 보며 저녁을 먹고, 설거지를 같이 했다.

그러고도 나는 그녀와 함께하는 시간을 조금이라도 더 늘리고 싶었다. 그저 이 영화의 러닝 타임이 길기만을, 아니 끝나지 않고 계속되기만을 바랄 뿐이다.

"아무 걱정도 없어 보이고, 다들 참 평화롭게 사네요."

"근심 걱정 없어 보이지만, 저 안에도 아픔이 있답니다."

그 말을 듣고 물끄러미 그녀를 바라보았다. 예쁜 컵케이크를 구워 파는 가게의 주인인 스물다섯 정다은. 그녀를 알기 전에는 동화 속 주인공처럼 사는 여자라고 막연하게 생각했었다.

부모님을 사고로 여읜 건 딱하지만, 자기가 하고 싶은 일을 하며 여유롭고 편안하게 사는 듯 보였으니까. 그러나 막상 그녀의 삶 속에 들어와 보니 힘들고 아팠던 과거의 상처를 극복하려 애쓰며 누구보다 치열하게 살고 있었다.

이른 아침부터 늦은 밤까지 밀가루를 마시며 케이크를 굽고, 가게를 청소하고, 아무리 피곤해도 손님에겐 미소를 지으며 응대하는 일과를 매일 반복하면서. 오늘 하루 충분히 행복하기! 그녀의 좌우명이라 했다.

그런 그녀를 보면 동화 '파랑새'가 떠오른다. 행복은 먼 곳에 있는 것도 아니고 그리 거창한 것도 아닐 텐데, 나는 왜 행복하지 않았을까? 그녀를 만나기 전까지는.

화면을 뚫고 나온 빛이 그녀의 옆모습을 비췄다. 그 부드러운 굴곡에 한동안 눈을 떼지 못하자 내 얼굴에 뭐 묻었느냐며 그녀가 천진하게 물었다.

하는 수 없이 고개를 돌려 영화에 집중하는 척했지만, 내 감각은 온전히 그녀를 향해 열려 있었다.

깔깔 웃는 모습, 한숨 쉬는 모습, 고개를 끄덕이거나 갸웃대는 모습, 하품하는 모습……. 모두 다 사진으로 찍어 간직해 두고 싶다. 어쩌면 다시는 볼 수 없을지도 모를, 그녀의 모습이니까.

원하는 일을 하는 게 부럽다는 한 여자에게 주인공이 그저 싫어하는 일을 하지 않는 것뿐이라 대답하는 장면을 볼 땐 자조 섞인 웃음이 피식 나왔다. 내가 가장 싫어하는 건 거짓말인데, 가장 싫어하는 일을 가장 좋아하는 사람에게 하고 있다니…….

"싫어하는 걸 안 하고 살 수 있다면…… 행복하겠죠?"

그녀는 대답 대신 스르르 머리를 기대 왔다. 몸을 슬그머니 낮춰 내 어깨에 머리를 편히 얹을 수 있도록 했다. 그녀는 몇 번 눈을 떴다 감았다 하며 밀려오는 졸음과 싸우고 있었다.

방에 들어가서 자요, 라고 말해야 하는데…… 하기 싫었다. 대신 내 무릎에 그녀의 머리를 뉘었다.

그녀의 검고 긴 머리카락이 무릎 위에 물결처럼 흩어졌다. 손가락으로 흐트러진 머리카락을 조심스레 빗겼다. 손끝에 닿는 촉감이 매끄럽고 부드러웠다.

거추장스러운 안경을 잠시 벗어 놓고 화면을 응시하면서도 내 손가락은 그녀의 머리를 떠나지 못했다. 지금 내게 허락된 건 오직 그녀의 머리카락뿐이니까.

영원히 계속되길 바랐던 영화는 드디어 끝나 버렸다. 되감기를 해서 처음부터 다시 볼까, 엔딩 타이틀이 올라가는 걸 보며 잠시 엉뚱한 생각을 했다.

"후우."

나는 점점 더 바보가 돼 가나 보다.

드르르륵. 드르르륵.

내 휴대전화가 어둠 속에서 떨고 있었다.

누굴까, 이 시각에.

발신자는 알 수 없었지만, 번호를 보니 국제전화였다. 받아야 하나 잠깐 고민은 했지만, 그녀가 깰까 봐 얼른 받았다.

— 여보세요.

수지였다.

왜 하필 지금.

"나중에 전화할게. 끊어."

— 어, 오빠! 오…….

급하게 전화를 끊을 수밖에 없었다. 알려 주지도 않은 이 번호는 어떻게 알았을까? 약혼식에도 못 갔는데 먼저 걸어 준 전화까지 끊어 버리다니 마음이 편치 않았지만, 또 전화가 올까 봐 전원을 꺼 버렸다.

지난달 있었던 수지의 약혼식엔 '부모의 반대를 무릅쓰고 비밀 결혼을 감행한' 나는 참석하지 못했다. 하지만 수지의 약혼이 여론에 미친 영향이 매우 긍정적이었다는 건 인터넷을 통해 알고 있었다.

수지의 시아버지가 될 에드워드 그린은 선거를 앞두고 적절한 때 차남의 약혼을 발표함으로써 지나치게 보수적이란 선입견을 깨고, 시대의 흐름에 맞게 변화하는 정치인으로 이미지 메이킹을 새롭게 하였다.

수지와 제이슨의 약혼을 계기로 소수 인종과 진보주의자의 표까지 흡수할 것으로 예상하며 에드워드 그린의 삼선은 떼 놓은 당상이라고 언론은 떠들었다.

또 볼리비아의 국방장관 후안 카스티요의 정치 비자금 문제와 그로 인한 경질도 미국 언론의 큰 주목을 받지 않고 슬쩍 비껴가는 듯했다. 모든 게 아버지의 각본대로 척척 맞아떨어지고 있었다.

이곳에서의 내 임무도 마무리 단계에 접어든 것이다. 이제 얼마 후면, 모든 것은 원점으로 돌아갈 것이다. 예상치 못한 교통사고를 당한 내 마음만 빼고.

"다은 씨."

잠든 그녀를 살며시 불러 보았으나 깨어나지 않았다. 몇 번 더 이름을 불렀지만 그녀는 눈을 뜨지 않았다.

잠시 망설이다 그녀를 안아 올려 방으로 향했다. 인형처럼 가벼워 더 안쓰러운 그녀를 침대에 누이고 이불을 덮어 주었다.

창밖 정원 등 불빛이 비친 그녀의 얼굴은 달처럼 창백하고 맑았다. 검고 진한 속눈썹이 그늘을 드리운 볼을 만져 보고 싶다는 충동을 자제하느라 심호흡을 했지만, 어느새 내 얼굴은 그녀에게 다가가고 있었다.

조금 더 가까이서 그녀를 느끼고 싶다는 열망만이 뇌리에 가득 차 있었다. 그러나 코앞에 그녀의 입술을 두고 난 얼음처럼 굳은 채 더는 가까이 가지 못했다. 욕심내어서는 안 될 금단의 열매를 그저 바라만 보듯, 천사 같은 얼굴을 멍하니 보고만 있었다.

좋은 사람과 결혼하여 함께 밥을 먹고 이야기를 나누고 텔레비전을 보고……. 그런 소박한 일상을 꿈꿔 온 이 착한 여자에게, 대체 나는 무슨 짓을 저지른 걸까.

이제 와 그녀에게 진실을 털어놓으면…… 용서받을 수 있을까? 착하다고 믿었던 내가, 자신을 속인 나쁜 놈인 걸 알면 배신감에 치를 떨겠지.

상처받을 그녀를 생각하면 도저히 그럴 용기가 안 생겼다. 그러나 그보다 더 두려운 건, 나를 쳐다볼 그녀의 차디찬 시선이었다. 사랑은 아니지만 좋아는 한다던 그녀의 따스한 시선마저 잃게 되겠지.

순간, 그녀가 눈을 떴다. 허공에서 우리의 시선이 뜨겁게 얽혔다.

"누구……예요?"

그녀의 입술을 비집고 나온 한마디는 눈빛과 달리 냉랭했다.

"아까, 그 여자."

"그 여자?"

"좀 전에……"

그녀의 여린 목소리가 한숨처럼 잦아들었다.

"무슨…… 말인지?"

설마 그녀가 들었을까?

숨이 막힐 것 같은 시간이 천천히 흘렀다.

"……아니에요. 아마, 꿈이었나 봐요."

그녀의 목소리가 가늘게 떨렸다. 그녀는, 속내를 잘 감추지 못한다.

"늦었어요. 그만 가서 자요."

"……혹시, 전화 소리 들었어요?"

차가운 그녀의 말에 몸을 돌리다 물었다.

"아뇨."

메마른 그녀의 목소리가 가슴을 파고들었다.

"피곤해요. 그만 잘래요."

언젠간 모든 걸 털어놓고 사과해야겠지만, 아직은…… 그녀를 잃고 싶지 않다는 이기심이 앞서 비겁하게도 나는 그대로 방을 나왔다. 이런 나를 그녀가 용서해 주길 바라는, 내가 싫다.

☒　✖　☒

"오! 강 교수, 오늘은 제법 마시는데?"

"우리 강 교수님은 생긴 건 연예인인데 놀 줄을 몰라. 너무 재미가 없어요."

공과대 학장을 비롯해 교수들이 모인 고급 한정식집의 별실엔 술잔이 돌수록 한담이 늘어졌다. 평소의 근엄한 얼굴들은 어디에 벗어 뒀는지 불콰해진 얼굴엔 장난기마저 감돌았다.

"아닌 게 아니라 왜 뜬금없이 문과대 여학생들이 공대 수업을 듣는 거지? 학점 따기도 힘들 텐데."

"문과대 애들만 그래요? 음대, 미대 애들까지 난리가 났잖아요. 매일 공대 건물 주위를 기웃댄다지. 얼짱 교수님 얼굴 한 번 보려고."

"하긴 내가 여자라도 저런 남자 보면 연애하고 싶을 거야. 안 그래?"

"그럼 뭐 해? 정작 강 교수는 일편단심 민들레 아냐? 집에 꿀단지를 숨겨 뒀다는 소문이 학교에 다 퍼졌던데 뭘."

빠질 수 없어 참석한 회식 자리에서 동료 교수들은 나를 안줏거리로 삼고 있었다. 말이 동료 교수지 삼촌이나 아버지뻘인지라 격의 없이 어울리기는 힘든 분들이었다.

"근데 강 교수, 다음 학기 왜 재계약 안 했습니까? 학교에선 붙잡고 싶어 난리던데."

"미국 다시 들어가시려나?"

"집안일 때문에 좀 가 있으려고요."

대충 둘러대며 그들의 빈 잔에 술을 따랐다.

"자, 강 교수도 한 잔 받으시게. 내 참, 우리 아들보다 어린데 어쩜 이리 똑똑하고 잘났는지. 부럽기 짝이 없네, 강 교수 부친이. 결혼만 안 했어도 내가 사윗감으로 찍었을 게야."

머리 희끗희끗한 학장이 따라 주는 술을 받아 단숨에 마셨다. 오늘은 이상하게 술이 잘 받는다. 나는 전혀 사양하지 않고 주는 잔을 다 받았다.

2차를 가자는 교수들의 권유를 뿌리치고 택시를 탔다. 그러나 택시에서 내린 곳은 집이 아니라 그녀의 가게 앞이었다. 이 시각, 집에는 그녀가 없을 게 분명하니까.

그 밤 이후, 나는 그녀의 얼굴을 제대로 본 적이 없다. 그녀는 내가 집에 있는 시간인 이른 아침과 늦은 밤엔 거의 가게에 머물렀다. 간혹 집에서 마주치더라도 그녀는 나를 쳐다보지 않았고, 일말의 눈길조차 주지 않았다.

이 모든 건 내가 자초한 일이지만, 그래도 지금 난 그녀가 보고 싶어 견딜 수가 없다. 아주 잠깐이라도 그녀의 눈을 마주 보고 싶다. 환한 그 미소를 다시 보고 싶다.

가게 안엔 불이 환하게 켜져 있었고, 불빛 속 그녀는 찬란하게 빛나고 있었다. 갑자기 취기가 몰려오는지, 어지러워 벚나무에 기대었다. 이곳에서 잠시만 그녀를 지켜보다 조용히 돌아가려고 했다.

그런데,

"왜 왔어요?"

그녀가 내 앞에 서 있었다.

"보고 싶어서."

어이없지만, 가장 솔직한 대답이었다. 보고 싶고, 보고 싶고, 또 보고 싶었던 여자에게 처음으로 내 마음을 말했다.

"이거 마셔요."

천천히 고개를 드니 컵을 든 그녀가 날 내려다보고 있었다. 난 그녀가 내민 컵을 받아 단숨에 들이켰다. 시원한 꿀물이 식도를 타고 흘러내리며 갈증을 씻어 주자, 그녀의 작은 어깨에 기대어 집으로 돌아온 기억이 오래된 필름처럼 흐릿하게 떠올랐다.

잠시 머뭇대던 그녀가 소파에 앉은 나를 부축해 일으키려 했다.

"잠깐만."

나는 그녀의 팔을 잡아 옆에 앉혔다.

"일어나요. 방에 가서 그만 자요."

"잠깐만. 잠깐만 이렇게, 있어 줘. ……조금만 더."

그녀의 얼굴을 소중하게 감싸고 찬찬히 들여다보았다. 너무도 보고 싶었던 얼굴인데, 오늘 그녀는 왜 이리 슬퍼 보일까. 나와 눈도 마주치지 않고 냉랭하던 그녀가 차라리 나았다. 이렇게 슬픈 눈빛보다는.

"나, 그만 잘래요."

다급한 마음에 일어서는 그녀의 여린 손목을 잡았다.

"놔요."

차갑게 뿌리치는 그녀의 말은 여전히 아팠지만, 놓치고 싶지 않다는 동물적인 본능이 이성을 앞섰다. 거칠게 끌어당겨 무릎에 앉힌 그녀의 얼굴을 양손으로 감싸 나를 보게 하였다.

"너무…… 보고 싶었어, 정. 다. 은."

보고 싶고, 또 보고 싶고, 그런 널 송두리째 갖고 싶다.

"싫으면 지금 말해."

그녀에게 마지막 경고를 했지만, 그녀는 파르르 떨면서도 나를 거부하지 않았다. 그녀의 입술에 내 입술이 닿는 순간, 나는 알았다. 이 여자 없는 내 삶은 아무런 의미가 없다는 걸.

사랑한다고 그녀를 가질 수 있을 거라고는 감히 생각해 보지 못했다.

그러나 이제 나는, 욕심이 생겼다.

❊　✖　❊

그의 숨결은 뜨거웠지만 부드러운 입술은 조심스러웠다. 내 차가운 손을 녹여 주던 그때처럼 한없이 다정하게, 그는 나를 탐했다.

입술을 통해 전해 오는 그의 체온과 그의 마음이 혈관을 타고 내 심장으로 흘렀다.

심장을 통과하는 혈액들이 소용돌이치며 머리끝으로 몰려왔다. 순간 머리가 핑 돌며 정신을 잃고 쓰러질 것 같았지만, 그의 품에 안긴 난 안전했다.

거센 폭풍이 몰아쳐도, 거대한 해일이 밀려와도 그의 넓은 등이 든든한 성벽이 되어 다 막아 줄 것 같았다. 세상의 종말이 온다 해도 그와 함께라면 난, 마음을 놓을 수 있을 것 같았다.

달콤하기만 하던 그의 입술에서 문득 짠맛이 느껴졌다. 뜨거운 그것은 눈물일까? 눈을 감고 밀려오는 관능에 온몸을 맡기고 있어 몰랐다.

"왜……?"

살며시 입술을 떼고 그의 얼굴을 살폈다. 그는 여전히 눈을 감고 있었다. 긴 속눈썹이 눈물에 젖어 더 진해 보였다.

"재민 씨."

난 소매로 그의 젖은 볼을 훔쳐 냈다. 닦아도, 닦아도 다 닦이지 않아 속상했다. 이렇게 큰 남자가 이렇게 어린애처럼 울다니. 마음이 아팠다. 나도 따라 울고 싶었다.

"후우."

긴 한숨을 내쉰 그가 마음을 가다듬은 듯, 눈을 떴다.

"미안해, 정다은. 나, 진짜…… 나쁜 놈이야."

이를 악물었다가 천천히 입을 연 그의 목소리는 낮고 건조했다.

"왜 재민 씨가 나쁜 놈이에요? 재민 씨 좋은 사람인 거 아는데."

"내일 아침에 다…… 말해 줄게."

지금 난 이 남자가 무슨 말을 하든지, 어떤 고백을 하든지 다 용서할 수 있다. 이 남자의 눈을 보면 누구나 그럴 거다. 너무나 깊고 맑아서. 태어나서 한 번도 죄를 짓지 않은 사람이 있다면, 바로 이런 눈빛일 거다.

그러니까 말해요, 지금. 제발……. 아무리 큰 잘못이어도…… 그 벌, 나도 함께 받을게.

그가 내 팔을 잡아 일으켜 세웠다.

"오늘 실수 많이 했지? 미안."

소파에 앉은 그가 공허한 눈빛으로 올려다보며 말했다.

"지금 말해 주면 안 돼요?"

"……좀 더 맑은 정신으로 말할게."

그냥 지금 말해 버렸으면 괜찮다고, 그럴 수도 있다고, 다 이해한다고 했을 텐데.

그런 내 마음을 읽었는지 그는 단호하게 말했다.

"너도, 나도, 지금은 둘 다 너무 감정에 휩싸여 있어. 그럼 안 될 거 같아. 그런 식으로 대충 용서받고 싶진 않아."

숨결엔 아직도 알코올 기운이 진하게 배어 있는데 눈빛은 형형하다. 저 눈에 고인 슬픔을 난 오늘 처음 보았다. 이제 안경을 쓰지 않아서 감정이 다 보이는 걸까, 아니면 단정하고 예의 바르던 그 가면을 완전히 벗어던진 걸까.

늘 잔잔한 호수 같았던 검은 눈동자가 끊임없이 내게 말을 건다. 미안해…… 미안해…… 미안해……. 그리고 또 한 마디가 읽힐 것 같은데. 그건 아마……?

마지막 한 마디를 채 읽기 전에 그는 소파에서 벌떡 일어났다.

내 앞에 마주 선 그는 그대로 가만히 서 있었다. 내 시야엔 키가 큰 그의 셔츠 단추만 들어왔다.

심장이 고장 난 듯 뛰고 있다. 고개를 들어 그의 눈을 올려다볼 용기는 차마 없었다. 읽지 못한 마지막 그 한 마디가 너무 궁금했지만.

쿵 쿵 쿵.

내 심장 소리가 조용한 밤의 거실에 울려 퍼졌다. 그런데 어쩌라고 이렇게, 내 앞에 서 있는 걸까? 주먹을 움켜쥐었다. 미칠 거 같아서. 입안이 바짝바짝 말라 간다.

더는 못 참고 그의 품 안으로 뛰어들까 봐 내 이성의 줄을 잡고 안간힘을 쓰고 있지만, 곧 쓰러질 것 같았다.

그때였다. 그가 팔을 뻗어 나를 끌어당긴 건. 내 몸은 어이없을 정도로 맥없이 그의 품 안으로 쓰러졌다. 넓고 탄탄한 가슴팍에 머리를 기대니 이제 마음이 놓인다.

그는 두 팔로 내 몸을 으스러져라 꽉 안았다. 흡! 숨이 턱 막히며 온몸에 전기가 흘렀다. 머리에서 발끝까지 찌르르.

얼마나 시간이 지났을까. 강하게 감쌌던 팔의 힘을 빼고 그는 한 손으로 다정하게 내 등을 쓸었다. 그 손길에 전해지는 이야기는……. 이 사람 마음도, 나와 같은 걸까?

"내일 아침에 보자. 잘 자, 정다은."

그는 나를 품에서 떼어 내며 말했다. 그리고 살며시 입술을 포갰다.

'아…….'

아까와는 다른 달콤함이었다. 그러나 너무, 짧았다. 그는 얼른 입술을 떼고, 흔들리는 눈빛으로 내 눈을 들여다보다가 긴 한숨을 쉬더니, 그대로 자신의 방을 향해 성큼 걸어가 버렸다. 한 번도 뒤돌아보지 않고.

닫히는 방문을 멀거니 지켜보며, 내 머릿속은 차츰 하얗게 비어 갔다.

아…… 나 어떡하지? 나, 이 사람 사랑하는 거 같아. 진짜, 진짜로.

2 고해

♥♥♥♥♥♥♥♥♥♥♥♥♥♥♥♥♥♥♥♥♥♥♥

이른 아침, 슬리퍼를 끌고 집 앞 편의점에 가서 콩나물을 한 봉지 사 왔다. 매일 아침 나를 위해 그가 준비하던 커피 대신, 오늘 나는 그를 위한 해장국을 끓일 거다.

북어 채를 달달 볶아 육수를 내고, 콩나물을 듬뿍 넣은 시원한 국. 숙취에 좋은 아스파라긴이 많다니 콩나물 뿌리는 다듬지 않고 그대로 넣어야지. 마지막엔 파도 송송 썰어 넣고, 매운 거 못 먹으니 붉은 고추는 아주 조금 넣어 약간 칼칼할 정도로만 맛을 내면 되겠지.

한술 뜨면 속이 찌릿찌릿하며 화악 풀리게 끓여야지. 아주 맛있게. 그가 맛을 보면 엄지손가락을 추켜세우며 말하겠지. 정다은, 짱!

아빠가 과음한 다음 날, 엄마는 잔소리하면서도 꼭 해장국을 끓이셨다. 에이그, 그놈의 술. 좀 작작 마시지. 이기지도 못할 술을 왜 마셔. 자기가 만날 젊은 줄 안다니깐. 착각도 유분수지. 방망이로 북어를 패며 엄마는 랩을 하셨더랬지.

어릴 적 살던 집은 주택이라 누구 눈치 볼 것 없이 드럼 치듯 신나게 팡팡 두드리며 쌓인 스트레스를 푸신 줄 알았는데, 인터넷으로 북엇국을 검색해 보니 북어는 많이 두드릴수록 살이 포실포실 먹기 좋게 부푼단다. 그건 엄마 식의 애정이었던 거다.

식탁에 앉은 머리 희끗희끗한 아빠를 엄마는 팔짱 끼고 째려보면서도 국물 더 드려요, 하고 물으며 연신 국자에 손이 가셨다.

말없이 한 그릇 비워 내신 아빠는 그제야 좀 살겠다는 듯이 트림을 꺼억 하시고 역시 당신 북엇국이 최고야, 엄지손가락을 추켜세우셨다.

그 말에 엄마는 흥, 콧방귀를 뀌면서도 입꼬리가 살짝 올라가는 걸 난 다 봤다.

팔팔 끓인 콩나물 북엇국에 갓 지은 쌀밥, 참기름 한 방울을 톡 떨어뜨려 방금 무쳐 낸 시금치 나물과 도우미 아주머니가 만들어 두신 반찬 몇 가지로 상을 차리며 내심 벼르고 있었다.

나도 오늘은 우리 엄마처럼 한 소리 해 줘야지. 속 안 쓰려요? 먹지도 못하는 술을 왜 그렇게 마셔선, 쯧쯧.

그러나 그는 9시가 다 되어 오는데도 나오지 않았다. 조금 망설이다 그를 깨우러 갔다. 그의 방문 앞에서 노크하려 내밀었던 손을 다시 내렸다.

아, 근데 뭐라고 하지? 도저히 얼굴을 마주 볼 용기가 안 난다. 바로 저 소파에서 일어났던 어젯밤 일들이 눈앞에 펼쳐지자, 얼굴이 화끈 달아올랐다. 그냥 가게나 갈걸. 뭐하러 국은 끓여서…….

벌컥, 문이 열린 건 그때였다.

"어! 저, 저기 밥 먹으라고……. 하도 안 일어나기에."

웬일이냐는 듯 나를 내려다보는 그에게 변명처럼 주절거렸다. 방금 샤워를 마쳤는지 은은한 샴푸 냄새가 났다.

"국 끓여 놨어요. 얼른 와요."

말을 마치고 주방으로 도망치듯 들어갔다. 식탁 위의 국은 이미 식었을 터, 냉큼 냄비에 쏟아붓고 가스를 켰다. 밥도 급하게 다시 푸는데, 그가 주방 입구에 서서 나를 보고만 있다.

"어서 앉아요."

그 말을 기다렸다는 듯 그는 주방 안으로 들어와 내가 밥을 퍼 담은 밥그릇을 받아 식탁에 올렸다. 뜨거운 국그릇도. 언제나처럼.

다시 식탁이 차려지고 그 앞에 멀뚱멀뚱 앉은 우리 두 사람은 말없이 수저를 움직였다. 침묵이 어색해서 뭔가 말을 하고 싶었지만 적당한 말이 생각나지 않아 국물만 홀짝였다.

"말, 놔도 되지?"

다행히 그가 먼저 침묵을 깼다.

"풉! 벌써 놨으면서. 기억 안 나요? 어젯밤에……."

아차, 했지만 이미 말은 입 밖으로 튀어나온 후였다. 어쩌자고 어젯밤 일을 상기시킨 걸까. 다시 얼굴이 화끈거렸다.

"나."

"……."

"생각, 다 난다고."

"……네."

후아, 이럴 땐 무슨 말을 해야 하는 걸까? 할 말이 생각 안 나

콩나물만 씹었다. 아 참!

"국 어때요?"

"맛있어."

그리고 또 침묵. 아, 이건 좀……. 엄마처럼 잔소리 좀 해 보려고 했는데 입이 안 떨어졌다.

역시 애정에도 급수가 있었던 거다.

"너도 놔."

"네?"

"다은아, 너도 말 놔. 부부는 동격이잖아."

"아, 네. 그, 그렇긴 한데, 저보다 5살이나 많은데 어떻게 막 그래요."

"허. 같이 늙어 가는 처지에."

"아니 내가 왜 같이 늙어 가요? 전 아직 이십 대 중반이에요."

피식 웃는 모습을 보니 조금 마음이 편해졌다.

어젯밤엔 술김에 말을 놓은 줄 알았는데, 그건 아니었나 보다.

"말은 천천히 놓을게요. 하지만 열 받게 하면 막 욕할지도 모르니 조심해요."

내 말에 그가 또 쿡 웃었다. 분위기가 많이 풀어진 것이 느껴졌다. 이제 나도 벼르던 말을 해야겠다.

"근데 어젠 왜 그렇게 술을 마셨어요? 술도 잘 못 하면서."

그는 한동안 국그릇 안을 휘젓다 겨우 입을 열었다.

"어젠, 솔직히 겁이 났어. 이제 모든 걸 밝힐 때가 왔는데, 사실대로 말하면 네가…… 나를, 싫어하게 될까 봐."

그는 수저를 놓고 나를 보았다. 흔들림 없는 맑고 투명한 시선이었다. 덜커덕, 내 마음이 내려앉는 소리가 들렸다.

이제 그가 숨겨 왔던 사실을 털어놓으면 우리는 어떻게 되는 걸까? 그 이야기를 듣고도 내가, 우리가, 지금과 같을 수 있을까?

그를 위해 국을 끓이고, 함께 상을 차려 밥을 먹는 평화로운 아침을 다시는 맞지 못할까 봐 무서웠다.

이제 난, 그의 비밀 따윈 궁금하지 않았다. 부부라고 해서 어떻게 상대의 모든 걸 다 알 수 있겠는가. 굳이 다 알아야 할 필요도 없고, 나 역시 내 모든 걸 다 말해 주지 않았는데 그가 왜 그래야 하는가.

난, 알고 싶지 않다. 그냥 이렇게, 지금처럼 이렇게, 그와 마주 앉아 밥을 먹고 싶다. 앞으로도 계속.

"하지만 이제 더는 숨기고 싶지 않아. 다 말할 거야."

"……."

"내 마음, 내 생각, 그리고 너에게 숨겼던 모든 것."

너무나 진지한 그의 목소리에 마음이 무거워졌다. 분명 그의 이야기를 듣고 나면, 모든 게 변해 있을 거다. 그게 두렵다. 이렇게 좋아하는 그를, 이제 사랑하게 된 그를 잃게 될까 봐. 그냥…… 모르고 싶다.

"어! 늦었네. 어머, 얼른 나가야 해요. 오늘 혜수가 바쁜 일 있다고 일찍 좀 나와 달라 부탁했는데 깜빡했네."

내 연기가 너무 서툴렀나 보다. 그가 나를 보는 눈빛을 보니 알 수 있었다.

"바쁘니까 이따가 얘기해요."

끝까지 어색한 연기를 하며 허둥지둥 주방을 빠져나왔다.

마음이 혼란스러웠다. 옷을 챙겨 입는 손이 자꾸 엇나가서 준비가 더뎠다. 대충 준비를 마치고 나가려는데 정원에 그가 서 있었다. 출근 복장은 아닌데.

"갔다 올게요."

"데려다 줄게."

"왜요?"

"산책도 할 겸, 같이 걸으면 좋잖아."

안경을 벗고, 말을 놓고, 또 무얼 어떻게 하려고 이러는 걸까. 갑자기 그가 낯설다. 더 멀어진 거 같다.

"늦었다며? 차로 데려다 줘?"

"아, 아뇨."

혼란스러운 나의 시선을 읽었는가 보다.

"지금은 어색하겠지만, 이게 본래 내 모습이야."

그가 슬그머니 손을 뻗어 내 손을 잡았다.

"가자."

그의 손에 이끌려 거리를 걸었다. 바람이 차갑지만, 그의 손은 따뜻했다.

"이제부터 너에겐 가장 솔직할 거야. 아무런 꾸밈없이 있는 그대로 보여 주고."

"……."

"이따가, 모든 걸 말하면 지금과 같을 순 없겠지만, 결심했어. 처음부터 다시 시작하려고."

그 역시 지금과 같을 순 없음을 알면서, 나에게 말하겠단다. 감춰 왔던 모든 비밀을.

"널 처음 만났던 그때로 돌아갈 수 있다면, 그렇다면 좋겠지만……. 그럴 수 없으니까."

"……."

"내 모습 그대로, 원래의 나인 채로, 다시 너에게 다가갈 거야."

난 아무 말도 할 수가 없었다. 이제 와서 비밀 따위 궁금하지 않으니 알고 싶지 않다고 하면 얼마나 우스울까? 비밀을 알고 나서도 내 마음이 그대로일 수는 없을 텐데, 그 후폭풍을 내가 감당할 수 있을까?

꿋꿋한 척, 씩씩한 척해 왔지만 내 마음속엔 아직도 자라지 못한 어린애가 있었다. 그 어린앤 문을 박차고 비바람 부는 세상 밖으로 나가기 두려운 거다. 지금 마주 잡은 손만으로도 이렇게 따뜻한데, 이 손을 놓고 나 혼자 어떻게 또 견딜까?

"잘 가요."

가게 앞에 다다른 나는, 고작 그 한마디밖에 할 수 없었다.

❈ ✤ ❈

오후에 내 컵케이크 스승인 현주 언니가 가게에 들렀다. 두 아이 때문에 가게는 접고 주로 블로그에서 활동하며 몇 권의 책을 낸 현주 언니는, 새로 낼 컵케이크 책에 대해 편집자와 미팅도 할 겸 나도 볼 겸 우리 가게에서 약속을 잡았다고 했다.

볼일을 끝낸 언니와 차 한 잔을 나누며 모처럼 여유롭게 수다를 떨었다.

"너 무슨 고민 있니? 오늘 보니 예전의 통통 튀던 정다은이 아니네."

"고민은 무슨. 언니, 나도 이제 나이 들었잖아."

"얘 봐. 네 나이, 해 넘겨 봐야 여전히 이십 대 중반이다. 어디서
까부니?"

"흐흐. 언니 앞이니까 좀 까불어도 되지 뭐. 형부는 안녕하시
고?"

"에구, 그 인간 말도 마라. 아주 얼굴만 보면 혈압이 올라, 내가."

말로는 그러지만 나는 안다. 현주 언니가 형부를 얼마나 사랑하
는지. 동갑내기 대학 동창으로 만나 10년의 연애 끝에 결혼에 골
인. 아들 낳고 딸 낳고 사는 7년 차 주부 현주 언니.

17년이라……. 첫 만남 이후 고작 7개월을 조금 넘긴 나로선 상
상이 안 가는 세월이다. 나도 언니처럼 자신감 넘치는 얼굴로 저렇
게 말할 수 있는 날이 올까?

언니의 결혼 생활을 보면, 남들은 모르는 두 사람만의 시간이 차
곡차곡 쌓여 든든한 성을 이룬 느낌이 든다.

분명 그 세월 동안 늘 즐겁고 좋은 일만 있었던 건 아닐 텐데.
그날이 그날 같은 일상 속에서도 가끔은 티격태격 다투기도 하고,
내 것이 아닌 것에 마음 흔들리기도 하고, 울며불며 헤어지자 한
날도 있을 텐데.

언니는 그 시간을 어떻게 견뎌 냈을까? 그런 힘든 시간을 견뎌
내면, 그 어떤 것에도 흔들리지 않을 확고한 사랑이 선물처럼 주어
지는 걸까?

"언니 보면 참 대단해."

"뭐가?"

"어떻게 17년을 한 남자만 바라보고 살았을까. 살아 보니 결혼이란 게 그렇게 간단한 게 아니던데 어떻게 한 남자와 애를 둘씩이나 낳고 7년이나 살았을까. 새삼 존경스럽다."

"얘 뭐라니? 야, 우리 엄만 얼굴 세 번 본 남자랑 결혼해서 40년을 사셨다. 우리 엄마가 이 얘기 들으면 배꼽 잡으시겠네, 하하. 네가 이제 인생을 좀 알아 가나 보다."

"응. 그런 거 같아. 사는 게, 결혼 생활이란 게 쉽지가 않네."

언니는 나를 지긋이 바라보다 말했다.

"다은아, 사람을 아는 데는 시간만 중요한 게 아니야. 오랜 시간 지켜보고 천천히 알아 간 사람이 미덥긴 하겠지만. 근데 그게 다가 아니다? 내가 10년을 연애하고 결혼했다고 해서 그 사람의 모든 걸 다 안다고 생각하면 착각이야. 오만이지."

언니의 말을 듣다 보니 절로 고개가 끄덕여졌다.

"사람은 계속 변해. 물론 변하지 않는 본질이란 건 있지만, 어떤 상대를 만나 어떻게 살아가느냐에 따라 변하게 되어 있어. 화학약품처럼 서로에게만 특별히 반응하는 게 있다는 거지. 내가 그 사람에게 어떤 반응을 불러일으키느냐에 따라 그 사람도, 나도 달라지고 둘이 함께하는 시간도 달라져. 두 사람의 미래도 달라지고."

초등학교 때 과학 시간에 했던 실험이 생각났다. 묽은 요오드 용액을 여러 종류의 흰 가루에 스포이트로 떨어뜨렸을 때, 설탕이나 소금은 아무런 변화가 없었는데 유독 녹말만은 남보랏빛으로 물이 들었다.

요오드 용액과 녹말처럼 서로가 서로에게 변화를 일으키는 관계.

부부나 연인도 그럴 것이다. 아무런 화학반응이 일어나지 않는다면 처음부터 서로에게 끌리지 않았겠지.

그와 나는 서로에게 어떤 영향을 주고받았을까? 이제 피할 수 없는 시간이 다가오는데, 나는 어떤 결정을 내려야 할까?

"언니, 난 그 사람이 요즘 낯설어. 처음에 내가 알았던 사람이 아닌데, 이제 어떡하지?"

현주 언니는 차를 한 모금 마시고 창밖을 내다보았다. 그렇게 한동안 말이 없던 언니가 내 눈을 보며 차분하게 말했다.

"다은아, 그 답은 너만이 구할 수 있어. 다른 사람은 네가 아니잖아. 네가 재민 씨와 함께한 시간은 너 말곤 아무도 몰라. 내 말 무슨 뜻인지 알지?"

"응, 알아."

나와 언니는 다른 듯, 닮은 구석도 많다. 자기 일에 집중하고 자신의 세계를 소중히 여긴다는 점. 남의 일에 크게 관심 두지 않고 자신의 내면에 관심을 기울인다는 점. 그런 점들이 친자매처럼 닮았다.

그런 언니라서 이렇게 부담 없이 내 이야기를 꺼낼 수 있다. 언니는 역시나 이거저거 꼬치꼬치 캐묻지 않고 심플하게 자기 생각만 말했다.

고민이 있을 때 털어놓고 의논할 수 있는 상대가 있다는 게 참 좋다. 내 주위에 이렇게 좋은 사람들이 많은 건 착하게만 살다 가신 부모님 은덕이 아닐까, 가끔 생각한다.

"어떤 결정을 하든지 네가 중심이 되어야 해. 너 자신을 희생하고 상대를 우선시하는 건 가장 어리석은 짓이야. 언닌, 다은이 밑어. 너도 너 자신을 믿어야 해. 알았지?"

"응. 고마워 언니. 근데…… 부부에게 제일 중요한 게 뭘까? 사랑? 정?"

"믿음."

믿음. 우리에겐 없는 그것. 언니의 든든한 성을 쌓는 데 접착제 역할을 한 건 믿음이었구나. 그 수많은 시간을 쌓아 올리는 데 믿음이 없었더라면 작은 충격에도 쉽게 무너져 내렸을 거다.

"다은아. 믿음은 저절로 생기는 게 아니야."

"……."

"두 사람이 만들어 나가는 거지."

언니의 마지막 한마디가 가슴에 박혀, 나는 한참을 고개만 끄덕이고 있었다.

"에그, 언니 입 아프겠다. 과묵한 언니가 이 못난 동생 때문에 오늘 말 많이 했네."

"그러게 말이다. 흐흐."

엄마를 닮은 현주 언니를 보니 오늘은 더 엄마가 보고 싶다.

난 널 믿어. 우리 엄마가 항상 해 주시던 그 말씀. 직접 엄마 목소리로 듣고 싶었다.

저녁 무렵 그에게서 카톡이 왔다.

[퇴근 언제 해?]

[늦어요. 오늘 내가 마감해요.]

혜수를 먼저 들여보내고 혼자 가게를 정리했다. 내일도 아침 일찍 내가 나오기로 했다. 컵케이크는 이미 다 팔려 가게를 열어 둘

필요도 없는데 이곳에 남아 있는 건, 그와의 시간을 피하고 싶어서 였다.

이미 가게 정리를 끝내고 내일 구울 컵케이크 재료도 다 준비해 놓았건만 쉬이 발걸음이 떨어지지 않았다.

똑똑.

유리창을 두드리는 소리에 고개를 돌려 보니 그가 있었다. 하는 수 없이 가방을 챙겨 들고 밖으로 나갔다.

"왜 왔어요?"

"같이 들어가려고. 밥은 먹었어?"

가볍게 고개를 끄덕이고 문을 잠근 후, 그와 함께 걸었다. 그는 잠시 망설이더니 내 어깨를 감싸 안았다. 순간 움찔했지만 그의 팔을 피할 명분이 없었다. 우린 법적으론 부부니까.

그리고 차가운 초겨울 바람 속 그의 품 안은 너무도 따뜻해 피하기 싫었다. 이 따스함을 누릴 시간이 별로 남지 않았으리라 생각하니 서글펐다.

휘이잉—

갑자기 돌풍이 불자 말없이 걷던 그가 자신이 걸치고 있던 목도리를 내 목에 칭칭 둘러 주고 더 깊이 나를 감싸 안았다. 하나도 춥지 않았다. 이 밤길이 끝나지 않고 계속된다면 좋겠다는 바보 같은 생각을, 나는 했다.

하지만 세상 어디에도 끝나지 않는 길이란 없다.

내가 씻고 나올 동안 그는 거실에 따뜻한 차를 준비해 두었다.

"아침에 못 한 말, 해야지."

"알고 싶지 않다면?"

그는 내 눈을 깊숙이 바라보았다.

"알아야 해."

"……."

"용서하든, 벌을 주든, 선택은 네게 달려 있어."

"……이제 와서 이러는 이유는 뭐예요?"

내 마음 깊이 자리 잡은 그를 내치기에 너무 늦어버린 걸 그는 모르는 걸까?

"내가 너를 지킬 수 있을지, 알아보고 준비할 시간이 필요했어."

나를 지킬 수 있는 시간? 대체 이 사람은 무슨 말을 하는 거지?

"그리고…… 그렇게라도 조금 더 네 옆에 있고 싶었던 게 내 솔직한 심정이고."

소파에 앉아 있는 내 앞으로 다가온 그가 무릎을 꿇었다. 그러나 쉽게 입을 열지는 못했다.

그 침묵의 시간이 내게는 형벌과도 같았다.

"내가 처음 너의 가게에 간 건, 우연이 아니라 새아버지의 계략이었어."

무언가 와르르 무너져 내리는 소리가 들렸다. 그건 서툴게 쌓아 올린, 내 가슴속의 위태롭던 성이 허물어지는 소리였다.

❊　✖　❊

아침 햇살이 방 안 가득 퍼질 때쯤에야 겨우 눈을 떴다. 두통이 밀려왔지만, 어젯밤의 기억들은 선명했다.

어제의 나는 술에 취해 비겁하지는 않았던가? 감정에 빠져 너무 성급하지는 않았던가?

되짚어 보았지만, 시간을 되돌리더라도 또 그리할 게 분명했다. 억눌러 왔던 그녀에 대한 감정을 더는 눌러 담을 여백이 내 마음엔 조금도 남아 있지 않았으니까.

샤워를 마치고 나가자 문 앞에 그녀가 서 있었다. 국을 끓여 뒀다며 그녀는 주방으로 황급히 들어갔다. 뭔가 허둥대는 모습과는 달리 그녀의 북엇국은 완벽했다. 하지만 그녀의 음식 솜씨를 찬양하기 전에 우리에겐 짚고 넘어가야 할 문제가 있었다.

"말, 놔도 되지?"

"풉! 벌써 놨으면서. 기억 안 나요? 어젯밤에……."

어젯밤, 그녀는 나에게 모든 걸 말해 달라고 했다. 그러나 왠지 그래선 안 될 것 같았다. 어제는 두 사람 모두 감정에 휩싸여 이성을 잃고 있었으니까.

"근데 어젠 왜 그렇게 술을 마셨어요? 술도 잘 못 하면서."

"어젠, 솔직히 겁이 났어. 이제 모든 걸 밝힐 때가 왔는데, 사실대로 말하면 네가…… 나를, 싫어하게 될까 봐."

그녀에 대한 마음을 뒤늦게 깨달았지만, 내 감정보다는 그녀의 안전이 더 중요했다. 나보다 몇 십 배는 강한 강 회장에게서 그녀를 온전히 지키기 위해선 내가 떠나는 게 맞다 생각했다.

그러나 떠나더라도, 사랑하는 그녀에게 좋은 사람으로 기억되고 싶은 마음은 나를 겁쟁이로 만들었다. 모든 걸 털어놓은 후, 그녀가 보낼 경멸의 시선이 두려워 움츠러들었다. 내가 사랑하는 그녀가 나를 싫어하게 된다는 건, 내겐 가장 큰 형벌이니까.

"하지만 이제 더는 숨기고 싶지 않아. 다 말할 거야."

그녀의 눈을 보며 흔들림 없이 말했다.

"내 마음, 내 생각. 그리고 너에게 숨겼던 모든 것."

숨겼던 모든 것은 말할지라도 뒤늦게 안 내 마음은 말하지 않으려 했었다. 어차피 이루어지지 못하리라 생각했으니까. 그러나 어젯밤 그녀와의 입맞춤 이후 나는 달라졌다. 자꾸만 욕심이 났다. 나의 그녀를 내 것으로 하고 싶다고.

"어! 늦었네. 어머, 얼른 나가야 해요. 오늘 혜수가 바쁜 일 있다고 일찍 좀 나와 달라 부탁했는데 깜빡했네."

그녀는 갑자기 수선을 피우며 의자에서 일어났다. 그런 그녀의 눈을 가만히 바라보았다.

아마도 그녀는 겁이 나는가 보다. 하지만 이제 더는 미룰 수 없다는 걸, 그녀도 알고 있겠지.

그녀를 데리러 갔었다. 갑자기 밤바람이 매서워져 목도리를 걸치고서.

사실은 그 목도리를 그녀에게 바로 둘러 주고 싶었는데 어색해서 그러지 못했다. 그녀에 대한 감정에 이름을 붙이고 나서, 그녀에게 욕심이 생기고 나서, 자꾸 난 어린애처럼 쭈뼛거리게 된다.

망설이다 그녀의 어깨에 팔을 둘렀고, 돌풍이 불자 겨우 목도리를 둘러 줬다. 지금 가장 두려움에 떠는 사람은 아마도 그녀가 아니라 나일 것이다. 어쩌면 오늘 이후 그녀를, 그녀의 마음을, 영원히 잃어버릴지도 모르니까.

11월의 차가운 밤거리를 서로의 체온에 의지해 돌아온 우린, 피할 수 없는 시간을 맞이하게 되었다. 따뜻한 차를 준비하며 마음속으로 간절히 빌었다. 그녀와 마주 앉아 차를 마시는 나날들이 앞으로도 계속되기를.

소파에 앉아 창백한 얼굴로 내 말을 듣고 있던 그녀가 물었다.

"……이제 와서 이러는 이유는 뭐예요?"

"내가 너를 지킬 수 있을지, 알아보고 준비할 시간이 필요했어."

그렇게라도 조금 더 그녀 곁에 머물고 싶었던 내 어리석은 마음을 고백하며 그녀 앞에 무릎을 꿇었다.

"……내가 처음 너의 가게에 간 건, 우연이 아니라 새아버지의 계략이었어."

차마 그녀의 얼굴을 볼 수 없어 고개를 숙인 채, 새아버지의 계략과 나의 잘못을 담담하게 털어놓았다. 자꾸 자신을 합리화하려는 방어본능을 누르고 최대한 객관적으로 말하려고 노력했다.

모든 걸 털어놓고, 얼마의 시간이 흘렀을까.

"그게…… 다예요?"

적막을 깨고 그녀의 목소리가 들려왔다. 그제야 나는 고개를 들어 그녀를 보았다. 표정을 잃은 얼굴엔 눈물이 하염없이 흐르고 있었다. 초점 없는 눈동자는 자신이 울고 있다는 사실조차 모르는 것 같았다.

"다은아……."

뭐라 말하고 싶었지만, 목소리가 나오지 않았다. 그녀의 눈물을 닦아 주고 싶었지만…… 내게 그럴 자격이 있을까? 그러나 어느새 나의 손은 그녀의 뺨에 흐르는 눈물에 닿아 있었다.

"비켜!"

그녀의 목소리엔 아무런 감정이 실리지 않았지만 내치는 손길은 매서웠다.

"다은아, 미안해."

지금 내가 그녀에게 할 수 있는 말은 더는 없었다. 언어란, 감정을 제대로 전하기엔 너무도 부족한 도구란 걸 새삼 느끼며 절망할 뿐. 나 때문에 이런 고통을 겪어야 하는 그녀가 그저 안쓰럽고 걱정됐지만 무슨 말을 어떻게 해야 할지 모르겠다.

나에게 눈길조차 주지 않는 그녀는 흐르는 눈물도 의식하지 못한 채 그대로 일어나 자신의 방으로 들어가 버렸다.

"저리 가!"

나지막하지만 또렷한 그녀의 마지막 음성을 나는 분명히 들었다.

차갑게 닫힌 문을 사이에 두고 이 밤은 더디게 흘러갔다.

3 바보

♥♥♥♥♥♥♥♥♥♥♥♥♥♥♥♥♥♥♥♥♥♥♥♥

하! 뭐라고? 지금 뭐라고 했어요? 나를, 이용하려 했다고? 거짓말! 거짓말하지 마.

그러나 그 어떤 말도 입 밖으로 흘러나오지 않았다. 그냥 멍하니 앉아 고개를 숙인 그를 내려다보고 있을 뿐.

미국에 있는 그의 계부가 저지른 기업의 불법로비 문제가 언론에 오르내리면 동생의 약혼이 성사되기 힘들까 봐, 한국에 와서 나에게 접근했다고 한다.

뭐? CIA? 국정원? 듣고도 무슨 말인지 도무지 이해가 안 갔다. 나와는 완전히 동떨어진 세상에 사는 사람들의 뜬구름 잡는 이야기였으니까.

"하지만 내가 널 좋아한 건, 나도 늦게 깨달았지만…… 처음부터였어. 그리고 이제 너를……."

촉촉이 젖은 음성으로 그가 어렵게 한 마디 한 마디를 이어 가고 있었다. 그러나 그의 목소리는 안으로 잠겨 가고, 더는 들리지 않았다.

"그게…… 다예요?"

시간마저 멈춘 듯 고요한 거실에 내 목소리가 울렸다. 분명 내 입에서 나오는 소린데, 낯선 이의 음성인 양 귀에 설었다.

"다은아……."

겨우 고개를 들고 날 쳐다보던 그가 내 이름을 불렀다. 그는 떨고 있었다.

왜요? 왜 이제 와서. 어차피 거짓이었다면 그냥 떠나지, 왜?

애타는 눈길로 지켜보던 그가 갑자기 손을 뻗어 내 뺨을 만졌다. 이런 와중에도 그의 손길이 너무 따뜻해서 가슴이 설레었다. 그러나 마지막 남은 자존심을 쥐어짜 그의 손길을 뿌리쳤다.

"비켜!"

그의 눈엔 물기가 스며 있었다.

"다은아, 미안해."

미안해, 미안해, 미안해. 미안하다는 말, 그만하라고. 이제 와 그렇게 불쌍한 척하지 마.

그런 슬픈 눈길로 쳐다보면, 내가, 어떻게 해야 하는데?

"저리 가!"

비틀거리는 나를 부축하려는 그에게 차갑게 내뱉고 방으로 들어가 문을 닫았다. 급작스레 피로가 엄습해 와 침대에 쓰러지듯 누웠다. 우두커니 천장을 올려다보았다. 세상이 온통 뱅글뱅글 돌고 있었다.

억지로 눈을 감았다. 머릿속이 터질 듯 복잡할 땐 일단 잠을 푹 자고, 그리고 일어나면 기운 내서 밥을 먹고, 그리고…… 그리고 뭘 해야 할까?

내일이 오지 않았으면 좋겠다.

❊　❊　❊

새벽, 현관문을 열자 어둑한 빌라의 화단이 온통 희끗희끗해서 첫눈이 온 줄 알았다. 그러나 잔디와 나뭇가지에 하얗게 내린 건 눈이 아니라 서리였다.

싸한 겨울 냄새가 코를 찌르르 자극했다. 길게 늘어진 목도리를 한 번 더 감아 질끈 묶고 어두운 거리로 나섰다.

새벽바람은 밤바람보다 늘 더 차게 느껴진다. 새벽어둠은 왜 이렇게 짙을까? 거리에 드문드문 늘어선 가로등들은 내 그림자를 만드는 것 말곤 딱히 할 일이 없어 보였다. 타박타박. 인적 없는 새벽 거리에 내 발걸음 소리만 뒤따라왔다.

골목을 벗어나 큰길가로 나왔다. 넓은 대로엔 차들이 뜸했다. 첫차인 듯 텅 빈 버스가 정류장에 멈춰 섰다. 멍하니 바라보고 있는 사이 버스는 나이 든 아주머니 한 분만 태우고 바쁘게 떠났다.

저 아주머니는 이 새벽, 버스를 타고 어디로 가는 걸까? 나도 그 버스를 탈 걸 그랬나? 어디로 가는 버스인지는 몰라도, 무작정 떠나 볼걸…….

가게 문을 열쇠로 열고 들어가 불을 켰다. 블라인드는 내려진 채로 두고 문을 잠갔다.

드디어 아무도 없는 나만의 공간에 들어온 것이다. 후, 나도 몰래 한숨이 나왔다. 그래도 속이 답답한 건 여전했다.

벽에 걸린 시계의 바늘은 4시 35분을 가리키고 있었다. 이렇게 이른 시각에 가게에 나온 건 처음이었다. 보통은 아무리 빨라도 7시경에 와서 8시에 문을 연다. 결혼 후에는 그나마도 대부분 혜수가 했었다.

작업 가운을 걸치고, 연한 아메리카노를 한 잔 만들어 홀짝홀짝 마셨다.

우리 가게 커피가 원래 이런 맛이었었나? 원두를 바꿔야겠다. 너무 써.

반 남은 커피를 개수대에 부어 버리고 작업대 앞에 섰다. 어제 준비해 둔 재료들을 섞어 반죽해야지. 정성 들여 반죽을 하다 보면 잡념이 사라져서 좋다.

오븐을 켜서 예열하고 커다란 볼에 달걀을 깼다. 실온에 미리 꺼내 둔 버터를 스탠드믹서로 부드럽게 풀다가 설탕을 넣어 가며 하얗게 되도록 저었다. 거기에 달걀을 조금씩 넣어 분리되지 않게 빠르게 섞었다.

어제 계량해서 미리 체에 쳐 둔 밀가루와 베이킹파우더를 한 번 더 체에 걸렀다. 여러 번 체에 치면 가루 입자 사이사이에 공기가 들어가 더 부드러운 케이크가 된다.

버터와 설탕, 달걀이 잘 섞인 볼에 가루를 넣어 주걱으로 가볍게 섞고 우유도 넣었다. 줄기를 반 갈라서 긁어낸 바닐라빈을 넣어 섞으면 이제 반죽이 끝난다.

툭!

어디선가 물 한 방울이 반죽에 떨어졌다. 뭐지?

투두둑.

물방울이 연신 떨어져 내렸다. 다 된 반죽에 떨어진 건 눈물이었다.

아, 어떡해! 다 버려야 하잖아. 이 아까운 걸.

갑자기 맥이 탁 풀려서 바닥에 주저앉아 버렸다. 그리고 애써 만든 반죽을 버려야 하는 게 아까워서, 너무 아까워서…… 그래서 울었다.

버터도 달걀도 우유도 아깝다. 여러 번 체에 친 밀가루도 아깝다. 아니 그보다 그 안에 든 시간과 정성과 내 마음이 아까워서 울었다. 그것까지 다 버려질 테니까…… 속이 상했다.

눈물은 멈추지 않고 흘러내렸다. 이러다 몸 안의 수분이 다 빠져나갈지도 모르겠지만…….

한참을 그렇게 울었던 것 같다.

아침 손님들을 맞으려면 케이크를 다시 구워야 한다는 생각이 문득 들었다.

난 벌떡 일어나 망친 반죽을 잔반통에 아낌없이 쏟아부었다.

버리지 않으면, 새것을 담을 수 없으니까.

새로 반죽을 만들고, 오븐에 굽고, 크림을 바르고, 장식을 올리고, 예쁘게 진열하고, 테이블을 정리하고, 가게 문을 열고, 그리고…….

그리고 난…… 어제와 다를 바 없는 일상을 살아갈 것이다.

새벽부터 가게에 나와 일을 해선지 오늘 하루는 유달리 길었다. 그래도 바쁘게 움직이면 기분이 조금씩 나아지니까 몸을 쉴 수가 없다.

"언니, 오늘 왜 이렇게 몸을 혹사해? 그러다 병나겠어요."

모든 업무를 마무리 짓고 가게 뒷정리를 하며 혜수가 걱정스레 말했다.

"응? 내가 그랬나?"

"요즘 좀 이상하긴 했지만, 오늘은 특히 그러네."

"음. 부부싸움 해서 머리가 좀 복잡해."

호기심 많은 혜수에겐 뱅뱅 돌려 말하기보단 직구가 낫다.

"언니네도 부부싸움을 해?"

"부부싸움 안 하는 부부도 있니?"

"그래도 언니바보인 형부가 먼저 화낼 리는 없고. 언니가 시비를 걸었겠지?"

"아이고. 애들은 몰라요. 너도 나중에 결혼해 봐. 해 보고 말하자?"

"형부 술 많이 마셨다고 언니 화난 거야? 그저께 밤에 말이야."

"야! 너 먼저 들어가. 쪼끄만 게 별걸 다 알려고 하네."

내가 버럭 소리를 지르자 혜수는 꼬리를 내리는 척 애교를 떨었다.

"내일은 내가 일찍 나올게. 언닌 천천히 나와요. 언니 아프면 나만 손해니까."

"알았어. 조심해서 들어가. 얼른."

매일 부대끼며 동고동락하는 처지라 혜수와 난 둘만 있을 땐 사장과 직원의 관계가 아니라 자매처럼 서로를 챙기고 보듬는다. 늘 이처럼 좋은 사람들만 주변에 있다고 생각했는데…….

혜수가 간 후, 블라인드를 내리고 문을 잠갔다.

다시 나 혼자다. 아무도 없는 곳에 혼자 있는 게 좋다. 어떤 생각도, 섣부른 결정도 강요받지 않고 멍하니 있을 수 있어서.

이 세상에 답이 똑 떨어지는 문제만 있나? 어떻게 해야 할지 모를 땐, 그냥 가만히 있어도 되잖아. 빨리 답을 적지 못하고 미적거린다고 눈치 주지 마. 나도 지금은…… 아무것도 모르겠다고.

똑똑!

누군가 문을 두드렸다.

그 사람일 거다. 아침에도 저녁에도 밖에서 슬쩍 보고 간 거, 나 다 알고 있는데.

"왜 왔어요?"

누군지 확인도 안 하고 문을 열어 주며 퉁명스럽게 말했다.

"너 보고 싶고, 걱정돼서."

대답 없이 냉소적으로 웃는 나를 그가 빤히 들여다본다.

"늦었어. 집에 가자. 가서……."

"안 가!"

"다은아……."

영혼이 빠져나간 퀭한 눈빛으로 그가 날 보고 있다.

"나 이제 그 집에 안 가."

"……."

"낮에 간단히 짐 싸서 내 아파트에 가져다 놨어요."

충격이 컸는지 그는 아무 말도 못 하고 파르르 떨고 있었다.

"당분간 떨어져 지내요. 그리고……."

그의 상처받은 눈빛에 가슴이 아렸지만, 상처 딱지를 야멸치게 떼어 내듯 또박또박 힘주어 말했다.

"우리 사이, 정리해요."

딱지를 떼어 낸 상처에선 피가 줄줄 흐르는데도 아픔과 함께 묘한 쾌감마저 느껴졌다.

"그만 가요."

멍하니 서 있는 그를 쳐다보지도 않고, 가방을 챙겨 문을 향해 걸어갔다.

"다은아."

다급하게 부르는 그의 음성보다 그의 손이 먼저 내 어깨에 닿았다.

"할 말 있으면 해요."

얼굴을 보면 눈물이 날 거 같아 뒤돌아보지 않고 싸늘하게 말했다.

시간이 멈춘 줄 알았다. 내 어깨에 손을 올린 채 그대로 정지해 있던 그가, 한 걸음 다가와 와락 나를 껴안자 멈췄던 시간이 다시 흘렀다.

"나는, 너 없인…… 못 살아."

등을 통해 느껴지는 그의 체온은 따스했고 그의 목소리는 젖어 있지만 진실했다. 아니, 진실한 것처럼 들렸다.

나는 이제, 내 느낌을 믿을 수가 없다. 다른 누구보다 나 자신을 믿을 수가 없다.

"처음부터 다시 시작하자, 우리. 한 번만 나에게 기회를 주면 안 되겠니?"

너무도 절박한 목소리에 숨이 막혔다. 그는 낮게 흐느끼고 있었다.

응, 그래요. 다시 시작해요, 우리. 맨 처음부터 다시.

뒤돌아서서 그의 넓은 품에 안기고 싶다. 그의 목에 팔을 두르고 입맞춤하고 싶다. 그날 밤처럼, 그의 눈물을 닦아 주고 싶다.

하지만 그래선 안 된다. 지금 나는, 사랑에 빠져 눈이 멀었으니까. 또다시 실수한다면…… 회복이 쉽지 않을 거다. 어쩌면 평생. 그래서 가슴을 꽁꽁 여며야 한다. 아무도 들어오지 못하게.

뒤에서 나를 감싼 그의 탄탄한 팔을 잡았다. 굳건한 빗장처럼 풀리지 않을 것 같았는데 내가 힘을 주자 맥없이 풀려 버렸다.

바보…….

"가요."

차갑게 내뱉고 그대로 가게를 나와 버리자 그도 따라 나왔다.

"다은아, 제발. 집으로 가자. 응?"

내가 가게 문을 잠그는 동안에도 그는 애원했지만, 내 마음을 돌릴 수는 없었다.

"엄마! 아빠! 나 왔어요."

텅 빈 아파트에 불을 켜고 들어서며 괜히 호들갑을 떨었다. 현관 앞 콘솔에 놓인 사진 속 부모님이 환하게 웃으며 반겨 주셨다. 내가 중학교 때, 좋은 학교 보내시겠다고 무리해서 이사 온 아파트였다.

부모님이 돌아가신 후에도 생전 그대로 아무것도 손대지 않고 살았던 집이라 차마 이곳을 정리하지 못했다. 가끔 들러 환기도 시키고 청소도 하며 부모님과의 추억을 되새기곤 했는데, 이럴 때 돌아올 곳이 있다는 게 얼마나 다행인지.

샤워하고 거실에 앉아 다용도실에 달랑 하나 남아 있던 500ml 맥주 캔을 땄다. 맥주도 유통기한이 있나? 조금 찝찝했지만 먹어 보니 맛이 괜찮았다. 날이 추워진 덕분에 냉장고 안에 둔 것처럼 시원하기까지 했다.

32평 평범한 아파트 거실엔 텔레비전이 없는 대신 한쪽 벽면 가득 붙박이 책장이 있고 다른 벽엔 커다란 그림이 한 점 걸려 있다.

그리고 소파와 미니 오디오가 놓인 작은 콘솔. 콘솔 위엔 액자가 주르륵 놓여 있다. 맥주를 홀짝이며 콘솔 위의 사진들을 봤다.

부모님 결혼 사진, 두 분 연애할 때 사진, 이건 내 돌 사진. 초등학교 입학식 땐 왜 울었지? 눈이 부었네. 이건 대학교 입학식 때네. 부모님 사이에서 함박웃음을 짓고 있는 스무 살 정다은.

저 땐 뭐가 저리 좋았을까? 하긴, 저 때만 해도 이런 날이 올 거라곤 꿈에도 생각 못 했으니까. 스무 살에 부모님 잃고, 스물다섯에 이혼녀 되고. 흐흐, 내 인생은 왜 이렇게 파란만장하지?

응? 엄마! 말 좀 해 봐. 아빠! 이게 다 아빠 때문이라고요. 왜 아빠는 그렇게 오지랖이 태평양이야? 그냥 지나가지. 왜 그랬어, 왜?

목숨 바쳐 남 도와주고, 정작 아빠 딸은 왜 혼자 남겨 둔 건데. 지금 나 보고 있어요? 엄마 아빠 살아 계셨으면 나, 이렇게 안 됐잖아.

다 내 탓인 거 알지만, 그래도 괜히 떼를 써 보고 싶었다. 부모님과 살 땐, 난 만날 투정 부리는 외동딸이었다. 만약 부모님이 살아 계셨다면, 오늘처럼 힘든 날은 친정에 와서 엄마 붙잡고 하소연

했을 테지. 아빠는 무조건 내 편이셨을 테고.

아니다. 부모님이 살아 계셨다면 강재민이 나한테 애초에 접근할 일도 없었을 테고, 그렇게 불쑥 결혼 따위 하지 않았겠지.

이런, 다 마셨네.

아파트 앞 큰길에 편의점이 있다. 가까운 거리지만 실내복 위에 긴 패딩 코트를 걸쳐 입고 목도리를 둘둘 감고 장갑을 끼고 맥주를 사러 나갔다. 바람이 쌩하니 매섭게 불었다.

아 참! 강재민. 아직 안 갔을지도 모르니까 조심하자.

아파트 현관 앞에서 두리번두리번 주위를 살폈다. 아까 가게에서부터 그가 내 뒤를 졸졸 따라왔었다. 물론 집이 같은 방향이지만 아파트 단지 안까지 따라왔다는 걸 난 알고 있었다.

뭐 내가 집에도 못 갈까 봐 따라온 거야? 아니면 밤이라 위험할까 봐? 흥. 이봐요, 강재민 씨. 나한텐 당신이 더 위험한 사람이라고요.

다행히 그는 없었다. 다행이다 싶으면서도 왠지 허전하기도 했다. 터덜터덜 걸어 편의점에 가 맥주 두 캔과 새우깡 한 봉지, 생수와 우유 한 병을 샀다. 오늘은 술기운을 빌려서라도 푹 자고 싶다.

그러고 보니 그저께부터 잠을 제대로 못 잤다. 몸은 물먹은 솜처럼 무거운데 정신은 바늘처럼 곤두서 있다. 얼른 집에 가서 맥주를 원샷하고 쓰러져 자야겠다.

내가 사는 101동 앞엔 어린이 놀이터가 있다. 현관에서 나오면 잘 보이지 않는 벤치가 단지 입구에서 걸어 들어갈 땐 바로 보인다.

거기, 그가 있었다. 벤치에 우두커니 앉아 있는 저 사람은 분명 강재민이다. 그가 올려다보는 저곳은, 307호.

바보.

갑자기 눈물이 뺨을 타고 흘렀다. 너무 차가운 겨울바람 때문에. 나는 눈물을 쓱 훔치고 아파트 현관으로 들어갔다.

✠　✚　✠

"교수님."

"어?"

"식사 안 하세요?"

교수 식당에서 마주 앉아 점심을 먹던 조교 이 군이 난처한 표정으로 건너다본다.

"아, 먹어야지."

황급히 수저를 들고 묵묵히 밥을 먹었다. 입안 가득 모래알이 굴러다니는 느낌이다.

"저, 교수님."

잠시 후 이 군의 조심스러운 목소리에 퍼뜩 고개를 들었다.

"음?"

"반찬도 드셔야죠."

내려다보니 밥그릇은 거의 비어 가는데, 젓가락은 한 번도 들지 않았다.

"어, 그래."

그제야 젓가락을 쥐고 깍두기를 하나 집었다.

"많이 피곤해 보이세요."

그런 날 보는 이 군의 표정에 걱정의 빛이 역력했다.

"아니, 뭐 좀 생각하느라고."

어색하게 웃으며 둘러댔지만, 요즘 들어 이런 일은 일상다반사다. 강의실이나 연구실에선 기계처럼 일에 몰두하다가, 일상으로 돌아오면 이처럼 넋 나간 듯 행동해 주위 사람들의 걱정을 산다.

"오늘은 일찍 들어가서 좀 쉬세요. 요 며칠 너무 일을 많이 하셔서 힘드신 거 같아요."

"음. 오늘은 모두 일찍 들어가지."

대답은 그렇게 했지만, 집에 들어가기 싫다. 이제 그녀가 없는 텅 빈 집엔.

"형부, 안 들어오고 거기서 뭐 하세요?"

행복한 컵케이크의 매니저 혜수 양의 발랄한 목소리에 정신을 차리고 보니, 그녀의 가게 앞이었다. 나도 모르게 내 발길은 오늘도 그녀의 가게 앞에 멈춰 서 있었나 보다.

"아……!"

"언니 지금 없는데. 금방 올 거예요. 잠깐 요 앞에 볼일 있어서 나갔는데 올 시간 됐어요."

혜수 양이 문고리를 잡고 내가 들어오길 기다리고 있어 하는 수 없이 안으로 들어갔다. 창가 좌석에 털썩 주저앉아 창밖을 하릴없이 내다보고 있는데 혜수 양이 커피와 컵케이크를 가져다 앞에 놓는다.

"얼굴이 너무 안 좋으신데, 어디 아프신 거 아니에요?"

오늘만 해도 이 소리를 몇 번 들었는지 모르겠다. 며칠 잠을 설 쳤기로서니 내 얼굴이 그렇게 맛이 갔나?

"일이 많아서요."

"일도 건강 생각하시며 하세요. 언니도 요즘은 너무 일만 해서 걱정인데."

다은아…….

갑자기 명치끝이 욱신거렸다.

혜수 양이 카운터로 돌아간 후 뜨거운 커피를 한 모금 마시고 거 리를 향해 시선을 돌렸다. 갑자기 차가워진 늦가을 날씨에 거리를 걷는 사람들의 옷차림이 두툼해진 게 확연히 눈에 띈다.

찬 바람이 부는 거리에 오고 가는 많은 사람을 보고는 있지만, 내 망막에 맺히는 상은 없었다. 바람처럼 물처럼 그들은 그저 흘러 가고 있었다. 멍하니 그 물결을 응시하고 있는데 문득 시야에 맺히 는 점 하나.

그녀였다.

초겨울 해는 급히도 기운다. 어둑해지는 거리, 오가는 사람의 물 결 속에 작은 물고기처럼 그녀가 홀로 떠 있다. 횡단보도 건너편 신호등 아래 서 있는 그녀가 내 눈엔 바로 앞에 있는 것처럼 확대 되어 보였다.

신호가 바뀌었다. 이편의 사람들이 일제히 썰물처럼 몰려가고, 저편의 사람들이 밀려온다. 그러나 그녀는 움직이지 않았다. 숨조 차 쉬지 않는 것처럼 고개를 숙이고 멈추어 있다.

다은아…….

문을 박차고 달려가고 싶다. 어두워지는 거리에 외로운 섬처럼 떠 있는 그녀에게.

다은아, 다은아!

손을 뻗어 그녀를 어루만진다. 너무 작아 하나의 점이 되어 버린 그녀를.

몇 번의 신호가 바뀌고 어둠이 짙어진 거리에 가로등이 켜진 후, 비로소 그녀는 길을 건넜다. 나의 손은 점점 커지는 그녀의 실루엣을 좇았다. 검지 끝에 그녀의 머리카락이 걸리고 그녀의 이마가 만져졌다. 그녀의 여린 어깨, 가는 팔목을 지나 작은 손을 쓰다듬었다.

이런 날 장갑도 끼지 않고……. 그녀의 손은 또 꽁꽁 얼어 있을 거다.

찬 바람이 불어 거리에 뒹구는 낙엽을 몰고 지나가며 그녀의 머리카락을 헝클어 버린다. 헝클어진 머리를 빗기듯 쓰다듬어 본다. 손가락 끝에서 그 밤, 내 무릎을 베고 누웠던 그녀의 머리카락 감촉이 되살아났다.

그녀가 한 걸음씩 다가올수록 어두운 표정이 드러난다. 가로등 불빛이 비친 창백한 볼을 만지던 손가락이 섬세한 콧날을 지나 옴폭한 인중을 쓰다듬고 도톰한 입술에 닿았다. 그리고 유리창 앞에 멈춘 그녀의 시선과 부딪혔다.

그녀의 눈가가 붉었다. 나를 보고 있지만, 표정 없는 텅 빈 동공이…… 아프다.

울었니, 다은아?

엄지손가락으로 하얀 볼에 얼룩진 눈물 자국을 닦아 주었다. 차가운 유리창을 사이에 두고.

"왜 왔어요?"

혜수 양이 먼저 퇴근하고 가게에 단둘이 남자 그녀가 내게 다가
와 말했다.

"그냥."

그냥, 네가 보고 싶어서.

그냥, 네가 걱정돼서.

나도 모르게 내 발이 이곳으로 와 버렸네, 그냥.

후, 짧은 한숨을 내뱉은 그녀가 차갑게 말했다.

"앞으로 오지 마세요."

"……."

왜 이렇게 얼굴이 야위었냐고, 밥은 먹었냐고 묻고 싶었지만 냉
랭한 그녀의 태도에 차마 입이 떨어지지 않았다.

"얼굴이 왜 그래요?"

"음?"

"밥, 제때 먹고 다녀요."

생각해 보니 아까 점심에 이 군과 먹은 밥이 오늘 먹은 유일한
끼니였다.

"넌?"

"내 걱정은 안 해도 돼요."

그녀의 목소리는 얼음처럼 차가웠다.

심장이 아릿하게 조여 온다. 신호가 바뀐 줄도 모르고 신호등 아
래서 울고 있던 널, 넋이 나간 사람처럼 인파에 떠밀려 걷던 널, 유

리창 앞에 서서 초점 없는 눈으로 날 보던 널. 내가, 어떻게 걱정을 안 할 수가 있니.

"밥 잘 먹고, 잠 잘 자고…… 다은아."

"하, 참."

그녀의 입술이 냉소적으로 비틀렸다. 그러나 맑던 눈이 또 빨개진다. 꽉 쥔 주먹이 파르르 떨린다. 나도 모르게 손을 뻗어 그 작은 주먹을 잡을 뻔했으나, 그녀가 등을 휙 돌려 가는 바람에 그러지 못했다. 텅 빈 손을 다시 거두어들이며 쓰게 웃었다.

4 첫눈

♥♥♥♥♥♥♥♥♥♥♥♥♥♥♥♥♥♥♥♥♥♥♥♥♥

　　이제 일주일 후면 12월이다. 크리스마스 시즌을 앞두고 내 마음은 더 바빠졌다. 올 크리스마스엔 어떤 케이크를 선보일까? 똑같은 케이크라도 어떤 크림을 바르고 어떻게 장식하는가에 따라 무궁무진한 변화를 줄 수 있어서 늘 이 작업이 설레고 재밌다.

　　하얀 크림 위에 빨간 체리를 얹고 막대 초콜릿으로 뿔을 만들어 꽂은 '루돌프 사슴 코'는 우리 가게 12월 대표 상품이다. 이런 스테디셀러 말고도 늘 몇 가지의 신상품을 개발해서 진열장을 채우는 게 나의 크리스마스 연례행사이다.

　　"언니, 우리 오늘 크리스마스 장식 할래요?"

　　아침에 만들어 뒀던 케이크에 크림을 바르며 혜수가 물었다.

　　"벌써?"

　　떠오르는 아이디어를 스케치하다 연필을 멈추고 반문했다.

　　"뭐가 벌써야? 지금이 진짜 크리스마스 기분 낼 때잖아."

"하긴."

하긴, 그렇다. 12월이 다가오면, 크리스마스와는 아무 상관도 없는 사람들마저 괜히 마음이 들떠서 크리스마스트리를 꾸미고, 카드를 사고, 여행 계획이나 데이트 약속을 잡느라 분주하지만, 막상 크리스마스가 지나면 모든 게 시들해져 버린다.

특히나 치우지 못한 크리스마스 장식은 하루아침에 촌스럽고 유치하다 못해 집주인을 게을러 보이게까지 하는 요물로 전락해 버리니 참, 사람 마음이 간사한 건지.

그래서 우리 가게는 12월 25일엔 영업이 끝나면 가게 문을 닫고 장식을 싹 걷어치운다. 어차피 치울 거, 들인 공이 아깝다고 연말까지 놔둬 봐야 가게 이미지에 득 될 게 하나 없다. 괜히 미련해 보일 뿐이지. 내 사전에 '미련'이란 없다, 되뇌며 치울 건 한시라도 빨리 치워 버리려고 한다.

"오늘은 좀 그렇고, 내일 일 끝나고 하자. 장식, 창고에 있지?"

"네."

"아 참! 나 터미널 좀 갔다 올게."

"지하상가?"

"응. 올해 나온 크리스마스 장식 좀 사고, 구경하면서 아이디어도 얻게."

"부디 그러세요. 언니 요즘 너무 가게에만 틀어박혀 있었어."

"내가 그렇지 뭐. 일이 제일 재밌는데 어쩌라고?"

"일이 젤 재밌으면 어떡해? 아직 신혼이면서. 형부가 가게 찾아와도 본 체도 안 하고. 언니 이럴 때 보면 좀 독하다."

내 아파트로 거처를 옮긴 후, 그는 매일 가게로 찾아왔다. 주로 늦은 밤 가게 문 닫을 시간에 와서 나를 기다렸다. 혜수가 있을 땐 될 수 있으면 티를 안 내려고 했지만, 눈치 빠른 혜수가 내가 그에게 차갑게 구는 걸 모를 리가 없지. 그는 내가 눈길조차 주지 않아도 묵묵히 기다리다 집에 가는 내 뒤를 따라왔다.

"음. 나 원래 독해."

"아무리 독해도 그렇지. 형부가 뭔 죽을죄라도 지었어? 왜 그리 쌀쌀맞게 구는데? 다른 여자들 같음 그 멋진 얼굴만 봐도 너의 죄를 사하노라, 소리가 저절로 나올 텐데."

"그래, 다 내 탓이로소이다. 됐냐? 갔다 올게."

말이 더 길어지면 안 될 거 같아 딱 자르고 가게를 나왔다. 가게 앞 정류장에서 터미널 가는 버스를 탔다. 주차도 힘들지만 차 가지러 집까지 가는 게 더 귀찮으니까 이럴 땐 버스를 타는 게 낫다. 혹시 짐이 많아지면 올 땐 택시 타면 되는 거고.

늦은 오후, 버스 안은 자리가 넉넉했다. 버스카드를 찍고 어디에 앉을까 두리번거렸다. 햇살이 환한 운전석 뒤쪽 자리와 그늘진 출입구 쪽 자리 중에서.

창문을 통해 들어오는 초겨울 햇살은 뜨겁고 눈부셨다. 난 여름은 물론이고 겨울에도 직사광선을 받으면 머리가 아프고 어지러워서 절대로 볕이 드는 자리에는 앉지 않는다. 하지만 오늘은 일부러 볕이 들어오는 자리에 앉아 보았다.

모처럼 쬐는 햇볕이 나쁘지만은 않았다. 눈을 감고 쨍쨍한 햇볕이 정수리를 지글지글 달구는 고통을 즐겼다.

해 보지 않았던 것, 두려워했던 것에 대한 아주 작은 일탈이랄까. 그러고 있자니 광합성을 하는 한 포기 풀이 된 것 같았다. 이러다 정수리에 꽃이 피는 건 아닐지.

문득, 그런 생각이 머리를 스쳤다. 이 세상에 '절대'란 없다는 생각. 이건 안 돼, 저건 싫어, 그런 건 절대 못 해. 앞으론 그런 한계를 긋지 말고 좀 더 유연하게 살아 봐야겠다.

세상일이 내가 마음먹은 대로만 되는 것도 아닌데, 한 치 앞을 못 내다보고 사는 게 인간인데, 나에게 좀 더 관대해지자.

뭐든 하고 싶은 건, 나쁜 짓만 아니라면 일단 해 보자. 해 보지도 않고 막연한 두려움에 피했던 것들도 한 번쯤 해 보자.

크게는 적금통장을 깨서 유럽 여행을 간다든가, 별로 탈 일도 없지만 낡은 소형차를 예쁜 외제 경차로 바꾼다든가.

작게는 한 번도 안 먹어 본 거, 예를 들어 곱창이나 족발처럼 선입견이 있어 절대로 입에 안 대던 것들을 먹어 본다든가. 망설이다 놓쳤던 새벽 첫차를 타고 종점까지 가 본다든가.

일단은 부딪쳐 보고 한 번은 해 보고. 그리고…… 판단은 그다음에. 내 계획대로, 내 의지대로만 살아지는 삶이 아닌데, 일생에 한 번쯤은 내가 그어 놓은 선을 넘어 보기.

행복해지려고 했던 결혼, 막연히 좋은 사람이라 믿었던 사람, 모든 것이 진실이라 믿었던 순간. 영원하리라 생각했던 그런 것들도 손가락 사이로 빠져나가는 모래알처럼 흔적도 없이 사라져 버리는 걸. 뭘 그리 움켜쥐려고 아등바등 살았을까?

괜찮아, 괜찮아 정다은. 다 괜찮아. 햇볕이 따뜻하게 내 머리를 쓰다듬어 주었다. 나 대신에.

규칙적으로 흔들리는 오후의 버스 안에서 내리쬐는 햇볕 속에 눈을 감고 있으니 졸음이 밀려왔다.

— 이번 정류소는 고속 터미널입니다. 다음 정류소는 신반포입니다.

안내 방송을 듣고야 가까스로 정신을 차려 버스에서 내렸다. 오랜만에 들른 터미널 지하상가는 여전히 북적였다. 오가는 사람의 물결에 몸을 맡기고 흘러가듯 걸었다. 물건을 사는 사람, 파는 사람, 구경하는 사람. 모두 바쁘게 움직이며 힘찬 에너지를 뿜어냈다.

우울할 때 시장에 오면 살고 싶어진다던 말이 공감이 갔다. 이곳은 늘 활기찬 기운이 흐르지만, 특히나 이맘때면 크리스마스트리와 장식을 파는 상가는 축제 분위기다. 알록달록 예쁜 장식들, 깜빡이는 꼬마전구의 불빛과 반짝이는 작은 별들이 보는 사람의 마음마저 달뜨게 한다.

중학교 때, 지금 사는 아파트로 이사 오고 첫 크리스마스가 다가오던 어느 날, 엄마랑 이곳에 와서 플라스틱 트리와 반짝이 장식을 샀던 기억이 새록새록 떠올랐다. 그런 소소했던 일상도 시간이 덧입혀지면 추억이 되는지, 돌아갈 수 없는 그 시절이 그리워 코끝이 시큰해졌다.

그러고 보니 얼마 안 있으면 부모님 기일이다. 이번엔 사위 데리고 인사 갈 줄 알았는데.

엄마, 아빠 미안……

가방에서 주섬주섬 휴지를 꺼내 코를 풀며, 울컥 올라오는 마음의 찌꺼기를 함께 닦아 냈다.

❋　✖　❋

"언니, 나 지금 들어가 봐야 해. 엄마 아프대."

크리스마스 장식을 하다가 집에서 온 전화를 받은 혜수의 안색이 어두웠다.

"어머! 어머님 많이 아프셔? 얼른 가."

"몸살인데, 좀 심하신가 봐. 혼자 계시니 아무것도 못 드시고 앓다가 전화하셨네."

"저런, 어쩌니. 약이랑 죽 좀 사서 들어가."

"응. 언니 미안. 먼저 갈게."

"그래. 참! 내일은 가게 나오지 말고 집에서 어머님 간호해 드려."

혜수는 미안하다며 정신없이 가게를 나섰다. 어머니와 단둘이 사는 혜수는 효심이 유달리 깊은 아이다. 걱정스레 혜수를 배웅하며 내다본 하늘은 무겁고 짙은 회색빛으로 가라앉아 별 하나 보이지 않았다. 눈이 오려나, 비가 오려나.

혜수를 보내고 혼자서 크리스마스 장식을 마저 했다. 트리에 방울을 달고, 창가엔 깜빡이 전구를 둘렀다. 갑자기 내 마음도 부풀었다. 루돌프 사슴 코는 매우 반짝이는 코, 가게 안에 울려 퍼지는 때 이른 캐럴을 따라 흥얼거리며 유리창에 글라스 마커로 루돌프를 그리고 있을 때였다.

어?

창밖에 그가 서 있었다. 어두운 거리, 오가는 사람들 속에서 불을 켠 듯 혼자만 환하게 빛나고 있었다. 나와 눈이 마주치자 그는, 완벽한 내 남편 강재민은, 어색한 미소를 지으며 한 손을 들어 보였다.

아!

이렇게 미운데, 도저히 용서가 안 되는데, 그런데도 그는 여전히 멋있었다.

야! 너 아직도 정신 못 차렸구나, 정다은.

그가 보고 있지 않았다면, 나는 내 머리를 소리 나게 콩 쥐어박았을 것이다.

청바지에 짙은 감색 반코트 차림의 그는 어깨를 으쓱해 보이더니 가게로 들어왔다. 하늘색 캐시미어 머플러가 그의 반듯한 얼굴을 더욱 빛내 주려는 듯 멋스럽게 목에 감겨 있었다.

또 가슴이 두근두근 뛰기 시작했다.

"뭐, 도와줄까?"

"됐어요. 할 거 없어요."

눈을 내리깔고 한껏 새침하게 말했지만, 내가 그린 루돌프는 '내가 그린 기린 그림'이었다.

"풉!"

강재민은 목이 긴 루돌프를 보고 씩 웃더니 내 손의 마커를 뺏었다.

"물수건?"

얼떨결에 그의 손에 옆에 있던 물티슈를 뽑아 쥐여 주었다. 강재민은 내가 그린 '기린 그림'을 싹싹 지우더니 유리창에 쓱쓱 그림을 그려 나갔다.

"와아!"

그의 손끝에서부터 서서히 형체를 드러내는 깜찍한 루돌프를 보며 탄성이 새어 나왔다. 이러려던 건 정말 아닌데. 손뼉을 치지 않으려고 두 손을 꼭 모아 쥐었다.

사실 나도 그림이라면 좀 자신 있는 편이지만, 그는 마치 앤디 워홀의 환생인 듯, 팝아트적인 세련된 그림을 아무렇지도 않게 스샤샥 그려 내고 있었다.

여러모로 완벽한 사람인 줄은 알았지만, 예술적 감각까지 뛰어날 줄은 몰랐다. 신은 유독 강재민을 깊이 사랑하셨나 보다. 편애를 해도 너무했어. 이건 완전 몰빵이야.

완벽한 미모, 월등한 기럭지와 비율, 천재적인 두뇌, 거기에 걸맞은 사회적인 지위, 알고 보니 재벌 아들. 그것도 모자라 그림까지 잘 그리는 남자.

아, 역시 당신은 나에겐 너무 먼 사람이었어. 그런데 왜! 왜 훌쩍 떠나지 않고 자꾸 내 주위를 맴도는 건데?

"마음에 들어?"

내 감탄 어린 표정을 봤는지 그가 흡족한 미소를 지어 보였다. 실로 오랜만에 보는 그의 햇살 같은 미소에 잠시 넋을 잃을 뻔했다.

그러나 온 정신을 그러모아, 입을 뾰로통하게 움츠리며 고개를 한 번 까딱였다. 그리고 테이블 위에 놓여 있던 새 마커를 쥐고, 작은 동그라미를 그리는 데 심혈을 기울였다. 아니, 그런 척했다.

"눈이야?"

살짝 고개를 끄덕이는 둥 마는 둥 묵묵히 작은 원 안을 하얗게 칠했다. 그냥 장식 스티커를 살 걸 그랬나? 어느 세월에 이 넓은 유리창에 눈을 다 그릴까. 개성도 좋고 아트도 좋지만, 이쯤 되니 한숨이 나오려 했다.

"이걸 혼자서 언제 다 하려고?"

그런 나를 보던 강재민이 목도리와 코트를 벗어 놓고 하얀 니트 스웨터 소매를 걷더니, 마커를 들고 열심히 작은 눈송이를 그리기 시작했다.

내가 알아서 할 테니 상관 말고 가라고 쏴붙여야 하는데 차마 입이 안 떨어졌다. 이 노가다를 오늘 안에 끝내려면 철천지원수의 손이라도 아쉬웠으니까. 못 이기는 척 무시하고 내 할 일을 하려는데 옆에 바짝 붙어서 눈송이를 그리는 그가 자꾸 신경을 건드렸다.

저 하얗고 긴 손가락, 힘줄이 섬세하게 솟은 팔뚝, 우아한 목선과 날렵한 턱 선, 베일 듯 우뚝 솟은 콧날, 짙고 긴 속눈썹, 그 위에 흩날리는 부드러운 검은 머리카락. 하아! 그저 작은 동그라미를 그리고 있을 뿐인데도 입술을 꾹 다물고 집중해 있는 저 아름다운 프로필을 보라!

"왜?"

너무 오래, 너무 빤히, 너무 눈치 없이 쳐다보고 있었나 보다.

"내 얼굴에 뭐 묻었어?"

그가 싱긋 웃었다. 위험해, 저런 웃음.

"네."

"어, 그래? 어디?"

어둠이 내려 거울처럼 비치는 검은 유리창에 그는 얼굴을 이리저리 비춰 보았다.

"왼쪽 뺨이요."

난 내 왼쪽 볼 가운데를 대충 쿡 찌르며 대답했다. 그는 물티슈로 자신의 뺨을 박박 문질러 닦았다.

"됐어?"

어린애 같은 맑은 눈동자로 날 쳐다보며 묻는다. 어쩜 이런 눈동자를 가진 사람이, 그런 엄청난 거짓말을 했을까? 나는 복수하듯 고개를 가로저었다.

그는 눈을 살짝 찌푸려 보이고 다시 뺨을 문질렀다.

"됐지?"

그의 왼쪽 뺨이 발갛다. 나는 또 고개를 저었다.

"아, 씨."

그의 고운 입에서 저런 험한 단어가 튀어나올 줄이야.

부욱.

그답지 않게 거칠게 물티슈를 뽑더니 나에게 내밀었다.

"그럼 닦아 줘."

싫다고 해야 하는데, 거짓말한 거 들통 날까 봐 물티슈를 건네받았다.

"자."

무릎을 살짝 구부리며 갑자기 얼굴을 내게 쑥 들이밀었다. 그 눈부시게 잘난 얼굴을. 헉, 소리가 절로 나오려는 걸 애써 삼켰다.

"얼른."

내가 주춤하자 그는 얼굴을 더욱 가까이 들이댔다. 내 코에 그의 뺨이 거의 닿을 뻔했다.

"아, 알았어요."

당황해서 움찔 물러나며 대충 닦는 시늉을 했다.

"됐어요."

"겨우 그 정도로?"

그가 집요하게 얼굴을 들이대자 정신이 혼미해져 물티슈 든 손으로 그의 얼굴을 밀어냈다.

"아, 됐다니까요!"

"어, 왜 소리를 질러? 암튼 고마워."

그는 뭐가 그리 신이 나는지 캐럴을 따라 부르며 다시 눈송이를 그리는 데 열중했다. 지금 나오고 있는 노래는 조지 마이클의 'Last Christmas'였다. 그와 나의 얼굴이 비치는 유리창에 하얀 눈송이가 하나둘 늘어 갔다.

난 행여 그와 눈이 마주칠까 내가 그리는 눈송이에서 시선을 돌리지 않으려고 노력했다. 조금만 떨어져서 그리면 서로 편할 텐데 왜 자꾸 내 머리 위에만 눈송이를 그리고 있는 걸까? 이건 그림을 그리는 건지 도를 닦는 건지, 아이고.

Once bitten and twice shy. I keep my distance. But you still catch my eyes……. 과거의 상처로 다가가기 힘들어 멀리하려 해 봐도 내 눈길은 여전히 너에게 향하는걸.

가사 하나하나가 다 내 맘이네. 유리창에 비친 그의 표정을 슬쩍 훔쳐보았다. 그는 무슨 생각에 빠졌는지 따라 부르던 노래를 멈추고 입을 꾹 다문 채 동그라미만 열심히 칠하고 있었다.

저기, 그거 다 칠했거든요. 시간 없는데 이제 다른 거 그리세요. 유리창에 구멍 나겠어요.

톡 쏴 줄까 하다 말았다. 가슴이 콕콕 아려 왔다.

"다은아."

조지 마이클보다 더 부드럽고 감미로운 음성으로 그가 불렀다.

"이젠 미안하다는 말, 하지 않을게."

"……."

"그리고 널……."

억지로 피하려던 눈길이 저절로 그에게 향했다.

"야! 정다은!"

그때, 문이 벌컥 열리더니 지영이가 들어오며 내 이름을 큰 소리로 외쳤다.

"어! 지영이 너 여긴 웬일이야?"

"안녕하셨어요?"

지영의 뒤를 따라 들어온 사람은 양손에 비닐봉지를 든 승욱 씨였다.

"아, 승욱 씨. 오랜만이에요."

뭔가 중요한 말을 하려던 재민 씨도 하는 수 없이 두 사람과 인사를 나눴다.

"저녁 먹고 영화 보고 집에 가던 중인데 가게 불 켜진 거 보고 왔지."

"두 분 여전히 보기 좋습니다. 그림이 따로 없어요, 밖에서 보니까."

"재민 씨야 생긴 게 원래 예혜술, 아니겠어?"

"됐고, 그건 뭐야?"

두 사람의 관심이 그에게로 쏠리자 얼른 말을 자르고 지영에게 물었다.

"떡볶이랑 튀김. 저녁 일찍 먹었더니 배가 출출해서 요 앞에서 샀어."

"여기 맥주도 있습니다."

지영과 승욱 씨가 주섬주섬 꺼내 놓는 먹거리에 군침이 돌았다. 마침 목도 칼칼하던 참에 맥주라니.

"자, 일단 먹자."

"잘 먹겠습니다."

"별거 없지만, 많이 드세요."

"고맙다. 안 그래도 목이 칼칼했어."

"너 맥주 좋아하잖아. 그래서 특별히 샀지. 크크."

"승욱 씨도 드세요."

먹음직스럽게 빨간 떡볶이를 승욱 씨 앞으로 살짝 밀어 줬다.

"우리 수능 끝나고 맥주 첨 마셨을 때 기억나?"

"야! 너 그 얘기 하지 마!"

나는 김말이를 들어 냉큼 지영의 입에 집어넣었다. 승욱 씨와 재민 씨가 나와 지영을 번갈아 보다 웃음을 터뜨렸다.

"읍! 재민 씨 아직 그 얘기 못 들었어요?"

"야, 너!"

이번엔 고구마튀김을 집어 들자 지영은 두 손을 모아 싹싹 비는 시늉을 했다.

"아! 안 할게, 안 할게."

"왜요? 무슨 재미난 일 있었어요?"

"몰라요. 저, 쟤한테 맞아 죽을까 봐 말 못해요. 나중에 다은이한테 직접 들으세요. 대박 웃겨요. 크크."

어휴, 저 눈치도 없는 계집애. 도무지 앤 도움이 안 돼. 지영아,

내가 지금 이럴 상황이 아니란다. 나, 이제 저 사람과 헤어질 거란 말이야.

아무것도 모르고 웃고 떠드는 지영이와 승욱 씨 때문에 기가 막혀 나도 따라 웃어 버렸다. 천진난만한 내 친구 지영아, 넌 인생의 쓴맛을 몰라. 아, 오늘따라 맥주가 왜 이렇게 쓰니? 철없는 친구 덕에 모처럼 왁자지껄 웃고 떠드니 마음이 조금씩 녹아내리는 것 같았다.

"자, 이제 누구도 피할 수 없는 노가다 타임!"

겨우 맥주 두 캔 마시고 왜 이렇게 혀가 꼬이는지.

승욱 씨와 지영의 손에 글라스 마커를 하나씩 억지로 쥐여 주었다.

"야, 세상에 이런 법이 어딨니? 야식 사 와, 술 사 와. 이젠 노가다까지 하라고?"

"억울해도 어쩔 수 없어. 이곳에 발을 디딘 순간부터 넌 나의 노예."

"일당 얼마 줄 건데? 나 비싼 몸이야."

"그런 건 없스므니다."

"그럼 안 해. 나 미술 시간 제일 싫어한 거 알면서."

"알았어. 뽀뽀해 줄게. 자!"

"헉. 얘 왜 이래? 무서워서 그냥 할게. 뽀뽀는 없던 일로 하자."

재민 씨의 간단한 눈송이 그리기 강의를 받은 승욱 씨와 지영은 곧 실전에 투입되었다.

뒤이어 나오는 캐럴 'White christmas'를 흥얼흥얼 따라 부르며 네 사람이 열심히 작은 동그라미를 그리고 칠해 나가자, 그 넓던 유리창에 어느새 함박눈이 펑펑 내리고 있었다.

.

"오늘 고마웠어, 지영아. 그리고 승욱 씨, 도와주셔서 감사합니다."

"뭘요. 덕분에 재밌었습니다."

"아, 몰라. 너 내년부턴 이런 미련한 짓 하지 말고, 스티커 좋은 거 많던데 사라 쫌."

"너 우리 가게 콘셉트 몰라? 정성이 깃든 핸드 메이드, 투박한 손맛. 일관성이 있어야지."

"어휴, 알았어. 알았으니까 내년엔 나 부르지 마."

"올해도 안 불렀는데? 흐흐."

지영과 나는 늘 그러듯 주거니 받거니 둘만의 우정을 과시했다.

"자, 그럼 조심해서 들어가세요. 오늘 두 분 고생 많으셨어요."

매너 좋은 재민 씨가 택시를 잡더니 문을 열어 주고 두 사람을 배웅했다.

"안녕히 계세요. 다은아, 바이!"

"그럼 가 보겠습니다. 두 분도 들어가세요."

이 유쾌한 커플에게 난 미소를 지으며 손을 흔들어 주었고, 재민 씨는 택시 문을 닫으며 인사를 했다.

택시가 부웅 떠나 버리자 이제 축제는 끝났다는 듯, 우리를 둘러싼 주변엔 썰렁한 바람만 불었다. 갑자기 밀려오는 허전함에 어깨를 움츠리고 집을 향해 걸었다.

뒤에 그가 따라오는 것 같았지만, 신경 쓰지 않았다. 아니, 신경 쓰고 싶지 않았다. 그냥 한 발자국 한 발자국 내가 딛는 걸음에만 집중했다.

이렇게 한 걸음씩 걷다 보면 어느새 집 앞에 도착해 있겠지. 그럼 아늑한 우리 집에서 따뜻한 물로 샤워하고, 침대에 쏙 들어가 책을 읽다가 자야지. 오늘도 어제와 같은 평온한 날일 거야. 앞으로도 늘 그럴 거야. 이제 난 흔들리는 게 싫어. 그러니까…….

"다은아!"

못 들은 척 묵묵히 내 발치만 보고 걸었다.

"다은아. 얘기 좀 하자. 우리 언제까지 이렇게 지낼 건데?"

문득 걸음을 멈춘 난, 몸을 휙 돌려 그를 쳐다보았다.

"우리? 거짓으로 시작한, 법적인 부부, 우리?"

냉소로 비틀린 내 입술은 차디찬 말들을 쏟아 내었다. 방금 마신 맥주 때문인지 내내 눌러 왔던 감정이 왈칵 치밀어 올랐다.

갑자기 그가 내 손목을 잡았다.

"이거 놔요."

"다은아."

그동안 내 주변을 맴돌기만 하던 그가 이번엔 내 말을 들으려 하지 않았다.

"이거 놓으라고요. 소리치기 전에."

"얘기 좀 하자, 제발."

"그날 얘기 다 끝났을 텐데? 당신과 나 사이에 무슨 할 얘기가 더 있어?"

나는 그날 이후 내 마음에 금을 그었다. 이게 너와 나 사이의 금이야. 넘어오지 마. 나도 절대 넘어가지 않을 테니까.

"있어. 꼭 해야 해."

"놔! 놓으라고. 이제 내 일상에 끼어들지 마!"

나도 모르게 소리를 버럭 지르자 그가 나를 품 안에 가뒀다.

"그럴 수 없어. 난…… 네가 있어야 해."

뜨거운 그의 숨결이 귓가에 닿자, 헤어날 수 없는 깊은 늪으로 몸과 마음이 가라앉으려 했다.

정다은, 정신 차려! 제발.

억지로, 억지로 숨을 쉬며 나 자신에게 주문을 걸었다.

"우리 사이, 없던 일로 해요. 다시는 당신과 얽히고 싶지 않아."

당신이 휘저어 놓은 내 일상, 내 마음, 다시 되돌리기가 얼마나 힘든지 당신은 모르지? 나는 지금 미친 듯이 발을 차며 물 위에 떠 있는 거라고.

"네가 날 밀어내도 난 널…… 놓을 수가 없어, 이젠."

"그만! 그만해!"

그의 품 안에서 벗어나려고 몸부림을 쳤다. 그러나 그럴수록 그의 팔은 더 강하게 나를 조여 왔다.

"놔! 놓으라고. 대체 나한테 왜 이러는데?"

"다은아, 나 너 좋아해. 너 없이 못 살아."

"내가 그렇게 만만해? 실컷 가지고 놀고, 인제 와서 날…… 좋아한다고?"

밀착해 있던 상체를 떼고 그가 내 얼굴을 들여다봤다. 벗어나지 못하게 허리를 꼭 감싼 채로. 그의 눈은 아주 슬퍼 보였다. 아니…… 슬펐다. 눈물이 가득 고여, 내가 한마디만 더 하면 주르륵 넘칠 것 같았다.

저 눈물도 다 가짜일 거야. 절대 속으면 안 돼. 다시는 거짓에 넘어가지 않을 거야.

거의 밀착된 우리 두 사람 사이에 무언가 떨어지고 있었다. 작고…… 차갑고…… 하얀, 가볍고 동그란 무엇. 우리가 함께 그렸던, 그 눈송이가.

"다은아……."

그는 손을 뻗어 내 머리 위에 내려앉는 눈송이를 가볍게 털어 냈다. 그리고 내 눈썹과 속눈썹도 쓸어 줬다. 그 손은 그대로 뺨을 부드럽게 훑어 내렸다.

……왜?

"다은아, 울지 마…… 제발."

우는 건 내가 아니라, 당신이잖아.

그의 뜨거운 입술이 차가운 내 뺨에 닿았다.

"사랑해, 정다은. 그러니까……."

❊　✖　❊

"그러니까…… 울지 마."

그녀의 차가운 뺨에 흐르는 뜨거운 눈물에 입술을 대었다. 내 죄를 이렇게 씻어 낼 수 있다면 얼마나 좋을까. 네게 준 아픔을 눈물을 훔치듯 지울 수 있다면, 그래서 네 가슴속 상처도 아물 수 있다면…….

하얀 눈송이가 그녀의 검은 머리에, 동그란 이마와 작은 어깨에 끊임없이 내려앉았다. 첫눈이다. 내가 사랑하는 그녀처럼 순결한, 첫눈이 내리고 있었다. 이 눈이 쌓여 모든 걸 다 덮어 줬으면 좋겠다. 내 잘못도, 그녀의 상처도 모두 다······.

이렇게 널 사랑할 줄 알았다면 그렇게 시작하지 말 걸 그랬지?

늦었지만, 너무······ 늦지 않았기를.

되돌릴 수 없지만, 이제라도 다시······ 시작할 수 있기를.

"내가 나쁜 놈인 거 아는데, 나 때문에 너 우는 거 싫어. ······그러니까, 다은아."

나는 두려웠다. 그녀가 나에게 꺼지라고, 너 같은 놈은 다시 보기 싫으니 다시는 내 눈앞에 나타나지 말라고 할까 봐 무서웠다. 그러나 피하지 말자, 마음을 굳게 먹었다.

"난······ 처음부터 너였어. 뒤늦게 깨달았지만, 그것만은 진실이야."

"······."

"우리 다시 시작하자."

내 품에 안겨 있던 그녀가 천천히 고개를 들었다. 그녀의 검은 머리 위에 내려앉은 눈송이는 아주 잠시 머물다 사르르 녹아 사라졌다. 그 눈송이처럼 그녀 역시 그렇게 사라지는 건 아닐까······.

"난, 아직······ 모르겠어."

그녀의 검은 눈망울이 아무것도 없이 텅 빈 듯 보여 마음이 아팠다.

"넌 몰라도 돼. 나만 믿고 그냥 따라오면······ 안 되겠니?"

그녀는 힘없이 고개를 가로저었다.

"아니."

"왜? 아직도 날 못 믿겠어?"

"재민 씨보다, 이젠 나 자신을 믿을 수가 없어."

"다은아……."

"그래서 아직은 아니야."

억지로 그녀를 가뒀던 팔에 힘이 탁 풀렸다. 그녀는 내 품 안에서 벗어나 눈 내리는 거리로 사라졌다.

펑펑 쏟아지는 눈은, 땅에 닿는 순간 아무것도 덮지 못하고 그대로 녹아 없어졌다. 모든 것은 그저 꿈일 뿐이라는 듯 허망하게 자취를 감췄다. 내 앞에 흩어져 내리는 눈도, 저 눈 속으로 등 돌리고 떠나는 그녀도.

휘날리는 눈 때문인지 시야가 뿌옇게 흐려져 왔다.

5 그땐 보지 못한 꽃

— 다은아, 내일 제주도 같이 가자.

현주 언니의 다급한 전화를 받았다.

"언니. 나 지금이 제일 바쁜 때인 거 알잖아."

— 알지. 근데 이런 대박 기회를 놓칠 순 없어서.

"형부는 왜 하필 이럴 때 해외 출장을 가신대?"

— 뭐, 자기 복이 거기까진 걸 어쩌겠어.

나름 잘나가는 인기 블로거인 현주 언니가 연말 특별 이벤트에 당첨되어 제주 특급 호텔 2박 무료 숙박권을 받았단다. 물론 그만큼 블로그에 포스팅을 잘해야 한다는 압박감은 있겠지만, 침실이 2개에 거실이 딸린 로열 스위트라니 로또 맞은 거나 다름없는 행운이었다.

언니네 가족이 가면 안성맞춤일 것을 하필 예약한 날짜에 형부해외 출장이 급하게 잡히는 바람에 나더러 대신 가자고 했다. 내가 이럴 때 아니면 언제 그런 어마어마한 객실에 들어가 볼까 싶어 못 이기는 척 승낙하고 말았다.

그렇게 갑작스레 떠나게 된 주말여행이었다. 가게 일은 혜수가 있으니 크게 걱정할 건 없지만 한창 바쁜 때라 아르바이트를 더 쓰게 하고 자의 반 타의 반 여행길에 동참했다.

사실 일상을 벗어나 어디론가 훌쩍 떠나고 싶던 참이었다. 터질 듯 복잡한 머리를 식히며 내가 진정 원하는 게 무언가 내 마음속을 가만히 들여다볼 시간이 필요했다.

비행기가 이륙하고 얼마 후, 기내에서 제공하는 주스를 한 잔 마시고 눈을 감았다. 아침부터 가게 들여다보고 부랴부랴 공항으로 오다 보니 정신이 쏙 빠져나간 듯했다.

게다가 현주 언니의 연년생 남매 연아, 연규와 놀아 주느라 모든 기가 다 빨려 방전 상태였다. 다행히 지금 아이들은 초집중 상태로 만화영화를 보느라 조용해졌고 이제야 한숨 돌릴 수 있었다.

눈을 감고 있으니 나른한 피로와 함께 이런저런 상념들이 밀려왔다.

사흘 전 그 밤, 첫눈 오던 날. 강재민은 나에게 사랑한다고 고백했다. 어둠이 내린 거리에 떨어진 눈송이는 흔적도 없이 자취를 감추었다. 그의 품 안에 갇힌 채 나도 그렇게 사라져 버릴 것 같았다.

'사랑해, 정다은.'

그 속삭임에 녹아내릴 것 같았다. 하지만 난, 아직 나를 온전히 믿을 수가 없었다. 그가 나를 사랑하고, 나 역시 그를 사랑한다 해도 다시 시작할 자신이 없었다.

사랑은, 지금 사랑이라 믿는 이 감정은…… 세월 지나 바래지면 그만일, 한순간의 꿈일지도 모르니까. 그런 부질없는 감정 따위에 나를 걸고 싶지 않았다. 더는 흔들리고 싶지 않았다.

'재민 씨보다, 이젠 나 자신을 믿을 수가 없어.'

차가운 말로 그를 밀어냈지만, 흐르는 그의 눈물을 더는 볼 수 없어서 등을 돌렸다. 어서 세월이 지나가길. 그래서 이 순간이 서로의 기억에서 깨끗이 지워지길 빌며 집으로 돌아왔었다.

그럴 날이 오겠지, 언젠가는. 사랑이란 덧없이 녹아 사라져 버리는 첫눈 같은 거니까.

"이모, 일어나아. 얼른."

연규가 깨우는 소리에 억지로 눈을 떴다. 어제 오후 내내 아이들과 수영장에서 놀아 주느라 녹초가 되었건만 애들은 어쩜 이리 팔팔한지.

"으음. 알았어, 연규야."

"이모, 우리 밥 먹으러 가자."

연아가 팔을 잡아당겼다. 귀여운 것들. 연아와 연규를 잡아서 뽀뽀해 준 후, 샤워하고 조식을 먹으러 갔다. 아무리 피곤해도 호텔 조식을 안 먹을 수야 없지.

뷔페식당 안은 벌써 사람들로 꽉 차 있었다. 그나마 아이들 덕에 일찍 일어나 서둘렀으니 자리를 안내받았지, 우리 뒤로 오는 사람들은 대기번호를 받고 기다려야 했다.

과일과 샐러드, 오렌지 주스를 가져다 놓고, 주방장이 즉석에서 해 주는 오믈렛을 받아서 자리에 앉았다. 시원한 주스를 한 모금 마시고 현주 언니에게 물었다.

"언니, 얘들 왜 이렇게 기운이 넘쳐? 어제 수영 그렇게 하고도 안 지치네."

"말도 마라. 내가 쟤들하고 종일 씨름하다 보면 살이 하루에 반 근씩은 빠진다니까."

"아! 언니 날씬한 몸매 비결이 그거였군. 흐흐."

"이 귀한 살 더 빠지면 안 되니까 쟤들 키즈 클럽에 넣고, 너랑 나는 스파나 하자."

"글쎄, 난 별로 안 하고 싶은데. 언니나 해."

"아, 맞다. 너 그런 거 싫어하지."

사실 나는 일반적인 여자들과 달리 스파나 마사지를 즐기지 않는다. 남에게 내 몸을 맡기고 가만히 누워 있는 게 편안하지 않고 속만 답답했다.

"응, 언니 혼자 해. 어차피 스파 무료 티켓도 써야 하고, 블로그에 포스팅도 해야 하잖아."

"그럼 넌?"

"난 혼자 노는 거 좋아하잖아. 여기저기 쏘다니다 올게."

"그래라, 그럼."

역시 현주 언니다운 쿨한 대답이었다.

아침을 먹고 우리는 각자 자신들이 하고 싶은 걸 하기 위해 헤어졌다. 아이들은 신 나는 놀이와 활동을 하며 에너지를 발산할 키즈 클럽으로, 현주 언니는 마사지도 받고 블로그에 올릴 사진도 찍을 겸 스파로 갔다.

나는 호텔 로비에 앉아 제주 관광 안내 팸플릿을 뒤적였다. 딱히 끌리는 곳은 없었다. 그냥 호텔 객실에서 잠이나 자든가, 책이나 읽을까 하던 참에 주말 특별 프로그램 참가자들이 로비에 모여드는 걸 발견했다.

"실례지만, 이거 지금 참가해도 되나요?"

프로그램 진행자로 보이는 호텔 직원에게 물어보았다.

"네, 지금 참여 가능하십니다. 등록은 안내 데스크에 하시고 얼른 오세요."

서둘러 데스크에 가서 입장료 포함 참가비를 내고 그 팀에 합류했다. 몇 군데 관광지를 도는 프로그램인 거 같았다. 일행은 주로 아이를 동반한 가족이 대부분이었다.

안내지를 받고 작은 미니버스에 탑승했지만, 행선지 따위는 그다지 관심이 없었다. 그냥 신경 쓰지 않고 여기저기 둘러보는 걸로 만족하니까. 버스 차창 밖으로 펼쳐지는 제주의 풍경이 마음을 편안하게 감싸 주었다.

처음에 간 '테디베어뮤지엄'은 아기자기해서 한 번쯤 볼 만하다 싶었다. 그다음에 간 곳은 초콜릿 박물관. 초콜릿의 원료나 제조법을 한눈에 볼 수 있게 꾸며 놓아 아이들이 특히 좋아했다. 또 수제 초콜릿 제조 과정을 직접 볼 수도 있어서 흥미로웠다. 그곳에서 연아와 연규를 위해 수제 초콜릿 세트를 샀다.

간단한 점심을 먹고 다시 일행과 함께 다음 행선지로 갔다. 이번에 간 곳은 유리를 주제로 꾸민 테마파크였다. 알록달록 예쁘기도 하지. 어쩜 이런 곳을 만들 생각을 했을까. 별것도 아닌 초콜릿, 곰인형, 유리로 테마파크를 꾸며 관광객을 모을 수도 있다니 그 기발한 착상에 입이 벌어졌다.

마지막으로 갈 곳은 '생각하는 정원'이라고 했다. 이름 한번 사

색적이군. 버스에 올라타며 중얼거렸다. 일행이 모두 자리에 앉자 버스가 출발했다. 창밖에 스쳐 가는 풍경을 멍하니 보는데 번뜩 눈에 띄는 것이 있었다.

"저, 여기! 세워 주세요!"

눈에 익은 그곳은 '환상숲'이었다. 버스가 환상숲 입구를 스쳐 지날 때 나도 모르게 소리를 질러 버린 것이다. 기사는 룸미러를 흘끗 보더니 버스를 멈추었다. 승객들 이목이 나에게 쏠리는 게 느껴지자, 그제야 정신이 들었다.

뒤늦은 후회가 밀려왔지만 이젠 돌이킬 수 없었다.

"어디 불편하세요?"

프로그램 진행자가 내 자리로 다가와 물었다.

"아, 그게 아니라, 저는 저기 좀 들렀다 갈게요."

느닷없는 돌발행동으로 주목을 받은 게 창피해서 아무렇게나 둘러댔다. 한시라도 빨리 이 버스에서 내리고 싶다는 마음뿐이었으니까.

"그럼 오실 땐 어떻게 하시려고요?"

"걱정하지 마세요. 알아서 갈게요."

부끄러움에 얼굴을 못 들고 부랴부랴 버스에서 내렸다.

나를 내려놓고 붕 떠나는 버스 꽁무니를 한동안 우두커니 바라보다 환상숲을 향해 발걸음을 옮겼다. 하지만 그와의 추억이 서린 그곳에 다시 갈 마음은 없었다. 그저 호텔로 돌아갈 차편을 물어보기 위해 매표소를 기웃댔을 뿐.

"저기, 중문단지 가는 버스 있나요?"

"한 번에 가는 버스는 없어요. 정류소까지 좀 걸어야 하는데, 갈아타고 어쩌고 하면 한 시간 반이 넘게 걸려요."

"아, 그래요? 너무 오래 걸리네. 택시는요?"

"택시 타면 삼십 분이면 가고."

"아, 예."

"콜택시 불러 줘요?"

마음씨 좋아 보이는 아주머니가 염려스럽게 물어 왔다.

"아니요. ……표, 한 장 주세요."

얼떨결에 입장권을 사 버렸다.

"오늘은 해설 없어요. 원래 주말엔 그래요."

"네."

이왕 온 거 산책이나 하지 뭐. 익숙한 그곳으로 발걸음을 옮겼다. 서울엔 첫눈이 내렸건만 숲은 아직도 따스했다.

5월에 왔을 땐 짙푸르던 녹음이 알록달록 물이 올라 있었고, 바닥엔 새로 떨어진 예쁜 색 낙엽들이 쌓여 걸을 때마다 사브락사브락 소리가 났다.

잎을 떨군 넝쿨 식물들도 많았지만, 푸른 상록수는 여전히 그 빛을 잃지 않았다. 고사리와 콩란 역시 초록을 싱그럽게 뽐내고 있었다. '비밀의 정원'이 있다면 이런 곳이겠지? 숲 속엔 신비한 기운이 맴돌았다.

조금 걷다 보니 나무 그루터기에 적힌 한 편의 시가 눈에 띄었다.

"자세히 보아야 예쁘다. 오래 보아야 사랑스럽다. 너도 그렇다."

소리 내어 읽어 보았다. 그가 그랬던 것처럼. 나를 바라보던 그 눈빛이 떠올랐다. 세상에서 가장 예쁘고 사랑스러운 것을 보는 것 같던 그 눈빛이.

정말 그랬을까, 그때 그의 마음은?

제주도에 와서 이곳이 생각나지 않았다면 거짓말일 거다. 그러나 애써 떨치려 했었다. 하지만 생각지도 않게 맞닥뜨리자 나도 모르게 이곳에 내려 버리고 말았다. 어쩌면 나는, 이곳에서 그를 만나고 싶었는지 모른다. 그날의 그를.

그와 함께 걸었던 길, 마주치던 눈빛, 나누었던 대화. 모든 것이 생생히 살아나 지금 내 곁에 있다.

사브락사브락. 발아래 밟히는 낙엽 소리를 들으며 '오시록한 길'을 걸었다. 저기 보이는 저 나무는 연리목. 우리가 다정하게 사진을 찍었던 나무다.

두 그루의 나무가 서로를 탐하듯 뒤엉기며 두 번을 만나 쌍연리목이라 불린다고 했었지. 그날의 나는, 이렇게 혼자 오게 될 거란 생각도 못 하고 신혼의 단꿈에 젖어만 있었다.

연리목 앞에도 글귀가 쓰인 팻말이 있었다. '맺을 수 없는 사랑을 하고……' 로 시작하는 글귀를 읽던 나는 가슴이 철렁 내려앉으며 갑자기 맥이 풀려 눈에 보이는 그루터기에 털썩 주저앉았다.

이 팻말 앞에 오래 서 있던 그의 쓸쓸한 뒷모습이 떠올랐다. 그는 왜, 그 글귀에서 눈을 떼지 못하였을까……. 나는 왜, 그의 마음을 깊이 들여다보려고 하지 않았을까? 가슴 깊은 곳에서 싸한 통증이 아릿하게 밀려왔다.

얼마나 시간이 흘렀을까. 바람에 실려 온 나뭇잎이 볼을 톡 건드리고 떨어졌다. 겨우 마음을 추스르고 일어나 다시 발걸음을 옮겼다.

나뭇잎 사이를 비집고 들어오는 햇살을 받으며 걷고 또 걷다 보니 어느덧 '갈등의 길'이었다. 갈등. 인간도 자연처럼 죽을 때까지 하루에도 몇 번씩 갈등에 휩싸인다 했었지.

칡넝쿨과 등나무가 반대로 얽혀 있는 모습이 마치 내 마음 같다. 그를 사랑하는 마음과 밀어내는 마음. 그를 믿고 싶은 마음과 믿을 수 없는 마음. 지금도 그 마음들이 각자의 소리를 내며 시끄럽게 싸우고 있다. 어느 편의 손을 들어 줄까…… 나는.

기억은 참 묘하다. 분명 지금 난 혼잔데, 그의 그림자가 나와 함께 이 길을 걷는다. 나무뿌리에 걸려 넘어질 뻔했을 때 그가 잡아 줬던 곳. 나를 앉혀 놓고 운동화 끈을 다시 묶어 주던 벤치. 모든 곳에 그가 있었다.

그 벤치에 앉았다. 한쪽 무릎을 꿇고 고개를 숙인 채 내 운동화 끈을 묶던 그의 정결한 목덜미가 보인다. 손을 뻗어 만져 보고 싶지만, 환영마저 사라질까 봐 가만히 바라만 보았다.

'자, 이제 날아다녀도 끄떡없겠어요.'

고개를 들고 나를 보며 그가 웃었다. 나도 따라 웃으려다 뜨거운 것이 울컥 올라오는 것을 느꼈다. 그것이 흐르도록 가만히 내버려 두었다.

나에게 자신의 점퍼를 입혀 주고 비를 맞던 그가 내 앞에 있다.

'손, 이리 줘요. 넘어져서 다치면 내가 다은 씨 업고 가야 하잖아요.'

그가 내 손을 잡는다. 그의 커다란 손안에 내 손이 쏙 들어갔다. 따스한 열기가 손바닥을 통해 온몸으로 퍼져 나갔다. ……놓고 싶지 않아, 이 손.

그렇게, 그의 손을 잡고 걸었다.

"내려갈 때 보았네. 올라갈 때 못 본 그 꽃."

동그란 나무 밑동에 쓰여 있는 시를 소리 내 읽어 주었다. 그때처럼.

'올라갈 땐 왜 못 봤을까요? 그 자리에 있었을 텐데.'

'내려올 때라도 봤으니 그나마 다행이죠. 영원히 못 보는 사람들도 많은데.'

고개를 끄덕이며, 그가 내 눈을 본다. 그 맑고 투명한 눈동자를 가만히 들여다봤다.

'난 처음부터 너였어. 뒤늦게 깨달았지만, 그것만은 진실이야.'

첫눈 오던 그 밤, 나를 보던 눈빛과 그때는 못 봤던 그 마음이, 비로소 보였다. 늘 미소 짓던 그 표정 뒤로 감춘 시린 가슴을, 외롭던 등을, 오늘은 내가 먼저 다가가 안아 주고 싶다.

그가 어떤 사람이든...... 나는 그를 사랑하는 것이다. 시간을 되돌려 선택의 순간이 내게 다시 온다 해도, 나는 여전히 그를 선택할 것이다. 그게 바로 내가 원하는 것이다.

바람이 내 머릿결을 어루만지고 저 멀리 달아났다. 이 바람도 그날 불었던 바람일까?

"앗! 초콜릿?"

문득 내 손이 허전함을 깨달았다. 연아와 연규를 주려고 산 초콜릿을 넣은 쇼핑백이 없었다.

"어디다 둔 거지? 나 왜 이러니, 정말."

골똘히 생각에 빠지면 주변을 깡그리 잊는 내 오랜 습성이 여기서도 발동된 것이다. 어휴, 이 바보. 버스에 두고 내린 걸까? 그건 아니다. 매표소에서 표를 살 때만 해도 내 손에 들려 있었으니까. 그럼 이 안에서 잃어버린 건데……. 아! 아까 그 벤치.

그러나 그가 운동화 끈을 묶어 주었던 벤치로 허겁지겁 가 봤지만 아무것도 없었다. 그럼 대체 어디에 흘린 걸까? 오던 길을 거슬러 가며 살폈지만, 눈에 띄지 않았다. 어떡해. 그리 비싼 건 아니지만, 아이들이 좋아할 걸 생각하며 산 건데……. 그럼, 혹시?

퍼뜩 스치는 생각에 연리목을 향해 갔다. 맞아. 거기야, 분명. 아까 나무 그루터기에 넋을 잃고 한참 앉아 있었지. 확신이 서자 참을 수 없는 조급함에 헐레벌떡 뛰었다.

벌써 누가 가져갔으면 어쩌지. 아니야, 있을 거야. 꼭 있어야 해.

뛰면서도 머릿속엔 생각들이 자꾸 엉켰다. 학학, 밭은 숨을 몰아쉬며 연리목 앞에 멈췄다. 내가 앉았던 그루터기 옆에 초콜릿을 담은 쇼핑백이 얌전히 놓여 있었다.

다행이다!

쇼핑백을 집어 들며 안도의 숨을 내쉬었다.

그리고 난, 거기 서 있는 한 남자를 보았다.

"재민…… 씨?"

연리목 옆에 서 있는 그 남자는, 강재민이었다. 오늘 이곳에서 내내 함께했던 그의 환영이 아닌 진짜 강재민. 내가 사랑하는 그 남자.

"다은아!"

"재민 씨!"

어떻게 된 거냐고 묻고 싶었지만, 입이 떨어지지 않았다. 우리 둘은 그렇게 얼음이 되어 마주 보며 서 있었다.

얼마나 지났을까. 마법을 푸는 주문을 외듯, 마음속으로 '땡!'을 외치며 오른발을 겨우 내밀었다. 그리고 내가 그었던 그와 나 사이의 금을 지우듯 바닥을 쓱쓱 문댔다. 이제 넘어와도 돼요, 재민 씨. 그러나 말보다 몸이 빨랐다.

나는 거침없이 달려가 그의 품에 와락 안겼다. 내 남편 강재민의 포근하고 넓은 품 안에.

✠　✖　✠

"재민…… 씨?"

그녀였다.

"다은아!"

눈앞에 두고도 선뜻 다가설 수 없는 그녀였다. 이곳에 올 때 이런 순간을 꿈꾸기는 했지만, 막상 눈앞에 거짓말처럼 그녀가 서 있자 움직일 수가 없었다. 움직이면 이 꿈마저 깰까 두려웠다. 꿈속의 그녀라도 마음껏 보고 싶었다. 바라만 봐도 가슴 벅찬 내 아내, 정다은을.

멈췄던 시간이 다시 흐른 건, 그녀가 내 품에 뛰어들고부터다. 가냘프지만 보드라운 그녀의 몸이 내 품 안에 가득 찼다. 내 턱 밑에 그녀의 정수리가, 내 가슴에 그녀의 얼굴이, 내 팔에 그녀의 가녀린 등이 생생하게 느껴졌다. 꿈이 아니라, 환상이 아니라 진짜 살아 있는 그녀가 지금 내 품 안에 있었다.

"다은아! 진짜, 너 맞지? 이거 꿈 아니지?"

잠시 품에서 떼어 낸 그녀의 얼굴을 찬찬히 들여다보았다.

"다은아, 보고 싶었어. 다은아……."

눈물을 글썽이며 나를 쳐다보는 그녀의 눈동자 가득 내가 담겨 있었다.

"재민 씨. 나도, 재민 씨……. 흑흑."

그녀는 아이처럼 꺽꺽대며 울었다.

"왜 울어. 바보처럼."

그녀를 달랬지만 사실은 나도 눈물이 나서 흠흠 헛기침을 했다.

"어어엉! 나, 나도 재민 씨, 사, 사…… 으흐흑."

뭐가 그리 서러운지 그녀는 우느라 말을 잇지 못했다.

"뭐라고? 사탕 사 달라고?"

나도 따라 울어 버릴 거 같아 엉뚱한 말을 해 버렸다.

퍽!

"윽! 아프잖아. 왜 때려?"

이제야 그녀는 눈물 어린 눈에 웃음을 보였다.

"바보. 내가 언제?"

"사, 사, 사탕 사 줘. 그 말 아녔어?"

"사탕이 아니라, 그러니까…… 사과 먹고 싶다고요."

"진짜? 진짜 그 말이야? 사과?"

"네!"

샐쭉 토라지는 그녀에게 한 걸음 다가섰다.

"왜, 왜 이래요?"

그녀는 한 걸음 물러섰다.

"그 말이 아니었던 거 같은데?"

나는 또 한 걸음 그녀를 향해 갔다.

"사, 사과……."

그녀는 당황해하며 또 뒷걸음질 쳤다.

"다시 말해 봐."

이번엔 두 걸음 다가섰다.

"왜 자꾸 이래요? 저리 좀 가요."

그녀는 한 걸음, 그리고 또 한 걸음 더 물러서려 했으나 더는 물러설 곳이 없었다. 그녀의 뒤에는 연리목이 있었으니까.

"아까 울면서 하려던 말 다시 해 봐."

연리목에 기댄 그녀에게 얼굴을 바짝 들이댔다.

"읍! 뭐, 뭘?"

발갛게 달아오른 그녀의 뺨이 복숭아처럼 탐스러웠다.

"다시!"

코끝이 닿을 듯 말 듯 가까워지자 그녀는 눈을 질끈 감아 버렸다.

"다시 말해 줘. 정다은."

"하아, 사, 사……."

"음? 안 들려."

갑자기 그녀가 눈을 반짝 뜨고 내 눈을 뚫어져라 쳐다봤다.

쿵!

가슴이 내려앉는 소리를 그녀가 들었을까?

"나도 재민 씨 사랑한다고요!"

쿠쿠쿵!

더는 내려앉을 게 없을 줄 알았는데, 내 모든 게 주저앉아 버리는 소리가 들렸다. 그녀에게 향하는 마음을 참을 수가 없었다.

"사랑해. 사랑해, 정다은."

왼손으로 나무를 짚고 오른손으로 그녀의 턱을 잡고 천천히 입술을 맞댔다. 그녀의 입술은 짰다. 그건, 눈물 맛이었다. 그녀의 짭조름한 입술을 핥았다. 나 때문에 아팠던 상처를 보듬듯이 그녀 입술의 소금기를 모두 닦아 냈다.

눈물이 사라진 그녀의 입술은 그녀가 만든 컵케이크처럼 달콤하고 폭신했다. 나는 맛있는 케이크를 먹듯 아낌없이 그녀의 입술을 탐했다.

"잠깐!"

그녀가 내 가슴팍을 억지로 밀어냈다.

"누가 와요."

멀리서 사람들의 목소리가 들렸다. 후우. 나도 몰래 한숨이 나왔다. 집 앞에서 키스하다 부모님께 들킨 십 대처럼 얼굴이 화끈 달아올랐다. 쑥스러움을 들키지 않으려고 덥석 그녀의 손을 잡고 걸었다.

한 걸음 뒤에서 나의 손에 끌려 따라오는 그녀 얼굴을 볼 수가 없었다. 그녀는 나를 너무도 쉽게 무장해제 시켜 버린다. 처음 만났을 때부터 그녀는 그랬다. 정다은, 너는 누구기에 나를 이토록 미치게 하는 거니, 묻고 싶었다.

"······저기요."

"응?"

"걸음이 너무 빨라요."

"어? 어, 미안."

나는 왜, 그녀에겐 항상 서투르기만 할까.

보폭을 늦춰 그녀와 나란히 걸었다.

"이거, 기억나요?"

그녀가 가리킨 건, 시가 쓰인 나무 그루터기였다.

"어."

"나는, 그때는 못 봤던 걸 오늘 봤어요."

"그래? 그 꽃을 봤어? 무슨 꽃인데?"

내가 눈을 동그랗게 뜨고 묻자 그녀는 웃겨 죽겠다는 듯 킥킥댔다.

"궁금해요?"

내가 고개를 끄덕이자 그녀가 장난스레 눈동자를 떼구르르 굴리다 입을 열었다.

"그건 바로……."

"……?"

"재민꽃!"

"진짜? 그런 꽃도 있어?"

"요기!"

손가락으로 내 가슴팍을 콕 찌르며 그녀가 웃음보를 터뜨렸다.

"어? 나 놀린 거야, 지금?"

"하하하. 재민 씨 어쩜 좋아. 깜빡 속았죠?"

"아, 뭐야. 나 진짜 그런 꽃이 있는 줄 알았잖아."

그녀는 걸음을 멈추고 내 얼굴을 올려다보았다.

"왜?"

그녀가 빤히 쳐다보는 시선에 또 가슴이 뛰었다.

"있어요, 진짜."

"뭐가?"

"재민꽃."

"풉! 두 번은 안 속지. 아무리 내가 교포라지만 너무……."

그녀는 뚫어져라 내 눈을 쳐다봤다. 장난기가 가신 그 눈빛에 말을 끝맺지 못했다.

"봐요. 보이죠?"

"……."

"내 눈 속에 핀 재민꽃."

"……."

"찾았어요?"

나는 대답 대신 그녀를 꼭 안아 버렸다. 영원히 내 품에서 벗어나지 못하게 그녀를 꽁꽁 가둬 버리고 싶었다.

6 약속

♥♥♥♥♥♥♥♥♥♥♥♥♥♥♥♥♥♥♥♥♥

"언니 짓이었구나?"

호텔에 돌아와서야 알아차렸다. 갑작스런 그의 등장에도 놀라지 않는 현주 언니를 보고서.

"내가 뭘?"

거실 소파에 우아하게 앉은 언니는 홀짝홀짝 차를 마시며 반문했다.

"언니가 다 알려 줬지?"

"그러니까 뭘? 난 묻는 말에 대답만 해 줬어. 뭐 문제 있니?"

"아, 아니 뭐, 그런 건 아니지만."

호텔로 돌아오는 택시 안에서, 너무 좋아 그의 손을 꼭 잡고 헤죽헤죽 웃느라 어떻게 된 일이냐 묻지도 못했다. 그도 내 얼굴에서 눈을 떼지 않은 채 미소만 지었고. 아무튼 언니에게 참 고마워할 일이라 그냥 헤헤 웃고 말았다.

연아와 연규는 재민 씨에게 달라붙어 떨어지지 않았고, 그는 두 아이와 재미나게 놀아 주었다.

"재민 씨 가방은 네 방에 넣어 뒀어."

"엉? 왜?"

"그럼 우리 방에 두니?"

"언니, 재민 씨는 다른 방에 묵을 거야."

내 목소리가 컸는지 그가 돌아보며 말했다.

"지금 예약 취소된 방 있으면 연락 달라고 프런트에 말해 뒀습니다."

"아니 저 넓은 방 놔두고 왜? 어제도 다은이 혼자 저 방에서 잤어요. 부담 갖지 마세요. 게다가 주말이라 방도 없어요."

"아닙니다. 전⋯⋯."

"그건 안 될 말이에요. 세상에 무슨 부부가 각방을 쓰겠다고? 그럴 거면 내가 재민 씨 부르지도 않았지."

"역시 언니 짓이었군."

"그래 내 짓이다. 그러니 두 사람 딴소리하지 말 것."

언니가 딱 잘라 말할 땐 반항해야 소용이 없다는 걸 알지만, 참 난감했다. 구구절절 우리 사연을 말할 수도 없고.

"저녁은 제가 대접하겠습니다. 뭐 드시고 싶으세요?"

그가 현주 언니에게 물었다.

"아니에요. 애들 피곤해하니 룸서비스 시키려고요. 오늘은 일찍 재워야 해요."

"언니, 그러지 말고 같이 나가자."

"나도 사진 정리해서 블로그에 올려야 하고 바빠. 두 사람 나가서 밥 먹고 재밌게 놀다 들어와."

"그럼 할 수 없지. 아쉽다."

"난 하나도 안 아쉽거든? 우리 먼저 잘 테니까 이따가 나 찾지 마라. 재민 씨, 다은이 맛있는 거 사 주세요."

현주 언니의 배려인지 진심인지는 몰라도 더 졸라 봐야 달라질 게 없다는 걸 너무 잘 아는 나는 그와 둘이 저녁을 먹으러 갔다.

일식당의 조용한 별실에 그와 마주 앉아 있으니 이게 꿈인지 생신지 믿어지지 않았다. 불과 몇 시간 전만 해도 숲길을 혼자 터덜터덜 걸었었는데.

"왜?"

"뭐요?"

"왜 자꾸 웃어?"

"흐흐. 좋아서."

그의 입꼬리가 씨익 올라갔다. 사케를 홀짝거리는 내 입에 회를 한 점 집어 먹여 주며 물었다.

"그렇게 좋아?"

나는 회를 우물거리며 고개를 끄덕였다.

말로는 할 수 없을 만큼 좋았다. 그와 함께 있는 이 시간이 좋았고, 그와 함께 먹는 음식이 좋았고, 그의 목소리가 좋았고, 그의 향기가 좋았고, 또…… 그가 좋았다.

그가 손을 내밀어 내 볼을 살짝 꼬집어 흔들었다.

"아얏! 왜 꼬집어요?"

"그러게 누가 그렇게 귀여우래?"

"품!"

내 볼을 꼬집어도 내 머리를 쓰다듬어도 다 좋았다. 그의 모든 게 그냥 좋았다.

정식을 먹으며 사케 한 병을 비운 우리는 2차로 스카이라운지에 가서 칵테일을 마셨다.

"참! 제주 온 거야 현주 언니 때문인 건 알겠는데, 내가 거기 간 줄은 어떻게 알고 왔어요?"

"환상숲?"

"음."

"호텔 도착하니 넌 없고, 시간이 남으니까 그냥 가 본 거야. 꼭 다시 가 보고 싶었던 곳이거든."

"내가 거기 있으리라 기대한 건 아니죠?"

"어. 솔직히 거기서 널 만날 거라곤 생각도 못 했지. 이런 걸 텔레파시가 통했다고 하나? 막연하게 꿈꾸기는 했지만, 현실이 될 줄은……."

"사실 나도 우연히 가게 된 건데…… 거기 우리 추억이 참 많더라고요."

"음. 너랑 함께 보던 풍경, 손잡고 걸었던 길, 나눴던 이야기들이 새록새록 떠오르더라. 그리고…… 그땐 몰랐던 것들, 너무 늦기 전에 알게 돼서 다행이다 싶어. ……다은아, 그동안 너 아프게 한 거, 미안해. 앞으로 살면서 하나하나 갚아 나갈게."

그도 나와 같았다. 그때 우린 한 공간에서 같은 생각을 하며 서로를 떠올리고 있었다. 서로의 발자국을 따라가며, 함께한 시간만큼 켜켜이 쌓인 추억을 곱씹으며, 거기 함께 있었다.

함께 만들어 간 추억이란 건 이토록 끈끈한 것인가 보다.

"근데 이따가 어떡할 건데요?"

모히토를 한 모금 마시고 그에게 물었다.

"뭘?"

"방."

취기가 살짝 오른 나는 장난기가 발동했다.

"언니 몰래 방 알아봐 줘요?"

그가 나를 뚫어지게 바라보았다.

"왜, 불편해?"

"아니, 뭐. 난, 재민 씨가 불편할까 봐……."

"그럼 됐어. 난 안 불편해."

그의 뜨거운 시선을 그대로 받고 있으니 갑자기 알코올 기운이
확 올라왔다.

"피할 수 없으면 즐겨라. 그게 내 신조거든."

세상의 모든 술은 나 혼자 다 마신 것처럼 귀밑까지 화끈 달아오
르고, 주변이 빙빙 돌고 있었다.

�֎　✖　✖

팡. 팡. 팡.

"이모! 일어나아!"

"다은 이모는 잠꾸러기래요."

지진이 일어난 줄 알았더니 두 꼬마 녀석이 내가 누운 침대에서
방방 뛰고 있었다. 그리고 또, 잘생긴 한 남자가 내 얼굴을 들여다

보고 있는 게 아닌가!

오 마이 갓!

이불을 당겨 뒤집어쓰고 이게 어찌 된 상황인가, 퍼즐을 맞추듯 기억의 조각을 맞춰 봤다.

그러니까 어제 우린 환상숲에서 우연히 만났고, 저녁을 먹었고, 스카이라운지에 가서 칵테일을 마셨지. 그리고…… 그리고 또 뭘 했더라? 고장 난 신호등처럼 내 머릿속에서 불빛이 깜빡거리기만 했다.

"연아야! 연규야! 당장 나와. 이모 그만 괴롭혀."

현주 언니의 목소리가 점점 가까워졌다.

"재민 씨. 우리 먼저 아침 먹을 테니까, 다은이 일어나면 천천히 드세요."

"네. 그렇게 하겠습니다."

"아 참! 두 사람 여기서 1박 더 할래요? 모처럼 제주도 왔는데 하루 더 놀다 가요. 일반 스위트 요금으로 하루 연장 가능하대요."

"저야 좋지요. 다은이만 좋다면 그렇게 하겠습니다."

헉! 뭐라고?

"안 돼! 가게는 어쩌라고!"

나도 몰래 벌떡 일어나 소리를 쳤다.

"가게? 내가 하루 봐 줄게, 놀다 와. 재민 씨는 괜찮다는데."

"오랜만에 여행 왔는데 하루만 더 놀자, 다은아."

"프런트에 내가 말해 놓을게. 오늘 비행기 표 취소하고."

현주 언니는 가볍게 결론을 짓더니 아이들을 몰고 방을 나갔다. 잠도 다 깨기 전에 이게 무슨 날벼락인가 싶어 동그랗게 뜬 눈만

껌뻑였다.

"왜? 싫어? 이런 기회도 드문데."

그가 침대에 걸터앉으며 다정한 손길로 내 머리를 귀 뒤로 쓸어 넘겨 주었다. 갑자기 목이 탔다.

"아니, 그런 건 아니지만. 가게도 걱정이고. 재민 씨 내일 수업 없어요?"

"음. 없어."

"아…… 그렇구나."

이불을 꼼지락꼼지락 만지며 입술을 달싹였다. 둘만 남자 어젯밤의 일이 떠올라 물어볼까 말까 그의 눈치를 봤다.

"왜? 뭐 걱정 있어?"

"어제……."

"어제, 뭐?"

그의 목소리에 장난기가 묻어났다. 이 사람 일부러 그러는 거야?

"아무 일…… 없었지요?"

살짝 약이 오른 나는 눈 딱 감고 궁금한 걸 물어보았다.

"아무 일? 예를 들어 어떤 일?"

능청스럽게 그가 되물었다.

"밤에 무슨 일 있었냐고요!"

"아구, 깜짝이야. 왜 소릴 질러. 물어볼 게 있으면 정중하게 물어봐야지."

이 사람. 이런 사람이었어? 짓궂게 살살 약 올리고, 능글능글하게 왜 이래?

약이 오른 나는 베개를 들어 그에게 던졌다.

"흑!"

폭신폭신한 거위 털 베개에 얼굴을 맞은 그는 돌멩이라도 맞은 듯 비명을 질렀다.

"어휴, 엄살은. 하나도 안 아프면서."

"이거 말로 하면 안 되겠는걸? 하늘 같은 지아비를 너무 우습게 아네."

한쪽 입술을 비틀어 올리며 씩 웃던 그가, 내 양 팔목을 거칠게 낚아채 그대로 침대에 눕혔다.

"왜, 왜 이래요!"

"그러니까, 이렇게 했느냐고?"

내 눈을 응시하며 천천히 다가오던 그의 입술이 여린 목덜미에 뜨겁게 내려앉았다. 그의 기습공격에 놀란 세포들이 일제히 살아나 아우성쳤다. 흐읍, 나도 몰래 비명을 지를 뻔했으나 얼른 이를 사리물었다.

"아니면, ……이렇게?"

그의 입술이 귓불을 지그시 물자 묘한 쾌감이 전신을 관통했다.

"아……."

"아님 이거?"

그의 혀가 귀 뒤의 여린 살을 아이스크림처럼 핥자 내 의지와는 상관없이 몸이 바르르 떨렸다.

"더 궁금해?"

얼이 빠진 채 도리질을 하는 나를 지긋이 내려다보던 그가, 서서히 입술을 가져다 대며 말했다.

"이건 벌이야. 나를 유혹하고 그냥 잠든 죄에 대해 응당한 대가는 치러야지."

그의 입술은 너무도 뜨겁고 감미로웠다.

현주 언니와 아이들을 렌터카에 태우고 우리는 공항으로 향했다. 아이들은 재민 삼촌과 헤어지기 싫다며 그의 팔에 매달렸다. 서울 가서 다시 만나기로 약속을 한 후에야 아이들은 그에게서 떨어져 아쉬운 발걸음을 돌렸다.

"재민 씬 애들한테도 인기 많네. 대체 비결이 뭐예요?"

탑승 게이트로 들어가기 직전 한 번 더 뒤돌아보는 아이들을 향해 손을 흔들어 주는 그에게 물었다.

"글쎄……. 잘생긴 얼굴?"

그의 얼굴엔 장난기가 가득했다.

"풉. 농담도 잘해."

"농담으로 들려? 이거 섭섭하네."

눈살을 살짝 찌푸리며 그가 입술을 뿌루퉁하게 내밀었다. 이런 개구쟁이 같은 모습, 처음 본다. 잠시 넋을 잃고 소년처럼 해맑은 얼굴을 바라보았다.

"왜?"

"어, 내가 뭘요?"

"너무 쳐다보잖아. 내 얼굴에 구멍 나겠다. 그렇게 멋있어?"

"피이. 언제는 사람 얼굴 다 거기서 거기라더니. 겸손은 어디에 두고 오셨을까요?"

"내가 그랬어?"

장난기 가득한 그의 눈에 웃음이 담겨 있다.

"그땐 다은이한테 점수 따고 싶어서 맘에도 없는 말을 했구나."

"나한테 점수 따서 어디에 쓰려고?"

"어디에 쓰려고 점수 따나, 뭐."

"그럼?"

"그냥."

"그냥?"

"음. 그냥, 좋아하니깐…… 그런 거지."

웃음기를 싹 거둔 그의 목소리가 낮게 울렸다.

"아……! 그, 그런 거구나."

갑자기 가슴에서 쿵쾅거리는 소리가 났다. 그에게도 이 소리가
들리면 어쩌지?

"응. 좋아하니까."

"……."

"너무…… 널."

무언가에 끌리듯 그가 내게 바짝 다가왔다.

"……좋아하니까."

흔들림 없는 그의 깊은 눈동자가 옴짝달싹 못하게 나를 가두어
버렸다. 지금 난, 마법에 걸린 걸까? 어떤 말도 어떤 행동도 못 하
고 그의 눈빛에 갇혀 버렸다. 오가는 사람들로 붐비는 공항 로비에
우리 두 사람만 섬처럼 떠 있는 것 같았다. 1초, 2초, 3초,…… 10
초…… 20초……. 시간조차 우리를 비껴가고 있었다.

"아, 저, 우, 우리 드라이브할래요?"

나조차 내 입에서 무슨 말이 나오는지 알지 못했다.

바닷가를 따라 시원하게 뚫린 제주의 해안도로는 드라이브 코스로 최고였다. 오픈카의 지붕을 열자 바닷바람이 내 머리카락을 마구 헝클어 버렸지만, 그래도 좋았다.

옆에는 나의 남편, 내가 사랑하는 남자, 강재민이 있으니까. 투명하게 맑은 제주의 바람은 내 머리카락뿐 아니라 마음속까지 다 씻어 내듯 어루만져 주었다.

"아, 진짜 좋다!"

나도 모르게 함성을 질렀다. 그런 나를 보며 그가 웃었다. 티 없이 밝고 환한 웃음이다. 이제부턴 늘 이렇게 활짝 웃게 해 주고 싶다. 더는 그가 외롭지 않게.

신혼여행 때도 들렀던 바닷가 찻집에서 차를 마셨다. 창밖엔 성산 일출봉이 파란 바다 위로 고개를 내밀고 있었다.

여기 기억나요? 그럼. 그때도 너 레몬차 마셨잖아. 그것만? 아니, 네 목에 둘렀던 노란 스카프도 기억나. 레몬처럼 상큼한 여자구나 생각했던 것도. 정말? 응, 정말. 그의 눈동자 한가득 내가 담겨 있다는 게 신기했다.

레몬차는 그때처럼 향긋했고, 그는 변함없이 멋있었고, 제주는 늘 그렇듯 아름다웠다.

호텔로 돌아온 후 저녁 먹기 전에 가볍게 산책을 하기로 했다. 아기자기 잘 꾸며진 호텔 정원엔 크리스마스 장식들이 더해져 저절로 마음이 들떴다.

"바닷가 내려가 볼까?"

바다로 통해 있는 나무 계단 앞에서 그가 물었다. 한 치의 망설임 없이 끄덕끄덕 고개를 흔들자 잡고 있던 손에 힘을 꽉 주며 그가 웃었다. 마주 보는 내 입꼬리도 저절로 올라갔다.

계단은 생각보다 훨씬 길었다. 이렇게 길 줄 알았다면 내려오지 않았을 텐데, 이제 와 돌아가기엔 억울하고. 진퇴양난이었다. 사실 어제도 엄청나게 걸었건만 오늘도 그와 손을 잡고 걷는 게 그저 좋아서 앞뒤 재지 않았더니, 이제 다리가 후들거렸다.

"휘유, 아직도 멀었나?"

"힘들어?"

"헥."

대답 대신 혀를 빼물자 그가 귀엽다는 듯 큭큭 웃었다.

"자! 업혀."

그가 쭈그리고 앉으며 넓은 등판을 내밀었다.

"아니에요. 재민 씨 힘들잖아요. 싫어요."

"얼른 업혀."

"싫다니까."

어깨를 가볍게 떠미는 내 손을 그가 한 손으로 잡아채자 내 몸이 그의 등으로 기울었고 그대로 벌떡 그가 일어났다.

"악! 내려 줘요. 진짜 왜 이래?"

"싫어?"

"아니, 싫은 건 아니지만, 무겁잖아."

"하나도 안 무거워, 너."

"그래도……."

"몸에 힘 빼고 기대. 그럼 더 가벼워져."

하는 수 없이 그의 어깨를 잡고 있던 손을 놓고, 그의 목에 팔을 둘러 감았다.

"그렇지, 그러니까 더 가볍다. 우리 아기 말 잘 듣네."

"우웩. 닭살 돋아! 아기가 뭐야 아기가."

"너도 돋았느냐? 나도 돋는다. 목 좀 긁어 주라."

킥킥대며 웃다가 그의 등에 얼굴을 묻었다. 그의 넓은 등이 바닷
바람을 막아 주어 따뜻했다. 넓은 등에 기대어 눈을 감으니 마음이
탁 놓였다. 마치 안전한 요새에서 기사의 호위를 받고 있는 공주가
된 기분이었다.

"좋다……."

"좋아?"

"으응."

그의 등에 업혀 눈을 감고 있는 지금 이 순간, 마냥 좋았다.

아무런 잡념도 섞이지 않은 순도 100%의 좋음이란 이런 거구나!

계단이 끝나는 지점부터 시작된 백사장엔 일요일 저녁이라 그런
지 인적이 없었다.

철얼썩 쏴아. 쏴아아 차르르.

바다를 향해 달려들다 파도가 밀려오면 도망치는 놀이를 그는
지치지도 않고 계속했다. 여전히 나를 업은 채로.

"내려 줘요, 이제."

"싫은데?"

"안 힘들어요? 그만 내려 줘요."

"자꾸 그러면……."

그는 물러가는 파도를 따라 바다를 향해 발걸음을 내디디며 당
장에라도 빠뜨릴 듯 몸을 기울였다.

"아아악! 안 돼!"

"여기다 내려 준다. 워어!"

"까아악!"

그의 짓궂은 장난에 하늘과 바다가 바뀌며 머리카락 끝이 물에 닿을 뻔했다.

"이래도? 이래도 내려 줘?"

"까악! 아니, 아니, 내리지 마!"

나도 몰래 비명을 지르며 그의 목을 더 꽉 끌어안았다. 개구쟁이처럼 깔깔거리는 그의 청명한 웃음소리가 초겨울 바닷가에 울려 퍼졌다.

"내리지 마? 자, 그럼 뽀뽀."

고개를 돌리며 오른뺨을 들이민다.

"피잇!"

약이 살짝 오른 나는 손가락으로 그의 뺨을 꾸욱 찔러 고개를 원위치로 돌려놓았다.

"어? 안 해 줘?"

그가 다시 밀려오는 파도를 향해 몸을 기울였다.

"까아악. 하지 마!"

"이래도? 이래도 안 해 줄 거란 말이지?"

"아니. 아니. 해 줄게. 해 줄게."

"약속했다?"

"으응."

하는 수 없이 그의 오른뺨에 입술을 가볍게 대려는 순간,

쪽!

그가 기습적으로 고개를 돌려 입술을 부딪쳤다.

아주 짧은 찰나였지만, 그와 입술이 마주친 순간 차가운 아이스크림을 베어 문 듯 짜릿한 달콤함에 숨이 멎을 것 같았다. 첫 키스를 한 소녀처럼 부끄러웠다. 하얗고 정결한 그의 뒷목에 얼굴을 묻자 상큼한 박하 향이 코끝을 간질였다.

좋아. 이 사람이, 너무 좋아.

초겨울의 태양은 빠르게 기울었다. 수평선에 닿을 듯 가까워진 태양이 하늘과 바다를 붉게 물들이며 저물고 있었다. 사파이어처럼 푸르게 빛나던 먼바다가 검붉게 타올랐다.

그는 말없이 해변을 따라 백사장을 걸었고 난 그의 등에 업힌 채 꿈속 같은 오렌지빛 하늘과 금빛 바다를 응시했다.

철얼썩 쏴아.

쏴아아 차르르.

"다은아."

"음?"

"저기, 다은아."

"푸훗, 무겁구나? 인제 그만 내려 줘요."

"아니."

"그럼 왜요?"

"그냥."

"……."

"불러 보고 싶어서."

"피이."

입술을 살짝 깨물어도 배시시 웃음이 새어 나왔다.

얼마를 걸었을까? 그는 발걸음을 되돌려 왔던 곳을 향해 다시 걸었고 난 고개를 반대로 돌려 마지막 정염을 불사르며 바다로 사라지는 태양을 응시했다. 수줍은 초승달이 얼굴을 내미는 저녁이었다.

아름답다.

그것 말고는 표현할 수식어가 떠오르지 않았다. 살아오면서 이토록 완벽한 순간이 있었던가? 석양과 바다와 달과 바람. 그리고 내 남자의 넓은 등.

Time In A Bottle. 오래된 팝송의 제목처럼 시간을 병에 가둘 수 있다면, 나는 지금 이 순간을 담을 것이다. 투명한 유리병에 저 검고 푸른 하늘과 붉은 노을과 금빛 파도와 노란 초승달, 그리고 바다를 품은 그의 향취를.

"다은아."

"음?"

"후우."

한숨을 길게 몰아쉬고 나서, 그는 힘들게 말문을 열었다.

"다은아. ……나 잠시, 미국에 다녀와야 해."

쿵. 풍선처럼 붕 떠 있던 마음이 끝없는 바닥으로 곤두박질쳤다.

"미국? 갑자기, 왜……?"

"새아버지와 풀지 못한 문제가 있어. 그걸 해결하지 못하면 앞으로 우리 생활에 계속 걸림돌이 될 거야. 그러니까……."

"……."

"……다은아?"

입술을 꼬옥 깨물었지만 뜨거운 숨이 잇새로 흘러나왔다.

"다은아!"

"……."

"너 지금, 우니?"

아니. 그 말을 할 수 없어 그의 등에 얼굴을 묻었다. 눈물이 자꾸만 흘러 그의 등을 적셨다. 안 가면 안 돼? 그냥 이대로 살면 안 돼? 하고 싶은 말을 안으로 꾹꾹 삼켰다.

초저녁 별들이 하나둘 얼굴을 내밀기 시작했다.

타오르던 석양은 마지막 숨을 토하듯 붉은 띠 한 줄을 수평선에 남기고, 깊이 침몰하였다. 수채화 물감이 번진 듯 검푸르고 짙푸르고 푸르고 연푸른 색깔들이 하늘에 얼룩져 있었다.

호텔로 돌아가는 계단 앞까지 묵묵히 걸어온 그가 드디어 나를 내려놓았다.

우리가 지나온 해변엔 그의 발자국이 드문드문 찍혀 있었다. 검은 파도는 남은 발자국을 지우느라 하얀 거품을 내뿜는 데 여념이 없었다.

"바보처럼 울긴."

양손으로 내 볼을 감싸며 그가 피식 웃었다. 나도 따라 웃어 보려 했지만 억지로 입꼬리를 올리려니 바들바들 경련이 일었다.

그런 나를 안쓰럽게 보던 그가 다정하게 말했다.

"너 이렇게 울면 내가 어떻게 가니?"

"안 가면…… 흐흑."

울음이 치밀어 말이 나오지 않았다.

"안 가면…… 으흐흑. ……되잖아."

흐느끼는 나를 그가 부드럽게 당겨 안았다.

"너, 이러면……."

"가지 마! 그러니까 가지 마아."

"다시 온다고 했잖아."

내 울음이 멈출 때까지 그는 나를 꼭 안고 있었다. 나는 그의 품 안에 안겨 아이처럼 엉엉 울었다.

하늘에 남아 있던 푸른 기운이 완전히 사라지고 마르지 않을 것 같던 눈물이 멈추자, 그가 내 머리를 쓰다듬으며 말했다.

"기다려 줄 거지?"

나는 착한 아이가 된 것처럼 말없이 고개를 끄덕였다. 밀착했던 몸을 떼어 내고 내 어깨를 양손으로 잡은 채, 그는 부드러운 음성으로 말을 이었다.

"다은아! 꼭 돌아올 거니까, 울지 말고, 밥 잘 먹고, 매일 자기 전에 내 생각 하고……."

그 맑은 눈망울에 나를 가득 담은 채 한 마디 한 마디 당부할 때마다 나도 모르게 고개가 끄덕여졌다.

응, 응, 그럴게. ……그러니까 꼭, 돌아와.

떼쟁이 울보에서 순한 양으로 변한 나를, 그는 눈에 넣을 듯 깊숙이 바라보았다. 맑고 큰 눈동자에 셀 수 없이 많은 별이 박혀 있었다.

검은 하늘에 총총히 수 놓인 보석 같은 저 별들도 그의 눈동자보다 빛나지 않는다는 걸, 오늘 알았다.

"오래 기다리게 하지 않을 게."

그의 입술이 내 이마에 뜨겁게 내려앉았다. 마치 이 여자는 나의 것이라고 화인을 찍는 의식 같았다. 저 하늘의 달과 별들 앞에서.

"다은아."

이마에서 콧날을 따라 내려오는 그의 입술은 봄바람처럼 가벼웠다.

"영원히."

인중을 핥는 혀의 감촉에 솜털이 곤두섰다.

"너만."

그의 뜨거운 숨이 입술을 간질였다.

"사랑……."

온몸이 달아오른 난, 닿을락 말락 달싹이는 그의 아랫입술을 살짝 깨물었다. 그러자 더는 참을 수 없다는 듯 그가 돌진해 왔다. 거센 숨이 얽히고 호흡이 합쳐졌다. 파도 소리마저 아득히 멀어져 갔다.

이곳엔 오직 우리 두 사람만, 살아 숨 쉬고 있었다.

✿   ✝   ✿

"잘 자."

침대에 누운 그녀의 이불을 여며 주고 입술에 가볍게 입맞춤을 한 후 방을 나왔다.

실망의 눈빛인가? 서운한 듯 싸한 기운을 풍기는 그녀를 모른 체하고 거실을 지나 내가 묵을 방으로 들어왔다. 간단히 샤워한 후, 불을 끄고 침대에 누웠지만, 이런저런 상념들이 스치듯 떠오르며 안 그래도 복잡한 마음을 더 시끄럽게 했다.

끝내지 못한 숙제를 매듭짓기 위해 이제 본격적으로 움직여야 한다. 형식적인 이혼 절차를 밟고 이곳 생활을 모두 정리한 후, 미국으로 떠나야만 한다.

몇 번을 머릿속으로 시뮬레이션 하며 준비한 시나리오지만, 한 번의 실수도 없이 강 회장을 나가떨어지게 하려면 모든 걸 치밀하게 해야 한다.

한 방에 끝내야 할 싸움이다. 꼭 이겨야 할 전쟁이다. 빨리 돌아오겠다고 한 그녀와의 약속을 지키기 위해서……. 그녀를 더 슬프게 하지 않기 위해.

억지로 잠을 청하려니 아까 그녀가 쳐다보던 게 자꾸 생각났다.

그 눈빛은 뭐지? 지금이라도 그녀에게 가 볼까? ……아냐. 정확히 언제 돌아올지도 모를 내가, 막연히 기다려 달라고 부탁한 주제에 감히 그녀를……?

더는 욕심내선 안 된다. 아직은 때가 아니니까. 조금 더 참고, 참고, 또 참고…… 기다려야 한다.

그녀의 믿음을 얻은 것만으로도, 그녀의 마음을 가진 것만으로도, 난 이미 충분하다고 억지로 나 자신을 달랬다.

후! 오늘 밤에도 난 양이나 세어야 하겠군.

큭큭. 웃음이 터져 나왔다. 기가 막혀 웃었지만, 입맛이 썼다.

양 한 마리, 양 두 마리, 양 세 마리…… 그리고, 다은!

양을 세어 보려 했지만, 천장엔 양 대신 다은이가 동동 떠다녔다. 이런 내가 한심했지만 좀 더 솔직해지기로 했다.

'웃는 다은, 예쁜 다은, 미소 짓는 다은, 귀요미 다은, 토라진 다은, 떼쟁이 다은, 화내는 다은.'

내가 아는 그녀의 모습들이 꼬리에 꼬리를 물고 나타났다. 각양각색의 표정이었지만 웃고 있든 찡그리고 있든 그녀는 예뻤다.

'뽀뽀하는 다은, 내 등에 업힌 다은, 먹는 걸 좋아하는 다은, 내 품에 안겨 울던 다은, 나를 사랑하는 다은, 내가 세상에서 제일 사랑하는……'

벌컥!

"다은아!"

문 앞에 그녀가 서 있었다. 내가 세상에서 제일 사랑하는 다은, 그녀가.

"악몽을 꿨어요."

후다닥 침대 안으로 뛰어들며 말했다.

"저런, 놀랐구나."

이불 위로 감싸 안아 주려는데 어미젖을 찾는 강아지 마냥 그녀가 품 안으로 파고들었다.

이러면, 이러면 진짜 곤란한데…….

"많이 무서웠어?"

"흐응."

몸을 살짝 뒤로 빼 보지만 그녀는 더 바싹 다가오며 가슴에 코를 비볐다.

후유, 진짜 어쩌라고. 너, 너, 이럼 안 된다니까.

"괜찮아. 괜찮아질 거야."

등을 토닥여 주며 의젓한 척했지만, 쿵쿵 울리는 심장 소리를 그녀도 듣고 있을 거란 생각에 귀밑까지 달아올랐다.

"마음 푹 놓고 자."

아무렇지 않은 듯 말했지만 미세하게 갈라지는 목소리를 눈치챘겠지. 그런데 왜, 내가 떨고 있는 걸까? 악몽을 꾼 건 넌데.

자꾸만 가슴팍으로 파고드는 그녀 때문에 숨이 가빠졌다.

"다은아, 이제 괜찮지? 방에 데려다 줄까?"

대답 대신 그녀는 고개를 마구 흔들었다. 그럴 때마다 머리카락이 얼굴을 간질이며 알싸한 향기를 풍겼다. 정신이 혼미해져 왔다.

……향긋해.

나도 모르게 그녀의 머리카락에 얼굴을 묻었다. 달콤한 그녀의 살 내음에 취한 듯, 어느새 목덜미까지 내려온 입술은 그녀의 살결을 탐하고 있었다.

"아, 안 돼."

더는 나도 참을 수 없을 것 같아 억지로 그녀를 떼어 냈다.

"왜? 왜 안 되는 건데요?"

그녀가 예의 그 똥그란 토끼 눈을 하고 물었다.

"그, 그건…… 내가 언제 돌아올지 모르거든."

"하지만 올 거잖아요."

"응. 근데 언제가 될지는 지금 정확히 나도 몰라. 그러니까……."

"어쨌든 온다는 거잖아요?"

"당연하지. 하지만……."

"그럼 됐어."

"다은아, 이러지 마. 아, 안 돼."

"나 못 믿어요? 난 재민 씨만 믿고 기다릴 건데."

믿어, 믿는다고. 하지만 내 목소리는 그녀의 입술에 파묻혀 나오지 않았다.

그리고

내가 미국으로 떠나기 전날 우리가 함께 보낸 마지막 하루는 아
프고…… 또, 행복했다.

"아, 배고프다! 아침도 안 먹고 나왔더니 뱃속 거지들이 난리네.
재민 씨, 우리 설렁탕 먹으러 가요. 드라마 보면 이혼한 부부들이
법원 앞에서 설렁탕 먹고 헤어지던데."

이혼 확정을 받고 나오자 그녀는 부러 너스레를 떨며 환하게 웃
었다. 그래서 더 마음이 아팠다. 하지만 나도 이제…… 웃기로 했
다.

"우리 오늘 뭐 할래요?"

눈에 띄는 대로 불쑥 들어간 설렁탕집에서, 김이 폴폴 나는 국물
에 밥을 말며 그녀가 물었다.

"뭐 특별히 하고 싶은 거 있어?"

떨어져 있는 동안 오늘을 기억하며 외로움을 견뎌 낼 수 있도록,

그녀에게 행복한 시간을 선물해 주고 싶었다.

"음…… 글쎄요. 재민 씬 하고 싶은 거 있어요?"

"하고 싶은 거? 너무 많아서 말로 다 못 하지."

"그래도 말해 봐요. 오늘은 다 들어줄 거니까."

그녀도 나와 같은 마음이었나 보다.

"진짜?"

"그럼요. 내가 거짓말하는 거 봤나?"

"쉽지 않을 텐데……."

난 일부러 기어들어 가는 목소리로 말했다.

"아이 참! 말해 보라니까요. 내가 다 들어줄게요."

풀죽은 내 모습이 불쌍했는지 큰소리를 빵빵 쳤다.

"일단, 한 가지만 먼저 말해 줄게."

그녀가 까만 눈동자를 반짝이며 쳐다보았다.

"나랑 드라이브하기."

"난 또 뭐라고. 그게 뭐 어려워요. 온종일이라도 드라이브할 수 있어요."

"진짜?"

"만날 속고만 살았나. 뭐가 자꾸 진짜야……."

그녀가 곱게 눈을 흘겼다.

"그래도……. 그냥 드라이브만 하지는 않을 텐데?"

"네? 그럼 대체 뭘 하려고?"

그녀는 의심스러운 눈초리로 날 쳐다보았다.

"내가 하고 싶은 거 다 들어준다고 분명 약속했지? 묻지 말고 따라와!"

그녀의 부모님이 모셔진 추모공원은 서울 근교에 있다. 일부러 경치 좋은 드라이브 코스로 에돌아 갔더니 그녀는 도착하기 전까지 부모님께 가는 걸 눈치채지 못했다.

"엄마, 아빠. 우리 또 왔어요. 이 사람이 글쎄, 나랑 드라이브 가자더니 여기로 데리고 왔네."

"어머님, 아버님. 그동안 안녕하셨어요? 잠시 한국을 떠나게 되어서 인사드리러 왔습니다."

그녀의 부모님 앞에 미리 준비해뒀던 꽃을 올리고 큰절을 했다. 얼마 전 기일에 처음 찾아뵙고, 이번이 두 번째 드리는 인사였다.

"이이가 일이 좀 생겨서 미국 집에 다녀온대요."

"다은이와 더 행복하게 살기 위해서 잠시만 떨어져 있는 거니, 너무 걱정하지 마세요. 금방 돌아오겠습니다."

"들었지? 우리 남편이 이렇게 믿음직해요. 헤헤."

그녀는 이곳에 오면 평소보다 더 밝게 웃는다. 슬며시 손을 뻗어 그녀의 손을 꼭 잡아 주었다. 다은아, 너 그렇게 웃으면…… 내 마음이 얼마나 아픈지 아니?

인사를 마치고 나오려다 말고 영정 속에서 환히 웃고 계신 두 분을 돌아보았다.

'다은이 아끼고 사랑하는 마음, 변치 않겠습니다. 그러니…… 마음 푹 놓으세요.'

때마침 구름에 가렸던 해가 나왔는지 밝은 빛이 천창을 뚫고 들어와 영정을 비쳤다.

찰랑.

마치 살아 계신 것처럼 두 분의 눈가가 반짝였다.

봉안당을 나와 주차장까지 가는 길에도 나는 그녀의 손을 놓지 않았다. 내일이면 잡을 수 없을 그 작은 손을 놓아주기 싫었다.

"이제 다음 목적지로 가지."

출발 전, 그녀의 안전띠를 매 주며 말했다.

"재민 씨, 이번엔 내가 하고 싶은 거 할래."

"뭔데?"

"들어줄 거죠?"

"당연하지. 우리 정 여사께서 원하시는 건 뭐든지 해야죠. 싸모 님, 어디로 모실까요?"

"그럼 마트로 가요, 강 기사."

"마트?"

그녀와 함께할 시간이 줄어들고 있는 게 너무도 안타까운 난, 뜬 금없이 마트에 가자는 그녀가 야속했다. 이 천금 같은 시간에 장을 보자니, 이게 말이 되는가!

그렇지만 그녀는 꼭 마트에 가야겠다고 고집을 피웠다. 하는 수 없이 원래 가려던 멋진 레스토랑을 포기하고 마트를 향해 핸들을 꺾었다.

늘 다니던 마트에서 우리는 반찬거리를 샀다. 별로 특별할 것도 없는 두부, 호박, 양파, 바지락, 달걀 같은 소소한 것들을.

아침을 늦게 먹어 배가 고프지 않은 우리는, 점심 대신 푸드 코 트에서 떡볶이를 먹고 아이스크림으로 입가심도 했다. 언제나 그랬 듯이.

마트에서 나와 집에 돌아오자마자 그녀는 장 봐 온 것들을 정리하기 시작했다. 그것만 마치면 내 곁으로 오겠지, 하고 기다렸건만 그녀는 내처 개수대에서 채소를 씻기 시작했다.

"다은아, 그만하고 우리 놀자."

개수대 앞에 서 있는 그녀에게 다가가 어깨를 살며시 감쌌다.

"잠깐만…… 저녁거리 준비해 놔야죠."

양파 껍질을 까서 채반에 얹는 손길이 분주하다. 다른 때 같았으면 그녀의 옆에서 함께 했겠지만, 지금은 아니다. 지금 이 시간이 나는 너무 아까워, 다은아.

"아니, 그러니까 저녁을 왜 해? 밥하지 말고 나만 봐! 밥은 나가서 먹자. 아니면 시켜 먹든가."

"나, 재민 씨한테…… 따끈따끈한 저녁밥 지어 주고 싶다고 했잖아."

조용하지만 단호한 목소리로 말한 그녀가 이번에는 호박을 꺼냈다. 이럴 때 그녀의 고집을 꺾기란 쉽지 않다. 차라리 애교 작전을 펴는 게 승산이 있을 것이다.

"지금 밥이 중요해? 내가 중요해? 밥한다고 시간 보내지 말고 나랑 놀자, 응? 다은아."

어깨 위에 올렸던 손을 내려 그녀를 팔 안에 꽁꽁 묶어 가둬 버렸다. 저절로 차렷 자세가 되어 버린 그녀는 씻던 호박을 마저 씻어야 한다며 몸부림쳤지만, 난 놔주지 않았다.

"싫어! 안 놔줄 거야. 항복할 때까지."

"얼른 놔요. 아까운 수돗물 어쩔 거야."

"그러니까 그만 항복하시지."

알뜰한 그녀에게 틀어 놓은 수돗물보다 더 큰 협박이 있을까?

"난 오늘도…… 다른 날과 다르지 않다고 생각해. 그래서 평소처럼 함께 장도 보고, 밥도 해 먹고……."

"다은아……."

내 품에 쏙 들어오는 가녀린 몸을 꼬옥 안고, 그녀의 머리카락에 얼굴을 묻었다. 크게 숨을 들이켜자 은은한 그녀의 향기가 가슴 가득 차올랐다. 콧날이 시큰해졌다.

"내가 늘 해 주던…… 그 반찬으로……."

아까부터 미세하게 흔들리던 그녀의 여린 등이 점점 더 크게 흔들렸다. 그녀의 등을 통해 전해지는 떨림에 내 심장도 함께 흔들렸다.

"어휴, 양파…… 흠."

"……."

쏴아!

수돗물이 물거품을 뿜어내며 세차게 쏟아져 내렸다.

"흠! 너무…… 맵다."

"……."

수돗물을 잠그지 않길 정말 잘했다고…… 난, 생각했다.

비행기 안에서 열어 보라며 그녀가 준 상자 안에는 작은 컵케이크 세 개가 들어 있었다. 초콜릿 크림이 발라진 컵케이크, 흰 크림 위에 체리가 콕 박힌 컵케이크, 레몬 머랭을 얹은 컵케이크. 그리고 곱게 접힌 쪽지가 보였다.

「아깝다고 안 먹으면 상해요. 내가 보고 싶을 때 하나, 나랑 뽀뽀하고 싶을 때 하나, 그리고 미친 듯이 날 안고 싶을 때 하나. 꼭꼭 씹어서 먹어요.」

나는 슬그머니 휴대전화를 꺼내 찰칵 셔터를 눌렀다. 이토록 귀여운 여자, 내 여자 정다은. 그녀의 모든 걸 간직하고 싶었다.

그녀가 보고 싶을 때 먹는 초콜릿 컵케이크를 집어 입에 넣었다. 물컹, 무언가가 씹혔다.

읍! 이건……?

그건 작은 실리콘 캡슐이었다. 캡슐을 열어 보니 돌돌 말린 종이 포일이 있었다. 펴 보니 손바닥만 한 작은 종이에 깨알 같은 글씨가 빼곡히 차 있었다.

그녀의 글씨를 보니 울컥 뜨거운 것이 치밀어 목이 아팠다. 제주에서의 첫날밤 이후, 함께 보낸 한 달은 너무나 짧았다. 내 생애 가장 행복했던 시간. 그 시간을 내게 준 그녀가 지금, 몹시도 보고 싶다.

「재민 씨.

이 글 읽을 때쯤이면 태평양 상공을 날고 있겠죠?

약속한 대로 나 밥 잘 먹고, 잠 잘 자고, 아주 잘 지내고 있을 테니까 재민 씨도 내가 보고 싶다고 질질 울지 말고, 건강 챙겨야 해요. 꼭! 이건 명령이야. 히히.

가끔 난 그런 생각이 들었어요.

왜 하필 나였을까. 왜 재민 씨였을까. 우린 왜, 만났을까?

만나야만 하는 사람들은 무슨 일이 있어도 만날 수밖에 없는 걸까?

재민 씨를 처음 봤던 날이 생각나요.

햇살을 등지고 선 것처럼 재민 씨 뒤로 후광이 좍 비치는데. 그야말로 남신 강림의 현장이었던 거죠. 지금 재민 씨 웃고 있는 거 보인다. 크크. 안 봐도 난 다 안다니깐.

근데 그 잘난 남자가 낯설지 않더라는 거. 참 이상하죠?

음. 사실 이건 비밀인데…….

꿈을 꾸었어요.

아름다운 정원에 앉아 부모님과 차를 마셨어요. 엄마 아빠가 웃으면서 '이제 우리 다은이 걱정 안 해도 되겠네.' 그러시는데, 마음이 아주 따뜻해졌어요. 어렴풋이 기억나는 그 따뜻함을 재민 씨가 가게에 들어선 순간 다시 느꼈다면, 거짓말 같지요?

운명이란 게 진짜 있을까. 우린 만나야 하는 운명이었을까. 그렇게 이미 정해진 인연이었을까.

글쎄. 아직은 잘 모르겠지만…….

그러나 난 당신을 사랑하고, 당신도 날 사랑하고.

우리가 서로 사랑하는 마음이 깊어지고 진해질수록, 우리가 함께 만들어 가는 시간이 늘어 갈수록, 운명처럼 우리도 함께 늙어 가리라 생각해요.

영원히 당신의 아내로 남고 싶은 다은.

P.S. 이거 보고 나면 꼭 찢을 것. 증거를 남기면 안 되니깐. ^^」

눈가가 촉촉해지다가 마지막 한 줄에 피식 웃고 말았다. 증거를 남기면 안 되니깐 찢으라고? 그럴 순 없다. 차라리 이 종이, 내가

326

꿀꺽 삼키고 말지.

제주도에서 돌아온 날 우리는 가정법원에 들러 이혼 서류를 접수했다. 그리고 일부러 김 실장을 불러, 한 달 후, 이혼 확정을 받으면 바로 미국으로 갈 테니 내 짐들을 가까운 오피스텔로 옮기라고 지시했다.

그래야 이런 모든 움직임이 강 회장의 귀에 들어갈 것이고, 그는 모든 게 자신의 계획대로 순조롭게 진행되고 있다고 흡족해하며 경계를 늦출 테니까.

이혼 숙려기간 동안 그녀의 아파트에서 우리는 달콤한 밀월을 즐겼다. 그리고 어제 이혼 확인서를 받았고, 오늘 난 LA행 비행기를 탔다.

이제 당분간 그녀와의 모든 접촉은 금기다. 만에 하나라도 꼬투리 잡히지 않기 위한, 극약 처방이었다. 그녀도 그 이유를 잘 알고 있기에 전화 한 통, 이메일 한 통 할 수 없음에도 무작정 기다리겠다고 했다.

하지만 다은아, 이건 네 첫 편지야.

종이를 차곡차곡 접어 지갑 안 깊숙한 곳에 숨겼다. 예상보다 더 길고 지루한 싸움이 될지도 모르는데, 이 정도쯤은 나 자신에게 허락해 주고 싶었다.

남은 두 개의 컵케이크 안엔 또 어떤 사연이 숨겨져 있을까? 당장 확인해 보고 싶었지만, 꾹 참았다. 기다림이라는 설레는 감정을 조금 더 즐기기 위해서.

그리고 난 태평양 상공 위에서 눈을 감고 오직 그녀만을 생각했다.

�֍　　✖　　�֍

　　그가 떠나고, 한동안은 그럭저럭 견딜 만했다. 밥도 잘 먹고 울지도 않았고 자기 전엔 그의 생각을 했다. 그와 했던 약속대로.

　　그렇게 하루하루가 흘러갔다. 하지만 언제부턴가 모든 게 시들해졌다. 그 좋아하던 컵케이크 만들기도 왠지 심드렁해지고, 뭘 해도 가슴이 텅 빈 듯 허전했다.

　　마른 꽃처럼 파삭하게 바스러질 것 같은 마음을 어쩌지 못해 밤이면 집 안을 서성였다.

　　더는 하루도 견딜 수 없을 것 같아 무작정 비행기를 타고 그에게 날아가는 상상을 했다. 태양의 동쪽 달의 서쪽으로 용감히 떠난 여자처럼, 그에게 가는 길을 바람에게 묻고 싶었다.

　　지금 이 순간, 그의 목소리를 듣고 싶고 손 내밀어 그의 뺨을 만져 보고 싶다. 그의 넓은 가슴에 안기고 싶고, 오직 나만의 것인 그의 입술에 입맞춤하고 싶다. 단지 그뿐이었다.

　　돌아오리란 믿음이 있으니 괜찮을 줄 알았는데…… 전혀 괜찮지 않았다. 씩씩하게 버틸 거라 자신했는데, 내 마음은 점점 시들어 갔다. 보고 싶은데 볼 수 없다는 게 이렇게 힘들 줄 몰랐다. ……정말 몰랐다.

　　빌딩 끝에 닿을 듯 낮게 내려앉은 하늘을 보니, 오늘은 눈이 올 것 같았다. 그리 춥지 않으니 비가 오려나? 어쩌면 눈과 비가 뒤죽박죽 섞인, 진눈깨비가 내릴지도 모르겠다.

　　굳이 일기예보를 확인해 볼 필요성도, 그럴 의욕도 없이 멍하니

잿빛 하늘과 부산히 움직이는 사람들을 바라보고 있었다. 그가 떠나고…… 해가 바뀌었지만, 이 거리는 여전했다.

"어서 오세요."

출입문이 열리자 반사적으로 인사말부터 튀어나왔다.

"정다은 씨 계십니까?"

깔끔한 차림의 젊은 남자가 나를 찾았다.

"전데요."

"유앤미 이벤트 김지훈입니다. 전해 드릴 게 있어서 왔습니다."

남자는 신원을 밝히는 명함과 함께 금색 리본이 묶인, 케이크 박스처럼 보이는 갈색 상자를 건넸다.

"이게, 뭐죠?"

"그냥 전해 드리라고만 해서 저도 내용물은 모릅니다."

"누가…… 보낸 거예요?"

"열어 보면 아실 겁니다. 그럼."

정중하게 인사를 한 후 남자는 가게를 나갔다.

'누가?'

그대로 굳은 채 상자만 내려다보았다.

'……설마?'

두근거리는 마음을 진정시키려 심호흡을 하며 조심스레 리본을 풀고 뚜껑을 열었다.

그 안에는 연갈색 가죽 커버의 노트 한 권과 상자 한 개, 그리고 손바닥만큼 작은 하늘색 쇼핑백이 들어 있었다. 떨리는 손길로 노트를 펼치자 서투르지만 단정하게 써 내려 간 남자의 필체가 눈에 들어왔다.

「사랑하는 내 아내에게.」

또박또박 눌러쓴 글자를 보자 핑그르르 눈물이 차올랐다. 뿌옇게 눈앞이 흐려져 더는 글을 읽을 수가 없었다. 노트를 덮고 상자에 다시 담은 후 한동안 그대로 앉아 있었다. 마음이 벅차서 터질 것만 같았다.

언제부터였을까⋯⋯. 창밖엔 하얀 벚꽃 잎 같은 눈송이가 드문드문 날리고 있었다.

오후부터 내리기 시작한 눈이 어두워지자 본격적으로 쏟아졌다. 함박눈이 펑펑 내리자 차들은 엉금엉금 도로 위를 기었고 사람들은 종종거리며 발걸음을 재촉했다. 올겨울엔 눈이 유난히 많이 내리는 것 같다.

늦은 밤, 눈이 쌓인 골목길을 조심조심 걸어 집으로 돌아왔다. 더운물에 샤워하고 잠옷으로 갈아입자 얼었던 몸도 녹고 마음도 한결 차분해졌다.

우유를 한 잔 머그에 따라 전자레인지에 데워 거실로 가지고 왔다. 소파에 앉아 따뜻한 우유를 한 모금 마신 후, 그가 보낸 상자를 열었다. 가장 먼저 하늘색 쇼핑백을 꺼냈다. 쇼핑백을 벌리자 하늘색 작은 상자가 들어 있었다.

이건⋯⋯?

내 왼손 약지에서 빛나는 반지를 보았다. 뚜껑을 조심스레 열자 내 것과 똑같은, 그러나 딱 봐도 훨씬 큰 반지가 빛나고 있었다. 그리고 뚜껑 안쪽에 붙은 하트 모양 포스트잇.

「돌아오면 네가 직접 끼워 줘♡」

흐으…… 이 반지 커플링이었구나! 그냥 프러포즈 반지인 줄 알
았는데, 그도 같은 반지를 가지고 있었던 모양이다. 직접 커플링을
골랐을 그를 생각하니 입 끝이 저절로 올라갔다. 귀여워! 이 하트
는 또 뭐래? 그의 이런 아기자기함을 남들은 상상도 못 하겠지. 자
로 잰 듯 반듯하고 예의 바른 강재민이 오직 나에게만 보여 주는
모습이니까.

그가 돌아오면 그의 긴 손가락에 이 반지를 끼워 주고, 깍지를
꽈악 껴야지. 다시는 잡은 손 놓지 못하게.

남은 우유를 홀짝홀짝 다 마신 후에야, 겨우 노트를 집어 들 수
있었다. 설레는 마음을 누르며 첫 장을 펼쳤다.

「사랑하는 내 아내에게.

지금 내 옆에서 잠든 널 보며 이 글을 쓴다.

자는 모습마저도 예쁜 내 마누라, 다은아!

이런 널 두고 떠나야 하는 내 마음이 어떤지 넌 짐작도 못
할 거야.

제주 바닷가에서 널 계속 업고 걸었던 건 말이야. 다리 아플
까 봐 걱정도 되었지만. 너와 함께 있을 날이 그리 많지 않기
에 조금이라도 더 가까이 있고 싶어서였어. 그동안 한집에 지
내면서도 네게 다가가지 못했던 그 시간이 이제 와서 왜 이리

아까운지 모르겠다. (ㅜ.ㅜ)

하긴……. 내가 널, 이렇게까지 사랑하게 될 줄은…… 몰랐으니까. 처음엔 널 위해 떠나야 한다고만 생각했어. 그래서 내 마음을 부정하고, 네게 솔직하게 다가가지 못했지.

가만히 생각해 보면 난 처음 본 순간부터 널, 사랑했던 거 같아. 물론 처음엔 그저 씨앗에 불과한, 그래서 나조차 무어라 불러야 할지 모르는 아주 작은 마음이었지만. 네가 준 물과 양분과 빛으로 싹을 틔우고 쑥쑥 자라 버린 내 마음은, 이제 너로 꽉 차 버렸어. 그러니 내 마음의 주인은…… 너야.

아직도 믿어지지 않아. 너를 만나 사랑을 하고, 가정을 이루고, 우리의 미래를 계획할 수 있게 된 게. 난 정말 전생에 나라를 구했나 봐.

하지만 다은아. 아무리 그래도 셋이라니? 흠……. 너 진짜 욕심쟁이구나. 난 너 닮은 딸 한 명이면 되는데. 그럼 서로 조금씩 양보해서, 너를 닮은 딸과 나를 닮은 아들. 이렇게 둘만 낳아 잘 기르자. (^ ^)

사실 난, 이런 글을 쓰는 게 익숙하지 않아. 조금…… 아니다, 솔직히 많이 어색해. 하지만 네가 가지 말라고 우는 모습을 보니 마음이 아파서 도저히 그냥은 못 떠날 거 같아.

내가 네 곁에 없을 텐데 너에게 뭘 해 줄 수 있을까. 내가 보고 싶어서 울면 누가 달래 주지? 씩씩하고 당찬 아이란 건 알지만, 그래도 걱정되는 건…… 널 사랑해서겠지.

그래서 매일 일기처럼 너에게 하고 싶은 말을 써 보려고 해. 내가 비록 곁에 없더라도 이 노트를 읽으며 덜 외로웠으면 좋겠다. 그러니까 궁금하다고 한 번에 다 읽지 말고, 하루에 한 편씩만 읽어.

그리고 밤마다 달을 보며 내 생각하기! 네 마음이 달빛에 실려 지구를 돌아 내게로 오도록. 그럼 나도 그 달을 보며 생각할게. 우리 다은이가 본 달이구나, 하고. 내 마음도 그 달에 실어 네게 다시 보낼게.

흐린 날은 어떻게 하느냐고? 눈앞에 보이지 않는다고 달이 없는 건 아니잖아. 비록 보이지 않아도 구름 뒤에 달이 있다는 건 변함없는 사실이니까.

보이지 않아도 거기 있을 달을 느끼며 서로를 생각하자. 지금 이 글을 읽는 네 옆에 내가 없다고 슬퍼하지 마. 내 마음은 항상 그대로, 네 곁에 있으니까.

너에게 들려주고 싶은 내 마음 같은 노래들, 내 목소리 대신 들으면서 자.

사랑한다, 나의 영원한 주인 정다은!」

다른 상자엔 MP3와 스피커가 있었다. 전용 스피커에 MP3를 꽂고 재생 버튼을 눌렀다.

아침이 오는 소리에 문득 잠에서 깨어
내 품 안에 잠든 너에게…… 너를 사랑해…….

아침 햇살처럼 부드럽게 나를 깨워 주던 그의 노랫소리와 이마에, 콧잔등에, 그리고 입술에 사뿐히 내려앉던 그의 입술이 새록새록 떠올랐다.

눈을 감았다. 마치 그가 내 옆에 있는 듯, 마음이 그로 가득해졌다.

그가 있을 태양의 동쪽 달의 서쪽은 가는 길이 없다. 그 누구도 그곳에 이르는 길을 알지 못한다. 그래서 난, 그를 찾아 떠나지 않을 거다. 내가 사는 이 세상에서 열심히 일하고, 나 자신을 위로하며 행복해야지!

그가 자신의 힘으로 마법을 벗는다면…… 돌아올 것이다. 그는, 나에게 오는 길을 알고 있으니까.

2 오, 사랑

♥♥♥♥♥♥♥♥♥♥♥♥♥♥♥♥♥♥♥♥♥♥♥

베벌리 힐스의 본가에 도착한 건 12월 31일 밤 11시. 신년파티를 위해 모인 사람들로 저택은 그 시간에도 불야성을 이뤘다.

오랜 방황 끝에 지쳐 집으로 돌아온 탕아를 맞이하는 것처럼, 파티장의 가족과 친지들은 나를 환영했고 나는 다시 그들의 세계 속으로 스며들었다. 새해를 알리는 카운트다운을 함께 외치고 칵테일을 마시며 덕담을 나누고 가벼운 키스 세례를 퍼부으며.

다음 날 오후, 강 회장과 단둘이 서재에 앉아서 차를 마셨다.

"그래, 일 처리 잘 해 줘서 고맙다. 이제 다시 학교로 갈 거니?"

"아뇨. 아버지 밑에서 일 좀 배워 볼까 합니다."

"오! 그래. 듣던 중 반가운 소리구나."

회사의 이미지 혁신이 필요한 지금, 형식적으로나마 강 회장이 일선에서 물러나고 차기 경영자를 전면에 내세워야 했다. 그리고 그게 나라면, 회사 이미지에 득이 될 거란 것도 그는 이미 간파하고 있을 것이다.

"본사에 자리 마련하라고 할 테니 내일부터 당장 움직여라."

"네."

"네가 이렇게 잘 자라 줘서 고맙구나. 네 덕에 수지가 그린가의 며느리가 되었으니 내가 그 은혜는 잊지 않으마."

"수지가 행복하다면 저는 다 괜찮습니다."

"음, 그래. 재민아, 모름지기 남자란 말이다. 내 가족, 내가 사랑하는 사람을 위해서라면 전면에 나서서 싸워야 하는 거란다. 때로는 더럽고 야비하더라도 수단과 방법을 가리지 않고 무조건 이기는 싸움을 해야 한다. 그리고 내가 강해져야 내 가족을 지킬 수 있는 거다. 이 점 명심해라."

이번 일로 그가 나를 신임하게 된 건 확실했다. 늘 대꼬챙이처럼 원리원칙이나 따지던 애송이가 몸소 진흙탕을 뒹굴며 충성을 증명해 주었으니 이제 내 오른팔이다 싶었으리라.

"명심하겠습니다. 아버지."

며칠 후, 나는 그룹 본사의 부사장으로 발령받았다. 기업 승계를 위해 필요한 것들을 습득하느라 하루하루가 눈코 뜰 새 없이 바빴다.

그러나 매일 밤 달을 보며 그녀 생각을 했고, 잠자기 전엔 그녀와 같은 음악을 들었고, 가끔은 지갑 속 깊이 숨겨 둔 그녀의 쪽지를 꺼내 읽었다.

미칠 듯 보고 싶었지만, 아직은 때가 아니다. 나는 더 참고 기다려야 한다. 어설프지 않게, 단 한 방의 훅을 날려 상대방을 KO 시켜야 하니까.

회사의 속사정까지 파악하려면 일상적인 업무 말고도 더 많은 시간과 노력을 할애해야 했다. 일일이 발로 뛰며 해외 출장까지 불사했고 집에 와서도 서류를 놓지 않았다.

워커홀릭이라며 걱정하는 어머니께 죄송했지만, 최대한 빨리 일을 마무리 짓고 내가 있어야 할 그곳으로 떠나기 위해선 어쩔 수 없었다.

지금 난…… 그녀가, 그녀와 함께 했던 시간들이 지독히 그리우니까.

"여보, 재민이 너무 혹사하는 거 아니에요? 애 얼굴 좀 보세요. 반쪽이 되었네."

신혼여행에서 돌아온 수지 내외를 환영하는 가족 만찬에서 어머니가 강 회장에게 불만스러운 목소리로 말했다.

"오빠도 이제 새로운 사람 만나야지. 워커홀릭은 정말 재미없어. 여자들이 다 싫어해."

"하지만 재민은 여전히 멋진걸. 내 주변엔 재민 소개해 달라는 여자들이 엄청 많아."

수지와 제이슨도 한마디씩 거들었다. 강 회장을 제외한 식구들은 내가 이혼의 아픔을 잊고자 미친 듯 일에 몰두하는 걸로 알고 걱정했다.

"허허. 그게 왜 내 탓인가? 재민이 저 녀석 누가 말린다고 듣는 놈인가? 어려서부터 한다면 하는 녀석이었잖아. 고집 센 건 당신 닮아 그렇구먼."

기분이 좋아진 강 회장이 와인이 담긴 잔을 들고 너털웃음을 웃었다. 기분이 좋을 수밖에 없을 것이다. 명문가에 시집간 딸 덕에 그가 요즘 어울리는 사람들의 계층이 달라졌고, 경영 혁신을 위해 밤낮없이 뛰는 의붓아들로 인해 회사 주가가 치솟고 있으니 말이다.

　"이놈이 난놈은 난놈이야. 어려서부터 운동이든 공부든 못 하는 게 없었지. 딱 한 가지. 욕심이 너무 없어서 경영은 못할 줄 알았는데 그마저 마음먹고 덤비니 두 달도 채 안 돼서 주가가 오름세를 탔네."

　"어렸을 때 난 오빠가 예술을 할 줄 알았는데 말이야. 오빠 하이스쿨에서 로미오 연기했을 때, 난 정말 감동받아서 울었거든. 아니면 그냥 과학자나 교수로 남을 줄 알았지. 경영이라니, 뭔가 오빠 이미지랑은 안 맞아."

　"왜? 내 이미지가 어떤데?"

　별로 궁금하진 않았지만, 대화의 흐름을 타고자 한마디 거들었다. 사교적인 사람인 척하기가 요즘 내가 하는 코스프레 중 하나니까.

　"오빠는 뭐랄까, 외모는 바람둥이처럼 지나치게 잘생겼는데, 알고 보면 너무 순수하고 감수성이 예민해. 그런 오빠가 비즈니스를 한다? 글쎄, 잘할 수 있을지 몰라도 행복하지는 않을걸?"

　"허, 이 녀석 보게. 그럼 이 아빠는 그렇고 그런 장사치 이미지란 말이냐?"

　"어머, 아빠! 그건 아니고요. 아빠 딱 봐도 보스의 포스가 좔좔 흘러. 얼굴에 쓰여 있네, 프로비즈니스맨. 흐흐."

"오! 그러냐? 그럼 됐고. 허허허."

수지의 애교에 강 회장은 껌뻑 넘어가는 시늉을 했다.

와인을 한 모금 마시며 생각했다. 이제 이곳에서의 생활도 얼마 남지 않았으리라.

어머니와 수지, 두 사람과도 헤어져야겠지만…… 괜찮겠지. 어머니에겐 강 회장이, 수지에겐 제이슨이 있다. 나는 홀가분히 이 정글과 같은 곳을 떠나 내가 살고 싶었던 삶 속으로, 그녀가 있는 곳으로 떠날 거다.

✵ ✵ ✵

요즘 내 일상은 비교적 규칙적이다. 가게 일을 마치고 집에 돌아가는 길에는 달님을 쳐다보며 그에게 안부를 전했다. '잘 지내고 있죠? 나 오늘 새로운 컵케이크 만들었어요.' 그렇게, 그에게 닿을 나의 이야기를 달님에게 했다.

자기 전엔 그가 쓴 글을 꼭꼭 씹어 읽었고, 그가 돌아오면 보여 줄 나의 일기를 뒷장에 썼다. 그가 준 음악을 들으며 잠을 청했고, 아주 가끔은 꿈속에서 그를 만났다.

하루 한 편씩 아껴 읽던 그의 일기가 거의 끝나 갈 무렵, 또 한 번 그의 선물을 받았다. 갈색 상자 안엔 하트 모양 상자와 빨간색 표지의 책 한 권이 들어 있었다.

하트 상자를 열어 보니 사탕과 초콜릿이 가득했고 'Be My Valentine' 이라 쓰인 카드가 있었다.

고운 손때 묻은 책 표지를 펼치자 그의 단정한 글씨가 눈에 띄었다.

「내가 즐겨 읽던 시집이야. 내 생각하며 하루에 한 편씩 읽어.

　　　　　　　　　　　　　　　　　　　　재인.」

책장을 몇 장 넘긴 후, 나지막이 소리 내 그가 전하는 마음을 읽어 보았다. 시 한 편을 다 읽고 하트 상자 안의 초콜릿을 꺼내 입에 넣고 녹이며 먹먹해진 가슴을 달랬다.

하루 한 편의 시를 읽고, 오늘의 노래를 무한 반복으로 듣고, 달을 보며 그의 생각을 했다. 외롭지만 달콤했고, 보고 싶었지만 참을 수 있었다. 이렇게 오늘을 견디면 그가 돌아올 날이 하루 더 가까워진다는 거니까.

그리고 3월이 시작되는 날, 그의 세 번째 선물이 왔다. 작은 화분과 카드 한 장.

「꽃이 피기 전에 돌아갈게.

　　　　　　　　　　　　　　　너만 사랑하는 남편이.」

이 화분에 심어진 씨앗이 무엇인지, 언제 싹이 날지, 또 꽃은 언제 필지, 아무것도 모르지만 동봉된 설명서대로 물을 주고 창가에 두었다.

싹이 나기 전까지는 흙을 촉촉이 적셔 주라 해서 아침마다 분무기로 조심스럽게 물을 뿌려 주었다. 그리고 화분에게 조그맣게 속삭였다.

어서 싹을 틔우렴, 아가야.

유리창을 통해 들어오는 노란 햇살이 따사로운 날이었다.

"이젠 진짜 봄이구나."

손님이 없는 틈을 타 기지개를 활짝 켰다. 춘곤증인지 요즘 들어 늘 나른하고 찌뿌둥한 게 몸이 영 개운치가 않다.

"봄은 왔는데, 미국 간 형부는 대체 언제 오는 거예요?"

행주를 들고 테이블을 닦던 혜수가 갑자기 재민 씨 소식을 물었다.

"아직 일이 안 끝났을 거야. 왜? 보고 싶어?"

"보고 싶죠. 형부가 빨리 와야 귀여운 조카가 생길 거 아니야."

"얘가 또 시작이야. 아무래도 내가 너 때문에 황새에게 부탁해야겠다."

"언니는 참…… 내가 애도 아니고 황새가 뭐야, 황새가."

혜수는 깔깔 웃으며 테이블 정리를 마저 끝냈다.

"그러니까 애 같은 소리 그만하고 얼른 들어가. 오늘 아버지 제사라며? 모처럼 일찍 가서 어머니 좀 도와드려."

"알았어, 언니. 그럼 저 먼저 갈게요. 수고하세요."

혜수가 퇴근하고 난 후, 여느 때처럼 분무기를 들고 창가로 가 화분에 물을 주려 했다.

"어! 이거……?"

아주 작은 연둣빛이 갈색 흙을 비집고 뾰족이 고개를 내밀고 있었다.

"싹이 났네!"

그 작은 머리로 어찌 무거운 흙을 비집고 나왔을까. 꼬물꼬물 피어나는 새싹이 신기해 한참을 들여다보았다.

"와 줘서 고맙다, 아가야……."

화분에 새싹이 돋은 기념으로 새로운 컵케이크를 만들었다. 피스타치오 케이크 위에 노란 망고 무스를 올리고 박하 잎을 똑 따서 장식했다.

네임펜으로 '초록 싹이 났어요'라고 또박또박 적은 명찰을 케이크와 함께 진열장에 넣고, 난 흡족한 미소를 지었다.

"저……."

그때 작은 목소리가 들려 입구 쪽을 돌아보았더니 삼십 대 후반 정도의 여자 한 명이 문을 열고 고개만 내민 채 서 있었다.

"어서 오세요."

뭔가 불편한 듯 쭈뼛대며 들어서는 그녀 뒤로 두 아이가 따라 들어왔다.

그녀는 조금 망설이더니 테이블에 가방과 쇼핑백을 놓고 아이들을 의자에 앉힌 후 주문을 하러 계산대로 왔다. 그러나 선뜻 주문하지 못하고 한참을 머뭇거리기만 했다.

"주문 도와드릴까요?"

미소를 지으며 묻자 그녀는 고개도 들지 못하고 입을 열었다.

"저, 커피랑 또…… 뭐가 맛있나요?"

"이거랑 이게 잘 나가요. 요 초콜릿도 애들이 좋아하고……."

설명을 하다가 목을 빼고 보고 있는 아이들과 눈이 마주쳤다.

"아이들더러 직접 골라 보라고 하는 건 어떨까요?"

"아, 그럴까요?"

그녀가 손짓하자 기다렸다는 듯 아이들이 쪼르르 달려왔다. 진열
장 가득한 알록달록 예쁜 컵케이크를 보자 아이들은 황홀한 표정을
지으며 입을 벌렸다.

"이름이 뭐니?"

"민아예요. 김민아."

누나인 큰 아이가 먼저 대답했다.

"민아는 과일 중에 뭐 좋아해?"

"딸기요."

서슴지 않고 딸기가 좋다 말하는 민아에게 딸기가 들어간 컵케
이크 두 가지를 보여 주었다. 민아는 그중 '딸기 공주'를 골랐다.

"어머! 민아는 '딸기 공주'를 골랐네. 민아랑 정말 잘 어울린
다."

민아는 기분이 좋은지 입이 헤벌쭉 벌어졌다.

"우리 왕자님은 이름이 뭐야?"

이번엔 엄마 뒤에 숨어 있던 남자아이에게 물었다. 아이는 부끄
러워하면서도 자기의 컵케이크를 들고 있는 누나가 부러운지 조그
맣게 대답했다.

"민규."

"민규는 몇 살이야?"

"다섯 살."

"우리 민규는 뭐 좋아해?"

"다."

"민규는 다 좋아하는구나. 그럼 초콜릿도 좋아해?"

아이는 말없이 고개만 끄덕였다. 초콜릿 크림을 발라 둔 케이크

위에 자동차 모양 쿠키를 얹어서 민규에게 보여 줬다

"이거 어때? 맘에 들어?"

"네."

"이름은 아직 안 지었는데. 민규가 지어 볼래?"

"으응…… 부릉부릉."

살짝 몸을 꼬던 민규가 수줍게 말했다.

"와! 민규, 이름 잘 짓네. 이건 민규 거야. 부릉부릉."

민규는 자신이 이름을 지은 '부릉부릉' 을 받아 들자 신이 나서 어쩔 줄을 몰라 했다.

"커피는 가져다 드릴게요. 앉아 계세요."

계산을 마친 그녀에게 자리에서 기다리길 권했다. 쟁반에 접시와 포크를 놓고 커피를 담은 잔을 올렸다. 그리고 컵을 두 개 꺼내 물을 따르려다 우유를 따랐다. 쟁반을 들고 그들이 있는 테이블로 갔다.

"여기 있습니다. 민아랑 민규, 우유 잘 마시지?"

"네!"

"이거 마셔."

"어머, 우유까지 주시고. 고마워서 어째요."

"그냥 애들이 정말 예뻐서요. 게다가 민규가 오늘 컵케이크 이름도 지어 줬는데 이건 약소하죠."

"고맙습니다, 해야지."

"고맙습니다."

"그래, 많이 먹어. 부족하면 더 줄게."

우유를 받아 들고 해맑게 웃는 민아와 민규의 머리를 한 번씩 쓰다듬어 주었다.

"아, 저⋯⋯."

"네?"

"아니, 아니에요."

"필요한 거 있으시면 언제든 말씀하세요."

자리에 돌아온 난, 이어폰을 꽂고 '오늘의 노래'를 들었다. 그들이 편하게 이야기하고 시간을 보낼 수 있도록 일부러 비스듬히 등지고 앉아 창밖을 보면서.

내가 좋아하는 '오, 사랑'이 흘러나왔다. 봄비처럼 가슴을 촉촉이 적시는 노래를 마음속으로 따라 불렀다.

들어 줘. 이렇게 끈질기게 선명하게 그대 부르는 이 목소리 따라
어디선가 숨 쉬고 있을 나를 찾아 니가 틔운 싹을 보렴.
오, 사랑.

유리를 뚫고 들어온 오후 햇살이 오늘 돋아난 어린싹을 가만히 어루만졌다.

'아가야, 너는 어디서 왔니?'

아직 이름조차 알 수 없는 이 작은 연둣빛 생명도 쑥쑥 자라 더욱 무성해지고, 꽃을 피우겠지. 그 꽃이 지면 씨앗을 남기고, 그 씨앗은 다시 겨울을 견딘 후 이렇게 여린 싹을 틔우고. 그렇게 돌고 돌며 무한히 반복되는 생명이란⋯⋯.

문득 누군가의 시선이 느껴져 고개를 돌렸다. 아이들은 야금야금 자신의 컵케이크를 아껴 먹고 있었지만, 아이들 엄마의 시선은 나를 향해 있었다. 서둘러 이어폰을 빼고 그녀에게 다가가 미소를 지으며 물었다.

"필요하신 거 있으세요?"

"……."

"뭐, 불편하신 거라도……?"

창백한 얼굴의 그녀는 살짝 고개를 가로젓더니 겨우 입을 열었다.

"정……다은 씨, ……맞죠?"

"어떻게 아셨어요, 제 이름?"

그녀와 나 사이에 깨지지 않을 것 같은 적막이 감돌았다. 잠시 후, 그녀는 대답 대신 내 손을 잡았다. 그녀의 손은 거칠지만 따스했다.

"미안해요. 너무…… 늦게 와서."

내 손등 위로 뜨거운 눈물방울이 툭, 떨어졌다.

"5년 전, 고속도로에서 있었던 사고……."

5년 전이란 말이 나오자마자 온몸이 굳었다. 그녀는 간간이 흐느끼며 헝클어진 실타래처럼 얽힌 이야기를 찬찬히 풀어 갔다.

"애들 아빠는, 그 사고로 한 다리가 성치 못해요. 그래도 열심히 살고 있어요. 우리가 열심히 살고, 이 아이들 잘 키우는 게 그분들께 보은하는 길이라며……. 오늘 함께 오려 했는데 급한 일이 생겨서 못 왔어요. 다음에 꼭 같이 올게요."

눈물 섞인 그녀의 이야기를 난 담담하게 듣고 있었다.

"어떻게 생각하실지 몰라서 찾아오기 망설였지만, 이 아이를 볼 때마다 그분들께 죄송하고, 또 너무 감사하고……."

민규의 앞머리를 쓸어 넘겨 주는 그녀의 손마디가 가늘게 떨렸다.

"그럼, 이 아이가 그때……?"

외롭고 힘들 때면 누군지도 모르는 그들이 미웠고, 남의 일에 목숨까지 걸고 나선 부모님이 원망스러웠다. 그러나 5년 전 겨울 그 새벽, 부모님이 목숨 바쳐 지켜 낸 생명이 지금 내 눈앞에 기적처럼 살아 숨 쉬고 있었다.

"다은 씨 부모님 덕에 얘가 세상 빛 봤지요."

입가에 초콜릿을 묻히고 맛있게 컵케이크를 먹고 있는 민규를 보았다. 내가 쳐다보자 민규가 고개를 들고 나를 보더니 빙긋 웃었다.

세상 무엇과도 바꿀 수 없을, 귀한 웃음이었다. 벅차오르는 가슴을 누르고 나도 웃었다.

수소문 끝에 작년 가을에 나의 거처를 알았고, 부모님을 모신 곳에 다녀갔다고 했다.

"아, 그럼…… 그 꽃이?"

지난 기일, 그와 함께 부모님께 갔을 때 누군가가 놓고 간 듯한 국화꽃이 있었다. 누굴까? 누가 다녀갔을까? 누군지 몰라도 나의 부모님을 기억해 주는 사람이 있다는 게 마음 벅찼었다.

"전날 다녀갔었어요. 앞으로도 애들 데리고 다니려고요. 애들한텐 그분들이 할머니 할아버지니까."

목이 메어 고개만 끄덕였다. 말을 하면 눈물이 쏟아질까 봐 입술을 꼭 깨물고.

그리 길지 않은 시간이었지만 아이들은 나를 이모라 부를 정도로 친해졌고, 그녀는 큰언니처럼 생각해 달라며 푸근한 미소를 지었다.

"아 참, 이거……."

그녀가 쇼핑백을 내 손에 쥐여 주고 일어났다.

"봄이라서 나물 좀 무치고, 겉절이 새콤달콤하게 해 왔어요. 물김치도 조금 담았고."

"어머! 고맙습니다. 잘 먹을게요. 저 겉절이 정말 좋아하는데."

"정말요?"

그녀가 반색하며 묻는다.

"네, 진짜요."

봄이면 연한 봄동으로 상큼하게 무쳐 주시던 엄마의 겉절이가 사무치게 그리웠었다.

"내가 할 수 있는 게 이런 것밖에 없어서. 미안해요."

"무슨 말씀이세요. 요즘 통 입맛이 없어 밥 못 먹었는데, 언니 덕에 잘 먹고 기운 낼게요. 안 그래도 새콤한 겉절이 먹고 싶었어요."

"어휴, 부끄럽지 뭐. 내가 그 은혜를 어찌 다 갚겠어요. 가끔 이런 거라도 해 올게요."

그녀의 눈에 또 눈물이 고인다.

"고맙습니다."

이번엔 내가 그녀의 손을 잡았다. 그렇게 우린 말로는 다 못할 마음을 나눴다.

"아, 잠깐만요."

서둘러 진열장으로 가서 컵케이크를 꺼내 상자에 담았다.

레몬 머랭이 구름처럼 폭신하게 얹혀진 '행복이 뭉클뭉클', 레몬 크림과 민트 크림을 그러데이션 한 '봄바람 살랑살랑', 홍삼액이 들어간 케이크에 쌉쌀한 인삼 크림을 바른 '아빠 힘내세요', 그리고 '초록 싹이 났어요'까지.

내 마음을 담은 컵케이크를 그들에게 주고 싶었다.

또 놀러 올게요. 네, 살펴 가세요. 이모, 안녕! 그래 민아, 민규 잘 가. 자주 놀러 와. 조용히 가게에 들어왔던 그들과 헤어질 땐 시끌벅적한 이별의 의식을 치렀다.

가게 문앞에 서서 떠나는 그들의 뒷모습을 지켜봤다. 아이들은 가다가도 한 번씩 돌아서서 손을 흔들었다. 그래, 조심해서 가. 나도 손을 흔들어 주었다.

그리고 하늘을 살짝 올려다보았다. 봄답지 않게 청명한 하늘이었다.

'엄마! 아빠! 그동안 원망했던 거, 미안해요. 엄마 아빠가 옳았어.'

나의 부모님이 틔워 낸 싹이 살랑살랑 봄바람 속을 걸어가고 있다. 그 모습을 마음 가득 담아 두고 싶어 한참을 그렇게 서 있었다.

얼핏 우연처럼 보이는 일들이 실은 깊은 인연이 만들어 낸 결과가 아니었을까?

내가 알지 못할 전생까지 거슬러 올라갈 오랜 인연. 내 부모님과 저 가족, 재민 씨와 나. 이 모든 일이 어쩌면 톱니바퀴처럼 처음부터 맞물려 돌아가고 있었던 건지도 모른다. 얽히고설킨 운명의 실타래를 풀고 보니 하나로 연결되어 있었고.

웁! 갑자기 헛구역질이 났다.

그리고 어쩌면…….

곰곰이 날짜를 되짚어 보았다.

아마도 오늘 피어난 건, 초록 새싹만이 아닌 듯했다.

3 다시 문을 열고

♥♥♥♥♥♥♥♥♥♥♥♥♥♥♥♥♥♥♥♥

　그와의 빅딜을 하루 앞둔 저녁, 어머니와 모처럼 오붓한 시간을 가졌다. 어머니가 좋아하는 프렌치 레스토랑을 예약해 두고 단둘이 저녁을 먹었다. 화기애애하게 담소하며 식사를 마치고 나자 디저트가 나왔다.

　"이렇게 너랑 데이트를 다 하다니 엄만 정말 행복하다. 이제 네가 사람답게 살려는가 보구나."

　"어머닌 원래 행복하시잖아요. 저 아니어도."

　"그렇게 보였니? 하긴 품 안의 자식도 아닌데 내가 언제까지 너나 수지를 끼고 살겠니. 진작 너도 짝을 찾아 보냈어야 하는데. 이제 데이트도 좀 하고 그래야지."

　"저, 여자 있습니다. 안 그래도 그 말씀 드리려고 오늘 이 자리 마련했어요."

　"어머! 정말 잘됐다. 한번 집으로 초대하자. 그래, 어떤 아가

씬데?"

"정다은이라고, 한국에 있어요."

"한국에?"

"네. 저랑 결혼했던 그 여자요."

"너, 너 설마?"

어머니는 당장에라도 쓰러질 듯했지만 난 담담하게 말했다.

"어머니가 모르는 일들이 아버지와 저 사이에 있었습니다. 시간은 좀 걸렸지만, 이제 바로잡으려고요. 내일, 아버지와 이야기 마치고 바로 한국행 비행기 탈 겁니다."

"재민아, 어떻게 이럴 수가!"

"제 얘기부터 들어 주세요. 어머니가 모르고 계셨던 일들 다 말씀드릴게요."

흥분해서 목소리가 높아진 어머니를 진정시키고 차분한 목소리로 아버지의 계략과 그녀와 나 사이의 일들, 이 모든 걸 최대한 간략하게 말씀드렸다.

충격에 빠졌던 어머니는 한동안 공황 상태였다. 그러나 난 어머니가 정신적으로 강인한 분이란 걸 알고 있기에 그리 걱정하지 않고 묵묵히 기다렸다.

"미안하다, 재민아. 엄마가 알았으면 너를 보내지 않았을 텐데. 미안해."

예상대로 어머니는 얼마 안 가 말을 꺼냈다. 목소리가 약간 떨리고 있었다.

"아닙니다. 운명이라고 생각해요, 전. 가지 않았다면, 그녀를 만나지 못했을 수도 있잖아요."

어머니는 그런 나를 눈물 고인 눈으로 애처롭게 바라봤다.

"재민아, 너에겐 늘 부족한 엄마여서 마음 아팠어. 엄마를 용서하렴."

"저에겐 언제나 최고의 어머니셨어요. 제 정신적 지주였고, 존경할 수 있는 분이셨어요."

흐르려는 눈물을 꾸욱 참고 있는 어머니를 보며, 한마디를 덧붙였다. 일곱 살의 내가 우리를 삼키려던 검은 강물 위에서 했던 그 말을.

"……고맙습니다, 엄마."

"그렇게 말해 주니 내가 고맙다."

"그리고 한 가지만 여쭙겠습니다."

"그래."

"아버지 진심으로 사랑하세요?"

"……음."

어머니의 대답을 듣자 더 이상의 말은 불필요하다고 생각했다. 내 어머니가 선택한 남자니까 나의 잣대로 그를 단죄하진 않을 거다. 세상에 절대 선이나 절대 악이 과연 있을까? 강 회장도 따지고 보면 굴절된 시각과 비틀린 사고를 지닌 어리석은 인간일 뿐이다. 늘 자신이 가는 길만 옳다고 믿는 그 아둔함을 탓해야지.

눈가에 맺힌 눈물을 닦은 후 차를 한 모금 마신 어머니는, 다시 평정을 되찾고 차분한 어조로 말했다.

"우리가 가장 힘들 때 손 내밀어 준 유일한 사람이야. 그 사람은……."

"알아요."

"부부라는 이름으로 이십 년 넘게 함께해 온 세월이 그리 쉽게 변질하진 않는단다. 완벽한 사람들만 사랑하는 건 아니지 않니? 조금 부족해도, 비록 흠이 있어도, 어쨌든 긴 시간 동고동락했던 사람이야. 굳이 사랑이라 이름 붙이지 않더라도…… 난 그 사람에게 의리를 지키고 싶다."

"네……. 하지만 어머니, 아니라고 생각될 땐 언제든 제게 오세요."

"……그래. 알았다, 네 마음."

아마도 어머니는 끝까지 그의 곁을 지킬 것이다. 설사 세상 모든 사람이 강 회장에게 돌을 던지더라도 쓰러진 강 회장을 배반하지 않을 유일한 사람. 어머니의 단호한 눈빛을 보며 이제 이곳 일은 더는 걱정하지 않아도 되겠다 싶어 마음이 놓였다.

"조만간 그 아이 보러, 수지랑 한국 한번 갈게."

"꼭 오세요."

다은이와 어머니가 함께 있는 장면이 머릿속에 그려지자 저절로 입꼬리가 올라갔다.

"어떤 여자이기에 네가 그렇게 깊이 빠졌을까 궁금하구나. 아무리 예쁜 애들이 좋다고 매달려도 관심도 없더니."

뭐라고 해야 할까? 그녀의 웃음 띤 얼굴이 눈앞에 아른거렸지만, 딱히 설명할 단어가 떠오르지 않았다. 그 어떤 미사여구를 동원해도 그녀의 깊은 아름다움을 그대로 전달할 순 없을 테니까.

"맑고 예쁜 사람입니다."

간단명료한 내 대답에 어머니는 밝은 미소를 지으셨다.

"그래. 엄마는 널 믿어. 네가 택한 사람이니까."

"실망 안 하실 거예요."

"응. 그리고…… 사랑한다, 내 아들."

"네놈이! 네놈이, 나한테 이럴 수가. 이 배은망덕한 놈아!"

강 회장은 분을 이기지 못하고 내가 수집한 증거자료의 사본을 갈가리 찢었다. 그러고도 분이 풀리지 않아 골프채를 들고 서재 안의 집기들을 마구 내려쳐 부쉈다. 그러나 난 미동도 하지 않고 가만히 앉아 그가 지치길 기다렸다. 이 정도쯤이야 이미 예상하고도 남았던 일이었으니까.

"네 이노옴! 내가 범의 새끼를 키웠구나."

제풀에 지친 강 회장이 쓰러지듯 소파에 주저앉으며 씩씩댔다.

"어디서 제 아비 뒤통수나 치는 못된 걸 배운 거냐, 이놈!"

"아버지한테 배운 겁니다. 아버지가 제게 보여 주고 가르친 게 바로 이런 거였잖아요."

"뭐라고!"

그는 찻잔을 집어 내게 던졌다. 그러나 분노로 실성한 그의 조준은 빗나갔다.

"흥분하지 마세요. 제가 그동안 지켜본 바로는 지금이라도 변화하지 않으면 아버지는 버티실 수 없어요. 법망을 피해 가는 것도 이젠 한계에 다다랐어요. 더 이상은 안 됩니다. 이제라도 뉘우치시고 부정으로 획득한 재산, 사회에 환원하세요. 그리고 여기 이 사람들, 책임지고 물러나게 하세요. 그럼 저도 더는 나서지 않겠습니다."

"네가 지금 나랑 흥정하자는 거냐? 감히!"

"흥정 아닙니다. 이건 마지막 통봅니다."

"뭣이라? 통보? 허!"

"이쯤 되면 퇴로가 없다는 건, 아버지가 더 잘 아실 텐데요."

분노로 일그러진 강 회장의 얼굴에서 점점 노기가 빠지고 비굴한 미소가 떠올랐다.

"재민아, 이렇게 해서 네가 얻는 게 뭐냐? 어차피 이건 다 너한테 갈 재산이야."

"재산 필요 없습니다, 전."

"그럼 대체 왜 이러는 게냐."

"아버지가 이제라도 제 어머니의 남편으로, 수지의 아버지로 바르고 당당하게 사시길 바랄 뿐입니다."

"단지 그거냐?"

"그리고 또 한 가지."

"⋯⋯?"

아버지. 당신은 모든 것에 대해 철저히 준비하고 계획하며 앞으로 벌어질 수 있는 모든 경우의 수에 대비하셨겠지만, 한 가지 정말 중요한 걸 놓치셨어요. 사랑. 그녀와 내가 진실한 사랑에 빠질수도 있다는 걸.

당신의 잣대로는 부족한 게 많은 그녀가 사실은 나보다, 그리고 당신보다 더 많은 걸 가졌다는 걸 알아볼 눈이 없었던 거죠. 당신이 세상을 향해 자랑하고 싶은 공주님이 내 엄마인 여배우 채은옥이라면 내 맘속의 공주님은 바로 그녀, 정다은이라는 걸 이해 못하시겠지요.

어디서나 볼 수 있는 풀꽃 같은 그녀가, 왜 세상 그 무엇보다 귀

하고 아름다운지…… 왜 나에게 특별한지…… 당신은, 영원히 모를 겁니다.

"저, 그 여자랑 평생 함께 살 겁니다."

"그 여자?"

"아버지가 정해 주신 그 여자, 정다은이요. 좋은 여자 만나게 해 주신 건 정말 감사합니다."

"미친놈! 여자한테 홀려서 제 인생을 망치는구나. 못난 놈! 부모도 버리면서, 여자한테 빠져서! 이 회사도 버리고! 그 많은 재산도 버리고 가겠다고?"

"저에겐 세상 무엇과도 바꿀 수 없는 소중한 사람입니다. 그녀는 저를 행복하게 해 주는 유일한 사람입니다. 저 역시, 그녀를 행복하게 해 주고 싶습니다."

"꽤나 소중하겠군! 평생 내 덕에 호의호식하고 살던 네놈이, 비렁뱅이 고아랑 살면 무척이나 행복하겠다, 그래. 허허! 어디 한번 돈 없이 사는 게 어떤 건지 혹독하게 굴러 봐야 알지. 돈 떨어지고 나한테 와서 굽실거려도 그땐 늦었다. 이제 가면 네놈은 다시는 내 앞에 나타나지 못해!"

"네. 앞으로 만날 일 없을 겁니다. 그러니 그녀와 저, 그냥 놔주세요. 아버지는 아버지대로, 저는 저대로, 각자의 인생을 살면 됩니다."

"말 잘했다. 너는 너대로 나는 나대로? 그럼 내 돈은 한 푼도 가지고 가지 마라!"

"걱정하지 마세요. 아버지 돈, 필요 없습니다."

"그럼 한국에 사 준 빌라도 내놔."

그 빌라는 강 회장에겐 껌값도 안 되는, 있어도 그만 없어도 그만인 돈인 걸 모르는 사람이 있을까? 그저 어떻게 해서든 자신의 손아귀에 날 넣고 흔들고 싶은 마지막 발악일 뿐임을 알고 있다.

"빌라요? 그걸 왜 내줍니까? 그건 그녀 몫이라는 거 잊으셨어요? 그 여자가 위자료로 받은 겁니다. 한 인간을 이용한 거치곤 너무 약소하지만 말입니다."

"허! 그럼 그렇지. 세상에 돈 싫은 놈 있다던? 그 여자도 네놈 돈 보고 안 놔주려고 달려들었던 게야. 이제 빈털터리로 가면 그 여자가 얼씨구나 너 좋다 할 것 같으냐?"

"네, 그 여자도 돈 좋아합니다. 그 빌라, 바로 팔아 다 써 버리던데요."

강 회장의 얼굴엔 그것 보라는 듯 승리의 기쁨이 번졌다.

"하하. 그럴 줄 알았다. 요망한 계집 같으니라고."

"말씀 삼가세요!"

그녀를 욕보이는 말을 듣자 순간 나도 모르게 고함이 터져 나왔다.

"내가 그대로 지켜만 볼 것 같으냐? 그깟 여자 하나쯤 지구상에서 사라지게 하는 건 일도 아니지."

살기를 띤 눈빛은 탁하기 그지없었다.

"아버지가 그 여자 털끝 하나라도 건드리면…… 저도 가만히 있지 않습니다."

마지막 패를 던진 그에게 살짝 코웃음 치며 나직하게 말했다.

"뭐야? 가만있지 않으면 네가 어쩌겠다는 거냐?"

"제가 원본 가지고 있는 거, 잊으셨어요?"

같은 부류의 사람이 되고 싶진 않지만, 지금 이 순간 나는 사람이 아니라 한 마리 짐승이 되어 이빨을 숨긴 채 그를 노리고 있다. 만에 하나 내 것을 해치려 한다면 잽싸게 달려들어 숨통을 끊어 놓겠다는 듯이.

당신이 부릴 만 가지 꼼수를 예상해서 대책을 세웠다. 부디 마지막 카드를 쓸 일이 없길. 이제 나의 아버지는 아니지만 내 어머니의 남편으로, 내 동생 수지의 아버지로 남아 주길. 내가 빼 든 칼에 피를 묻히지 않고 이 싸움이 끝나길. 나는 간절히 빈다.

"이, 이놈. 끝까지!"

"아버지만 단념하시면 됩니다. 뭐가 그리 미련이 남으세요? 저 아니어도 수지가 있잖아요."

그는 여전히 분노에 차 부들부들 떨고 있었다. 그가 놓지 못하는 건 내가 아니라 자신의 욕심이었다. 그걸 자신만 알지 못하는 어리석음이 안타까울 뿐이었다.

"저 지금 한국 갑니다. 안녕히 계십시오."

"……."

문을 열고 나가려다 한마디 빼놓은 말이 생각났다.

"아 참! 그 빌라 판 돈. 아버지한테는 돈도 아니겠지만, 그녀는 요긴하게 잘 썼다고 좋아하더군요. 그녀의 부모님, 고속도로에서 사고 차량 도와주다 돌아가신 거예요. 그래서 자신처럼 고아가 된 아이들을 위해 그 돈 기부했어요. 물론 익명으로요."

문을 닫자마자 쿵! 무언가가 날아와 문짝을 찍는 소리가 났다.

�֎ ✤ �֎

지금 이곳엔 그가 없지만, 난 어디에나 있는 그를 만난다. 비록 짧은 한 달이었지만, 우리의 시간은 너무도 농밀하게 응축되어 있어서 결코 나에겐 부족함이 없었다.

"다은아! 너 남자 손님한테 그렇게 웃지 말라 그랬지?"

가게에서부터 퉁해 있던 그가 저녁상 앞에서 드디어 본심을 드러냈다.

이 남자 요즘 왜 자꾸 이러는 걸까? 아무리 남편이라지만, 웃는 것까지 단속하려 들다니! 이건 도저히 참아 넘길 수 없었다.

"왜? 웃는 것도 내 맘대로 못하게 하면 어떡해! 그리고 손님은 그냥 손님이지, 남자 여자가 어디 있어?"

"허! 정다은 많이 컸다. 이젠 반말 막 하네, 오빠한테."

"오빠라니? 부부는 동격이니까 먼저 말 놓으라 한 게 누군데? 불리하니까 괜히 딴소리야."

"아, 아니 그게……."

말문이 막힌 그가 연신 손부채질을 하며 숨을 몰아쉬었다.

"흥! 그러니까 나 열 받게 하지 말라고 전에 경고 했잖아요!"

"아니, 다은아. 내 말은, 웃는 건 자윤데, 그렇게는 웃지 말라고."

슬쩍 내 눈치를 보면서도 그는 여전히 '그렇게' 웃지 말란다. 기가 막힌 난, 팔짱을 끼고 그를 흘겨보았다.

"피. 그렇게 웃는 게 어떤 건데?"

"그걸 꼭 말로 해야 알아? 너 그렇게 환하게 웃으면…… 남자들 심장 떨린다고."

그의 표정은 사뭇 진지했다. 어쩜 얼굴색 하나 안 변하고 저런 말을 할 수 있을까?

"재민 씨! 제발 착각 좀 하지 마. 나 남자들 심장 떨리게 할 정도로 예쁘지 않아."

"뭐? 네가 안 예쁘다고?"

느닷없이 그가 버럭 소리를 질렀다.

"나 주제 파악 하나는 진짜 잘 하거든."

"어휴, 너도 참. 몰라도 너무 모른다."

"내가 뭘 몰라?"

"내가, 너! ……예뻐서 첫눈에 반한 거, 몰랐어?"

"풉!"

"큭!"

누구랄 것도 없이 참았던 웃음이 터지고, 우리의 첫 부부 싸움은 싱겁게 끝이 나 버렸다.

떠나기 전 함께 지냈던 마지막 한 달 동안 그는 내 껌딱지였다. 학교를 그만두어 백수였던 그는 내가 가게에 나오면 따라 나와 일손을 돕는다는 핑계로 나를 감시했다.

특히 젊고 좀 괜찮게 생긴 남자가 가게에 오면 그의 안테나가 곤두선다는 걸 그 즈음엔 나도 눈치채게 되었다. 대체 내가 알던 그 남자, 그 완벽한 신사 강재민은 어디로 간 걸까?

"아무래도 수상해."

어릴 때 본 동화책 중 아기와 트롤을 바꿔치기한 이야기가 떠올랐다.

"뭐가?"

"바꿔치기한 거 같아."

"누가, 뭘 바꿔치기해?"

"예전의 강재민은 시크하고 도도하면서도 예의 바른 남자였는데, 지금 여기 있는 강재민은 질투쟁이에 욕심쟁이에 장난꾸러기에 떼쟁이에 가끔은 너무……."

"너무? 너무 뭐? 뭐!"

"아우, 몰라!"

"근데 얼굴이 왜 그렇게 빨개졌어? 꼭 사과 같다."

"어머! 정말?"

달아오른 뺨을 두 손으로 감싸며 안절부절못하는 날, 그가 냉큼 안아 버리더니 볼에 입술을 댔다.

"응. 사과 같아. 아주아주 잘 익은 빨간 사과. 맛있겠다! 음……."

"아, 좀! 저리 좀 가요! 왜 이렇게 딱 달라붙어 있어. 숨 막혀!"

"……잠깐만. 나 지금 바쁘거든……."

그의 입술과 손이 꿀을 찾는 벌처럼 부지런히 움직일수록 내 호흡은 점점 더 가빠졌다.

"아이 참……."

"그래서? 내가 이러는 거…… 싫어? 예전의 강재민으로 돌아가면…… 좋겠어?"

"……아니…… 그런 건 아닌데…… 음……."

"그럼…… 가만있어……."

더는 그에게 반항하지 못했다.

매사 완벽하고 깔끔한 줄 알았던 그는, 알고 보니 허점투성이에 툭하면 나를 귀찮게 하는 나쁜 남자이기도 했다.

"다은아! 다은아!"

"왜! 왜, 또?"

"욕실에 수건 없어!"

"좀 알아서 챙겨 들어가지. 꼭 귀찮게 해."

건조대의 수건을 휙 걷어서 투덜대며 욕실로 향했다.

똑똑.

아무런 대답이 없다.

"여기 수건!"

"……"

"재민 씨! 여기 수건 두고 가요."

그제야 문이 확 열리더니 그가 수건을 낚아챘다.

"꺅! 왜, 왜 이래요?"

하지만 그가 낚아챈 건 수건만이 아니었다.

내 남편 강재민은 나를 위해 요리하는 걸 꽤나 즐겼다. 처음이라 서툴긴 해도 인터넷을 뒤져 가며 열심히 공부했다. 익숙해질 때까지 연구하고 실습하는 자세는 이미 프로였다.

"어때? 맛있어?"

"으음……"

"별로야?"

"……아니, 마, 맛있어."

"후……"

그의 한숨 소리를 듣자니, 이럴 땐 거짓말 못 하는 내가 싫다.

하지만 그는 포기를 모르는 남자였다. 나를 위한 것이라면 더욱 그랬다. 그는 타고난 승부 근성도 남달랐지만, 과학자답게 미지의 세계를 연구하는 걸 워낙 즐겼다. 뭘 하든, 시작하면 끝을 보는 남자였다. 그의 말을 빌리자면, '고객이 만족할 때까지!' 노력할 거란다.

"오늘은…… 어때?"

"읍!"

"후……."

"사실은…… 재민 씨, 대박!"

"뭐야? 사람 간 떨어지게."

"크크. 속았지롱?"

생초보였던 그의 요리 실력은 나날이 발전했다. 레시피 연구도 집요했지만, 이론보다는 부단한 실습이 실력 향상의 주요인이었다. 내가 맛있다고 할수록 신이 나서 고난도의 요리도 연구했고, 신메뉴 개발에도 열성적이었다.

"아! 정말 맛있다."

"진짜?"

"응. 나 거짓말 못 하는 거 알잖아. 재민 씨, 식당 차려도 되겠다."

"그럼 이참에 요리사로 전업할까? 요리도 알면 알수록 매력 있어. 질리지 않아. ……마치 너처럼."

"헉!"

말을 끝내기 무섭게 그가 나를 향해 달려들었다. 그가 요리보다 더 열성적으로 연구하던 건······ 바로, 나였으니까.

　그날, 그가 떠나던 날.

　찬란한 아침 햇살 속에서 우린 뜨겁게 사랑을 나눴다. 서로가 서로에게 줄 수 있는 모든 걸 남김없이 다 주고 싶은······ 우리였으니까.

　너는 나만의 여자야, 정다은. 손바닥의 여린 살에 불꽃 같은 화인을 찍는 그의 입김이 그렇게 말했다.

　난 너에게 속해 있어. 오로지 너에게만 내 마음이 반응하니까. 나의 영원한 주인, 정다은. 내 안으로 깊숙이 파고드는 그의 몸이 간절하게 속삭였다.

　그가 나를 꼭 안았다. 너를 위해서라면 난 아까운 게 없어, 다은아. 내 목숨마저도······ 너에게만은. 말하지 않아도 알 수 있는 그 마음이, 그의 체온을 통해 고스란히 내 심장으로 전해져 왔다.

　뜨겁고 진한 사랑이 끝나고, 여느 때처럼 그는 간단한 아침과 커피를 준비했다. 그의 커피는 내 마음을 행복하게 만드는 묘약이었다.

　"······행복해."

　"나도······."

　식탁 앞에 나란히 앉은 우린 늘 그래 왔듯 가볍게 입을 맞추었고, 그가 내 머리에 손을 얹고 쓰다듬다 엉클어 버리는 장난을 쳤다. 그의 어깨에 머리를 툭 기댔다. 그의 따뜻한 손이 내 어깨를 감쌌다.

　벽에 걸린 시계의 초침 소리가 몹시 크게 들렸다. 이별의 시간이

다가오듯, 다시 만날 시간도 금방 올 거야. 말하지 않아도 우린, 알 수 있었다.

출근하는 나를 그가 가게 앞까지 데려다 주었다.

"잘 있어."

"다녀와요."

잡았던 손을 놓고, 우리는 마주 보며 웃었다. 마치 저녁이면 돌아와 잘 다녀왔다고 인사할 사람들처럼 아무렇지 않게. ……그렇게.

그리고 그는 떠났다.

나는, 울지 않았다.

"아가야, 잘 잤니?"

오늘도 화분 속 초록이와 배 속 희망이에게 말을 걸었다. 제법 자란 줄기와 무성해진 잎들을 보며 도대체 네 이름이 뭔지, 꽃은 언제 피울 건지 묻고 싶었다.

꽃이 피기 전에 온다면서…….

병원에 다녀온 후, 매일 밤 달님을 보고 빌었다. 제발 빨리 돌아오라고 전해 주세요. 기쁜 소식이 있는데, 아직 아무에게도 말하지 않았어요. 가장 먼저 당신에게 말해 주고 싶으니 어서 오라고, 전해 주세요.

꽃이 피기 전에 온다는 건, 잎이 돋았을 때 온다는 거잖아. 왜 아직 안 오는 건데?

무심히 돌린 시선에 창밖 벚나무의 꽃망울이 터진 게 잡혔다. 아침만 해도 움츠린 듯 꽁꽁 여미고 있던 망울들이 오후 햇살을 받자 투두둑, 입을 열고 하얀 속살을 드러냈다.

'아…… 벚꽃이 벌써 피네!'

양지바른 곳이라 다른 곳보다 늘 먼저 피었지만, 올해는 한결 빨랐다. 벚꽃 필 무렵 처음 이곳에 왔던 그의 모습이 문득 떠올랐다.

그날처럼, 오늘 그가 왔으면 좋겠다.

그랬으면…… 좋겠다.

똑! 똑!

소리가 나는 쪽으로 문득 고개를 돌리자, 키가 크고 이탈리아 조각처럼 완벽하게 생긴 남자가 창밖에 서 있었다. 그 남자는 맑은 미소를 머금고 나에게 손을 들어 보였다.

나. 왔. 어.

그가 처음 내 가게에 들어왔던 그날처럼 햇살이 눈부신, 봄날이었다.

✠ ✠ ✠

오랜만에 돌아온 거리는 낯선 듯 익숙했다. 가게 앞 벚나무엔 제법 꽃망울이 트여 있었고 오후 햇살이 가게 안까지 훤히 비쳤다. 창가엔 초록 잎이 돋아난 작은 화분이 놓여 있었다.

밖에서 보는 가게 안은 여전히 온기가 가득한 동화 속 세상처럼 보였다. 그러나 이제 나는 안다. 저 안의 모든 평화로움과 안온함은 치열하게 하루하루를 살아 나가는 그녀가 이루어 놓은 것임을.

난 그런 그녀의 세상을 지켜 주고 싶었다. 오직 그녀만의 기사가 되어……. 그 어떤 무소불위의 권력도 그녀의 작은 왕국을 침범하지 않도록, 든든한 울타리가 되고 싶었다.

창문 너머 그녀의 미소는 처음 봤던 그때처럼 티 없이 맑았다. 햇살을 받아 빛나던, 투명한 채송화 꽃잎 같은 여자. 나에겐 너무도 과분한 그녀, 내 아내 정다은이 저기 있다. 벅차오르는 가슴을 진정시키며 한동안 그녀를 바라보았다.

똑! 똑!

창문을 두드리자 그녀가 고개를 돌렸다.

나. 왔. 어.

어. 서. 와. 요.

마치 어제도 그랬던 것처럼 우리는…… 그렇게 마주 보고 웃었다.

숨을 크게 들이켰다. 이제 나는 닫힌 문을 열고 들어갈 것이다. 내가 살고 싶었던 세계, 내 사랑하는 여자가 있는 그곳으로.

— *The end*

에필로그

그리하여,
그들은⋯⋯

"……그리하여 그들은, 오래오래 행복하게, 자알 살았답니다. 끄읕!"

재민 씨의 목소리가 아이들 방에서 흘러나온다. 잠자리에 든 아이들에게 동화책을 읽어 주는 건, 하루를 마감하는 그의 중요한 의식이었다.

"아빠, 한 권만 더 읽어 줘요."

졸음 섞인 은재의 목소리가 들렸다. 세 살배기 은민이는 벌써 잠이 들었는지 조용했다.

"그래, 이번엔 뭐 읽어 줄까?"

"공주님 이야기요."

"공주님 이야기라, 우리 은재처럼 씩씩하고 용감한 공주 이야기 읽어 줄까?"

"으응."

동화처럼 시작된 나의 결혼 생활은 거짓과 불신의 황무지에 믿음을 뿌리내리고 사랑을 꽃피워 이제, 아름다운 열매를 맺었다. 은재와 은민, 나와 재민 씨를 닮은 두 아이.

그는 새로운 동화책을 읽기 시작했다.

용에게 잡혀 간 왕자를 구하기 위해 길을 떠나는 공주의 이야기. 몽땅 타 버린 옷을 대신해 종이 봉지를 주워 입는 대목에서 은재의 웃음소리가 들렸다.

예쁜 드레스가 아니라 종이 봉지를 뒤집어쓴 공주라…… 게다가 왕자를 구하러 용을 뒤쫓아가다니, 요즘 공주는 정말 용감무쌍하군.

식탁에 공책을 펼쳐 놓고 떠오르는 아이디어를 메모하며 듣는 그의 목소리는 내겐 음악보다 감미롭다.

"바빠?"

살며시 다가온 그가 등 뒤에서 껴안으며 물었다.

"아니, 거의 다 했어. 애들은?"

고개를 젖혀 올려다보며 반문했다.

"완전히 곯아떨어졌어."

내 왼쪽 어깨에 턱을 올리고 뺨을 맞댄 그의 향취가 코끝을 자극했다.

"수고했어요, 오늘도."

고개를 돌려 그의 뺨에 쪽, 소리가 나게 입을 맞췄다.

"와인 한잔할래?"

으응, 은재처럼 어리광스런 목소리를 내자, 볼을 살짝 꼬집으며 그가 웃는다. 그의 이런 웃음이 좋다. 봄의 향기를 담은 바람이 머리카락을 스칠 때처럼, 보고 있으면 마음이 녹아내린다. 그를 보면 난 여전히 가슴이 설렌다.

그가 잔과 와인을 식탁에 세팅하고, 과일과 치즈를 준비하는 동안 하던 일을 서둘러 마무리했다. 퐁! 능숙하게 코르크 마개를 열고 빈 잔에 투명한 금빛 액체를 따르는 그의 손길을 지켜보는 이 순간이 참 좋다.

잔을 맞부딪치며 그가 환하게 미소 지었다. 그의 이런 미소도 좋다. 담 모퉁이에 기대앉아 흙바닥에 낙서하던 어린 내 머리를 어루만지던 햇살. 그 햇살이 떠오르는 미소를 보면 따사로움이 가슴을 적신다. 그와 함께 있으면 난, 늘 마음이 벅차다.

"축하해."

"고마워."

"이제 내일부터 본격적으로 바빠지겠네. 행복한 컵케이크 2호점 오픈이라……. 그동안 일도 줄여 가며 애들 키우느라 정말 애썼어."

"뭐 애는 나 혼자 키웠나? 재민 씨가 더 고생한 거 같은데?"

"아무리, 당신만 할까? 그 좋아하는 일도 줄이고 아이들한테 정말 헌신적이었잖아."

은재를 낳고, 혜수에게 가게 운영을 온전히 맡겼다. 일주일에 서너 번만 나가 살펴보고, 가끔 새로운 컵케이크를 개발하는 정도로만 일을 해 왔었다.

그러다 은민이를 가졌을 때 지금 사는 신도시로 이사를 왔다. 마당이 있는 집에서 아이들을 키우고 싶어서.

서울 근교라서 재민 씨 학교와도 멀지 않았고, 전원주택단지가 잘 조성되어 있어 아이들을 키우기에 여러모로 좋았다.

마당엔 그가 좋아하는 채송화와 내가 좋아하는 벚나무를 심고 구석에 작은 텃밭도 만들어 요리에 쓸 허브를 키웠다.

아이들은 마당에서 세발자전거도 타고 모래 놀이도 했다. 시소와 미끄럼틀을 타고 그네 의자에 앉아 노래도 불렀다. 테라스에 앉아 차를 마시며 재민 씨가 아이들과 놀아 주는 걸 지켜보는 시간이 좋았다.

마당이 넓은 집, 그와 나를 닮은 아이들, 그리고 한결같은 마음으로 나만 바라보는 남편. 행복은 동화 속 이야기가 아니었다.

"이제 애들도 좀 컸으니, 당신 하고 싶은 일 하고 살아야지."

"정말 그래도 될까? 내일 새 가게 오픈 한다니 설레기도 하지만, 애들 걱정된다. 특히 은민이는 너무 어린데."

"나도 있고, 애들 봐 주시는 아주머니도 계시고, 뭐가 걱정이야. 맘 푹 놓고, 일할 땐 일만 해."

언제나 나에게 용기를 주는 사람, 내 남편 강재민. 늘 나를 믿어 주고 응원해 주는 이 남자 덕분에 난 새로운 도전을 할 수 있었다.

"고마워…… 여보."

"어! 뭐라고?"

"고맙다고요."

"아니, 그 다음에 한 말."

"아유, 몰라요. 은재 아빠."

내 남편 강재민의 입이 헤벌쭉 바보처럼 벌어졌다.

외로울 때, 쓸쓸할 때, 가끔 한 개씩 사다 먹던 컵케이크를 직접 만들어 봐야겠다 생각한 건 스물한 살 내 생일이었다. 부모님을 떠나보내고 처음 맞는 생일을 친구들과 밖에서 떠들썩하게 보내기도 싫었지만, 처량하게 보내긴 더 싫었다.

하늘에 계신 부모님이 그 모습을 내려다보시면 너무 슬플 테니까. 그래서 생각해 낸 게 컵케이크 만들기였다. 사랑을 담아 엄마가 만들어 주시던 생일 케이크 대신, 혼자 먹기에 적당한 컵케이크를 만들어 보려고 인터넷을 뒤졌다.

엄마가 케이크를 만들 때 늘 옆에서 거들었기에 어렵지 않게 만들 수 있었다. 난생처음 만든 컵케이크에 초를 켜자 가슴이 뭉클했다.

혼자서도 씩씩하게, 그리고 좀 더 행복해지려고 노력하며 잘 살아가는 내가 기특했다.

그날 이후 내 삶의 대부분은 컵케이크가 차지하게 되었다. 관련 서적을 보고, 인터넷을 뒤져서 만든 컵케이크를 친구들과 주위 사람들에게 나눠 주었다.

'와! 부드럽고 달콤하고, 그냥 살살 녹네. 이거, 진짜 다은이 네가 만든 거야?'

'정다은 너 이참에 가게 하나 차려. 이런 컵케이크라면 내가 매일 사 먹는다.'

'어제 고마웠어, 다은아. 네가 준 케이크 먹다 보니, 어느새 내가 웃고 있더라. 오빠랑 헤어지고 처음으로.'

그들이 맛있게 먹는 모습을 보는 게 기뻤다. 혀끝에 사르르 녹는 달콤함에 취해 행복해하는 사람들의 표정을 보면 내 맘에도 행복이 번졌다.

인터넷 카페에서 만난 현주 언니에게 좀 더 체계적인 가르침을 받고, 방학마다 일본 제과학교로 연수도 다녔다.

대학 졸업반인 스물세 살 가을, 드디어 작은 내 가게 '행복한 컵케이크'를 열 수 있었다. 화려하진 않지만, 정성이 깃든 소박한 맛이 입소문을 타서 가게는 제법 잘되었다.

프랜차이즈 사업을 하자는 대기업의 제의도 있었지만, 유명해지거나 큰돈을 버는 건 내가 꿈꾸는 미래가 아니었기에 단번에 거절하였다.

'유기농 당근을 갈아 반죽하고 호두를 듬뿍 넣어서 만든 거라 아이들에게 좋을 거예요.'

'오늘 아침에 갓 구운 컵케이크라 신선해요. 촉촉하고 부드러워서 부모님들도 잘 드세요.'

매일, 마음을 담아 정성스럽게 구워 내는 컵케이크. 만드는 사람도 먹는 사람도 행복해지는 맛. 그 맛을 낼 수 없다면, 유지할 수 없다면 가게를 접으리라 늘 마음먹었던 나로선 당연한 결정이었다.

아이 둘을 낳아 키우는 동안, 나만큼 '행복한 컵케이크'를 사랑하는 혜수가 있어 마음 편히 육아에 집중할 수 있었다. 하지만 은재가 어린이집에 다니게 되고 은민이가 자기 의사표현을 하게 되자 내 일에 대한 열망이 다시 들끓기 시작했다.

'이야기가 있는 행복한 컵케이크'

내일 오픈할 새 가게의 이름이다. 1층엔 매장과 어린이를 위한 놀이 공간이 있고 2층엔 컵케이크 수업을 진행할 스튜디오와 카페가 있다. 3층엔 나만의 공간인 작은 사무실과 창고가 있다.

'이야기가 있는 행복한 컵케이크' 에선 단순히 컵케이크만 파는 게 아니라, 전문가 과정을 포함한 다양한 수업이 스튜디오에서 진행될 예정이다.

그러나 무엇보다 중점을 둔 건 엄마와 아이를 위한 수업이다. 내가 아이 엄마가 되고 보니 아이들과 엄마가 행복해야 세상이 행복하다는 걸 깨달았다.

그래서 짧은 수업 시간 동안이나마 마음껏 웃고 떠들며 엄마와 아이가 합심하여 그들만의 행복을 만들었으면, 하는 마음으로 '이야기가 있는 컵케이크' 수업을 계획했다.

하나의 이야기를 주제로 대화와 율동도 함께 하며 자기만의 컵케이크를 만들게 하는 창의성 수업이다.

수업을 듣는 엄마와 아이들이 세월이 지나도 바래지 않을 추억의 한 토막을 여기, 나의 작은 가게에서 만들어 갔으면 좋겠다.

내가 힘들 때 나를 버티게 해 주었던 그 찬란했던 기억의 조각을 그들도 마음에 품고 살 수 있도록……

그리고 나와 같은 처지의 아이들을 위한 무료 수업도 정기적으로 운영하려고 한다. 이미 구청 사회복지과를 통해 수업 희망 아이들을 소개받았다.

어려운 처지에도 꿈을 잃지 않고 노력하는 그 아이들에게 비록 작은 힘이지만, 내 부모님이 나에게 넘치게 주고 가신 사랑을 나눠 주고 싶다. 내 능력껏, 내가 할 수 있는 범위 내에서, 그러나 꾸준히.

생각처럼 쉽지만은 않을 것이다. 아이 둘 키우기도 벅찬데 이렇게 일을 저질러 놓았으니…….

사실 하루에도 열두 번은 덜컥 겁이 나서 다 그만두고 싶은 마음도 들었었다. 내가 잘할 수 있을까? 너무 일만 크게 벌인 건 아닐까?

내 마음을 너무 잘 아는 내 남편 강재민은 그럴 때면 나를 아기처럼 꼭 안아 주고 머리를 쓰다듬어 주며 이렇게 말한다.

"괜찮아, 다은아. 더 잘하려고 하지 마. 그냥 지금 이 모습대로만…… 내 곁에 그대로 있어 줘."

그의 품에 얼굴을 묻고 규칙적으로 뛰는 심장 소리에 귀 기울이다 보면 어느새 두려움은 사라지고 다시 용기가 샘솟는다.

내게 있어 내 남자 강재민은 그런 사람이다. 내가 잘나고 예쁘고 똑똑해서가 아니라, 그냥…… 나여서, 나 그 자체로 좋다는 사람. 내가 힘들고 아파할 땐 가만히 안아 주며 스스로 일어설 수 있게 북돋아 주는 사람.

그의 든든한 응원에 힘입어 '이야기가 있는 행복한 컵케이크'는 성황리에 개업식을 마쳤고 이 지역의 새로운 명물로 자리 잡기 시작했다.

✻ ✚ ✻

모든 것이 엉망진창인 날이 있다. 오늘이 바로 그날이었다.

아침부터 추적추적 비가 내렸고, 은재는 열이 나서 어린이집을 결석했다. 아이들을 돌봐 주시는 아주머니는 몸살로 꼼짝을 못하신다고 연락이 왔다. 게다가 난 그날까지 겹쳐서 몸 상태도 안 좋았다.

오늘 하루 매장 일은 직원에게 맡기고 아이들과 집에 있고 싶었지만, 하필 전문가반 수업이 있는 날이었다.

그가 오후에 모든 일정을 취소하고 집에 와서 아이들을 돌보겠다고 했지만, 지금 당장 열이 펄펄 나는 은재를 병원에 데리고 가야 했다.

더군다나 한창 말썽 피우는 미운 세 살 은민이까지 함께 데려가야 하니 눈앞이 캄캄했다. 이럴 땐 정말이지 의지할 친정엄마가 있는 사람들이 부러워 눈물이 날 지경이다.

병원은 걸어서 5분 거리다. 비도 오고 은민이 때문에 차를 가지고 갈까 생각해 보았지만 주차할 공간도 넉넉지 않은 데다 내리고 타는 과정에서 아이들이 외려 비를 맞을 테니 그냥 걸어서 가기로 했다.

아픈 은재는 비옷을 입히고 은민이는 아기 띠로 안고 큰 우산을 받치고 집을 나섰다. 소아과엔 오늘따라 유달리 아픈 아이들이 많아 대기실이 북적거렸다.

열이 오른 은재는 몸이 힘들어 계속 칭얼거렸고 은민이는 대기실 놀이 공간에서 큰 아이들 틈에 어울려 놀다가 기어코 한 대 맞고 울음을 터뜨리고야 말았다.

나는 점점 녹초가 되어 가고 있었다. 그러고 보니 아직 아무것도 먹은 게 없었다. 그가 준비해 준 커피와 샌드위치도 한 입 먹을 새 없었으니까.

다행히 돌아오는 길엔 잠시 비가 그쳤다.

"고마워. 그럼 조심해서 들어가."

그의 목소리가 들려 돌아보니 골목 어귀에 서 있는 빨간 승용차 문을 닫으며 웃고 있었다. 운전석 열린 창문으로 청순하고 예쁜 아가씨의 옆모습이 보였다.

티 없이 맑고 환한 미소를 머금은 얼굴이 한 떨기 목련 같았다. 내가 남자라도 반하지 않을 수 없을 것 같은 그녀의 아름다움에 이유 없이 가슴이 철렁 내려앉았다.

이런 못난 모습을 들키기 싫어 은재의 손을 꼭 부여잡고 집으로 향한 발걸음을 재촉하는데 그가 부르는 소리가 들렸다.

"은재야!"

"아빠!"

주사 덕에 열이 내려 좀 살 것 같은지 은재의 목소리에 생기가 돌았다.

"엄마, 아빠야, 아빠."

당장에라도 달려갈 듯 팔짝거리는 은재의 손을 힘주어 끌어당겼다.

"아빠!"

신 나서 아빠를 외치는 은재 때문에 나도 몸을 돌리지 않을 수 없었다. 샤워도 못 하고 고무줄로 질끈 동여맨 머리, 물만 묻히듯 대충 씻은 푸석한 맨얼굴, 집에서 입던 편한 반바지에 헐렁한 티셔츠, 맨발에 젤리 슈즈.

때맞춰 잠들었던 은민이가 깨서 요동을 쳤다. 지금 내 모습은 반쯤 정신 나간 여자로 보일 것이다.

운전석의 그녀가 나를 보고 고개 숙여 인사를 했다. 단정하고 반듯한 몸가짐까지 예쁜 아가씨였다. 얼결에 마주 고개를 숙여 보였지만 아마 내 얼굴은 딱딱하게 굳어 있었을 것이다.

"이런, 비 오는데 고생했다. 조금만 빨리 왔어도 병원은 내가 데리고 갔을걸."

서둘러 달려온 그가 아기 띠를 풀어 은민이를 데려가 안았다. 몸에 딱 맞는 정장이 날렵한 그의 몸매를 더욱 돋보이게 했다.

"차는?"

"아침만 해도 괜찮더니 완전히 퍼졌어."

크고 좋은 새 차는 나에게 주고 그는 내가 전에 쓰던 소형차를 타고 다녔었다. 요즘 들어 그 차가 종종 말썽을 부리더니 하필 오늘 고장이 났나 보다.

"다행히 김 군이 출강 가는 길에 태워 줘서 시간 겨우 맞췄네. 알지? 내 연구실 이 군과 사귄다는."

"어."

굳이 설명을 듣지 않아도 그녀가 누군지 궁금하진 않았다. 다른 여자의 차에서 내리는 걸 봤다고 그에 대한 믿음이 흔들릴 정도는 아니니까.

다만, 그 순간 내 모습이 너무 초라하게 느껴졌고, 그가 나와는 다른 세상 사람처럼 반짝반짝 빛나 보여 낯설었다.

"늦겠다, 다은아. 얼른 준비하고 나가야지."

따뜻한 시선으로 날 내려다보는 그의 모습이 눈이 시리게 아름다워 왈칵 눈물이 쏟아질 것 같았다.

어두운 밤, 불도 켜지 않고 거실 소파에 무릎을 세우고 앉아 비

오는 창밖을 내다보며 음악을 들었다. 정원등과 담벼락 너머 가로등이 내리는 빗줄기를 동그랗게 비춰 주고 있었다.

오늘 내 마음에도 종일 비가 내렸는데…….

다행히 은재의 열도 내렸고, 내일은 토요일이라 그가 집에서 아이들을 돌봐 줄 테고, 나도 오전엔 푹 쉴 수 있다. 순간의 고비만 넘기면 이렇게 평화가 찾아오는데 아까는 왜 그리 절박했었나 몰라.

달콤한 바닐라 향이 느껴져 고개를 돌리니 그가 양손에 컵을 쥐고 서 있었다.

"마셔."

내가 좋아하는 루이보스 바닐라였다. 그가 건네준 찻잔을 받아 달콤한 향을 한껏 들이마시자 마음이 말랑말랑해졌다.

"고마워."

이제야 입가에 미소가 번졌다. 아마 오늘 들어 처음일 것이다. 아침부터 내내 마음이 굳어 있었으니.

그가 옆에 앉더니 테이블 위에 긴 다리를 쭉 뻗고 내 귀의 이어폰 한 쪽을 빼서 자신의 귀에 꽂았다.

"이거 듣고 있었어?"

나를 돌아보며 싱긋 웃었다.

"음."

그가 잠시 떠나 있었을 때 나에게 보내 주었던 그 노래들이었다.

……새벽비 내리는 거리도 저녁놀 불타는 하늘도
우리를 둘러싼 모든 걸 같이 나누고파.
매일 그대와…….

찻잔이 비었다. 빈 찻잔을 그가 받아 테이블 위에 올려놓고 내 어깨를 감쌌다. 아무런 말이 필요 없는 편안한 시간이 고요히 흘러 갔다.

"저기…… 재민 씨. 나…… 오늘 참 바보 같은 생각했다."

"그래?"

그가 감싸 안은 손으로 내 팔을 부드럽게 쓸어 주며 지긋이 내 눈을 들여다보았다.

"응. 사실 아까 다른 여자 차에서 내리는 거 보고 기분이 괜히 안 좋았어. 아닌 줄 알면서도…… 그냥."

"그런 거라면 난 매일 바보 같은 생각하는데?"

"재민 씨가?"

믿을 수 없었다. 이토록 멋진 남자가 바보 같은 생각을 하다니.

두 아이 아빠라고는 도저히 믿기지 않는 날렵한 턱 선과 아름다 운 눈망울, 그리고 조각 같은 코. 아침에 눈을 떴을 때 내 옆에 잠 든 그의 비현실적으로 잘생긴 얼굴을 보면, 난 아직도 가슴이 설레 어쩔 줄을 모르는데.

"다은아. 내가 말을 안 해서 그렇지, 솔직히 말하면 네가 날 비 웃을걸? 그래도 어쩔 수 없어. 너에게만은 난 영원한 약자니까."

"피!"

"왜? 진짠데."

"나, 오늘은 바보 같은 내가 너무 싫었어. 난 내가 이렇게 약한 줄 몰랐거든. 고작 이것밖에 안 되는 인간이었나……."

그가 가만히 나를 안아 주었다.

"괜찮아, 다은아. 억지로 강해지려 하지 마. 바보 같아도, 때론 약하고 부족한 인간이어도 넌 그대로 내 소중한 정다은이야."

그의 다정한 목소리에 종일 참고 있던 울음이 터졌다.

"살다 보면 매일 맑게 갠 날만 계속되는 건 아니잖아. 비바람 불고 눈보라 몰아치는 그런 날도, 우리 손 꼭 잡고 이겨 내자."

그의 품에 안겨 나는 실컷 울었다. 그에게만큼은 힘센 엄마가 아니라 그냥 약한 여자여도 괜찮다는 사실을 잠시 잊었었다. 흘러내리는 눈물에 온종일 나를 옥죄던 감정들이 시원하게 씻겨 내려갔다.

그가 부드러운 손길로 내 눈물을 닦아 주더니 티슈를 뽑아 들었다.

"흥, 해."

은재와 은민이에게 하듯 코까지 풀어 주자 난 히죽, 웃고 말았다. 이렇게 자상한 그가, 내 남편 강재민이 가슴 벅차게 좋아 그의 어깨에 머리를 기대고 물었다.

"만약에 말이야. 재민 씨가 거짓으로 나에게 접근하지 않았다면, 당신 새아버지가 거짓 결혼을 시키지 않았다면. 그럼 재민 씨와 나는 만나지 못했을까?"

"아니. 그래도 우린 만났을 거야. 좀 더 시간이 걸렸겠지만, 늦더라도 우린 분명 만났을 거야."

"그럴까?"

"당연하지. 난, 너 아니면 안 되는걸."

"우리, 너무 늦기 전에 만나서 정말 다행이다."

"음."

그가 내 머리카락에 입술을 대었다.

내 스물다섯, 벚꽃 피어나던 그 봄날에 기적처럼 당신과 만날 수 있었던 게 얼마나 다행인지 몰라. 단 하루라도 늦게 만났다면 난, 너무 억울했을 거야.

이렇게, 이렇게…… 당신과 함께 있는 시간이 좋은데…….

✠ ✜ ✠

"아빠. 엄마 생일 이제 다 끝났어요?"

낮잠을 자고 일어난 네 살배기 은민이가 잠이 덜 깬 눈을 비비며 물었다.

"아니, 아직 안 끝났어. 아침에 아빠가 끓인 미역국 먹은 거 기억나?"

은민이가 눈을 동그랗게 뜨고 머리를 갸웃거리더니 이내 고개를 끄덕였다.

"그다음에 엄마 출근하고, 아빠랑 누나랑 은민이랑 놀다가 점심 먹고, 은민이 낮잠 잤지?"

"네."

"이제 저녁밥 먹고 밤에 코 자기 전까지가 전부 엄마 생일이야."

아직 시간 개념이 약한 은민이에게 나는 알아듣기 쉽게 설명을 해 줬다.

"아, 그렇구나. 이제 알았다."

턱을 살짝 치켜들며 의기양양해하는 은민이 모습이 깨물어 주고 싶게 귀여워 통통한 볼을 입술로 앙 물어 버렸다.

기습공격을 당한 은민이는 깔깔거리고 웃다가 고 작은 몸으로

반격을 가해 왔다. 엎치락뒤치락 부자간의 레슬링을 한참 한 후에
야 은민이를 놓아주었다.

"아빠! 근데 누나가 엄마 생일이라고 선물해야 한댔어요."

"그래?"

고작 여섯 살밖에 안 된 은재가 그런 생각을 했다니…… 하루
가 다르게 쑥쑥 자라나는 아이들이 대견해서 입꼬리가 귀에 걸렸
다.

우다다다다.

그녀의 발소리가 들렸다. 나의 어여쁜 작은 공주님. 볼록한 배에
큰 눈을 토끼처럼 동그랗게 뜨고 달려오고 있을 그녀.

"누구게?"

아직도 아기 냄새가 폴폴 나는 공주님이 단풍잎처럼 작은 손으
로 내 눈을 가리며 물었다.

"음…… 글쎄. 누구지?"

"알아맞혀 보세요."

"손이 포동포동 살이 오른 거 보니, 아기 돼지?"

까르륵, 은재와 은민이의 웃음소리가 맑게 울려 퍼졌다.

"땡! 틀렸습니다."

"아! 아깝다. 그럼…… 머리카락이 곱슬곱슬한 거 보니 아기
양?"

키득키득, 좋아서 어쩔 줄 모르는 아이들의 표정이 눈에 훤했다.

"땡! 틀렸어, 아빠."

"땡! 은민이 너, 땡 하지 마. 내가 할 거야."

아이들이 또 옥신각신했다.

"음. 목소리 들어 보니 아빠의 예쁜 공주님 같은데?"

"땡! 아빠 틀렸어. 누나야 누나. 공주님 아닌데."

은민이가 배를 잡고 침대 위를 구르며 웃었다.

"딩동댕! 야, 뭐가 틀렸어? 나 공주님이라고 아빠가 그랬어."

은재는 볼을 불룩하게 하고 은민이를 노려봤다.

"아닌데? 누나는 강은재야. 공주님 아니야."

"아빠가 나 공주님이라고 했다니까!"

아니, 요 녀석들이 또! 이거 아무래도 안 되겠군.

"얼음!"

내가 마법의 주문을 외치자 티격태격하던 아이들이 그대로 얼어 붙었다. 아이들 말싸움이 길어질 땐 이보다 좋은 게 없다. 그녀가 출근하는 토요일, 혼자서 아이들을 돌보며 터득한 나만의 비책이 었다.

은재와 은민이 입꼬리에 웃음이 걸린 걸 보고서야 난 땡을 외쳤 다. 마법이 풀리자 두 녀석은 참았던 웃음을 터뜨렸다.

세상 무엇과도 바꿀 수 없는 보물들을 보며 나 역시 미소를 지었 다. 하지만! 이 평화는 그리 오래가지 못했다.

시작을 말았어야 했어. 대체 이게 웬 난리람!

반짝반짝 윤이 나던 주방은 폭탄을 맞은 듯 엉망이 되었고, 아 이들은 밀가루와 달걀을 뒤집어쓴 채 신이 나서 반죽을 섞고 있 었다.

케이크를 구워서 엄마에게 선물하고 싶다고 아이들이 졸라 댔 어도 안 된다고 딱 잘랐어야 했는데, 언제나 후회는 뒤늦게 밀려오는 법.

크리스마스면 가족이 함께 케이크를 구워 왔었기에 나 혼자서도 충분히 아이들과 해낼 줄 알았던 건 크나큰 착각이었다.

"아빠, 은민이가 이거 망쳤어요."

"아니야. 누나가 망쳤어. 아빠, 누나가 자기만 만들려고 해."

"너가 자꾸 저어서 다 쏟아졌잖아."

"누나만 하니까 그렇지."

엉망이 된 주방이야 치우면 된다고 치고, 밀가루 범벅이 된 아이들이야 씻기면 된다손 치더라도 이제 그녀가 올 시간이 얼마 남지 않았는데 생일 케이크는 어쩌란 말인가?

"자, 이제 동작 그만!"

내 목소리에 어린 비장함 때문인지 천방지축이던 아이들이 동작을 딱 멈췄다.

"후……."

케이크를 사러 나갔다 와야 하나, 나는 잠시 갈등했다. 하지만 애들을 씻기고 옷 갈아입히고 케이크를 사러 나가기엔 시간이 빠듯했다.

"하……."

허리에 양손을 얹고 심호흡을 크게 했다. 잘 될 거야. ……잘 되겠지. 뭐, 안 돼도 할 수 없고.

억지로 입 끝을 올려 아이들에게 미소를 지어 보였다.

"얘들아, 이제 굽자."

까아악! 두 악동이 신이 나서 손뼉을 쳤다.

떡이 될지 죽이 될지는 몰라도 아이들이 휘저어 놓은 반죽을 유산지를 깐 케이크 틀에 부어 예열해 둔 오븐에 넣었다.

케이크가 구워질 동안 대충 몇 가지만 치워 놓고, 난 바로 생크림 거품을 내기 시작했다. 어딘가 핸드믹서가 있다는 건 알지만, 찾을 수가 없어서 거품기를 손에 쥐었다.

타타타탁.

땀까지 흘리며 미친 듯이 거품기를 돌리자 볼 안의 생크림이 구름처럼 부풀어 올랐다. 지켜보던 아이들이 환호성을 질렀다. 난 뻐기듯 어깨를 으쓱해 보였고 아이들은 손뼉을 쳤다.

땡!

오븐의 알람이 울렸다.

"얘들아. 케이크 다 구워졌다."

우다다다. 아이들이 오븐 앞으로 몰려갔다.

"뜨거우니 세 걸음 뒤로!"

아이들을 뒤로 물린 후 오븐을 열자 달콤한 냄새가 훅 끼쳤다.

두근두근. 그녀 없이 우리끼리만 구운 첫 케이크가 과연 제 모양을 갖추기나 했을지 가슴이 뛰었다.

"짠!"

우와아, 아이들은 환성을 지르며 자신들이 반죽해 만든 케이크에 열광했다. 뜨거운 케이크를 식힘 망에 올리고 시계를 흘끗 보는데 그녀의 카톡이 왔다.

[지금 퇴근. 오늘도 아이들과 놀아 주느라 수고 많았어요.♡]

"엄마 지금 오신대. 큰일 났다."

그녀가 도착하기까지 넉넉잡고 10분. 뜨거운 케이크에 크림을 올릴 수도 없고 진짜 큰일이었다. 내가 당황해하자 아이들도 우왕

389

좌왕 어쩔 줄을 몰라 했다.

"아냐. 우린 할 수 있어. 은재와 은민이, 케이크에 부채질 좀 해."

아이들의 손에 빳빳한 광고지를 한 장씩 쥐여 주고 나도 얇은 책 한 권을 들고 부채질을 했다. 아이들도 이를 악물고 열심히 부채질을 해 댔다.

이상하게도 케이크가 푹 주저앉는다. 그녀와 만들 때는 한 번도 이런 적이 없는데 뭘 잘못한 걸까?

5분. 이제 5분밖에 남지 않았다.

"이제 생크림 바르자."

완전히 식지 않은 케이크에 생크림을 바르자 자꾸 녹아내렸지만 치덕치덕 대충 바르고 아이들과 함께 과일과 젤리로 케이크를 장식했다.

1분. 아이들에게 고깔모자를 씌우고 기다란 초 3개를 꽂았다. 31세 정다은. 오늘로서 만 30세가 된 내 아내의 생일 케이크를 아이들과 직접 만들었다니 감개가 무량했다. 맛은 어떨지 자신이 없지만.

삐리리릿. 대문을 여는 소리가 들렸다.

"엄마 왔다!"

"아빠, 얼른 촛불 켜요."

우리는 우당탕탕 현관 앞으로 가서 정렬했다. 나는 재빨리 거실의 불을 껐다.

삐걱, 현관문이 열리자 우리 모두 입을 모아 노래를 불렀다.

"생일 축하합니다. 생일 축하합니다. 사랑하는 엄마의 생일 축하합니다."

"아······."

그녀는 놀라서 그 자리에 얼어붙었다.

"엄마 얼른 촛불 꺼요. 이거 내가 만들었다!"

"아냐, 엄마. 이거 나도 만들었어."

"이걸······ 우리 은재랑 은민이가 만들었어?"

그녀의 목소리는 꽉 잠겨 있었다.

"응. 은민이랑 나랑 아빠랑 같이 만들었어요. 얼른 소원 빌어,
엄마."

"훅 불어서 촛불 끄세요. 내가 도와줄까?"

"그래. 너희랑 아빠랑······ 이거 만드느라 힘들었겠다. 우리 모
두 같이 끄자."

아이들을 양팔에 안고 나를 쳐다보는 그녀의 눈동자엔 물기가
촉촉했다.

"그럼 아빠가 하나 둘 셋 할게. 엄마 도와서 함께 끄자."

"네."

"네."

"하나, 둘, 셋!"

후, 그녀와 아이들이 입김을 불어 촛불을 껐다.

쪽!

어둠 속에서 케이크 너머로 재빨리 입맞춤했다. 내겐 세상의 그
어떤 케이크보다도 부드럽고 달콤한 그녀의 입술에.

"와, 이거 정말 맛있다. 엄마보다 더 잘 만들었네."

그녀의 칭찬에 아이들은 좋아서 입이 헤벌쭉해졌다.

"우리 다음에도 엄마 생일에 케이크 만들어요."

"아빠, 다음엔 공룡 케이크 만들어요."

밀가루 범벅인 아이들을 씻기고 주방을 정리할 생각에 눈앞이 캄캄한데 녀석들은 흥이 났다.

"그래. 알았다. 대신! 내년엔 더 잘하자."

"네! 더 잘할 수 있어요."

"만세!"

아이들은 더욱 신이 나서 조잘대며 케이크 만든 이야기를 엄마에게 하기 바빴다.

"보기엔 영 아닌 거 같은데, 먹을 만은 한가 봐."

포크로 푹 떠서 나도 한 입 맛을 보았다. 케이크 시트가 꺼져서 그런지 부드러움은 덜했지만, 입안에 감도는 달콤하고 촉촉한 맛은 제법 그럴싸했다.

"참 신기하네."

"뭐가?"

"이 케이크 말이야. 솔직히 망칠 줄 알았거든. 애들이랑 너무 정신없이 만들어서."

"애들 데리고 이 정도 했으면 정말 잘한 거야. 그리고 케이크는 레시피대로만 하면 웬만해선 망치지 않아."

"그렇구나."

"음. 정확히 재료를 계량한 다음 순서대로 섞고, 구울 때 시간과 온도만 잘 지킨다면."

"그래도 밀가루, 설탕, 달걀, 버터가 어우러져 어떻게 이런 맛을 낼까? 당신 보조할 땐 몰랐는데 내가 직접 해 보니 뭐랄까…… 각각의 다른 재료들이 섞여서 화학 반응을 일으킨 이 케이크가 결혼 생활과 닮았단 생각이 들어."

"오! 역시 교수님답네. 케이크 하나를 만들어도 철학의 향기가 솔솔 풍겨. 하하."

"하하. 그런가? 아무튼 재료 계량부터 오븐에 굽고 장식하기까지, 그 어느 과정도 소홀히 하면 케이크가 되지 않을 테니 정신 바짝 차리고 정석대로 해야겠더라고."

"맞아. 나도 매일 컵케이크를 굽지만 잠시라도 딴생각하면 케이크 맛이 달라져. 늘 해 오던 거니 방심하고 온도와 시간을 지키지 않으면 설익거나 태우기 쉬워. 그리고 자신의 오븐에 대해서도 잘 파악해야 해. 오븐에 따라서 구워지는 상태가 다르거든."

레시피대로만 하면 쉽게 만들 수 있는 케이크라지만, 막상 만들어 보면 모두 성공하는 건 아니다.

누구나 사랑하는 마음으로 행복하기 위해 시작한 결혼 생활이 다 행복한 결말로 끝나지 않듯이.

"아! 그리고 또 한 가지 중요한 팁을 알려 줄게. 케이크 반죽은 절대 오래 섞으면 안 돼."

"그래?"

"응. 재료가 어우러질 정도로만 가볍게 섞어 줘야 폭신하게 잘 부풀어."

"하! 고걸 몰랐네. 다음엔 꼭 그렇게 해야지."

"아까 재민 씨가 케이크 만들기가 결혼 생활 같다고 했지? 서로 다른 이질적인 재료들을 하나로 만들겠다고 수제비 반죽하듯 마구 힘줘서 치대면 결국 케이크는 망치게 돼. 결혼도 그래. 다른 사람들이 만나서 하나의 가정을 이룰 땐 서로가 자연스럽게 어우러지도록 부드럽게 살살 섞어야지."

"옳아! 우리 마누라가 왜 이렇게 속이 깊은가 했더니 케이크만 장장 10년을 만들다 보니 달인의 경지에 올라서 그렇군."

"하하. 뭐야! 무슨 달인씩이나."

"아빠, 엄마가 달인이야?"

케이크 먹기에 정신이 팔렸던 은재가 귀를 쫑긋 세우고 물었다.

"그럼. 엄마는 컵케이크 만들기 달인이지."

"그럼 아빠는 무슨 달인이야?"

"아빠? 아…… 글쎄. 아빠는 아직 달인은 아닌데, 달인이 되려고 노력하는 분야가 있단다."

"뭔데요?"

"흠, 애들은 몰라도 돼!"

"아이, 정말. 애들 앞에서……."

그녀가 나를 매섭게 흘겨보았지만, 입가에 어린 미소는 감추지 못했다. 난 그녀의 그런 투명함을 더없이 사랑한다.

"어쨌든…… 좋다. 이렇게 케이크를 나눠 먹을 가족이 있어서……."

입가에 크림을 묻혀 가며 케이크를 먹는 아이들을 흐뭇한 눈길로 그녀가 지켜보고 있었다.

아이들을 뽀득뽀득 씻겨 재우고 침실로 가니 샤워 가운을 걸친 그녀가 화장대 앞에 앉아 로션을 바르고 있었다.

"벌써 자?"

"응. 아침부터 일찍 일어나 상 차리고, 케이크 만들고 했더니 저희도 피곤했나 봐. 책 몇 장 읽지도 않았는데 곯아떨어지네."

"아유, 우리 남편 진짜 애썼다. 수고 많았어요, 재민 씨. 나 오늘…… 정말 눈물 나게 행복했어. 고마워."

"나도 고마워."

그녀의 등 뒤에서 어깨를 감싸고 귓가에 속삭였다.

"응? 뭐가?"

그녀가 고개를 돌려 내 눈을 쳐다보았다.

"태어나 줘서, 나에게 와 줘서……."

그대로 고개를 깊이 숙여 그녀의 입술을 머금었다.

"……그리고 내 곁에 있어 줘서. 고마워, ……여보."

창문을 넘어 들어온 달빛이 내 품에 안겨 잠든 그녀의 얼굴을 비췄다. 달빛이 내려앉은 내 아내의 말간 얼굴을 가만히 들여다보고 있자니, 우리가 함께했던 지난날이 주마등처럼 눈앞을 스쳐 갔다.

아프고 서러웠던 시간도 있었지만, 그 밑거름 덕에 우리만의 단단한 성을 쌓을 수 있었을 것이다.

이제 그 어떤 비바람도 우리의 성을 허물지 못할 거야. 마냥 여리게 보이는 겉모습 뒤로 흔들리지 않는 마음을 숨긴 나의 아름다운 여왕님이 있는 한.

다은아!

내가 처음 너를 보았을 때 느꼈던 낯설지 않은 그 감정은,
내 눈보다 내 가슴이 널 먼저 알아봤기 때문일 거야.
너에게만 반응하는 내 심장이, 나의 꽃을 느꼈던 거야.
내 가슴에 뿌리내려 활짝 피어날…… 나만의 꽃, 정다은을.
사는 게 바빠 가끔은 깜빡 잊을 때가 있어.
하지만 다시 되돌아올 수밖에 없어.
이곳이, 네 곁이 내가 있을 바로 그 자리니까.
매일 아침 눈을 뜨면 네가 내 곁에 잠들어 있다는 거,
우리를 닮은 아이들이 건강하게 자라고 있다는 거,
그 사실만으로도 내 가슴은 터질 듯 벅차.
기적처럼 내게 온 너를, 나는 아끼고 보듬고 품을 거야.
너를 향한 내 마음은 매일매일 더 깊어지고, 더 넓어져.
이 세상 모든 사랑 노래는 여전히 내 마음 같아.
내가 만약 우리들의 이야기를 동화로 쓴다면 말이야, 다은아.
마지막 대목은 이렇게 끝맺을 거야.

'그리하여 그들은 오래오래 행복하게 잘 살기 위해,
늘 서로 아끼고 존중하며, 사랑하는 마음을 잊지 않도록,
그리고 잃지 않도록…….
영원히 노력하였답니다. 끝!'

작가 후기

꽤 오래 품고 있었던 다은이와 재민이의 이야기가 곧 책으로 나온다니, 소풍 앞둔 아이마냥 설렙니다.

다은이와 재민이를 처음 만난 건 2012년 겨울이었어요. 문득 떠오른 '내 남편은 완벽하다' 란 글귀 한 줄로 시작된 이들의 이야기가, 이듬해 봄에야 겨우 막을 내렸지요.

연재 당시 달렸던 "작은 목소리로 읽어 주는 이야기책 같아요." 란 댓글이 기억나네요. 그런 독자님들의 관심과 사랑이 없었다면 게으른 저는 이 글을 끝까지 쓰지 못했을 겁니다. 응원해 주신 독자님들 정말 감사합니다.

누구나 행복을 꿈꾸며 결혼하지만, 결혼 생활은 현실. 내 사람이라고 철석같이 믿었던 남편이 '남의 편' 이었다는 걸 콩 꺼풀이 벗겨진 후에야 알아채고 후회하기도 합니다. 몇 년간 연애를 하며 이미 다 안다고 생각했던 사람이 숨겼던 본모습을 드러내지만 이미 엎질러진 물.

다은과 재민의 이야기도 따지고 보면 별반 다르지 않습니다. 동화처럼 시작된 두 사람의 이야기는 냉혹한 현실을 숨기고 있습니다. 화려하지만 먹을 수 없는 모형 케이크 같은 이들의 결혼 생활이 믿음을 주춧돌로 다시 든든한 성을 쌓아 가는 과정을 잔잔하게 그리고 싶었습니다.

정성과 사랑을 담아 구워 낸 다은이의 컵케이크처럼, 부족한 제 글이 독자님들께 작은 위로가 되기를 감히 소망해 봅니다.

special thanks to

크리스마스 케이크를 직접 구워 주셨고 부족한 나에게 늘 괜찮다 말씀해 주신 우리 엄마.

그리고 강재민의 모델이 되어 준 아름다운 배우 ***님.

내 남편은 완벽하다

초판 1쇄 찍음 2014년 10월 29일
초판 1쇄 펴냄 2014년 11월 4일

지은이 | 김소현
펴낸이 | 정 필
펴낸곳 | 도서출판 **뿔미디어**

편집장 | 이재권
기획·편집 | 주종숙, 이은정

출판등록 | 2002년 9월 11일 (제1081-1-132호)
주소 | 경기도 부천시 원미구 상동로 117번길 49(상동) 503호
전화 | 032)651-6513 / 팩스 | 032)651-6094
E-mail | dahyangs@naver.com
블로그 | http://blog.naver.com/dahyangs
홈페이지 | http://bbulmedia.com

값 9,000원

ISBN 979-11-315-3666-7 03810

www.bbulmedia.com